本好きの下剋上

司書になるためには手段を選んでいられません

第五部　女神の化身Ⅳ

香月美夜
miya kazuki

TOブックス

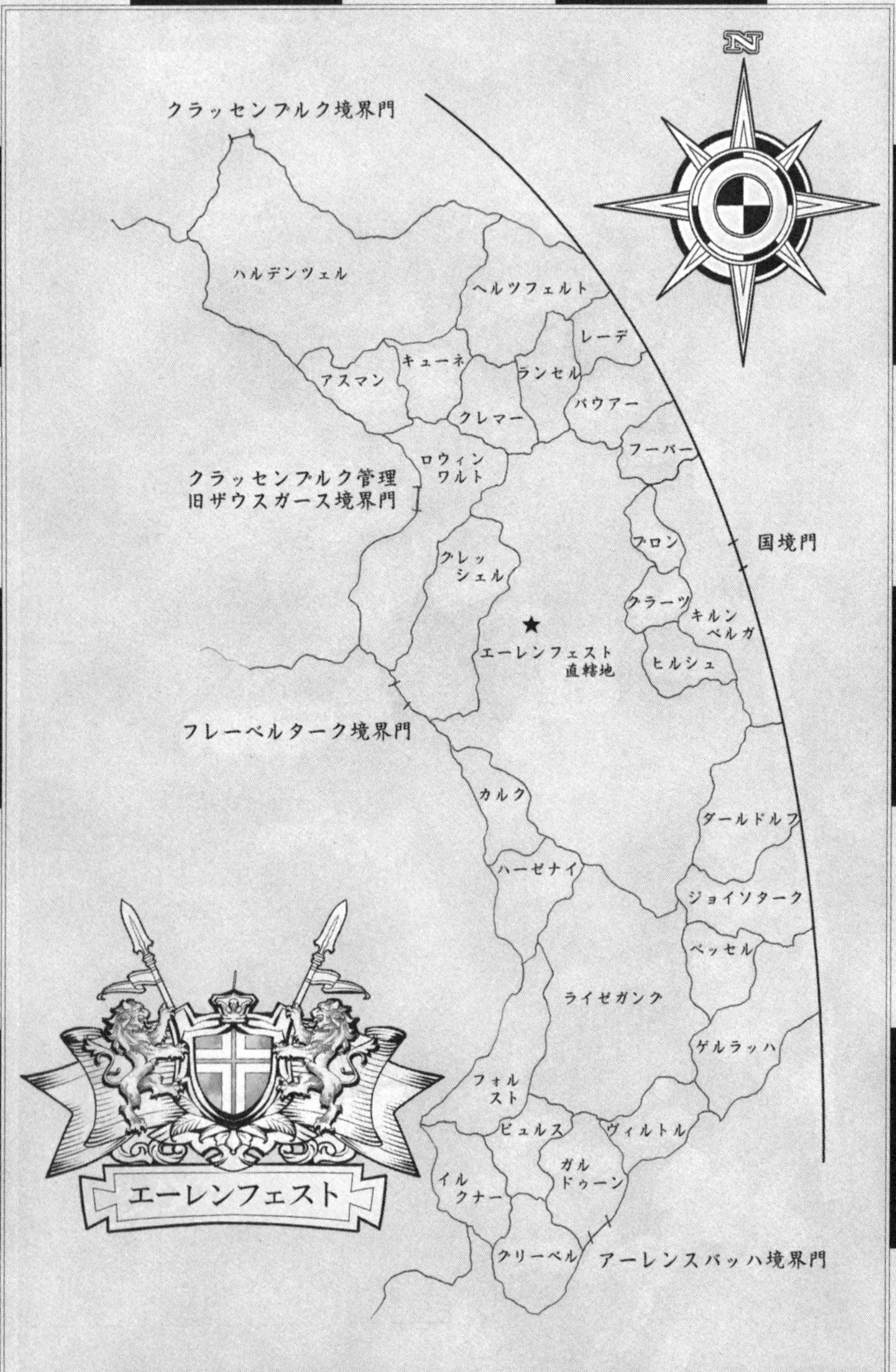
N
クラッセンブルク境界門
ハルデンツェル
ヘルツフェルト
レーデ
キューネ
アスマン
ランセル
バウアー
クレマー
フーバー
ロウィン
ワルト
クラッセンブルク管理
旧ザウスガース境界門
国境門
ブロン
クレッ
シェル
グラーツ
キルン
ベルガ
エーレンフェスト
直轄地
ヒルシュ
フレーベルターク境界門
カルク
ダールドルフ
ハーゼナイ
ジョイソターク
ベッセル
ライゼガンク
ゲルラッハ
フォル
スト
ビュルス
ヴィルトル
ガル
ドゥーン
イル
クナー
クリーベル
アーレンスバッハ境界門
エーレンフェスト

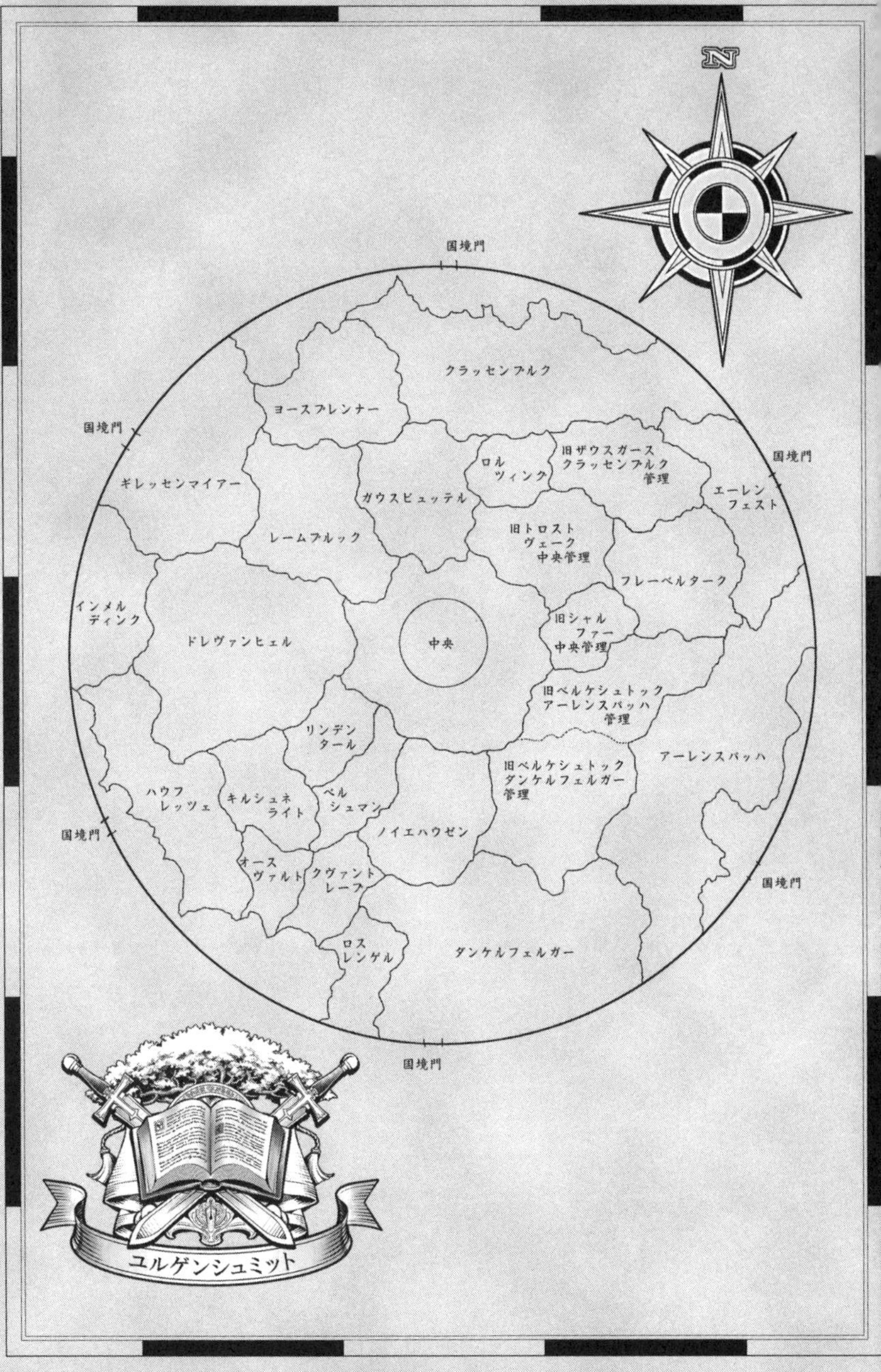
N
国境門
クラッセンブルク
ヨースブレンナー
国境門
ギレッセンマイアー
ロル
ツィンク
旧ザウスガース
クラッセンブルク
管理
国境門
エーレン
フェスト
ガウスビュッテル
旧トロスト
ヴェーク
中央管理
レームブルック
フレーベルターク
インメル
ディンク
ドレヴァンヒェル
旧シャル
ファー
中央管理
中央
旧ベルケシュトック
アーレンスバッハ
管理
リンデン
タール
旧ベルケシュトック
ダンケルフェルガー
管理
アーレンスバッハ
ハウフ
レッツェ
キルシュネ
ライト
ベル
シュマン
国境門
ノイエハウゼン
オース
ヴァルト
クヴァント
レーフ
国境門
ロス
レンゲル
ダンケルフェルガー
国境門
ユルゲンシュミット

第五部 女神の化身Ⅳ

イラスト：椎名 優 You Shiina
デザイン：ヴェイア Veia

登場人物

第四部あらすじ

貴族院におけるローゼマインは、最優秀で問題児。祝福で魔術具の主になったり、大領地とディッターをしたり、王族に恋の助言をしたり、黒の魔物を倒したり、採集場所を癒やしたり……。そんな中、フェルディナンドの出生の秘密を知る中央騎士団長の進言によって、婿入りの王命が出された。それを受け、フェルディナンドはアーレンスバッハへ旅立った。

エーレンフェストの領主一族

ローゼマイン
主人公。少し成長したので外見は9歳くらい。中身は特に変わっていない。貴族院でも本を読むためには手段を選んでいられません。貴族院三年生。

ヴィルフリート
ジルヴェスターの息子。ローゼマインの兄で貴族院三年生。

ジルヴェスター
ローゼマインを養女にしたエーレンフェストの領主でローゼマインの養父様。

フロレンツィア
ジルヴェスターの妻で、三人の子の母。ローゼマインの養母様。

シャルロッテ
ジルヴェスターの娘。ローゼマインの妹で貴族院二年生。

メルヒオール
ジルヴェスターの息子。ローゼマインの弟。

ボニファティウス
ジルヴェスターの伯父。カルステッドの父。ローゼマインのおじい様。

フェルディナンド
エーレンフェストの領主一族。王命でアーレンスバッハへ行った。

ローゼマインの側近

リヒャルダ
ローゼマインの筆頭側仕え。

リーゼレータ
中級側仕え。アンゲリカの妹。

ブリュンヒルデ
上級側仕え見習いの五年生。

グレーティア
中級側仕え見習いの四年生。名を捧げた。

ハルトムート
上級文官で神官長。オティーリエの息子。

ミュリエラ
中級文官見習いの五年生。名を捧げた。

ローデリヒ
中級文官見習いの三年生。名を捧げた。

フィリーネ
下級文官見習いの三年生。

コルネリウス
上級護衛騎士。カルステッドの息子。

レオノーレ
上級護衛騎士。コルネリウスの婚約者。

アンゲリカ
中級護衛騎士。リーゼレータの姉。

マティアス
中級騎士見習いの五年生。名を捧げた。

ラウレンツ
中級騎士見習いの四年生。名を捧げた。

ユーディット
中級護衛騎士見習いの四年生。

テオドール
中級護衛騎士見習いの一年生。貴族院だけの側近。

ダームエル
下級護衛騎士。

オティーリエ……上級側仕え。ハルトムートの母。

エーレンフェストの貴族

カルステッド……騎士団長でローゼマインの貴族としてのお父様。
レーベレヒト……フロレンツィアの上級文官。ハルトムートの父親。
オズヴァルト……ヴィルフリートの筆頭側仕え。
ランプレヒト……ヴィルフリートの上級護衛騎士。カルステッドの息子。
アレクシス……ヴィルフリートの上級護衛騎士。
バルトルト……ヴィルフリートの中級文官見習い五年生。名を捧げた。
エルヴィーラ……カルステッドの第一夫人。ローゼマインのお母様。
アウレーリア……ランプレヒトの妻。
トルデリーデ……カルステッドの第二夫人。
ニコラウス……カルステッドとトルデリーデの息子。
トラウゴット……上級騎士見習い五年生。ローゼマインの元側近。
ベルティルデ……ブリュンヒルデの妹。ローゼマインの側近候補。
ブリギッテ……イルクナーの中級貴族。ローゼマインの元側近。
ラザファム……フェルディナンドの下級側仕え。
エックハルト……フェルディナンドの護衛騎士。カルステッドの息子。
ユストクス……フェルディナンドの側仕え兼文官。リヒャルダの息子。
トルステン……ヴィルフリートの文官。リーゼレータの婚約者。
ヴェローニカ……ジルヴェスターの母親。現在幽閉中。

神殿関係者

フラン……神殿長室の筆頭側仕え。
ザーム……神殿長室担当。
モニカ……神殿長室担当兼料理助手。
ニコラ……神殿長室担当兼料理助手。
ギル……工房担当。
フリッツ……工房担当。
ヴィルマ……孤児院担当。
ロータル……神官長室の側仕え。
イミル……神官長室の側仕え。
カンフェル……青色神官。
フリターク……青色神官。
リリー……灰色巫女。
デリア……灰色巫女見習い。ディルクの姉。
コンラート……孤児。フィリーネの弟。
ディルク……孤児。デリアの弟。
ベルトラム……孤児。ラウレンツの異母弟。
マルテ……ハッセの小神殿の灰色巫女見習い。

その他

イルゼ……オトマール商会の料理人。
リヒト……ハッセの町長。

他領の貴族

トラオクヴァール……王。ツェントと呼ばれる。
アナスタージウス……中央の第二王子。
ハンネローレ……ダンケルフェルガーの領主候補生三年生。
クラリッサ……ダンケルフェルガーの上級文官。ハルトムートの婚約者。
オルトヴィーン……ドレヴァンヒェルの領主候補生三年生。
ゲオルギーネ……アーレンスバッハの第一夫人。ジルヴェスターの姉。
ディートリンデ……アーレンスバッハの領主一族。フェルディナンドの婚約者。
レティーツィア……アーレンスバッハの領主候補生。
ゼルギウス……フェルディナンドの側仕え。
リュールラディ……ヨースブレンナーの上級文官見習い三年生。

ローゼマインの専属

フーゴ……専属料理人。
エラ……専属料理人。
ロジーナ……専属楽師。

下町の家族

ギュンター……マインの父親。
エーファ……マインの母親。
トゥーリ……マインの姉。専属髪飾り職人。
カミル……マインの弟。

下町の商人達

ベンノ……プランタン商会の旦那様。
マルク……プランタン商会のダプラ。
ルッツ……プランタン商会ダプラ見習い。
グスタフ……商業ギルド長。
フリーダ……商業ギルドの見習いでオトマール商会の娘。
コージモ……オトマール商会のダプラ。
オットー……ギルベルタ商会の旦那様。コリンナの夫。
コリンナ……ギルベルタ商会の針子。

グーテンベルク

インゴ……木工工房の親方。
ハイディ……インク職人。ヨゼフの妻。
ヨゼフ……インク職人。ハイディの夫。
ザック……鍛冶職人。発想担当。
ヨハン……鍛冶職人。技術担当。
ダニロ……鍛冶職人。ヨハンの弟子。

第五部 女神の化身Ⅳ

プロローグ

冬の主《あるじ》の討伐《とうばつ》が終わったことで吹雪《ふぶき》が止《や》んだ。久し振りの晴れ間が見えて、回廊《かいろう》はとても明るい。日差しが差し込んだだけで、心まで軽くなるようだ。ランプレヒトはそう感じながら騎士団長室へ急いでいた。

……休暇《きゅうか》の話ならば良いが……。

冬の初めに突然予定が繰り上げられた粛清《しゅくせい》と冬の主の討伐。どちらにも関わった騎士達は忙しく、ほとんどの者が寮に足止めされていて碌《ろく》に家へ帰れない状態だった。領主一族の護衛騎士であるランプレヒトは「其方等《そなたら》の主は貴族院へ行っているので護衛騎士の仕事はなく暇《ひま》だろう」と言われ、父親のカルステッドから普段よりずっとこき使われている。例外はローゼマインの護衛騎士達だろう。彼等は忙しい最中にも休暇を得られたようだ。顔を見ない日が何度もあった。

……出産時しか帰宅許可が出ないなど想定外だ。アウレーリアの出産は秘めておくことだとしても、父上は騎士団長なのだから、コルネリウス達に休暇を与えられるならば、私にも融通《ゆうずう》を利《き》かせてくれても良いではないか。

例年ならば主が貴族院へ行っているので、冬の主の討伐期間以外ならば休暇を取りやすいはずだった。だが、現実はランプレヒトの予定通りには全く進まなかった。粛清は冬の初めに前倒しで行われたし、冬の主の討伐は人数が減った中で強行された。そのため、過酷《かこく》な冬になり、冬の主討伐の後は下級騎士から順番に休暇を取らせていたので、未《いま》だにランプレヒトは家へ帰れていない。

「失礼いたします」

騎士団長室へ入ると、疲れ切った顔のカルステッドが手に持っている木札を軽く振った。

「ランプレヒト、其方に明日から二日間の休暇を与える。短い時間しかないが、家族と過ごすと良い。北の離れにはこれを渡せ」

「はっ！」

差し出された木札には、騎士団長による休暇命令が書かれている。ランプレヒトは木札を受け取りながら少しばかり恨《うら》みがましい目でカルステッドを見た。

「ローゼマインの護衛騎士達には何度も休暇を与えていたではありませんか。私も休暇をもっといただきたかったものです」

「馬鹿者《ばかもの》。コルネリウス達はアウブと神官長ハルトムートの要請で神事のために神殿へ詰《つ》める必要があるから訓練を免除《めんじょ》していただけだ。休暇ではないぞ」

今年は主であるローゼマインが帰還《きかん》しないので、護衛騎士達が神殿へ詰める必要などないと思っていた。しかし、帰還しない主の穴埋めを側近達が行わなければならなかったらしい。

「領主一族の護衛騎士に青色神官の真似事《まねごと》をさせているのは外聞《がいぶん》が良くないであろう？　だから、訓練免除の理由に関しては黙っていたが、面倒なことになっているようだな。ローゼマイン様の護衛騎士達を依怙贔屓《えこひいき》しているとか、彼等だけが何度も休暇を得られていると思われると、今後の統制に関わる。まったく頭が痛い」

カルステッドは眉間《みけん》を揉《も》むように指で押さえる。

「だが、ツェントにも神事の有用性が認められたようだし、少しは外聞もマシか？」

そういえば、冬の主の討伐から戻ってきた頃に、「貴族院で神事を行うからヴィルフリート様の儀式用衣装を準備するように、と貴族院から命令がやってきて準備が大変だったよ」という側仕《そばづか》えの愚痴《ぐち》を聞いたような記憶がある。貴族院ではローゼマインの暴走が激しいと主達からの報告に書かれていた。

……騎士団関係だけではなく、ローゼマインの動向にも注意を払っているのか。父上も大変だな。

ランプレヒトはそこで初めて父親の顔をじっくりと見た。疲労の色が濃い。下級騎士から順番に休暇を取らせているということは、騎士団長であるカルステッドは自分以上に休みを取れていないのだろう。長期間の対応になるため寮での休養時間は確保しているはずだが、帰宅できていないのは間違いない。

「騎士団長も早く休暇を取れると良いですね」

「あぁ、領地対抗戦までに一度取りたいものだ。……私も帰宅を楽しみにしている」

どうやら初孫に会えることを楽しみにしてくれているようだ。小さく付け足された言葉に苦笑しつつ、ランプレヒトは騎士団長室を出る。そのまま休暇命令の木札を持って北の離れへ向かった。

「ようやく休暇が取れるのですか？　よかったですね」

「ランプレヒトもゆっくり休んでください」

ヴィルフリートの側近部屋で木札を出して休暇の連絡をすると、側近仲間達がようやく休暇を得られたランプレヒトを労《ねぎら》ってくれる。側仕えや文官達は、比較的簡単に休暇を取れるのだ。

笑顔を返しながら手続きを終えたランプレヒトは、休暇を得られたことを伝えるオルドナンツを妻のアウレーリアと母親のエルヴィーラに送る。二人からはすぐに返事が来た。

「エルヴィーラです。今、アウレーリアはわたくしの管理下にあります。今日は本館へ戻るように。それから、我が家へ戦いの気配や血の臭いを持ち込まれたくありません。寮でしっかり清め、着替えてから帰宅なさい」

「アウレーリアです。お帰りをお待ちしております」

二人からのオルドナンツを聞いていた側近仲間達は、「うわぁ」と軽く肩を竦《すく》める。

「エルヴィーラ様は怖《こわ》いな。アーレンスバッハから来た息子の嫁を管理下に置いているのか……」

「騎士団長の第一夫人なのに戦いの気配や血の臭いを厭《いと》っているのか」

口々に言っている皆にランプレヒトは軽く溜息《ためいき》を吐《つ》いた。

「アウレーリアに酷《ひど》いことをしているように聞こえるかもしれないが、アーレンスバッハから嫁《とつ》いできた彼女が疑われないようにするためだ。安全に過ごすためには母上の管理下にいる方が良い」

アウレーリアと一緒にアーレンスバッハからやって来たベティーナは、ギーベ・ヴィルトルの息子に嫁いだ。夫の家族がゲオルギーネに名を捧《ささ》げていたこと、彼女自身がアーレンスバッハの実家を通してゲオルギーネと通じていたことなどが発覚し、彼女は捕らえられて処刑された。

アウレーリアは嫁いできてからずっとエルヴィーラの管理下にあって、交流する相手をエルヴィーラに任せていたこと、アーレンスバッハや旧ヴェローニカ派との交流が全くなかったため騎士団に連行されて尋問されることもなかったと聞いている。

……それに、戦いの気配や血の臭いを持ち込むなという母上の言葉は、赤子のためだろう。ランプレヒトの子が生まれたことで祖母となったのだ。エルヴィーラがアウレーリアと赤子を守るために奮闘《ふんとう》してくれていることが伝わってくる。

「やりすぎだろう。それほど厳格《げんかく》に管理しなくても、ランプレヒトの妻が捕らえられることはあるまい。次期領主ヴィルフリート様の護衛騎士の家族だぞ。私達もヴェローニカ様に加担した罪で捕らえられてもおかしくないが、ヴィルフリート様の側近は誰も捕らえられていないではないか」

領主夫妻の側近は何人も解任されたり、捕らえられて処罰《しょばつ》されたりしているが、ヴィルフリートの側近はまだ誰も捕らえられていない。仲間達は楽観視しているし、現実から敢《あ》えて目を逸《そ》らしているのか、自分の家族の取りなしを主に頼もうと言っている。

……側近の解任は主が行うことだ。ヴィルフリート様が帰還したら、罪に応じた処罰が決められるのではないか？

ランプレヒトはとても楽観的になれない。だが、逃げ出したり混乱したりする者を出さないためにも余計な推測を口に出すつもりはなかった。

エルヴィーラに言われた通り、ランプレヒトは寮で着替えてから騎獣《きじゅう》を駆《か》った。冬の空気は肌を刺すように冷たいが、久し振りの快晴だ。日差しは暖かく感じられる。

「おかえりなさいませ」

「ただいま戻りました。……おや？　ヴェールを外したのか？」

出迎えてくれたのはエルヴィーラとアウレーリア。だが、妻の顔にヴェールが見当たらない。

「子供が母親の顔を認識できないでしょう、と叱《しか》られまして……」

「なるほど。その息子はどこに？」

ランプレヒトにとっては出産時に立ち会って以来初めての帰宅だ。子供の顔を見ることを楽しみにしていたため、息子の出迎えがないことをどうしても不満に思ってしまう。

「貴方《あなた》の気持ちはわかりますが、食後まで待ちなさい。アウレーリアが夕食を一緒に摂《と》れるように色々と調整したのですよ。アウレーリアや乳母《うば》達の努力を無に帰すことは許しませんからね」

魔力の関係上、赤子に乳を飲ませるのは母親の役目だ。そのくらいはランプレヒトも知っている。だが、夫婦が一緒に夕食を摂るために時間を合わせる努力が必要だということは知らなかった。

「我が家の跡継ぎは元気に育っています。安心なさい。さぁ、食堂へ行きますよ。急いで食事を終わらせなければ」

跡継ぎが正式に決まったのは、エックハルトがアーレンスバッハへ向かうことが決まった時だ。ランプレヒトとコルネリウスのどちらかがエックハルトの家を譲《ゆず》り受けて、しばらくの間、彼の荷物の管理をしなければならなくなった。その際に、どちらが家を出るのか話し合ったのである。

コルネリウスとレオノーレはライゼガング系貴族にとって非常に良い縁談だったため、親族からは跡継ぎになることを望まれていた。親族の中には跡継ぎの第一夫人にアーレンスバッハ出身のアウレーリアを据《す》えるのはどうかと文句を言う者もいる。馴染《なじ》みにくい親族達と付き合っていかなければならない妻の苦労を思えば、跡継ぎなど特に望んでいない。だから、ランプレヒトは自分達が家から出て、コルネリウス達が離れに住めば良いと提案したのである。

だが、エルヴィーラはそれを許さなかった。

「粛清の前後にアーレンスバッハ出身のアウレーリアが騎士団長の家にいるのと、外へ出るのでは周囲の目が変わります。跡継ぎなどランプレヒトでもコルネリウスでも構いません。他領から嫁いできた上に、出産間近なアウレーリアの立場と安全を最優先になさい」

ランプレヒト達を家から出す方が容易で、親族も満足させられる。それなのに、エルヴィーラはアウレーリアとこれから生まれてくる子の安全を取った。その選択はランプレヒトにとても心強く、粛清や冬の主の討伐で帰宅できなくても妻子の安全を信じられたのだった。

「今アウレーリアが本館の客室で過ごしているとは思いませんでした」

「離れでは危険ですからね」

騎士団長一家の中にいるアーレンスバッハ出身の彼女の元には、処罰を受ける旧ヴェローニカ派やゲオルギーネとの関係が深かった者達からの面会依頼が届くそうだ。どのように飛び火してアウレーリア自身が疑われるかわからない。安全面を考慮《こうりょ》して生活の場を本館へ移し、面会依頼は全てエルヴィーラの名で断っているそうだ。

「アウレーリアは怖い思いをしなかったか？」

「えぇ。わたくしも息子も平穏《へいおん》に過ごせています。本来ならば、出産直後に騎士団から事情聴取《ちょうしゅ》の呼び出しがあったそうですけれど、それも断ってくださいました。後で貴方からもお礼を言ってくださいね」

アウレーリアの生活や人との交流を全てエルヴィーラの管理下に置くことで、騎士団からの呼び出しを回避《かいひ》できたらしい。アウレーリアの事情をよく知っているカルステッドが職権を乱用しつつ、ずいぶんと骨を折ってくれたようだ。裏事情の詳細を知って、ランプレヒトは胸を撫《な》で下ろし、エルヴィーラに礼を述べた。

「お礼はいいわ。それより、あの粛清で旧ヴェローニカ派、特にアーレンスバッハ出身の者への視線が非常に厳しくなっていることは貴方もよく知っているでしょう？」

「はい。領主夫妻に仕える旧ヴェローニカ派の側近にも捕らえられた者がいると聞いています」

「えぇ。罪を犯した者が捕らえられるのは当然ですもの。けれど、その周辺の者達にとっては辛《つら》い時期になるでしょうね。実は、トルデリーデも捕らえられました。彼女はヴェローニカ様の側仕えであったことを誇りとし、様々なことを行っていましたからね」

トルデリーデはヴェローニカの命令でカルステッドが娶《めと》った第二夫人だ。彼女の言動に辟易《へきえき》としていた第一夫人のエルヴィーラは、今回の粛清に乗じてヴェローニカの手先として彼女が犯した罪の証拠《しょうこ》をいくつか騎士団へ提出したらしい。

「トルデリーデの息子、ニコラウスは城の子供部屋で過ごしています。異母弟という立場でローゼマインに近付かないように貴方も目を光らせておいてくださいね。ローゼマインは年下に甘いところがあるとコルネリウスから報告がありました。ニコラウスを助けるためにトルデリーデを救ってほしいとか、減刑してほしいとか、ニコラウスを本館で引き取ってほしいと言われると困ります」

ローゼマインは自分の視界に入る者を誰でも救いたがるところがある。けれど、そこを旧ヴェローニカ派の貴族につけ込まれると面倒事に発展するに違いない。ただ、ローゼマインへの注意は彼女の側近であるコルネリウス達の仕事だ。ランプレヒトがローゼマインと関わることは少ない。

「わたくし、結婚前はディートリンデ様の護衛騎士でしたから、本調子であれば貴族院にも入っていないような子供には負けないのですが、今は……ねぇ」

「アウレーリアが無理をすることはない。ローゼマインに注意はしておきます。私もニコラウスを本館へ入れたくはありませんから」

ニコラウスは騎士見習いとして訓練を始めているし、体格も良い方だ。生まれたばかりの赤子や産後ですぐに動けないアウレーリアには近付けたくないとランプレヒトも思う。

「それから、トルデリーデが過ごしていた離れは閉鎖《へいさ》しました。そこで仕えていた者達もすでに解散させています。本館には誰一人として入れていません」

「冬に突然解雇されれば、下働きの者達は困惑《こんわく》したのでは？」

離れでトルデリーデに雇われて冬籠《ふゆご》もりをするつもりだった平民の下働きは、碌に冬支度もできていないだろう。ランプレヒトは冬空の下、追い出された彼等を哀《あわ》れに思ったが、エルヴィーラは軽く息を吐いて「仕方がありませんね」と一言で切り捨てた。

「城で騎士団が捕らえられた者達の世話係を募集していたので、そちらへ行くことを勧めました。それ以上はわたくしの関知するところではございません。トルデリーデの手の者を本館に入れることはできませんもの。わたくしの役目は、この家と息子の嫁や孫を守ることですから」

優先順位を明確にし、少しでも危険な存在は排除する。少々苛烈《かれつ》だが、騎士団長の第一夫人としての危機管理は完璧《かんぺき》だ。

「このような情勢ですから、アウレーリアの出産は親族にも伏せることにしました。親となった貴方達も生まれたばかりの子も可哀想《かわいそう》だと思いますが、洗礼式までは改めてお祝いもしません」

子が生まれて魔力の確認をしたら、親交の深い親族には知らせてお祝いをするものだ。だが、今回はそれを伏せると言う。心配性《しんぱいしょう》の母親だと思うが、おかげで騎士団の仕事に拘束《こうそく》されてもランプレヒトは妻子のことを心配せずにいられるのだ。

「ランプレヒト様、ローゼマイン様へのご報告をお願いしてもよろしいでしょうか？」

アウレーリアがポツリとそう言った。

「ローゼマイン様はあの子が生まれることをとても楽しみにしてくださっていましたし、わたくしもずいぶんと良くしていただきました。貴方から直接お知らせくださいませ」

嫁入りの時に声をかけてくれたり、新しい布の流行を作る場で一緒にいてくれたり、妊娠中に故《こ》郷《きょう》の魚料理を振る舞ってくれたりしてアウレーリアのことを気にかけてくれていた。ローゼマインに知らせたい気持ちはよくわかる。

「私が城でこっそりと話をするより、ローゼマインをこちらに呼べば良いのでは？　母上が呼び出した方が赤子の存在を周囲に知られる危険性は低いと……」

ランプレヒトはそう言いながら母親の様子を窺《うかが》う。ニコリと微笑《ほほえ》んだまま、エルヴィーラは「いけません」とキッパリ言い切った。

「旧ヴェローニカ派の貴族達がローゼマインとアウレーリアとの親交に目を付けないためにも、それから、あの子を次期領主にしようと動くライゼガング系貴族に余計な期待を抱かせないためにも、今はローゼマインをあまりここへ近付けない方が良いのです」

前半の理由はともかく、後半の理由は聞き捨てならない。ランプレヒトは予想もしていなかった言葉に目を見開いた。

「ライゼガング系貴族が何故《なぜ》？　婚約によって次期領主はヴィルフリート様、第一夫人にローゼマインと決まり、それで納得していたのでは？」

「粛清によって長年の雪辱《せつじょく》を果たしたと、先日、前ギーベ・ライゼガングがはるか高みに続く階段を上っていきました」

「曾祖父《そうそふ》様が……？」

それは初耳だった。粛清で処刑された者や処罰を受けた者については領主一族の護衛騎士として知らされていた。けれど、それ以外で亡くなった者について、ランプレヒトは全く知らなかった。今年の冬の社交不足を実感する。

「ヴィルフリート様が次期領主になることを最も疎《うと》んでいた曾祖父様がはるか高みへ向かったのに、何故ローゼマインが再び次期領主に望まれるのですか!?」

「粛清で宿敵を討ったと考えたあの方の最期《さいご》の望みが、ローゼマインを次期領主に、というものだったからです。古老達が張り切っていますし、ヴェローニカ様のせいで失ったものを取り戻そうと

考える者もいるようです」

エルヴィーラは面倒臭そうに溜息を吐いた。両親は一貫してローゼマインを次期領主にしようとはしない。親族達の要求に応えることはないだろう。

「それにしても、ヴェローニカ様やその周囲がやったことと、アウブやヴィルフリート様は別ではありませんか。ライゼガング系貴族に対して様々な嫌がらせをしていたヴェローニカ様と、自分の派閥《はばつ》を切り捨てても自領の膿《うみ》を出そうとする領主一族を一緒くたにされては堪《たま》りません」

ランプレヒトにとっては当たり前の主張を、エルヴィーラは一笑に付した。

「あら、何を言うのです？　今回の粛清で本人は無罪なのに、親族が罪を犯したことで捕らえられた者はたくさんいるではありませんか」

貴族院の学生達は名捧げで連座を免《まぬが》れたが、免れなかった成人はいる。処刑にならなくても、罰を受けた者は多い。ならば、ヴェローニカの血縁である領主一族も同じように見られるだろうとエルヴィーラは言う。

「ですが、ヴェローニカ様の失脚《しっきゃく》からもう何年経《た》ったと……」

「古老の時間の感じ方を貴方と同じように考えない方が良いですよ」

人生の割合で考えれば古老にとっての六年は、ランプレヒトにとっての二年程度の感覚だと母親は鋭い目で言った。それに加えて、ヴェローニカのせいで三十年以上苦境の時を過ごしたのだと言う。自分が生まれるもっと前からと言われ、ランプレヒトはその長さと怒りの深さに眩暈《めまい》がした。

「それに、ジルヴェスター様が領主に就任してすぐにヴェローニカ様を失脚させたならばともかく、

黙認《もくにん》していた期間が長いですし、ヴィルフリート様の洗礼式はヴェローニカ様が取り仕切っていま

したもの。切り離して考えられる貴族は多くないでしょう」

普段ヴィルフリートの側で仕えている時には全く感じたことがない思考だった。ランプレヒトも

ヴェローニカの嫌がらせを受けていたが、期間が短かったせいか、楽観的な性格のせいか、ライゼ

ガング系貴族達がそれほど深く長く怒り続ける気持ちを理解できない。

「今までの行いはともかく、自派閥を切り捨てても今回の粛清を行ったアウブの行動をわたくしは

評価しています。ですが、その粛清のために最大勢力となったライゼガングに抵抗しにくいのも事

実です。領主一族の結束を強める必要があるでしょう」

ランプレヒトの目から見れば、領主一族の結束はすでに固まっている。これ以上どうしようもな

いように思えた。増長《ぞうちょう》するライゼガング系貴族を何とかすべきだと言っていた側近仲間達の声が脳《のう》

裏《り》に蘇《よみがえ》る。

「時間が経ったところでアウブやヴィルフリート様にはヴェローニカ様の影がつきまとうのです。

逆に、いくら遠ざけたところでローゼマインにはライゼガングがつきまといます」

「ならば、いっそローゼマインにライゼガング系貴族をまとめてもらえば……」

ランプレヒトは側近仲間達が口にしていたことをそのまま言っただけだが、安易に考えすぎてい

たようだ。エルヴィーラの眼光が鋭くなった。

「馬鹿なことを言うのではありません。洗礼式まで神殿で育ち、養子縁組の後もライゼガング系貴

族に取り込まれることを懸念《けねん》したアウブやわたくし達の方針によって、まともに親族と交流を持っ

ていないあの子に何を期待しているのです？」

ぴしゃりと撥《は》ね除《の》けられて、ランプレヒトは必死に母親の怒りを回避できるような言葉を探す。ここでエルヴィーラの機嫌《きげん》を損《そこ》ねて非協力的になられるとまずい。ランプレヒトはそれをよく知っていた。今後ライゼガング系貴族の情報を得たり、ヴィルフリートのために動いたりする時に大変なことになる。

「あ……。いや、その、ローゼマインが先頭に立って広げている印刷業は、最初こそ側近だったブリギッテを立てていましたが、それ以外は親族のギーベの土地ばかりではありませんか。その際に親族との交流を深めていると思っていて……」

「では、印刷業の代表として各地を訪れるヴィルフリート様は、ローゼマインと同じ頻度《ひんど》でライゼガング系貴族と交流していると言えますね。貴方も護衛騎士として付き従っていたのですもの。さぞ親族との交流が深まったことでしょう」

今度こそランプレヒトは言葉に詰まった。印刷業を始める準備が整っているか最終確認をするために、彼はヴィルフリートと一緒にギーベの土地を訪れた。だが、護衛騎士として訪れているのに、親族として交流はできていない。

……ローゼマインも同じということか。

「まったく……。幼い頃からの交流を考えれば、ローゼマインよりランプレヒトの方がよほど親族と親密なのですよ。仮に、ヴィルフリート様がライゼガング系貴族とのやり取りを望んだとしても、あの子に頼るのではありません。貴方が矢面《やおもて》に立ちなさい」

ランプレヒトはヴィルフリートの側近になってからライゼガング系貴族の親族とはあまり交流を持っていない。アーレンスバッハ出身のアウレーリアを娶った後は尚更《なおさら》だ。矢面に立てと言われても困る。だが、アウレーリアの前でそんなことを言えるはずがない。きっと彼女は自分が嫁いできたからだと気にするだろう。

「わたくし達がローゼマインに親族と距離を取らせたのは、あの子を次期領主にしないためです。そんなあの子に親族と近付くように求めるなんて、ヴィルフリート様の側近達は未だに愚《おろ》かで情報収集も考えることも放棄《ほうき》しているということかしら？」

「いえ、まさか……」

実態は多分エルヴィーラの言う通りなのだろうけれど、ランプレヒトはさすがにここで頷《うなず》くことができなかった。婚約によってヴィルフリートの次期領主が確約されてからは、情報収集も以前ほど真面目《まじめ》にしていない気がする。

「どのように情報を集め、どのように仕えるのかは貴方が考えることです。ただ、旧ヴェローニカ派が窮地《きゅうち》にある今、貴方はまた苦しい立場に置かれるでしょうね。ヴィルフリート様が考慮してくだされば良いのでしょうけれど、あの方はどうも旧ヴェローニカ派を贔屓しそうですから」

周囲の貴族達がいくらヴィルフリートを旧ヴェローニカ派のように扱っても、彼は洗礼式からほとんど時間をおかずにヴェローニカと引き離された。その後の約六年間は領主夫妻の方針に従って生きてきた。それに、特定の派閥を贔屓するような気性ではない。

「私の主はそれほど愚かではありません。それに、意見を述べれば耳を傾けてくれる素直な気性をしています」

ランプレヒトがキッパリと言い切ると、エルヴィーラは「そう」とゆっくり息を吐いた。

「では、ヴィルフリート様の説得は貴方に任せますよ。ライゼガング系の貴族達に隙《すき》を見せることになるので、派閥関係の調整にローゼマインを利用することは許しません」

釘《くぎ》を刺され、ランプレヒトは溜息を吐きたくなった。エルヴィーラに隠れて協力してもらうため、コルネリウスやローゼマインと相談する必要がありそうだ。

「本当に気を付けるのですよ。困ったことにボニファティウス様が取り込まれそうなのです。どうやらローゼマインをどうしても神殿に関わらせたくないようで……」

「おじい様が？」

「ええ。ボニファティウス様の協力を得られると、増長した過激派にヴィルフリート様が排除される可能性もあります。白の塔の一件で汚点の付いたあの方が次期領主の立場にあるのは、ローゼマインと婚約したからです。ヴィルフリート様がいなければ、ローゼマインが次期領主の立場に最も相応《ふさわ》しくなることは誰の目にも明らかですものね」

ぶわっと冷や汗が噴《ふ》き出すのを、ランプレヒトは感じた。ボニファティウスが敵対する可能性など、これっぽっちも考えたことがない。大変なことになりそうだ。

「今はライゼガング系貴族を刺激《しげき》しないことを第一に考えて行動するようにヴィルフリート様へ忠告なさい。せめて、全ての処罰を終えた領主夫妻が自分達の側近を再編成するまで。もしくは、ライゼガング系貴族が諦めざるを得ないローゼマインとの婚姻《こんいん》までは……」

ランプレヒトは母親の忠告に頷いた。領主夫妻が側近の再編成をするまでならば、それほど長引くことはないだろう。

「少々よろしいですか？　アウレーリア様、坊ちゃまがお腹《なか》を空《す》かせているようです」

夕食が終わる前に赤子の様子を見ていた乳母がアウレーリアを呼びに来た。本当に食事も落ち着いて摂れないようだ。アウレーリアは無作法を詫《わ》びながら中座する。

「ランプレヒト、母親は生活の全てが赤子中心になります。久し振りの休暇とはいえ、貴方のためにアウレーリアを動かすのではありませんよ。むしろ、貴方がアウレーリアを労《いたわ》って動きなさい」

エルヴィーラがじろりとランプレヒトを睨《にら》んだ。そこから滔々《とうとう》と出産後の女性がいかに大変なのか、自分の経験を交えて語り始める。最近、物語を書いているせいだろうか。エルヴィーラの語りはやけに長くなっている。

「アウレーリアは出産に際して自分の親族を呼ぶこともできず、粛清で離れから本館へ移動することになりました。どれほど気の張り詰めた生活をしているか、わたくしは正確に存じません。けれど、義母であるわたくしが心を尽くすのと、夫である貴方が心を尽くすのは違います。わたくしの時など、カルステッド様は……」

「では、母上のおっしゃる通り、私はアウレーリアを労うために下がらせていただきます」

キリがないと感じたランプレヒトはさっさと逃げ出すことにした。自分が生まれた頃のことは何度も聞いたことがある。母親の愚痴や説教を聞くよりも我が子の顔を見たい。

案内してくれる側仕えによると、アウレーリア達は本館の客室で過ごしているらしい。

「本館で過ごすならば、アウレーリアは私の自室を使っているのかと思ったよ」

「ランプレヒト様のお部屋は魔術具の武器などがいくつもあるので、女性と生まれたばかりの赤子が過ごすには向いていませんよ。それに、産後間もない時期に家具を取り替えたり動かしたりすることをアウレーリア様が厭われたのです」

今は何も考えたくないので自分で色々と考えて部屋を調えるより、生活に必要な物が揃《そろ》っている部屋へ移りたいとアウレーリアが望んだらしい。納得した。彼女ならば言いそうだ。

「坊ちゃまはお乳を飲んでいるところです。驚かせないように静かに入ってくださいませ」

側仕えに促《うなが》されて、そっと入室したランプレヒトはようやく息子の顔を見ることができた。出産直後に見た時は赤くて顔がもっとくちゃくちゃしていた。動物っぽい見た目だと思ったが、今は人間の赤子の顔をしている。ランプレヒトが両の手のひらを広げれば持てそうな大きさだったのに、両腕で抱えなければ落としそうなくらい成長している。細かった手足にも赤子特有のむっちりとした肉がついていていて触《さわ》り心地《ごこち》が良さそうだ。

一生懸命に乳を飲んでいる姿を見ているだけで、ランプレヒトはじんわりとした感動がこみ上げてくるのを感じた。

「……大きくなっているな」

「ええ、日に日に重くなっている気がします」

アウレーリアがクスクスと笑う。

「本館での暮らしはどうだい？　その、母上の管理下にあるということだが、辛くないか？」

「いいえ、ちっとも。わたくしの代わりに、面会依頼を断ってくださっていますし、お義父様《とう》にお願いして産後すぐのわたくしが騎士団へ出頭しなくて済むように取り計らってくださったのですよ。それに、信用できる乳母の手配をしてくれたり、不審者《ふしん》の侵入を防いでくれたりしてくださっています。わたくしがこの子の世話にかかりきりになれるのは、お義母《かあ》様のおかげです」

アウレーリアはエルヴィーラにとても感謝しているそうだ。穏やかな笑みは自然なもので、貴族らしい作り笑いではない。

「わたくしはもう実母がいませんし、妹との関係も良好とは言えません。たとえアーレンスバッハで結婚しても、お父様の第一夫人がここまで心配りをしてくれることはなかったでしょう。お義母様のおかげでわたくし達はとても快適《かいてき》に過ごしています。貴方からもお礼を伝えてくださいませ」

粛清でトルデリーデが捕らえられた時、アウレーリアはアーレンスバッハ出身の自分はもっと酷い目に遭《あ》うのではないかと考えたらしい。だが、騎士団との対応は全てエルヴィーラが請け負うので本館へ避難するように言ってくれたそうだ。

「わたくしと結婚したことで、貴方は面倒な立場にいるでしょう？　親族へ子供のお披露目《ひろめ》もできないことも申し訳なく思っています」

「それは其方が悩むことではない。むしろ、私こそ其方に申し訳なく思っている。他領から嫁いできて心細い思いをしているのに、一番大変な時に側にいることもできていないのだから」

ランプレヒトは頑張ってお乳を飲んでいる息子をじっと見つめる。もっとこの子の成長を間近できちんと見たかったという思いと、この小さい存在を父親として守っていかなければならないという思いが強く芽生えた。

「領主一族の側近は主が最優先ですものね。わたくしも一時とはいえ、ディートリンデ様にお仕えしていたのですもの。貴方の立場は理解しているつもりです」

ランプレヒトは実妹のローゼマインではなく、今回粛清の対象となった旧ヴェローニカ派が多いヴィルフリートの護衛騎士だ。側近仲間の中で今後の自分がどのような立場に立たされるのか、何となく予想はできる。

「ヴィルフリート様は特に派閥にこだわる方ではないし、言えばわかってくださる方だ」

「わたくしはローゼマイン様も心配です。妊娠中のわたくしを気遣《きづか》って、色々と便宜《べんぎ》を図《はか》ってくださったでしょう？　そのことであの方が親族に振り回されることがないように、と願っています」

アウレーリアは父親の命令で騎士コースへ進むことになったり、ゲオルギーネに取り入るためにディートリンデの側近にされたりして大変な思いをしてきた。だから、ローゼマインにはそのような思いをしてほしくないと言う。

「母上は心配性だから様々なことを先回りして考えて悩んでいるが、その分、対策をしているから問題ない。ローゼマインは最初から次期領主になるつもりがないし、ライゼガングの古老達が何と言ったところで次期領主を望むとは思えない。それに、領主候補生達は仲が良くて、次期領主のヴィルフリート様を中心にまとまっている。多少のことで亀裂《きれつ》など入らないだろう」

ランプレヒトは笑顔でアウレーリアにそう請け負う。その時、赤子が小さい口をぷはっと外した。

アウレーリアが抱き上げて、軽くその背を叩《たた》く。ランプレヒトがじっと見ていると、けぷっとゲップした息子と目が合った。

「たくさん飲んで満足したのか？　笑っているぞ」

「まぁ、お父様がわかるのかしら？　では、名前を早く考えてほしいとお願いしましょうね」

赤子の小さい手を握って微笑むアウレーリアに、ランプレヒトも笑った。

「会えなかった間にたくさん考えた。私のお勧めはジークレヒトだ」

穏やかな休暇を過ごすランプレヒトはまだ知らない。

オルトヴィーンからの情報を鵜呑《うの》みにしたヴィルフリートがローゼマインに不信感を抱いて貴族院から帰還することも、小さな不信感の炎を煽《あお》る存在が側近入りしていることも……。

帰還と周囲の状況

「おおぉおっ！　ローゼマイン、帰ってきたか！」

貴族院から転移陣で戻ったわたしをビックリするような大声で迎えてくれたのは、ボニファティウスだった。ドドドと音がするような勢いで大きく腕を広げて突進してくる様子に、わたしは思わずビクッとする。その途端《とたん》、「少し落ち着いてください！」とアンゲリカとコルネリウスがガシッとボニファティウスの腕をつかみ、ダームエルが「ローゼマイン様に怖がられています！」とマントをつかんだ。護衛騎士達によって突進を阻止《そし》されたボニファティウスが、オロオロとした様子でわたしの反応を窺う。

「こ、怖くはないぞ。なぁ、ローゼマイン？」

「勢いに驚いてしまっただけです、おじい様。ただいま戻りました」

わたしは挨拶をしながら、辺りを見回した。例年ならば領主夫妻やカルステッド、エルヴィーラ達の出迎えがあったけれど、今日この場にいるのはボニファティウスと領主候補生の護衛騎士達と騎士団の者が数人だ。今年は帰還の順番も例年とは少し変えられていて、「学年に関係なく、領主候補生はまとめて移動するように」とジルヴェスターから指示が出ていた。いつもとは違う物々しい雰囲気に何だか不安になってくる。

「ローゼマイン、シャルロッテが戻って来られぬから、早く魔法陣から出た方が良いぞ」

少し離れたところで自分の護衛騎士に囲まれているヴィルフリートがそう言った。わたしはコクリと頷いてリヒャルダと共に移動する。ヴィルフリートと同じように、わたしもすぐに自分の護衛騎士達に囲まれた。

「おかえりなさいませ、ローゼマイン様」

「ダームエル、コルネリウス、アンゲリカ。ただいま戻りました。……あら、ハルトムートの姿が見えませんね」

「今日の出迎えは騎士だけだと通達されています。護衛騎士だけが出迎えられるなんてと悔《くや》しがるハルトムートを、オティーリエが監視してくれています」

「あのハルトムートを簡単に抑えられるのですから、母親とは強いものですね」

わたしが護衛騎士達からオティーリエとハルトムートの攻防について聞いているうちに、シャルロッテと側仕えが転移してくる。シャルロッテが自分の護衛騎士達に囲まれるのを確認したボニファティウスが軽く手を挙げた。

「うむ。では、部屋に戻るぞ。其方等が北の離れに入るまでは私がしっかり守るので安心せよ」

ボニファティウスの号令で護衛騎士に囲まれた領主候補生が移動を始める。わたしも同じように移動しようとして、ボニファティウスが手を大きく開いて待っているのに気付いた。

「……あの、領主候補生をしっかり守るとおっしゃったおじい様の手をわたくしが塞《ふさ》いでしまっても良いのでしょうか？」

「心配はいりません。おじい様からは私達が守るので安心して手を繋《つな》いでください」

「コルネリウス！」

ボニファティウスに睨まれてもコルネリウスは怯《ひる》まずに肩を竦めた。

わたしは「そういう心配はしていないのですけれど」と呟《つぶや》きながら、去年と同じようにボニファティウスの指を握って歩き始める。

「おじい様。わたくし、今年は初めて登壇《とうだん》し、最優秀として表彰されたのです。そこでツェントからお褒《ほ》めの言葉を賜《たまわ》ったのですよ」

表彰された話をすれば、ボニファティウスは自分のことのように喜んでくれた。だが、去年とは違ってわたしだけを見ているのではなく、周囲をかなり警戒《けいかい》している。

「……おじい様、もしかしてかなり危険なのですか？」

「最近は落ち着いてきたが、領主候補生が一気に戻って来るのだ。減刑を願う貴族が直訴《じきそ》してきたり、直訴と見せかけて襲い掛かってきたりする可能性がある。貴族院で学生達の連座を回避しようと奮闘した其方達はどうしても狙われやすい。警戒は必要だ」

「危険なのは貴族が多い城の中だけですか？　外出はもっと危険なのでしょうか？」

エーレンフェストへ戻ったらすぐにでもわたしの図書館へ行こうと思っていたが、城の本館から北の離れへ向かうだけでこれだけ厳重に守られるのだ。外出は難しいかも知れない。わたしの質問に、ボニファティウスは厳しい顔で首を横に振った。

「残念ながら、其方等が勝手にうろついても良いのは北の離れの中だけだ。……せめて、春を寿《ことほ》ぐ宴《うたげ》を終えて、貴族が少なくなるまでは我慢《がまん》してくれ。メルヒオールは冬の間ずっと我慢していたのだ。姉であるローゼマインにもできるであろう？」

粛清が始まるとどうしても危険が多くなるので、メルヒオールは北の離れから勝手に出てはならないと言われていたらしい。子供部屋へ行くことも禁止されて幽閉《ゆうへい》状態だったそうだ。

「メルヒオールに構ってやると良い、ローゼマイン。私は今夜の夕食を楽しみにしているからな」

ボニファティウスがそう言って北の離れの方を指差す。出てはならないと言われている北の離れのギリギリでメルヒオールが自分の側近と共にわたし達の帰りを待ちわびていた。

「おかえりなさい、兄上、姉上！」


「一人で北の離れに籠もっているのはとてもつまらなかったです。本館にいた頃と違って、父上や母上の姿を見ることも滅多《めった》にありません。子供部屋も楽しみにしていたのですが、親が捕らえられた子供達が感情的になって何をするのかわからないので接触してはならない、と……」

貴族院から持ち帰った荷物を側仕え達が整えている間、わたし達はメルヒオールの招待を受けてお茶をしながら彼の冬の話を聞いていた。

本来ならば粛清が起こるのは冬の半ばだったが、マティアス達の情報によって急遽《きゅうきょ》冬の初めに前倒しにされた。そのため、メルヒオールは学生達が貴族院へ行ってしまうと、すぐに北の離れに閉じ込められることになったらしい。

洗礼式を終えた一年目の冬に一人で離れに籠もっているように言われたメルヒオールは、とても寂しかったそうだ。フロレンツィアは忙しい合間を縫って時々面会に来てくれたようだけれど、毎日のように顔を合わせていた洗礼前とは同じようにはいかない。気が塞いでいたようだ。

「話をするのも側近だけだったので、兄上達が帰って来てくれて嬉《うれ》しいです」

「春を寿ぐ宴までは北の離れから出られぬが、兄弟《きょうだい》姉妹で仲良く過ごせばよかろう」

その後は夕食準備のために側仕え達が呼びに来るまで、皆でカルタをしたり、トランプをしたりして遊んだ。


その日の夕食は領主一族が揃い、貴族院であったことを話し合った。メルヒオールは久し振りの賑《にぎ》やかな食事に大喜びだった。エーレンフェストの本が学生達の間で広がってきている話や祈りによって得られる御加護《ごかご》が増えることなどから自領の重要性が増した話を聞き、目を輝かせている。

「今年は去年よりも優秀な成績を収める者が多かったですものね。いくつもの共同研究を同時に行い、それらが評価されたことは素晴らしいことですよ」

「私としては分裂するだろうと予測されていた寮内を上手くまとめ上げられたことに感心したぞ。よくやった」

フロレンツィアとボニファティウスの褒め言葉に、ジルヴェスターも頷く。

「エーレンフェストの領主候補生として其方等はこちらの期待以上の仕事をした。それは父として、領主として誇らしく思う。その手腕を、今度は粛清で荒れる内部を治めるために使ってほしい」

「はい！」

基本的に褒められただけの夕食だったが、最後にジルヴェスターは厳しい深緑の目でぐるりと皆の顔を見回した。

「久し振りに皆が揃う夕食だ。今日は食事を楽しむために話題を選んだが、明後日の三の鐘には領主一族の会議を行う。気分の良くない話題も出るであろうが、これは皆で乗り越えなければならぬ」

……明後日の三の鐘。

ジルヴェスターの厳しい表情に城の内部にあるピリピリとした雰囲気と同じものを感じて、わたしはゴクリと息を呑んだ。


次の日の朝食後、わたしは貴族院から戻ってきた新しい側近達をエーレンフェストに残っていた側近達に紹介する。貴族院から戻って来たのでもうテオドールの姿はないけれど、側近が全員集合している。

「マティアス、ラウレンツ、ミュリエラ、グレーティアの四人がわたくしに名捧げをして、側近となりました。いずれ、ミュリエラはわたくしのお母様エルヴィーラに名を捧げ直す予定です」

「ギーベ・ゲルラッハの息子マティアスに、ギーベ・ヴィルトルの息子ラウレンツか」

コルネリウスの顔が微妙に歪《ゆが》んだ。マティアスとラウレンツはゲオルギーネに名捧げをしていた貴族の中心人物の子供達である。

「コルネリウス兄様、すでに名捧げをしているのですから、そのように睨まないでくださいませ」

わたしがムッとしながら四人を庇《かば》うように立つと、コルネリウスは軽く息を吐いて、わたしの頭を軽く叩いた。

「領地対抗戦や卒業式で見た限り、彼等が直接的にローゼマインを害しないことは私もわかっているよ。でも、連座を望む貴族の声は依然《いぜん》大きいのだ。彼等が救われるならばこちらにも減刑を、と望む声も多い」

「コルネリウスは彼等に向けられるはずだった怒りや不満を、主であるローゼマイン様が受けることになるのでは、と心配しているだけです。忠誠心《ちゅうせいしん》を疑っているとか、彼等が危害を加えることを危惧《きぐ》しているわけではありません」

ダームエルの言葉にわたしは「コルネリウス兄様、ありがとう」と囁《ささや》く。エーレンフェストに戻ると貴族院と同じようにはいかないと思っていたが、どうやらかなり前途多難のようだ。

「ハルトムートは儀式のために貴族院へ来たので知っているでしょう？　こちらのダームエル、コルネリウス、アンゲリカは護衛騎士です。オティーリエはハルトムートの母親で側仕えです。騎士の仕事についてはダームエルの指示に従ってください。ダームエル、マティアスとラウレンツも含めて神殿へ向かう護衛騎士の当番を決めてください。文官達は去年と同じように情報の振り分けを、側仕え達には片付けの続きをお願いします」

わたしは側近達に仕事を振り分けると、自分の大事な荷物からフェルディナンドにもらった魔術具を取り出した。魔力を通さない革袋に入った極秘任務っぽい紙と魔術具がずっと気になっていたのだ。

「わたくし、これを隠し部屋で聞いてきますね」

「聞いた後は、魔術具をこちらに渡してくださいませ。シュミルのぬいぐるみにいたしますから」

リーゼレータに笑顔で頷き、わたしは魔術具の入った袋を抱えて隠し部屋へ入った。革袋の方は置いて、先に卒業式の朝にフェルディナンドから貰《もら》った魔術具を再生していく。

「あの時はお小言から始まったけど、最後に一つくらいは褒め言葉を入れていてくれるはず！　わたし、フェルディナンド様を信じてるよ！」

わたしは気合いを入れて魔石に触れ、再生していく。けれど、信じても意味がなかったらしい。悲しいことに最初から最後まで延々とお小言が詰まっているだけだった。

「ひどいよ、フェルディナンド様。一つくらい褒め言葉があってもよかったのに。大変結構じゃなくても、悪くないくらいの褒め言葉でもよかったんだよ……」

延々とお小言を繰り返す魔術具に悲しくなりながら、わたしは魔力を通さない革袋を開けた。そこから、もう一つの録音の魔術具と紙を取り出す。

「……あれ？」

革の袋は空っぽになったはずなのに、まだ何かが入っているような重みがある。手を入れて中を探ってみれば、何か入っているような形があるのに取り出せないようになっている。

「二重底？」

今までは魔術具の重みや形で気付かなかったが、革の袋は二重底になっていて、他に何かが入っているようだ。わたしは紙を開いた。見慣れたフェルディナンドの字が並んでいる。

「こちらの魔術具には君の要望通りに褒め言葉を入れてある。他の者には聞かれぬように、常に革袋に入れておくこと。それから、図書館の隠し部屋でのみ使用すること。守れぬ場合は底に隠した魔術具によって褒め言葉は自動で消滅することになる」

「えぇ!? ちょ、ちょっと待って！ いつの間にそんな研究を!?」

録音した声が自動で消える魔術具を作っているなんて聞いていない。わたしは何度も読み返し、録音の魔術具を革袋に戻す。注意書きを先に読まずに、魔術具を作動させていたら貴重な褒め言葉が消えてしまっているところだった。

「先に魔術具に触らなくて良かった。声と文字だったら文字を優先する子でよかった、わたし」

褒め言葉はものすごく気になるけれど、他の人には聞かれないようにわざわざフェルディナンドが魔術具を分けたのだ。図書館に行けるようになるまで我慢しなければ褒め言葉が消えて、後で自分が悲しいことになる。わたしは他の人が不用意に魔術具に触って褒め言葉が消滅しないように革袋を置いたまま、お小言の魔術具だけを持って隠し部屋を出た。

「リーゼレータ、これはお小言ばかりが入った魔術具でした。ぬいぐるみにすると、フェルディナンド様の声でお小言が延々と流れてくるのですけれど、本当にシュミルにしますか？」

リーゼレータは「もちろんです」と嬉しそうに笑いながら魔術具を手に取った。シュミルのぬいぐるみからフェルディナンドの声でお小言が流れても、リーゼレータは可愛《かわい》いと思えるらしい。

……むぅ、リーゼレータのシュミル愛はすごいね。

「ローゼマイン様、先程の革の袋はどうされました？」

「隠し部屋に置いています。もう一つの魔術具にフェルディナンド様が褒め言葉を入れてくださったそうですけれど、聞く場所を間違えると褒め言葉が消滅してしまうという危険な罠《わな》が一緒に入っていたのです」

わたしの言葉を聞いたリヒャルダが「ただ褒め言葉を送るのは照れくさいのでしょうね。フェルディナンド様らしいこと」とクスクス笑った。

……いくら照れくさいからって消滅の罠を仕掛ける必要はなかったと思うよ！

ランプレヒトとニコラウス

隠し部屋を出た後は情報の仕分けを文官達と一緒にやり、三の鐘が鳴った後は他の兄弟達とフェシュピールの練習をしたり、借りてきた本を読んだりしていた。一人で過ごすのが寂しかったというメルヒオールのためである。

「ローゼマイン様、大変申し訳ございませんが、午後から少しお時間をいただけますか？　お話ししておきたいことがいくつかあるのです」

珍しくランプレヒトから声をかけられて、わたしは目を瞬《まばた》いた。北の離れから出られない今は面会室を予約することもできないのだ。どうすれば良いのか、わたしはリヒャルダを振り返る。

「リヒャルダ」

「ランプレヒト様が声をかけるのです。お急ぎなのでしょう？　今日の午後は特に予定がございませんから、お話をしても構いません。姫様のお部屋を使ってください。ただし、レオノーレとアンゲリカを同席させてくださいませ」

婚約者であるため、身内に数えられるレオノーレとアンゲリカを同席させるように言われて、わたしはランプレヒトを見上げた。

「恐れ入ります。では、午後に」

昼食を終えると、すぐにランプレヒトがやってきた。お茶を淹《い》れると、側仕え達が退室して行く。

「ランプレヒト兄様から声がかかるなんて珍しくて驚きました」

「……これは自分の口で報告するべきだからな」

少し頬を掻《か》いた後、ランプレヒトがフッと笑った。大事なものを思う優しい笑みにピンときた。

「赤ちゃんが生まれたのですね？」

「あぁ。冬の初めに生まれたよ。秋の終わりには生まれているだろう、と言われていたのに、ずいぶんのんびりとした子のようで、生まれたのは冬になってからだった」

「おめでとうございます。早速《さっそく》お祝いを……」

「ローゼマインはそう言って暴走すると思ったから、今まで黙っていたのだ」

コルネリウスが呆《あき》れたような顔で、お祝いは大仰《おおぎょう》にしないように、と言った。

「どうしてですか？　同母の繋がりだったら、お祝いしても良いのですよね？」

フロレンツィアも妊娠しているけれど、フロレンツィアの子は異母の関係になるので、わたしは洗礼式まで面会もできないのである。わたしは同母の繋がりであるランプレヒトの赤ちゃんに会えるのを楽しみにしていたのだ。

「お祝いしてもらえるのは嬉しいが、しばらくは家族以外に生まれたことを漏《も》らすつもりはない。だから、お祝いをしてもらうのも少し困る」

「どうしてですか?」

子供が生まれたら、周囲に生まれたことを述べて皆の記憶に残すのが平民のお祝いだった。貴族の場合は洗礼式までは親しい人にしか言わないけれど、わざわざ広げないだけで、祝い自体をしないという風習はなかったはずだ。

「この冬に粛清されたのは、ゲオルギーネに名捧げをしている者やヴェローニカ派の貴族達だ。アーレンスバッハの血を引く者や彼等に贔屓にされていた者を中心に処罰を受けた。そのため、アーレンスバッハ出身のアウレーリアやその赤子はどうしても厳しい視線に晒《さら》される。だからこそ、本当に家族にしか生まれたことを言っていない」

ランプレヒトの言葉に頷いたコルネリウスも任務中のような厳しい顔でわたしを見て口を開く。

「貴族院へ同行していない私達は粛清で最前列にいたから、どこで恨みを買っているかもわからない。大仰な祝いをしないでほしいのは、そういう理由だ」

「アウレーリアもアーレンスバッハ系貴族の動きに敏感《びんかん》になっているので、できるだけ穏やかに過ごしてほしいと思っている。アウレーリアと赤子の安全を最優先にするために、ローゼマインもしばらくは秘密にしてほしい」

何となくちょっと頼りないところがあったランプレヒトの表情に「家族を守る」と言っていた父

さんに通じるものを感じて、わたしはちょっと嬉しくなった。

「わかりました。秘密にします。家族を守るためですものね。本当は里帰りして、ババーンとお祝いしたかったのですけれど、安全のためです。我慢します。でも、ここで様子を聞くだけならば良いでしょう？　赤ちゃんは元気なのですか？」

わたしが尋ねると、ランプレヒトは相好《そうごう》を崩した。

「アウレーリアは夜中にも授乳があるせいで何だかずっとぼんやりしているが、赤子はとても元気で、最近は首も据わってきた。危険を避けるために離れではなく、本館で過ごしている」

ランプレヒトが「授乳以外は寝てばかりだな」とアウレーリアをからかったら、「それだけ母親は大変なのです」とエルヴィーラに叱られたらしい。赤ちゃんのいる生活を思い描けば、わたしの脳裏に蘇るのは短かったカミルとの生活だ。

「そういえば、コルネリウス兄様はレオノーレといつ頃結婚するのですか？」

コルネリウスはエックハルトの館を譲り受けたようだし、この夏にも星結びの儀式を行うのだろうか。わたしは並んで座っているコルネリウスとレオノーレを見つめる。コルネリウスが「……そうやってからかおうとする時の顔が、本当に母上にそっくりだ」と言いながら、レオノーレとアイコンタクトを取る。

「普通に一年から二年の準備期間を設けるよ。すでに婚約しているし、星結びの儀式は慌ててすることでもないだろう？」

「そうですね。わたくしもコルネリウスと同じように、エーレンフェストの情勢がもう少し落ち着いてからの方が良いと思っています」

　仲が良くて結構なことである。

「コルネリウス兄様とレオノーレの星結びの儀式では、わたくし、張り切って祝福しますから。任せてくださいませ」

「普通で良い！　普通で！　ローゼマインが張り切ったら大変なことになりそうだ」

「いえいえ、お兄様の儀式ですもの。王族の星結びにも負けないくらいにたくさんの祝福が降り注ぐように全力で……」

「止めてくれ！」

　コルネリウスが必死に手を振って、わたしを止めようとする。慌てるコルネリウスを見て、レオノーレが楽しそうに笑った。

「楽しい話はここまで。ちょっと真面目な話をしても良いか？」

　ランプレヒトがわたしとコルネリウスの間に手を入れて止めると、皆が表情を引き締める。

「ニコラウスのことなのだが……」

　カルステッドの第二夫人トルデリーデの息子だ。異母弟なのだが、トルデリーデがヴェローニカに仕えていたこと、フェルディナンドに良くない感情を持っていたことから接触しないように、と言われていた。

「トルデリーデも捕らえられた。それは知っているだろう？」

「はい。ヴェローニカ様にずいぶんと入れ込んでいて、色々としていたようですからね」

「そして、今、ニコラウスは子供部屋にいる」

ランプレヒトの言葉に、わたしは目を見張った。

「まだ子供部屋にいるのですか？　お父様が引き取れば家に帰ることはできたでしょう？　引き取ろうと思えば引き取れる親がいるのに、季節一つ分も子供部屋に放置しておくなんてニコラウスが可哀想ではありませんか」

わたしが顔を顰《しか》めると、コルネリウスが難しい顔になった。

「父上は粛清の指揮を執《と》る立場だからね。折を見て数回はニコラウスと話をしに行ったようだが、引き取るのは無理だ。あの年の子供を離れに一人で置いておくわけにはいかないだろう？」

「……本館にはお母様がいますよね？　別に離れでなくても構わないのでは？」

わたしが呟くと、ランプレヒトもコルネリウスもきょとんとした顔になった。

「母上はニコラウスの母親ではないのに何故引き取れるのだ？」

「え？　引き取れないのですか？」

「ローゼマイン様は神殿でお育ちですし、洗礼式を機にエルヴィーラ様のお子様となったので、同母の兄弟と異母兄弟への理解が浅いのかもしれませんね。母親の許可があれば……ニコラウスの場合はトルデリーデ様が望んでエルヴィーラ様に託せば、引き取ることはできますよ。捕らえられているので、意思確認ができませんけれど」

レオノーレのフォローにコルネリウスとランプレヒトは「やはりローゼマインにはわかりにくいか」と頷いた。アンゲリカもわかったような顔で一緒に頷いている。

「実母であるトルデリーデの許可もなく、ニコラウスを母上が引き取るには養子縁組が必要になる。トルデリーデは罰を受けたら戻ってくるのに、子供部屋から引き取るためだけに養子縁組をするのは現実的ではないだろう？　母上もニコラウスは子供部屋にいた方が良いとおっしゃったよ。トルデリーデが意見できない状態で子供を取り上げるわけにはいかないそうだ」

たとえ同じ敷地内の離れで暮らしていても、異母兄弟というのは完全に別の家庭として扱われている事実を目《ま》の当たりにして、わたしは衝撃《しょうげき》を受けた。これほどまでに母親の違いで差があるのであれば、引き取られずに子供部屋に残されている子供は想定以上に多いのではないだろうか。

「わたくし、父親が引き取れば、腹違いでも他の妻がある程度の面倒を見てくれるものだと思っていました……」

「今のところニコラウスやマティアス達は連座を免れています。けれど、犯罪者の子であることに変わりはございません。直接罰を受けないだけで、皆の意識をそう簡単には変えられませんから、好き好んで自宅に入れる人は少ないのではないでしょうか」

程度の差こそあれ、犯罪者の親族に対する厳しい目は麗乃《うらの》時代にもあったものだ。わたしはレオノーレの言葉に「ニコラウスはまだ九歳の子供ですが……」と小さく返すことしかできない。

「ローゼマイン、もう九歳なのだ。ニコラウスがこれまでトルデリーデからどんなふうに育てられているのか、自分の母親が自分の父親によって捕らえられたことをどのように思っているのかを考えると、私は彼を本館へ入れたいとは思わない。特にニコラウスは騎士見習いになるために鍛錬《たんれん》を積んでいるからな」

コルネリウスの言葉にランプレヒトは肩を竦めた。

「ニコラウスは体格が良いし、おじい様によると筋も良いらしい。感情的になった時にどのように動くのかわからない騎士見習いを本館に入れるのは反対だ。今は異母弟よりアウレーリアや赤子の安全を優先したい。本調子であればアウレーリアがニコラウスを押さえるくらいは簡単にできるけれど、産後の今の状態では難しいからな」

……ヴェールを被《かぶ》ってのそのそと動いていたアウレーリアが騎士見習いを簡単に押さえられると言われても、何だか信じられないけどね。

アウレーリアは騎士コースを選択していたと聞いているが、そういう印象が全くないのだ。

「トルデリーデはヴェローニカ様を敬愛《けいあい》していて、フェルディナンド様を罵《ののし》っていたこともあるし、エックハルト兄上が名捧げした件や神殿へ出入りするローゼマインを引き取った件で母上を嘲笑《ちょうしょう》していたこともある。たまにしか本館へ足を運ぶことはなかったけれど、私は彼女が嫌いだし、彼女に育てられたニコラウスを受け入れたいと思わない。罰を終えて戻るまで、ニコラウスは子供部屋にいるのが一番だと思うよ」

「そう、ですか……」

ニコラウスを取り巻く状況は理解できたけれど、胸の奥は何だかとてももやもやしている。まだ何の罪も犯していないのに、世間の風当たりがあまりにも強すぎると思うのだ。

「……春を寿ぐ宴を終えても子供部屋に残される子供達は、一体何人くらいいるのでしょう？　残る子供達を孤児院へ移すことはできないでしょうか？」

少しでも風の当たらないところへと思ったら、ポツリとそんな言葉が漏れた。その途端、コルネリウスとレオノーレが目を見張る。

「ローゼマイン、何を考えている⁉」

「ローゼマイン様、思い付きで抱え込むには事が大きすぎます」

思い付きで抱え込むには大きすぎるかもしれないけれど、子供部屋に残される子供達をそのままにしておくのも可哀想だ。城の本館で生活する以上、常に貴族の大人達の視線に晒される。

「ランプレヒト兄様、シャルロッテの側近に子供部屋の面倒を見てくれていた人がいるはずなのです。その人に冬の子供部屋について話を聞きたいです。コルネリウス兄様、ハルトムートを呼んでください。孤児院の現状について質問があります」

仕方がなさそうな顔でランプレヒトとコルネリウスが部屋を出る。すぐ近くに控えていたのだろうか、入れ替わるようなタイミングでハルトムートが笑顔で入ってきた。

「ローゼマイン様、お呼びですか？」

わたしはハルトムートにニコラウスの現状を軽く話し、孤児院の現状と春になると親が引き取りに来る子供達の人数を尋ねた。

「これまでに要望があったのは五名です。確かに第二夫人や第三夫人の子はどちらかというと残されがちですね。魔術具を持っていない子供に関しては誰からも何の連絡もありません」

「……そう。子供部屋に残される子供達を孤児院で受け入れることはできると思いますか？」

わたしの言葉にハルトムートは橙色《だいだい》の目を伏せて、少し考え込んだ。

「受け入れるだけならばできます。彼等の生活にかかる費用は子供部屋と同様に親や粛清した貴族から接収《せっしゅう》すれば良いのですから。ただ、洗礼前の子供達とは違って、子供部屋にいるのはすでに貴族として扱われている子供達です。灰色神官や灰色巫女《みこ》の言葉を素直に聞くかどうかわかりませんし、灰色の服を着せて生活させるのは難しいと思われます」

粛清後の孤児院の状態をわたしは自分の目で見ていない。洗礼前の子供達は建前上まだ貴族ではないけれど、子供部屋の子供達は明確に貴族なのだ。

「ローゼマイン様、ヴィルフリート様が入室の許可を求めていらっしゃいます」

グレーティアの声にわたしが頷くと、「ランプレヒトから何かを始めるつもりだと聞いたが、今度は何をするつもりなのだ？」とヴィルフリートが不安そうに部屋へ入ってくる。

わたしは「実現は難しそうです」と首を振った後、子供部屋の子供達を孤児院へ移せないか、と考えていたことを一通り説明した。ヴィルフリートは一度呆れた顔で溜息を吐く。

「……可哀想だから世間の目から隠してやりたいのか？　だが、隠したところで何の解決にもならぬ。彼等の親族が罪を犯し、罰を受けていることは事実ではないか。世間の目から隠すのではなく、自分には恥ずべきところがない、と胸を張って生きていくように言うべきだ」

ヴィルフリートは真っ直《まっす》ぐに前を向いてそう言った。自分の経験上、貴族達の陰口はいつまでも続く。ほんの一時、隠してあげることは誰のためにもならないと言った。

「世間の視線から少しでも隠してあげたいという理由もあるのですけれど、メルヒオールは冬の間は子供部屋に行けなくて、北の離れで側近達に囲まれて一人で勉強していたのでしょう？」

「そう言っていたな」

「メルヒオールに先生が付いていたなら、先生がいなかった子供部屋はどのような状態だったのでしょう？　この先も子供部屋に残される彼等に、貴族として満足な教育は与えられるのでしょうか？」

「それは子供部屋を担当している母上に相談して手配してもらうべきで、管轄外《かんかつがい》の其方が考えることではない。頼まれてもいない他人の仕事に手を出すな」

そう言われて、わたしは少しだけ肩の力を抜いた。確かにわたしが考えるのではなく、フロレンツィアにどうなっているのか質問して、何とかしてもらう問題だった。

「其方は子供部屋全体ではなく、むしろ、ニコラウス個人のことを考えてやればよかろう」

「ニコラウス個人ですか？」

意味がよくわからなくて首を傾《かし》げると、ヴィルフリートは「あぁ、そうだ」と頷いた。

「ニコラウスは上級騎士見習いとして領主候補生に仕えたいと望んでいて、一番の希望はローゼマインだそうだ。ボニファティウス様に可愛がられているコルネリウスやアンゲリカの仲間に入りたくて、コルネリウスとローゼマインの仲の良さを羨《うらや》ましく思っているらしい」

思わぬ言葉にわたしは目を瞬いた。わたしはそんなことを聞いたことがない。

「だが、ニコラウスは母親が違うために避けられて、ローゼマインとは会話一つできないと言っていた。両親に対してローゼマインに仕えたいと希望を述べたら一蹴《いっしゅう》された、と」

「ヴィルフリート様、一蹴したのは父上ではなく、母親のトルデリーデです。神殿から出てきたローゼマインに仕えるのは許さないと言ったのです」

ランプレヒトが溜息と共に訂正を入れたけれど、ニコラウスがわたしの側近を希望したのは事実らしい。彼と一言も話をしたことがないわたしは、接触を禁じたコルネリウスを見上げた。

「コルネリウス兄様、わたくし、ニコラウスが側近を希望していたなんて知りませんでした。全く聞いていませんけれど……」

「ニコラウスはヴィルフリート様に仕えるのが一番良いと決まったからです。トルデリーデもヴェローニカ様に大事にされていたヴィルフリート様が主であれば文句は言いませんし、ニコラウスも領主候補生の側近になりたいという希望は叶《かな》えられるし、ランプレヒト兄上がいるので、我々兄弟と仲良くなろうと思えばなれます」

コルネリウスがニコリと笑ってそう言うと、ヴィルフリートは軽く頭を振って「だが、私に仕えるのはニコラウスの希望ではないだろう」とコルネリウスを睨んだ。

「子供部屋で不自由な生活をしている上に、自分の希望が叶わないのは可哀想だ。連座を免れた子供達だって自分の主を決めることができるではないか」

「ヴェローニカ様にどこまでも忠実なトルデリーデの息子でなければ、私もヴィルフリート様と同じ意見だったかもしれません。それに、連座を免れた学生が自分の主を決められるのは、名捧げが前提です。マティアス達のように名を捧げた後ならば私も少しは信用できると思います」

コルネリウスが明らかに作り笑いだとわかる笑顔でそう言うと、ヴィルフリートの表情が少し強《こわ》張《ば》った。ランプレヒトが軽くコルネリウスを睨んで困ったように息を吐く。

「ヴィルフリート様、トルデリーデは非常に見方の偏《かたよ》った女性です。ローゼマインがフェルディナンド様と手を組んで、アウブを騙《だま》して養女になったとか、とても悪辣《あくらつ》な手を使って前神殿長を陥れ《おとしい》、ヴェローニカ様まで罪が及ぶように画策《かくさく》したと主張していました」

……フェルディナンド様がわたしを使って罠を張り、養父様《とうさま》が首を突っ込んだところで、勝手に前神殿長とヴェローニカ様が自爆したというのが正解だよね。

わたしはあの頃を思い返し、小さく溜息を吐いた。わたしはトルデリーデと直接面識がないのでニコラウスが可哀想だと思うけれど、エルヴィーラやコルネリウス達が受け入れられないのは仕方ないとも思える。

「子供には罪がないとか、まだ何もしていないから、とローゼマイン様は簡単に受け入れそうですが、危険人物が近付く隙を作るのは護衛騎士として許容できません。今はただでさえ危険なのですから」

わたしが言いそうなことを先回りしてコルネリウスに言われてしまった。護衛騎士達が揃って頷いているのを見ると、ニコラウスと話をするのも大変そうだ。

……わたし、一度はきちんと向かい合って話をしたいんだけどな。

領主一族の会議

次の日の三の鐘に、わたし達領主候補生は文官と側仕えを一人ずつ、護衛騎士を全員連れて北の離れを出た。やはり色々と警戒されているようだ。普段使う会議室とは違い、本館の中でも北の離れから近い場所にある広めの面会室が会議室として準備されている。ジルヴェスター、フロレンツィア、ボニファティウス、ヴィルフリート、シャルロッテ、わたし、これまでとは違ってフェルディナンドの代わりにメルヒオールとその側近達が入って、会議は始まった。

「今回は報告が多い。まず、フロレンツィアが懐妊《かいにん》した。夏の終わりから秋には生まれるだろう。もうしばらくは体調の良くないことが多いと思われるので、それを念頭に置いて、これから先の仕事を振り分けていきたい」

ジルヴェスターの言葉に会議室の中がざわめいた。第二夫人を娶る予定やこれから先の執務《しつむ》はどうするのかと戸惑ったように顔を見合わせている者がいるけれど、一足先に妊娠について教えられていたわたしに困惑はない。一番にお祝いの声をかける。

「養母様《かあさま》、ご懐妊おめでとう存じます。秋が楽しみですね」

「ありがとう存じます、ローゼマイン」

ホッとしたようにフロレンツィアが表情を緩《ゆる》めると、メルヒオールも嬉しそうな顔でお祝いを口にした。

「おめでとうございます、母上。私の弟か妹ができるのですね？」

「そうだ。だが、これはしばらくの間、内密にしておく。いいな？」

ジルヴェスターは会議室にいる側近達を含む全員を見回すと、妊娠報告に少し俯《うつむ》いて硬い表情をしていたシャルロッテが意を決したように顔を上げて口を開いた。

「お母様を危険に晒すつもりはございません。もちろん内密にしますし、わたくしにできる限りの協力をするつもりです」

「助かる。……この後の報告は冬に行われた粛清を中心にしたい。エーレンフェストを立て直すことが急務であることはわかるであろう？」

冬の粛清についての報告が始められる。マティアス達からの情報によって、計画を前倒しにして粛清を始めたこと。ゲオルギーネに名捧げをしていることが判明した者を優先して捕らえることにしたこと。ギーベ・ゲルラッハの冬の館に突撃した時は自害した者が多かったが、エーレンフェスト貴族として登録していた者が少なかったこと。

「父上、意味がよくわかりません。ギーベ・ゲルラッハの館にはエーレンフェストの貴族ではない者が多くいたということですか？」

「洗礼式でメダルに魔力を登録するだろう？　そのメダルと死体の魔力を突き合わせていくことで身元を調べられるのだ。だが、合わない者が何人もいた。正確には、何人分もの死体があった」

何人分もの死体という言葉に背筋がぞわりとしたけれど、わたしはメダルに登録されていない者に心当たりがある。

「メダル登録のない者は身食《みぐ》い兵かもしれませんね。わたくしが初めて襲撃《しゅうげき》を受けた時、それに、シャルロッテがさらわれかけた時も、襲ってきたのは身食い兵だったでしょう？」

青色巫女見習い時代の初めての祈念式《きねんしき》でゲルラッハを訪れた後、それから、下町でトゥーリとわたしがさらわれかけた時、ユレーヴェで二年間眠ることになった原因の襲撃、神殿から灰色神官達がさらわれた時など、身食い兵が使われていたことは何度もあった。

「あぁ、シャルロッテの洗礼式の時に襲い掛かってきて自爆した兵士も所在が不明な者だった。間違いなく同じような者だと思われる」

「……あの、ギーベ・ゲルラッハも自爆なのですか？　何となく信じられなくて……」

わたしは冬の館に突っ込んだというボニファティウスへ視線を向けた。ボニファティウスは眉間に皺《しわ》を深く刻んだ難しい顔でゆっくりと口を開く。

「私が自爆する現場を見たわけではない。状況から自爆だと判断しただけだ。……私が先陣を切って突っ込み、シュタープで捕らえようとしたが、乱暴すぎると反対する者はいるし、当たり前だが執事は入れたがらなくて時間がかかった。そのせいだろうな。私が集会の行われていた部屋へ到着した時には焦《こ》げ臭い肉塊《にくかい》が散らばり、炎が広がる部屋になっていたのだ」

淡々と語られているが、その部屋の惨状《さんじょう》はあまりにも怖くて想像したくない。「ちなみに、私が突っ込んだ瞬間に執事も自爆して玄関が大変なことになった」なんて話は、耳を塞ぎたい衝動に駆られながら聞いた。血みどろぐっちゃの光景が頭に思い浮かぶのを必死に振り払いながら、勝手に鳥肌が立つ二の腕を擦《さす》りつつ、わたしはボニファティウスの話の続きを聞く。

「部屋中に散らばっている腕や足の魔力を、こちらで登録されているメダルと突き合わせて判断し、誰がその場にいたのか調べたのだが、魔力登録のない者が何人もいた。ギーベ・ゲルラッハについては左手の指輪と家紋《かもん》、それから残っている魔力がメダルから本人に間違いないと判断したが、どうにも誤魔化《ごまか》されているような気がしてならぬ。残っている物が少なすぎるのだ」

ボニファティウスの武人としての勘は警鐘《けいしょう》を鳴らしているようだが、現場に残っている物や自分の目で見たことから「ギーベ・ゲルラッハの生存」に対する確信は持てないそうだ。

「ギーベ・ゲルラッハが手だけを残して逃げた可能性はないのですか？」

ヴィルフリートの質問にボニファティウスが腕を組んで唸《うな》る。

「部屋の血の臭いや肉塊の温度から考えても、私が部屋に突っ込んだのは自爆して間もなくに間違いない。館の周囲は騎士が取り巻いていて、逃げ出す騎獣の姿は見られていない。魔力食らいがいる地下を貴族が逃げるのは至難《しなん》の業《わざ》で、全ての出口は平民の兵士が見張っていた。平民に被害が出たとか、不審な動きをする平民がいたという報告もない」

ボニファティウスの言葉に頷きながらジルヴェスターも更に説明を加える。

「貴族が逃げられぬように街の結界は最大まで警戒レベルを上げていたし、北門にも騎士を配置し、平民の兵士達にも馬車は決して通すなと通達してあった。騎獣でも馬車でもエーレンフェストから逃れた貴族はいないと報告されている」

それだけ揃っても、ボニファティウスはどうにもギーベ・ゲルラッハの死が納得できないらしい。

「ボニファティウスがあまりにも納得しないので、マティアスから報告のあった、ゲオルギーネに名捧げをしていると確定している者に関してはメダルを使った処刑もすでに終えている」

「……闇の神の、アレですか？」

ハッセで見たメダルを使った処刑を思い出して、わたしは恐る恐る尋ねた。フェルディナンドに次々と叩きこまれた領主候補生コースの中で覚える魔術としてあった。この場には領主候補生以外もいるので曖昧《あいまい》にぼかして言ったけれど、ジルヴェスターには通じたようだ。厳しい面持ちでコクリと頷く。

「でも、養父様。あの魔術はアウブの支配下にいなければ、通じないのではありませんか？」

「ローゼマイン、騎獣も使わず、馬車も使わず、どのようにエーレンフェスト以外へ行くのだ？」

「……え、えーと……転移陣、とか？」

「人を転移させる転移陣にはアウブが必要ではないか。ギーベ・ゲルラッハに使えるわけがない」

わたしが必死に捻《ひね》り出した答えはジルヴェスターの呆れた視線で却下《きゃっか》された。確かにわたしが転移陣についてフェルディナンドから教えてもらった時も、人を転移させるのは影響が大きいため、アウブにしか作製や作動ができないと言われた。

「とにかく、メダルと合致する肉塊が見つかっていて、メダルによる処刑を行ったのだ。ギーベ・ゲルラッハことグラオザムは死んだ。それよりも現状について話を進めたい」

ジルヴェスターはギーベ・ゲルラッハの死亡を結論づけると、次の話に移る。

「現状として困っているのは、他に名捧げをしている貴族がいないかどうかだ。名捧げは基本的に秘密裏に行われる。マティアスの情報を元に捕らえた者は間違いなさそうだが、彼等の記憶さえトルークで曖昧になるので、名捧げしている者の調査は本当に難航している」

様々な繋がりから推測していくしかないらしく、冤罪《えんざい》で処刑という事態を起こさないためにも慎《しん》重《ちょう》にならざるを得ないそうだ。

「あぁ、そうだ。ローゼマイン、ヴィルフリート、シャルロッテ。連座を免れ、其方等に名捧げをした者をこれからしばらく調査のために騎士団が借りることになる」

ゲルラッハ、ヴィルトル、ベッセルなど、ゲオルギーネに名捧げをしていたギーベが治めていた土地の捜査のためには子供達が必要らしい。

「粛清後、騎士団が捜査のためにそれぞれの夏の館へ向かったのだが、ギーベの館は登録されている血族でなければ開けられぬ扉が多い。そのため、入れなかった場所も多かった。新しいギーベに交代すると隠し部屋の類《たぐい》が完全に使えなくなるので、その前に館の捜査をしたいのだ」

孤児院長室の隠し部屋にわたしが魔力登録をし直すと、二度と以前の隠し部屋が開かなくなる。同様に、ギーベが交代して登録し直すと二度と入れなくなる場所がいくつもあるらしい。

「急いで館の調査をしなければならない事情はよくわかりました。マティアス、ラウレンツ、ミュリエラには騎士団の調査に同行し、協力するように言います。ですから、彼等に手荒な真似は絶対にしないでくださいませ。三人はすでにわたくしの側近です」

わたしが騎士団長であるカルステッドを見つめながら念を押すと、カルステッドは頼もしい笑顔で頷いた。

「ローゼマイン様のお言葉、騎士団の者にはよく言い聞かせておきましょう。もちろん、ヴィルフリート様とシャルロッテ様の側近にも手荒な真似はいたしません」

そう言った直後、薄い青の瞳に厳しい光を宿らせる。

「その代わり、騎士団の調査に協力するように、それから、親や親族の罪を隠匿《いんとく》するような真似は決してしないように、主としてよく言い聞かせておいてください」

「わかりました」

彼等の命を救うためには必要な協力だ。ヴィルフリートとシャルロッテも真剣な面持ちで頷いた。

「それから、このようなことを其方等に言わなければならないのは、大人として非常に心苦しく情けないと思うのだが……」

疲れ切った顔でジルヴェスターはそう言いながら、木札の束をコツコツと指先で叩いた。

「エーレンフェストは長いこと下位領地で、上位領地との付き合い方を知っている大人が少ない。それは知っているな？　そして、今は順位を上げ過ぎたせいで上位領地としての付き合い方を求められている」

貴族院で散々言われてきたことだ。わたし達は揃ってコクリと頷いた。

「だが、エーレンフェスト内は粛清の影響で貴族の人数が減っているし、捕らえられた者達がいなくなったことで空いた地位に誰が就くのかと、貴族達の暗躍《あんやく》が始まっている状態だ。他領との付き合い方を改めるよりも、内政をまとめることを優先しなければならぬ」

複数のギーベが処刑されたため、次は誰がなるのかと、残っている貴族達が牽制《けんせい》し合い、とても他領に目を向けられるような状態ではないらしい。

「子供達の努力は知っている。順位を上げるため、成績を上げるために一丸となっていたことで、粛清に揺れる寮内がまとまっていたことも理解しているつもりだ。だが、情けないことにその勢いに大人がついて行けない。そのため、しばらくの間、貴族院では順位を維持、もしくは、十位くらいに下げてほしいと思っている。これはエーレンフェストの大人の総意だ」

ジルヴェスターの言葉が信じられず、わたしはあんぐりと口を開けた。上位領地として相応しくなれるように大人が努力するので、その間「維持してほしい」ではなく「順位を下げてほしい」と言われるとは思わなかった。

「……エーレンフェストの大人の総意が、順位を下げること、なのですか？」

貴族院では少しでも成績を上げようとチームに分かれて頑張った。座学の好成績を先生に褒められて喜んでいた皆の顔が浮かんだ。エーレンフェストが上位領地の仲間に入ったことによって周囲とどのように付き合っていけば良いのか、手探りで試しながら奮闘していた側近達の姿が脳裏をよぎる。皆に順位を下げてほしい、とわたし達が言わなければならないのだろうか。

「ローゼマイン、其方の支持基盤であるライゼガング系貴族の総意だ」

ジルヴェスターの後ろに立つカルステッドが少し苦い顔でそう言った。

「ライゼガング系貴族の……？」

「あぁ。貴族院からもたらされた情報により、粛清の前倒しが行われ、主要な地位についていたアーレンスバッハ系の貴族がほぼ一掃《いっそう》された。長年の夢と望みであった敵対勢力を葬《ほうむ》り去ることができたことに満足し、前ギーベ・ライゼガングははるか高みへ続く階段を上がっていったそうだ」

予想外の言葉にわたしは目を見張った。

「曾祖父様がはるか高みに？」

「ローゼマインはライゼガングのために神が遣わしてくれたのだと感謝と満足をしながら、だったそうだ。できることならば、ローゼマインにアウブとなってほしい、と」

アーレンスバッハとヴェローニカに対する恨みと憎しみで凝《こ》り固まっていた曾祖父様の姿を思い出す。ヴィルフリートと話をして約束したことで少しは安心してくれたようだが、違ったのだろうか。粛清に満足して大往生《だいおうじょう》というのも、それがわたしのおかげだと言われるのも、遺言《ゆいごん》でアウブになってほしいと言われるのも、何だかとてももやもやした気分になる。

「あの、父上。前ギーベ・ライゼガングの死と領地の順位にどのような関係があるのですか？」

ヴィルフリートが訝《いぶか》しそうな顔でそう言うと、フロレンツィアが少し目を伏せた。

「彼がはるか高みに上がったことで、旧ヴェローニカ派との対立は解消が容易になりました。もうアーレンスバッハに勝つために順位を上げる必要はないのです。これからは領地内を整えることに注力しなければならないし、エーレンフェスト全体が負担に感じている以上、順位を上げても喜ぶ者は誰もいない、とライゼガング系の貴族は考えているようです」

大人がついて来られないと聞いてはいたけれど、「喜ぶ者は誰もいない」というほど順位を上げることが困ることだとは思っていなかった。

……少しでも順位を上げようと皆で色々考えて、貴族院で頑張ったのに余計なことだった？

わたしがエーレンフェストの順位を上げるのは、別にライゼガングのためではなかった。寮内をまとめる目標にちょうどよかったこともあるし、アーレンスバッハへ向かったフェルディナンドが蔑《さげす》まれないためにも必要だったはずだ。けれど、「順位を上げてほしい」と言ったジルヴェスターの口から今度は「できれば十位くらいに下げてほしい」と言われてどのように反応すれば良いのかわからない。

……フェルディナンド様はレティーツィア様の教育係としてアーレンスバッハにいるから、エーレンフェストが頑張らないのは困るって言ったんだよ？

「極論だが、上位領地ばかりと積極的に関わり、王族と繋がりを持っているのはローゼマインだけだ。其方が言動を慎《つつし》めばエーレンフェストがこれ以上順位を上げることは抑えられるだろう、と貴族達の間では言われている。其方は目立ち過ぎたのだ。最優秀を取り続け、王族との親交を深めている。これ以上目立たれると、次期アウブについてエーレンフェストでは余計な内紛が起きる。言動にはくれぐれも気を付けてほしい」

どうやらわたしは頑張らない方がよかったらしい。そういえば、今年はフェルディナンドも褒めてくれなかった。あれはわたしがエーレンフェストを困らせたからだろうか。そんな考えがよぎった途端、最優秀で表彰されて嬉しく思ったことや壇上から見た光景が一瞬で色褪《いろあ》せていく。

「直接話をしたことがあるギーベ達は其方がアウブを望んでいないことを知っているが、そうでない貴族には其方がアウブを望んでいるように見えるようだ。ローゼマインがアウブを目指すつもりなどないことは行動で示すしかない」

……つまり、アウブを巡った妙な混乱を起こさないためにも、わたしは貴族達の前に姿をあまり見せない方が良いってこと？　わたし、いない方が良いってこと？

仕事に対する責任とか、頑張ろうと思う気持ちとか、何か大事なものが色々と抜けていく。これ以上自分が余計なことをしないように図書館に閉じ籠もっていたい。

「……それは、ちょうど良いですね。褒賞《ほうしょう》を与えたり罰を与えたりしながら貴族達を自分の派閥に取り込んでいく場にわたくしがいなければ、貴族達の目も変わるでしょう。粛清で荒れたエーレンフェストを整え、貴族達を掌握《しょうあく》することはアウブである養父様と次期アウブであるヴィルフリート兄様にお任せいたします」

わたしはもらったばかりの自分の図書館や少しでも下町に近い神殿に閉じ籠もっていたいくらいに何もやる気になれないので、本当にちょうど良い。そう思って微笑むと、ヴィルフリートは目標を見据えたような眩《まぶ》しい笑顔で頷いた。

「うむ、私は城や貴族の混乱を治める方に注力し、次期アウブとして認められたいと思っている」

……ヴィルフリート兄様は貴族院の皆の努力を「喜ぶ者は誰もいない」なんて言われたのに何も思ってないの？　頑張って上げた順位を下げろって言われたんだよ？

同じ言葉を聞いたはずなのに、どうしてここまで希望に満ちた笑顔ができるのだろうか。不思議で仕方がない。そう思いながら、わたしは自分が抱えているものを放出していく。

「貴族院の図書館で春の儀式に使う舞台の設計や魔法陣について書き写しました。そちらも養父様やヴィルフリート兄様の派閥のために使ってくださいませ」

城に呼ばれそうな案件を少しでも早く片付けておきたいだけだが、ヴィルフリートは「それは助かる」と喜んでくれた。

「わたくしも神殿と下町に注力できるので、とても助かるのです」

双方に利があると考えて「神殿に引き籠もります」とわたしは宣言したのだが、ジルヴェスターは困った顔で首を横に振った。

「いや、其方にはフロレンツィアの穴を埋めてもらいたいと思っている」

ヴィルフリートを婚約者として立てつつ、お茶会などの女性の社交を通じて、女性貴族をまとめながら、フロレンツィアの執務の補佐《ほさ》をしてほしいらしい。正直なところ、フェルディナンドがいなくなってしまった今、神殿業務に関しては相談できる相手がいなくて、わたしと側近達だけで神殿を回せるのか不安なくらいなのに、フロレンツィアの執務まで望まれても困る。それに、貴族院で頑張る必要がなくなった今、面倒なお茶会のためにやる気なんて出せない。

……順位を下げるには、わたしが社交で失敗するくらいがちょうどいいかもしれないよ？

「確かに本来でしたらヴィルフリート兄様の婚約者であるわたくしが担う役目なのでしょうけれど、そういう社交や執務はシャルロッテの方が向いているではありませんか。わたくしは神殿長、孤児院、商人達の取りまとめに力を入れた方が良いと思います」

他領の商人達を迎え入れる態勢を整えることは疎《おろそ》かにはできない。他領の商人にエーレンフェスト内が荒れている様子を見せれば、今後の領地関係にも大きな影響があるはずだ。そう主張すれば、ジルヴェスターは少し考えて「まぁ、そうだな」と理解を示してくれた。

……わたし、下町の皆のためならまだ頑張れるから。

父さんとの約束を思い出しながら、わたしが飛んで行ったやる気を掻き集めていると、ヴィルフリートがムッとしたような顔でジルヴェスターを睨んだ。

「父上、ローゼマインに甘い顔をしないでください。来年の貴族院のためにもローゼマインには急いで社交経験を積む必要があるではありませんか」

貴族院の順位を気にする必要がなくなったのに、どうして急いで社交経験を積む必要があるんですか？　という本音は隠して、わたしはお嬢様らしく首を傾げた。

「ヴィルフリート兄様、それでは神殿業務や商業ギルドとのやり取りはどなたが代わってくださるのですか？　全部抱え込むのは無理ですよ」

神殿業務はわたしも引き継いだばかりだし、商業関係はまだまだ下町の商人の意志を汲《く》める文官は育っていない。ユストクスがいなくなったことを本気で惜しいと思っているくらいに任せられる文官の当てなどないのに、交代要員がいるはずがない。

「神殿業務はまだしも、商業ギルドとのやり取りは以前も文官が行っていたことではないか。文官に任せれば良い。其方は来年の貴族院のためにも社交経験を積む方がよほど大事だ」

わたしが間に入ることで貴族の事情と商人の現実を調整して、限界値を見極めながら他領の商人達を受け入れることが何とかできているのに、何故以前の文官に任せられると考えられるのか。平民の都合を考えずに無茶ぶりをして、大変なことになるのが目に見えている。

「ヴィルフリート兄様がおっしゃる文官というのは、どなたのことでしょう？　まさか領地の順位が上がっているのに対応できなくて、下位領地の意識のままに以前と同じお仕事をしている文官ではありませんよね？　下町の平民と話ができるハルトムートでさえ、商業関係はまだ知識と経験が足りなくて、わたくしが同席していなければ交渉を任せることは難しいのに、商業関係の交渉を任せられるような文官が育っていたなんて初耳です」

そんなに優秀ならわたしの側近にしたいと述べると、ヴィルフリートが「そ、それは……」と視線を泳がせた。わたしが知らない優秀な文官が育っているわけではないようだ。

わたしがヴィルフリートを睨んでいると、シャルロッテが呆れたような息を吐きながら「お兄様がお姉様に社交経験を積んでほしいという意見は理解できますけれど、今はお姉様の意見の方が正しいと思います」と言った。

「貴族女性との社交ならば、わたくしが代われますけれど、神殿でのお役目や商人との連携《れんけい》は誰も代われませんもの。ですから、お母様の代わりはわたくしがします」

……シャルロッテが優しくて優秀すぎるっ！　わたし、真剣に図書館と神殿へ引き籠もろうなんて考えてたのに。

自分が貴族女性の社交を負うと発言したシャルロッテの頼もしさが眩しすぎて、もう頑張りたくないなんて考えてしまったわたしにはとても直視できない。

「シャルロッテ、ローゼマインに貴族としての社交経験を積ませるのは最優先事項なのですよ。貴族院からの報告を見ても、今のローゼマインに一番不足している部分ですから……」

貴族院からの報告に頭を痛めていたらしいフロレンツィアの言葉に、痛いところを突かれたわたしはそっと視線を逸らした。けれど、母親に窘《たしな》められたシャルロッテは少しだけ眉を寄せて不快そうな顔になって、わたしとヴィルフリートとジルヴェスターとフロレンツィアを順番に見た後で、一度視線を落とす。

「叔父《おじ》様が抜けた中での神殿業務、粛清で人数が増えた孤児院の運営、商人達との交渉、印刷業の相談役とグーテンベルクの運搬《うんぱん》……。どれもお姉様にしかできないお仕事ですし、すでに一人前の大人以上の仕事を受け持っているではありませんか。代わりの人材も用意できない中で、貴族院でのお姉様の努力を否定しながら社交経験を積むことを求めたり、妊娠したお母様の穴を埋めるための負担を求めたりするのは間違っていると思います」

シャルロッテは顔を上げると、批判的な藍色《あいいろ》の瞳で自分の家族を見つめる。

「わたくしはお姉様が社交経験を積むことを最優先事項とは思っていません。お父様もお母様もお元気で、新しく子が生まれるほどお若いのですもの。代替わりしてお姉様に第一夫人としての社交を完全に任せるまでには十年以上も時間があるではありませんか」

……シャルロッテ。

わたしのために怒ってくれたのがすごく嬉しくて、ついさっき色々と抜けていって空虚《くうきょ》になった部分に、シャルロッテの言葉が満ちていく。じんわりと前向きな気持ちが満ちていくのを、わたしは噛《か》み締めるように感じていた。

……うん。ちょっと頑張れそう。

わたしが嬉しくなっているのとは逆に、会議室にいる者は皆、ヴィルフリートだけではなく、領主夫妻に対する批判めいた口調のシャルロッテに驚きの視線を向けた。けれど、シャルロッテは静かな面持ちで自分の意見を口にする。

「粛清で領地が大変なことになることを知っていながら、共にエーレンフェストを支えてくれそうな第二夫人を娶るのではなく、お母様を妊娠させたのはお父様でしょう？　お母様の穴を埋めるた

めの負担は養女であるお姉様ではなく、実子のわたくしやお父様が負うべきではございませんか」

わたしの感覚だと、恋愛結婚なのに領地の事情で第二夫人を娶らなければならない事態になるなんて領主夫妻が可哀想だし、何となく「できるだけ避けられないかな」という思いを抱く。それに、どんな事情があろうとも赤ちゃんができたと知ると「よかったね」という感想が浮かぶ。

しかし、生粋《きっすい》の領主一族として育てられているシャルロッテは、第二夫人に対する考え方がわたしとは根本的に違うようだ。第二夫人を娶らずに第一夫人を妊娠させた領主に対して怒りと軽蔑《けいべつ》を露《あら》わにした藍色の目を向けた。

「お父様、お母様に赤ちゃんがいらしたのであれば、グレッシェルのエントヴィッケルンはどうなるのですか？　グレッシェル出身の側近によると、この春に行う予定でしたよね？」

エントヴィッケルンは町全体を造り替える大規模魔術だ。領主一族が総出で回復薬を使いながら魔力を込めなければならないくらい多量の魔力が必要になる。エーレンフェストの下町よりグレッシェルの下町の方が規模は小さいが、多量の魔力が必要であることに変わりはない。フェルディナンドがいなくなった上に、フロレンツィアが妊娠して赤ちゃんのために魔力を使うことになると、この春にエントヴィッケルンを行うのは厳しいだろう。

「……春に行うのは難しいが、秋ならば行えるはずだ」

「エントヴィッケルンを使って整備する以上、失敗など許されません。グレッシェルの貴族はずいぶんと神経を尖《とが》らせているようですけれど、そのように急な予定変更をして、来年の夏に商人を迎え入れる準備を終えることができるのですか？」

グレッシェル出身の側近から相談を受けているのだろう。予定を変更すると言うジルヴェスターに向けるシャルロッテの目は真剣だ。

「わたくし、自分の側近が辛い思いをする姿を見たくありません。お姉様の側近にもグレッシェルの者がいるでしょう？　本当にエントヴィッケルンの予定変更をしても大丈夫なのでしょうか？　下町や商人に詳しいお姉様はどう思われますか？」

シャルロッテから不安そうに見つめられて、わたしは妹の期待に応えられるように必死に頭を動かした。側近にブリュンヒルデがいるのでグレッシェルの様子は聞いているし、わたしは実際に足を運んだこともある。

……商人を迎え入れるための準備が全くできていないわけじゃないんだよね。

グレッシェルは製紙業や印刷業を取り入れる時に職人をエーレンフェストで修行させた。その時に、グーテンベルク達と職人が繋がりを作っているし、印刷協会とのやり取りで紙や本を扱う店はすぐにでも準備できる。ブリュンヒルデの指示でギルベルタ商会を通じて髪飾りを扱う店を増やせるように交渉もしているらしい。ただ、他領の商人を迎え入れる宿泊施設が決定的に足りていないし、下町は汚いままだ。エントヴィッケルンで整備をしても、それを綺麗《きれい》に保つことができるかどうかはわからない。

「店の準備は進んでいるようですけれど、宿泊施設の建設と町を綺麗にした後の維持が問題ですね。特に宿泊施設は内装と家具、人材の確保と教育が……。半年も予定が狂うとかなり厳しいです」

エントヴィッケルンでできるのは白の建物だけだ。扉も窓枠も家具も何もない。春に改造して、夏から秋の間に窓や扉を設置して内装を整えていき、冬籠もり中に家具などを作らせる流れになっているはずだ。秋にエントヴィッケルンをすれば、内装も半年ずれる。雪が降り積もる冬に現場へ出向いて職人に仕事をさせることは難しい。そんな状態で来年の夏までに家具を入れて、教育の終わった人材を宿泊施設に配置できるだろうか。

わたしの言葉にシャルロッテが大きく頷いた。

「お姉様もそう思われますよね？　わたくしが北の離れの部屋を準備する時は、専門の職人を選んで、敷物、カーテン、家具などを依頼して揃えるのに二年ほどかかりました。エントヴィッケルンが秋では、来年の夏に間に合うとはとても思えません」

領主一族が使う場所や家具ではないので、さすがに二年もいらないが、小神殿やイタリアンレストランの経験から考えても、木工工房に依頼してからできあがるまでにはとても時間がかかる。

わたしがどうにかして時間短縮できないか考えていると、ヴィルフリートが勢いづいているシャルロッテと顔色の悪いフロレンツィアを見比べながら口を開いた。

「だが、シャルロッテ。予定は変更せざるを得ない。魔力が大量に必要なエントヴィッケルンに母上を参加させることなどできぬぞ。危険すぎる。其方は母上を危険に晒したいのか？」

「お兄様、わたくしはお母様を危険に晒したいわけではなく、領主一族の都合で予定を変更したことによってグレッシェルが責められることがないように、と思ったのです。粛清で内情が不安定なのですから、この上グレッシェルに反発されるような事態は避けなければならないでしょう？」

粛清で内情がガタガタになっている時に領主の都合でグレッシェルに無理難題を押し付け、ライゼガング系の反発を招いてはならない。シャルロッテの言うことは正論だ。ジルヴェスターが今まで通りに上から下へ押し付けるやり方で執務をすると陥《おちい》りやすい失敗になる。

「グレッシェルを始めとしたライゼガング系の貴族に反発されないためにも、領主会議ではお父様が他領とこれ以上契約を結ばないようにしてくださいませ」

シャルロッテの言葉にジルヴェスターとその側近は苦い顔になった。領主会議で今年の取り引き枠について質問され、対応するのは彼等だからだろう。繋がりを求められているのに、断らなければならない状態はかなりきつい。特に、急激に順位を上げているエーレンフェストは他領から反感を買わないように立ち回りたい。

「シャルロッテ、ライゼガング系貴族の反発より他領との関係を重視するべきではないか。他領との付き合い方を考えろと王族からも言われているのだぞ」

ヴィルフリートの言葉にも一理ある。ライゼガング系貴族は自領の貴族なので領主の権限を使えば抑え込むことが可能だが、他領を抑えることはできない。特に、ヴィルフリートはアナスタージウスから直接注意されているので、シャルロッテよりそちらへ意識が向くのだろう。

……確かに、ライゼガング系貴族だけじゃなくて他領の反感だって怖いんだよね。

今のエーレンフェストは、他領と領内の貴族、両方を満足させなければならないのだ。これが順位を上げた弊害《へいがい》ならば、わたしが責任を取らなければならないことかもしれない。

「養父様、領地内の貴族をまとめることも大事ですけれど、他領との関係も大事ですよね？」

「あぁ」

「ですから、来年の夏にグレッシェルを使える方向で進めることは大事だと思います。そのためにはギーベ・グレッシェルではなく、アウブが主導で行うことが必要ですけれど」

責任を下に押し付けようとするから大変なことになるのだ。他領の商人を受け入れると決めたのは領主なので、領主が責任を持って動けば良い。失敗しても領主の責任になるのであれば、グレッシェルが不満を溜めることはないはずだ。そんなわたしの発言にジルヴェスターとフロレンツィアが目を剥《む》いた。

「突然何を言い出すのだ、ローゼマイン⁉」

「グレッシェルの責任をアウブ・エーレンフェストに負わせるおつもりですか？」

「はい。他領の商人を迎え入れるのにエーレンフェストの下町だけでは足りないから、グレッシェルをお借りするのですもの。グレッシェルのための施設をアウブが責任を持って準備するのであれば、シャルロッテの心配も消えるでしょう？」

予定変更によるグレッシェルの失敗とその責任追及《ついきゅう》、そこから反発を招いてエーレンフェスト内部が揺れることをシャルロッテは心配しているのだ。ならば、全責任をアウブが負えば、ほとんどの心配が消えると思う。

わたしの言葉にシャルロッテはコクリと頷きながら「わたくし、お姉様のお仕事が増えることも心配しているのですよ」なんて可愛いことを言って、ジルヴェスターがどのような答えを出すのか、じっと見つめる。娘の静かで厳しい視線を受けたジルヴェスターは「ローゼマイン……」とげんなりとした顔になった。

「領主の都合で予定を大幅に変更するのですから、惜しみない援助が必要でしょう。グレッシェルだけに任せるのでは間に合いませんけれど、養父様が大半のお金や魔力を提供し、責任者になることを前提にすれば、不可能ではないと思います」

「ぬ？　どうするつもりだ？」

げんなりしていた顔をぺいっと捨てて、ジルヴェスターが興味深そうに身を乗り出した。せっかく興味を持ってくれたので、わたしはそのまま説明を始める。

「エントヴィッケルンのために文官が詳細な設計図を作るでしょう？　そのうちの宿泊施設の分だけで結構です。設計図を写して正確な寸法がわかるようにした上で、エントヴィッケルンをする前から各部屋の扉や窓枠などの内装について、別々の木工工房に注文しておくのです」

……手っ取り早く数を揃えるには専属の制度が邪魔なんだよね。

下町の職人達にとっては仕事を得るための大事な制度だろうけれど、大きな事業を一気に行いたい時には非常に困る。

「一つの工房で一部屋の内装ならば半年ほどあれば仕上げてくれるでしょう。扉や窓枠を優先するように予《あらかじ》め通達を出しておけば、エントヴィッケルンの直後に扉と窓枠を取り付けることができます。素晴らしい内装を作った工房に褒賞を出して職人達の腕を競《きそ》わせるようにすれば手を抜かれることもないと思います」

扉や窓があれば冬の間に中を整えていくことも可能だが、それがなければ雪が入り込んで大変なことになる。準備はどんどんと遅れていくだろう。

「時間短縮のためにはグレッシェルの工房だけでは木工工房や建築に携《たずさ》わる工房が足りません。エーレンフェストの下町はもちろん、グレッシェル周辺のギーベ達の工房にも注文を出さなければならないのです。それがアウブを責任者に望む理由の一つです」

ギーベ同士ではお願いするのも見返りを求められて大変なことになる可能性があるけれど、領主命令ならば話は早い。

「ふぅむ……」

ジルヴェスターの深緑の目がキラリと輝いた。勝算を見つけた顔に、わたしもニヤリと笑う。

「それから、問題は家具なのです。シャルロッテが心配していたようにこちらも木工工房が必要です。けれど、家具まで全て新品で揃えようと思ったら来年の夏に間に合いません。訪れる商人達は上位領地の中でも豪商ですから、目も肥えていて生半可な物では笑われるでしょう。でも、アウブが責任者の場合、家具の準備が大変楽になるのです」

「どうするつもりだ？」

「粛清でお取り潰《つぶ》しになった貴族達の館の責任者はアウブでしょう？　家具を接収して宿泊施設へ回すというのはどうでしょう？　部屋ごとに担当する工房が違うのですから、家具も部屋ごとに趣《おもむき》が違ったところで問題ないと思いますし、家具の購入費が大幅に削減《さくげん》できます」

これもアウブが責任者でなければ、全て購入しなければならない物だ。宿泊施設で使用すれば、家具の管理費や他の者に下げ渡すための面倒な手続きも全てカットできる。

「それに、楽器や魔術具などと違って、連座を免れた子供達にも必要のないものです」

彼等は孤児院、城の子供部屋、寮のどこかで暮らすことになる。それぞれの施設には備え付けの家具があるので、大きな家具はいらない。

「後は人材の教育に時間がかかる点ですけれど、こちらは下町の商人達と話をして、宿泊施設で働かせる予定の者をグレッシェルからエーレンフェストの下町へなるべく早く移動させ、実地で教育すれば良いと思うのです」

調整や移動が大変だけれど、エーレンフェストの下町にとっては忙しい時期に人手が増えるわけだし、グレッシェルにとっては半年ほど実際に他領の商人達を相手にしながら実地研修ができるのだから、悪いことではないと思う。

「商人との調整はわたくしのお仕事ですから、任せてくださっても良いですよ。……養父様が責任者になることが前提ですけれど」

「……わかった。やろう」

ジルヴェスターが頷き、フロレンツィアは心配そうにジルヴェスターとわたしを見比べる。シャルロッテは「結局、お姉様のお仕事が増えているではありませんか」と呟き、ヴィルフリートは唇を引き結んで俯いた。

「シャルロッテが心配してくれて嬉しいです。でも、わたくしは表に出ないように言われているので、提案するだけで実行するのは養父様ですよ」

わたしがフフッと笑うと、シャルロッテは少し目を見張った後、クスクスと楽しそうな笑みを浮かべた。

……これで神殿に引き籠もれるし、下町の皆と会える回数が増えるんだよね。計画通り！

そこに、これまでは発言せずにじっと聞いていたメルヒオールがバッと手を挙げた。

「姉上、私にできることはありますか？　私もエーレンフェストの役に立ちたいです」

「……そうですね。では、メルヒオールはわたくしのお手伝いをしてくれませんか？」

「もちろんです。何をすればよいですか？」

明るい笑顔の返事にわたしはニッコリと笑う。正直なところ、まだメルヒオールにできることはほとんどない。魔力の扱いも練習していないので、魔力供給もできないし、神事に連れ回すのも難しい。けれど、そのやる気は伸ばしてあげるのが一番だし、メルヒオールにできることは少なくても、常に周囲にいる側近にできることは色々とある。

……神殿の仕事を押し付け……もとい、一緒に頑張ってくれる人材、ゲットだよ！

「メルヒオールには神殿業務のお勉強をしてもらいます。わたくしが成人するまでにメルヒオールに神殿長としての役割ができなければ困るでしょう？」

粛清の影響で更に青色神官が減っているのに、成人と同時にわたしと側近が神殿から一気にいなくなれば、エーレンフェストの神殿はその時点で破綻《はたん》する。後継者の育成は必須《ひっす》だ。

……わたしが図書館に出入りする時間を作るためにも、ね。

「側近も含めてメルヒオールの教育を引き受けます」

「ローゼマイン、それは将来の不安の種になる気がするのだが……」

わたしがメルヒオールの教育をすることにジルヴェスターが顔を顰めた。だが、神殿業務の引き継ぎは必要だし、人材は不足しているのだから、有効活用するべきである。

「ローゼマイン様、洗礼式を終えたばかりのメルヒオール様を神殿に向かわせるのですか？」

メルヒオールの側近、特に年嵩《としかさ》の者は顔に出していないものの、乗り気ではないようだ。けれど、わたしはせっかく神殿で使えそうな貴重な人材を手放す気はない。

「わたくしは神殿で育ったとはいえ、洗礼式直後から引き継ぎ期間も何もなく神殿長に就任しました。フェルディナンド様が神官長として仕事の多くを引き受けてくださっていたこと、その教育を受けた側近が神官長として支えてくれるからできる仕事です。けれど、メルヒオールは誰が支えてくれるのでしょう？　わたくしの側近はおそらく神殿に残りません」

わたしはチラリと背後に立っているハルトムートへ視線を向ける。ハルトムートがニコリとした笑顔でメルヒオールとその側近達へ発言の許可を求める。

「確かに引き継ぎは急いだ方が良いでしょう。私は主のいない神殿に残るつもりは全くございませんし、ローゼマイン様以外にお仕えする気もありません。どれだけ長くても、ローゼマイン様が成人して神殿長を交代するまで三年ほどですが、皆様は次代の神殿長を支えられますか？」

メルヒオールはハッとしたようにわたしと自分の側近を見比べた。そして、「三年……」と小さく呟く。

「父上、私は神殿でローゼマイン姉上のお手伝いをしたいと思います。この城ではまだできることがないけれど、私も領主候補生ですからお役目が欲しいです」

メルヒオールの真っ直ぐなお願いにジルヴェスターは最終的に折れた。

「……わかった。メルヒオールとその側近には神殿へ向かうことを命じる」

メルヒオールの年嵩の側近は苦い顔をしたけれど、護衛騎士は興味深そうな顔になったのがわかった。ローゼマイン式の魔力圧縮に加えて、御加護の増加についても貴族院から戻って来た学生の側近達から話が出ているのだろう。

「一緒に頑張りましょうね、メルヒオール」

「はいっ！」


こうして領主一族の会議は終わった。明るい顔で席を立ったのはメルヒオールだけだった。それ以外は皆が何かしら口に出しにくいものを呑み込んでいるような顔で立ち上がる。やるべき事が山積みのせいだろう。領主夫妻とその側近達の顔色は悪い。ヴィルフリートとシャルロッテも何やら考え込んでいるようで空気が暗い。そんな空気を気に留めようともせず、ボニファティウスは大股でキビキビと歩いて出口へ向かう。扉の手前で一度足を止めて振り返った。

「ローゼマイン、其方に必要なのは神殿業務ではなく、城における領主一族の仕事ではないか？　神殿を出ることを願うならば助力するぞ」

会議室にいた全員がざわりとした。終わったはずの会議がまだ終わっていなかったような空気になり、ジルヴェスター、フロレンツィア、ヴィルフリートの表情が一斉《いっせい》に強張る。

だが、声をかけられるまでの間にわたしが考えていたのは、自分が神殿にいられる残りの三年で商人達とやり取りができる文官を育てることができるだろうかということ、フラン達側仕えの身の振り方も考えなければということだった。ずっと神殿にいられたら悩まずに済むのに……と考えていたせいか、するりと口から出たのは全く取り繕《つくろ》っていなかった本音。

「助力してくださるのでしたら、わたくしが成人してもずっと神殿にいられるようにしてくださいませ、おじい様」

わたしの言葉にジルヴェスター達は少しばかり安堵《あんど》をにじませた表情になり、逆にボニファティウスが驚愕《きょうがく》に顔を強張らせた。けれど、どうしてそんなに驚くのかわからない。わたしが首を傾げると、ボニファティウスは少しだけ残念そうな顔をして退室していった。

メルヒオールと神殿準備

「ローゼマイン姉上、神殿で私は何をすれば良いのでしょう?」

会議室を出た途端、メルヒオールが藍色の瞳を輝かせて質問してきた。新しい役目にわくわくしているのがよくわかる。張り切っているメルヒオールに和《なご》みながら、北の離れに戻るまでの間にわたしは神殿についての話をする。

「城での生活を基本にして、しばらくは三の鐘から五の鐘までお勤《つと》めしてもらいましょう。移動は側近の騎獣に同乗するのが早くて便利ですよ。神殿の神官長室でお祈りの言葉を覚えたり、魔力を奉納《ほうのう》したりするのです。メルヒオールはまだ魔力の扱いの練習をしていないので、今年の祈念式には参加できませんけれど、秋の収穫祭から神事に参加できるように練習しましょう」

「はい！」

元々メルヒオールには春の領主会議の間にボニファティウスと魔力供給の練習をして、秋には収穫祭に参加してもらう予定だったので、お祈りの言葉を覚える作業を城で行うか、神殿で行うかが変わるだけだ。

「魔力の奉納以外に行うことは、今までの予定とほとんど同じなのですけれど、メルヒオールが神殿へ来ることが大事なのです」

年嵩の側近達にも快《こころよ》く神殿へ送り出してもらうため、祈りを捧げる回数や奉納する魔力量によって、貴族院で得られる神々の御加護に差があることを教える。貴族院では当然のように知られているが、領地の年嵩の貴族達がどれほど知っているかはわからないのだ。

「祈りや奉納する魔力量によって御加護に差が出ることはダンケルフェルガーとの共同研究で明らかになりました。ドレヴァンヒェルは効率的に御加護を得るための研究を始めたようですし、次の貴族院では神事と収穫量の研究がフレーベルタークと共同で行われる予定です。貴族院で行った奉納式には王族も参加されて、神事に関心を寄せてくださいました。神殿と神事はとても注目される事柄になったのです。研究を先駆けたエーレンフェストが神殿や神事については一番詳しいと胸を張れるようになりたいですね」

「……ほぅ」

年嵩の側近達が少し表情を変えた。どうやら粛清の関係で北の離れに籠もっていたメルヒオールの側近達にはあまり情報が流れていないように思える。貴族院に入学したメルヒオールに仕えられるように、現在貴族院にいる側近が低学年に集中しているせいもあるだろう。

メルヒオールの側近に神殿へ出入りすることが決してマイナスではないとわかってもらうために、わたしは一生懸命に神殿の利をアピールする。利があるとわかれば、神殿業務にも協力的になってくれるだろうし、神殿内の灰色神官達への態度もひどいものにはならないだろう。少しは彼等と接しやすくなるはずだ。

「他領の領主候補生と違って祈念式や収穫祭に参加していたヴィルフリート兄様が十二柱の神々から御加護を賜ったことを、メルヒオールは知っているかしら？」

「はい。夕食の席で貴族院の報告書を読んだお母様から伺《うかが》いました。お父様は、ローゼマイン姉上はもっとたくさんの御加護を得たのだと教えてくれました。私もローゼマイン姉上のようにたくさんの御加護を得られるように頑張れ、と言われたのです」

……あれ？　わたしのように？

メルヒオールの話しぶりからは、わたしがたくさんの御加護を得たことを領主夫妻も喜んでいるように聞こえる。先程の会議での言葉とは正反対で、少し引っかかりを感じた。

「私も兄上や姉上のように神事に参加すれば、神々の御加護を得られるでしょうか？」

「神殿でお勤めをするのですから、たくさんの御加護を得られます。わたくしは御加護を再取得するための儀式をエーレンフェストの神殿で行うことができないか、研究するつもりなのです」

わたしの側近達は再取得のためのお祈りをしているけれど、それを知らない他の領主候補生の護衛騎士がバッと一斉に振り返った。

「ローゼマイン様、神々の御加護は再取得できるのですか⁉」

「共同研究に参加した卒業生だけがもう一度儀式を行えると伺っていますが……」

レオノーレやリーゼレータのように御加護を増やすことができた卒業生がいる話は聞いていたようだ。勢いよく質問が飛んでくる。

「まだ一度も実験していないので結果はわかりませんけれど、最初はわたくしの成人済みの側近達で研究してみる予定です。御加護をたくさん得ると魔力の消費が抑えられるので、成長期を終えていて魔力圧縮で魔力が増えにくくてもできることが増えるはずなのです」

これから魔力圧縮を覚えて成長期を迎えるメルヒオールよりも、成人済みの側近達の方が御加護の再取得についてはよほど食いつきが良い。彼等はコルネリウスより上の世代だ。ローゼマイン式魔力圧縮が広がった時にはすでに成長期は終わっていた。魔力圧縮で魔力が全く増えないわけではないが、年下の者に差を付けられる世代だ。今回御加護の得方が発見されたことで、更に差ができることに焦りを感じていたのだろう。再取得の儀式に目を輝かせている。

「再取得の儀式が可能だとしても、神々へお祈りや魔力の奉納をしていなければ御加護は得られません。神殿に出入りしてお祈りをしているわたくしの側近はまだしも、何もしていない方が御加護を得るのは難しいかもしれませんよ」

「メルヒオール様、神殿にはぜひ私をお連れくださいませ」

「いやいや、私が……」

メルヒオールの側近達が神殿に出入りする気になったのは良いことだ。シャルロッテやヴィルフリートの側近達も興味深そうに耳を澄《す》ましているのがわかる。周囲の変化にわたしは満足して頷きつつ、メルヒオールの側近達には神殿に来るためのローテーションを組むように告げた。いくら神殿に行きたいと思っても、護衛騎士は騎士団の訓練にも参加しなければならないのだ。護衛騎士は順番に同行すれば良い。

「ローゼマイン様の側近はどのようにしているのですか？」

わたしの側近達がどのようにローテーションを組んでいるのか、コルネリウスに尋ねる騎士の声で帰り道が賑やかになり始めると、ハルトムートが小さく笑った。

「ローゼマイン様、フェルディナンド様のお部屋をそっくり下げ渡していただけた私と違って、メルヒオール様の神殿入りには準備が必要です。神殿に出入りする利点も大事ですが、そちらをお話しして差し上げなくてはメルヒオール様がお困りになります」

「どのような準備が必要なのでしょう？」

メルヒオールの側仕えが一番に反応した。メルヒオールも興味深そうな視線を向けてくる。確かにわたしも孤児院長室をそのまま譲ってもらったり、貴族街で洗礼式をしている間に準備されていたりしたので思い浮かばなかったけれど、部屋を一つ整えるのは大変だ。

「中級や下級貴族出身の青色神官ならば、神殿に残されている家具の下げ渡しで、すぐに生活できるように部屋を整えることができるのです。でも、領主の養女となったわたくしが一から家具を誂《あつら》えなければならなかったのと同じで、領主一族のメルヒオールが誰かのお下がりを使うわけにはいかないですものね」

「春を寿ぐ宴を終えれば、すぐにメルヒオール様も神殿へ向かうのですか？」

メルヒオールの側仕えが困った顔になった。春を寿ぐ宴までには、ほとんど日がない。

「姫様、全てを一から誂えなくても、城で管理されている今は使われていない家具を運ぶことはできますよ。すぐに整えなければならない物はそちらで揃えてはいかが？」

リヒャルダの助言にメルヒオールの側仕えがホッとしたように頷いて、すぐに必要な物を尋ねてくる。わたしは自分の部屋にある家具を思い浮かべた。

「神殿で昼食を摂ることになるので厨房《ちゅうぼう》を整えて、料理人を雇うのは必須です。テーブル、椅子、食器、衣装を置くための木箱かクローゼットもすぐに必要です。それから、書類を置いておく木箱や書棚。後は用が足せるように浴室や洗面所を整えれば良いと思います。しばらくの間、お勉強は孤児院や神官長室で行うので、執務机は追々《おいおい》でも大丈夫でしょう」

側仕えの顔が真剣だ。神殿の業務を手伝うと口では簡単に言えても、そのための環境を整えるのは簡単ではない。城にある家具の中からメルヒオールが使える物を選別しなければならないのだ。

「神殿では昼食をローゼマイン姉上と一緒に食べられるのですか？」

「一人で摂る食事は味気ないですものね。一緒に食べましょう。ただ、料理人は各自で雇うことになります」

側近は下げ渡す対象なので、一緒に食べることはできない。領主一族ということで同格になるメルヒオールと一緒にご飯が食べられるのは素直に嬉しい。ただ、来客があった時の対応のためにも、予算の分け方をはっきりさせるためにも、孤児院へ届ける神の恵《めぐ》みを増やすためにも、料理人は雇ってもらわなければ困る。

「養父様に交渉して城の料理人を一人、神殿に回してもらいましょう。助手は料理の得意な灰色巫女を召し上げても良いですし、わたくしの知っている食事処《どころ》から紹介してもらっても構いません。孤児院へ食事を下げ渡すことは青色神官の大事なお役目ですから、主が不在の時も食事を作ってくれる料理人が必要になるのです」

一人は馴染みの料理人を連れて行く方が安心できると思うけれど、それ以外にも神殿に常駐できる者が必要だ。宮廷料理人ではなく、神殿の料理人を雇った方が良いかもしれない。

「秋の収穫祭までには儀式用の衣装を誂えなければなりませんし、冬までには寝台も準備した方が良いでしょうね。奉納式の時期は吹雪がひどいと城へ戻るのが非常に大変ですから」

側近の騎獣に同乗するにも防寒が大変だし、馬車は動かなくなる。奉納式に参加するためには泊まりがけが必須だ。せめてもの救いは、前神官長や青色神官が残していった家具を使えば、側近の部屋を整えるのが楽という程度である。

「ずいぶんな出費になりますね」

「えぇ。神殿用の予算を組んでもらえるように養父様にも連絡しなければなりません。先程の会議の時に話し合ってしまえればよかったですね」

失敗したなと思っていると、ハルトムートが「ちょうど良いですよ」と微笑んだ。

「粛清の影響で青色神官の数が更に減ったことについて、アウブには改めてご相談しなければなりません。実家の事情によって青色神官が連れて行かれることは仕方がないとわかっているのですが、できれば戻してほしい青色神官もいるのですよ」

青色神官が減ったことは聞いていたが、神殿の運営に差し支《つか》えるようになるほどだとは思わなかった。青色神官が減ると、奉納される魔力も減るし、料理人が減って孤児院の食事も減る。けれど、残った青色神官一人当たりの仕事量と孤児院に戻される灰色神官や灰色巫女は増えるのだ。

「正直なところ、人数が減りすぎてエーレンフェストを支える魔力は全く足りていません。ローゼマイン様の魔力ばかりを頼りにするのは、将来を考えるとあまり良いことではないでしょう」

ハルトムートはわたしの神殿長職を成人するまでの中継ぎという意識で見ている。そのため、常にわたしが神殿長職を辞した後のことを考えているのだ。

「領主一族の魔力は礎《いしずえ》の魔術を支えるための魔力ですもの。神殿長として神殿へ奉納することも大事ですけれど、礎の魔術への魔力供給を疎かにすることになっては本末転倒《ほんまつてんとう》です。青色神官や青色巫女の人数を増やすことは早めに考えた方が良さそうですね」

「ローゼマイン様のおっしゃる通りです。御加護の再取得を目的に貴族達が神殿に足を運び、魔力を奉納してくれることを期待しますが、研究結果によってはどうなるかわかりません」

ハルトムートはそう言いながら、神殿へ足を運ぶ気になっている側近達をちらりと見た。効果が芳《かんば》しくないと思えば、簡単に手のひらを返す者をあまり当てにはできない。

「……ねぇ、ハルトムート。子供部屋の子供達を青色神官見習いとして遇《ぐう》するのはどうかしら？ 親から接収したお金を使って、孤児院ではなく貴族区域で生活をするのであれば、貴族の子としての扱いになりますよね？」

わたしの提案にハルトムートが橙色の目を瞬かせながら顎《あご》に手を当てた。前に孤児院へ取り込むことについては却下されたが、今回は拒絶の言葉が出ない。わたしは更に続ける。

「貴族院に入っていない年頃の子供ですから、貴族院で使うための魔力を溜めることも考えると、それほど奉納できる魔力は多くないでしょう。それでも、ないよりはあった方が良いですし、貴族達の厳しい視線から少しでも隠せるのは大きいと思うのです」

ハルトムートが少しばかり真剣な顔になって考え込んだ。城の子供部屋も領地の予算と彼等の実家から接収したお金で運営されているのだ。かかる金額はさほど変わらないと思う。

「貴族かつ青色神官という立場は私と同じですから、孤児院にいる洗礼前の子供達とは一線を画すことになります。何より、今からよく教育すれば安定して神殿に出入りし、魔力を奉納してもらえそうなところが素晴らしいと思います」

ハルトムートは魔力不足を補うことばかりを考えているようだけれど、彼等につけるための料理人や側仕えを召し上げることができれば、孤児院としても大助かりだし、彼等の教育を孤児院で行うようにすれば、孤児院の子供達も目標ができて張り切るだろう。

「青色見習いであれば、神殿を訪れるメルヒオールとの顔繋ぎもできると思うのです。見知った者であれば、次の子供部屋や貴族院へ入学してから理不尽《りふじん》な蔑みを受ける彼等を庇うことがメルヒオールにも容易にできるようになるでしょう？」

わたしが貴族院にいる間はなるべく理不尽な差別を受けないように手を尽くすことができるけれ

ど、卒業したらそれまでになると困る。

「孤児院にいる子供達が貴族として洗礼式を受けられなかった場合の、道筋を作る意味でも良いと思うのです。できれば実家の援助なしに青色神官が自活できるようにしたいです」

青色神官が自活できるような方法や仕事を考えれば、ディルクやコンラートが青色神官として生きる道が開けるかもしれないし、コンラートのような子供が神殿に預けられることも増えるかもしれない。わたしが思いつくままに喋《しゃべ》っていると、ハルトムートは楽しそうに橙色の目を細めた。

「色々と思いつかれたようですが、目立たぬように、と先程言われたローゼマイン様はどのように領主夫妻を納得させるおつもりですか？」

「え？　神殿に引き籠もるのですから、今のエーレンフェストの貴族社会では目立ちようがないではありませんか。子供部屋の子供達を神殿で受け入れるというのは、養母様のお仕事を一つ減らすという方向で提案すれば、きっと受け入れてもらえると思うのですけれど……」

言い方次第で簡単に受け入れてもらえるはず、とわたしが拳を握ると、それまでは俯きがちに歩いていたシャルロッテが顔を上げた。その顔は何だか今にも泣き出しそうなのを堪《こら》えているように見える。

「お姉様。会議でも言ったように、これ以上お仕事を増やす必要はないと思います」

わたしは「心配してくれてありがとう、シャルロッテ」とお礼を言いながら小さく笑う。

「でも、減ってしまった青色神官の補充《ほじゅう》も、神殿で使える魔力を増やすことも、孤児院の子供達に目標や将来を示すことも、神殿長であるわたくしの仕事なのです。それに、養母様のお仕事を一つ減らすことができれば、補佐をするシャルロッテも少しは助かるでしょう？」

「むしろ、わたくしがお姉様を助けたいのですけれど……」

可愛いことを言うシャルロッテに「手伝ってくれるのでしたら、神殿に足を運んでくださいませ。きっと来年の貴族院での御加護も増えますよ」とこっそり助言すると、シャルロッテが少しだけ笑みを浮かべる。

「わたくし、全力で神殿に引き籠もるつもりですけれど、将来のエーレンフェスト貴族を育てているのです、と言えば、少しは未来の第一夫人らしいと思いません？」

わたしがそう言って笑うと、シャルロッテは悲しそうに眉を震わせて俯いた。

「あのように心無い言葉を言われて、どうしてお姉様はそんなふうに笑えるのですか？　どうしてお母様のお仕事を減らそうと思えるのですか？」

……全力で神殿と図書館に引き籠もるつもりだから。

わたしはそう決めたけれど、シャルロッテは会議の内容に全く納得できないようで、眉を寄せて難しい顔をしたままのヴィルフリートを睨んだ。

「お兄様はお父様の意見に迎合《げいごう》していたようですけれど、エーレンフェストの順位を下げることについて何も思いませんの？」

貴族院における皆の努力を足蹴《あしげ》にするようなことを言われて、同じ言葉を聞いているはずなのに何も感じていないようだったヴィルフリートに違和感《いわかん》を覚えていたのはわたしだけではなかったらしい。シャルロッテに睨まれたヴィルフリートは、キッと強い瞳でシャルロッテを睨み返す。ついでに、わたしとメルヒオールも睨まれた。

「思わぬわけがなかろう！　父上も私も……」

何かを言いかけてグッと呑み込むと、「だが、それよりも優先しなければならないことがあるのだ」と言い、ヴィルフリートは足早に自室へ戻って行く。その背をしばらく見つめていたシャルロッテがやるせない溜息を吐いて首を左右に振った。

「……お父様やお兄様が何を隠されているのか全くわかりませんけれど、わたくし、ライゼガングの総意と言われてもどうしても納得できないのです。貴族院で頑張ろうと思っている皆に何と言えば良いのでしょう」

神殿や図書館に引き籠もるのだと決意したことで、多少は冷静になっていたのかもしれない。わたしはシャルロッテの言葉に小さな引っ掛かりを覚えた。

……あれ？　ライゼガングの総意？

「寮にやって来て学生の皆を励《はげ》まし、領地対抗戦で王族やダンケルフェルガーとお話をしていた時のお父様のお言葉とあまりにも違うではありませんか。わたくし、お父様の何を信じれば良いのか、わかりません」

……そう、全然違うんだよ。

メルヒオールと御加護の取得について話をした時にも感じた違和感が戻ってくる。ジルヴェスターの言動がとてもちぐはぐなのだ。貴族院から戻って、会議をするまでの短期間に何かあったのかもしれない。

「シャルロッテ、失望するのはまだ早いかもしれません」

「お姉様？」

「何か……大事な情報が足りていないようです」

順位を上げよう。順位に相応しい態度を身につけよう。粛清で危険人物を排してエーレンフェストを一つにまとめよう。そう言っていたのに、先程の会議のジルヴェスターはまるで別人だ。

それに、貴族院で学生達を鼓舞《こぶ》してまとめるのに一番効果を発していたのはヴィルフリートだった。皆の先頭に立って努力して、成果が上がったことに喜んでいた笑顔が嘘《うそ》だとは思えない。

「ライゼガングの総意……。そこに鍵があると思うのです」

わたしの言葉にシャルロッテがすがるような目を向けてきた。自分達の努力を足蹴にするような心無い言葉が自分の家族から出たとは信じたくないのだ、とその藍色の瞳が雄弁《ゆうべん》に語っている。

「お部屋でじっくりとお話を聞いてみましょう。ライゼガングから」

「残念ですけれど、ギーベ・ライゼガングを北の離れに招くことはできません、お姉様」

「ギーベ・ライゼガングを招く必要などありません。ここにもライゼガングの貴族はいるではありませんか」

わたしは領主一族の会議に文官として出席していたハルトムートと護衛騎士のコルネリウスを見上げる。成人していて貴族院には行かなかったのだ。奉納式で神殿に詰めていたけれど、冬の社交を全くしてないということはないはずだ。

「ライゼガング系の側近を集めて話を聞きます。アウブよりライゼガングの総意と言われたあの言葉を彼等がどのように考えているのか、知りたいわ。貴族院の学生は承知の上なのかしら？　成人済みの側近達は前もって知っていたのかしら？」

わたしの視線を受けたハルトムートが「では、早くお部屋に戻りましょう」とニコリと微笑んだ。待っていました、とでも言いそうなハルトムートの顔に何やら裏があったことに確信を持つ。

「ローゼマイン様がどのような選択をするのか、ライゼガングが待ち構えています」

ライゼガングの総意

自室に戻ると、わたしは領主一族の会議には出席せずに部屋で待機してくれていたライゼガング系の側近達も呼んで、話を聞く体勢になる。そして、リヒャルダ、オティーリエ、アンゲリカ、ハルトムート、コルネリウス、レオノーレ、ブリュンヒルデをゆっくりと見回した。留守番をしてくれていた側近達にも、領主一族の会議の内容を告げて尋ねる。

「アウブのお言葉はライゼガングの総意で間違いないのですか？」

会議の内容に顔色を変えたのは貴族院に行っていて、社交には関わっていないレオノーレとブリュンヒルデだった。

「わたくしはそのような意思の確認をされたことがございませんから、ライゼガングの総意とは口にしないでいただきたいと存じます」

レオノーレは不快感を表し、はっきりとした口調でそう言ったけれど、ブリュンヒルデは顔色を曇らせて困ったように言葉を探す。

「レオノーレの言う通り、わたくしも同意していませんから、総意とは言えないと思います。けれど、大人達が順位の上昇に付いて来られず、世代間での考え方や意識の違いが大きくなっているという声を聞いたことはございます。順位が上昇し始めるより前の世代の総意と言われれば、全てが嘘であるとも言えないのではないでしょうか」

それに加えて、ヴィルフリートよりもわたしの方が次期領主に相応しいという声はライゼガング系の貴族の中ではずっと消えずに残っているそうだ。虚弱な体や神殿に出入りしている部分が不安視されていたけれど、少しずつ丈夫になってきていることや貴族院の共同研究で神殿や神事の重要性が認識され始めたことで、その声が大きくなっているのは間違いないという。

「そうですか。リヒャルダは前もって知っていたのかしら？」

会議に同行していたリヒャルダを見上げれば、リヒャルダはうっすらとした笑顔のままで震える拳をグッと握りしめた。

「わたくしが前もって存じていれば、あの場でジルヴェスター様を叱り飛ばしたい衝動に駆られることはなかったでしょう。ライゼガングの総意だから何だと言うのです？　アウブがギーベのオルドナンツのような真似をなさるなんて、何とも情けない気持ちになりましたよ」

決してでしゃばらないように、理性を総動員していたらしいリヒャルダのお仕事意識には感心するけれど、握りしめられたままの震える拳が怖い。

……やっぱり貴族院に行っていた面々は知らなかったんだ。

わたしはゆっくりと視線を移していく。視線が合った途端に頬に手を当てて微笑んだアンゲリカはいつも通りにアンゲリカすぎるので流して、コルネリウスに視線を止めた。

「コルネリウス兄様はご存じでした？」

「詳しくは知りませんが、ランプレヒト兄上から少しだけ情報が流れてきました。主要なヴェローニカ派を排除した今、ヴェローニカ様に育てられたヴィルフリート様とその側近に最もヴェローニカ派が残っています。そのため、次期アウブとして推してほしいならば……と、ライゼガング系の貴族から何やら課題のようなものを出されたそうです」

わたしを始めとした他者に内容を漏らさず、頼らず、次期領主として見事にやり遂《と》げろ、と言われてヴィルフリートは秘密の指令に張り切っているらしい。

「決してライゼガングに知られぬように、それとなく手助けをしてほしいと兄上に言われています。ですが、会議の様子を見た結果、ライゼガングから認められたいと望むヴィルフリート様がどのように対処するのか、現在は成り行きを見守りたいと思いました。手助けを望まれても、何をどうしてほしいのか全く情報を出さない相手にできる有益な援助などありませんし、ローゼマイン様が祈念式の舞台の情報を流したことで十分な援護《えんご》になったはずですから」

コルネリウスは笑顔だが、目が笑っていない。どうやらこれ以上の援助など全く必要がないと思っているようだ。

「ずっと城にいたオティーリエは何か聞いていることはありませんか？」

「わたくしは、むしろ、ライゼガング系の貴族から様々な質問をされました。ローゼマイン様のお好みになるもの、どういった時に感情を乱されるのか、何を大事にしているのか、何を守り、何を切り捨ててきたのかなど、本当に細々《こまごま》としたことです。身近な者との繋がりを大事にする一方で、能力主義なところがある方だと申し上げました」

「それなのに、どうしてライゼガングの総意として順位を下げることが望まれるのでしょうね？」

オティーリエからの回答に対して、どうしてそのような要望になるのだろうか。わたしと一緒にオティーリエも首を傾げる。

「わたくしも不思議に思っています。ただ、エルヴィーラ様も周囲から色々と言われて、ずいぶんとお困りになり、対応に苦慮していらっしゃいました」

エルヴィーラと仲の良いオティーリエはフロレンツィア派でもある。そのお茶会で貴族達から言われていることがあるらしい。

「フロレンツィア様のご懐妊はまだほとんどの貴族に知られていません。だからこそ、領地内が荒れている今、フロレンツィア様とローゼマイン様のお二人で社交をしてほしいという声が女性の間ではとても大きくなっています。ローゼマイン様がエーレンフェストの第一夫人を目指すならば、女性の社交をもっと重視してほしいそうです」

「それは……」

さすがに時間がない、とわたしが言うより先に、オティーリエが「わたくしやエルヴィーラ様は承知しています」と頷いた。

「フェルディナンド様がいらっしゃらないことで、神殿業務や印刷業に関わるお仕事が以前より増えたローゼマイン様に社交の余裕はないとエルヴィーラ様はおっしゃいました。けれど、殿方《とのがた》のお仕事を取るのではなく、女性のお仕事に力を注いだ方が良いという意見はとても根強いようです」

女性の社交を放り出して印刷業や神殿業務に注力し、貴族院や神殿で功績《こうせき》をあげることでヴィルフリートよりもよほど目立っているわたしは、次期領主を目指しているように見えるらしい。少なくとも、第一夫人としてヴィルフリートを立てていこうという心構えは全く見当たらないそうだ。

……うーん、それに関しては反論の余地がないね。

印刷業や他領の商人との取り引きについて考えたり、グーテンベルク達を移動させたり、貴族院で成績向上委員会として頑張ろうと奮起したりしている時は、それを成功させることを最優先に考える。ヴィルフリートを立てようとか、第一夫人としてはこれ以上でしゃばらないようにしようなんて考えたことがない。利益や効率しか頭になかった。

ルッツもベンノもフェルディナンドもジルヴェスターも、「この功績をヴィルフリートに譲れ」とか「今は男を立てる時だ。すぐに婚約者を呼んで来い」なんて話し合いの途中で教えてくれなかった。今更「第一夫人になるなら、でしゃばるな」とか「荒れた領地を立て直すのは男に任せて、神殿や下町より社交をするのが第一夫人の務め」なんて言われても、手を引くタイミングがわからないし、引き継げる人材もいない。

……つまり、わたしがヴィルフリート兄様の第一夫人に向かないってことだよね？　いや、元々恋愛とか結婚の適性は低かったから、ヴィルフリート兄様だけじゃなくて、誰の第一夫人にも向かないってことかもしれないけど。

「フェルディナンド様がいらっしゃらなければエーレンフェストは立ち行かない、とエルヴィーラ様はよくおっしゃっていました。それが現実になったのだと思います。今はアウブの意思決定に明確な根拠や理由を与えたり、ローゼマイン様の環境を整えて社交に力を入れられる状況を作ったり、それぞれの意思を確認して動きやすいように場を整えてくれたりしていた方がいないのです」

それぞれがバラバラに動いていても調整してくれていたフェルディナンドがいなくなったことで、噛み合わなくなっているようにオティーリエには見えるそうだ。

「これまでならば、アウブとローゼマイン様が意思を確認し合う場が設けられたでしょう？　それがなかったのは……」

「残念ながら、母上。その点についてフェルディナンド様は関係ありません。今回はライゼガングの意向が理由なのです」

途中から口を出してきたハルトムートの方を向いた。目が合うと橙色の瞳がニコリと笑う。胡散《うさん》臭《くさ》いほどの爽《さわ》やか笑顔を見ながら、わたしは少し目を細めた。

「ハルトムートは今回の会議でアウブが何を言うのか知っていたのでしょう？　もしくは、言わされていることを知っていたというのが正しいかしら？」

「何故そのように思われますか？」

嬉しそうな目が「正解」と言っているのに等しい輝きを見せている。

「目が違いますもの。……ハルトムートは相手が王族であろうとも、上位領地であろうとも、青色神官であろうとも、わたくしを軽んじた発言をした時はとても怖い目をしているのです」

表情だけは一見爽やかに見える笑顔なので尚更怖い。けれど、会議室から出てきた時も、今も、リヒャルダが震える拳を握っている時も普通の顔だった。わたしの指摘にハルトムートは一度相好を崩した後、すっと真面目な顔になって、わたしの前に跪《ひざまず》く。

「私の敬愛するローゼマイン様。あのように酷いことをおっしゃるアウブとそれに追随《ついずい》するヴィルフリート様に軽んじられたままでいらっしゃる必要はございません。貴族院をまとめ上げたように、この揺れるエーレンフェストをまとめ上げることを望み、ライゼガングに命じてください。これまで大事に守ってきた学生達も、ローゼマイン様が立ち上がるのを待っていることでしょう」

口調が淡々としている上に、妙に芝居《しばい》がかった仕草だ。ハルトムートが本気でそう思っているわけではないことがわかる。

「……会議が終わったらわたくしを煽れ、とライゼガングの貴族に言われたのですか？」

「その通りです。ライゼガングの望みはヴェローニカ様の影響を消し去り、ヴェローニカ様の血を引かないローゼマイン様を次期アウブにすることです。アウブが自分の支持母体を切り捨てた今が絶好の機会だと考えています」

貴族院からの情報を元に、ジルヴェスターは粛清を前倒しで強行した。アウブを支持していた者の半分以上が旧ヴェローニカ派だ。側近でありながら、処罰された者が何人もいる。自分の足元を切り崩す勢いで膿を領地の全てから出そうとしたのだ、とハルトムートは語る。

ゲオルギーネに名捧げをしていた者は処刑され、ヴェローニカに便宜を図るための罪を犯していた者は次々と罰が与えられ、旧ヴェローニカ派は一掃された。ヴェローニカに連なる者で残っているのは、アウブとその子供達だ。これまで虐《しいた》げられてきたというのに、これからも彼等を支持するのかとライゼガング系の貴族の中でも過激な者達が声を上げたそうだ。

「領主候補生全員がヴェローニカ様の血を引いていれば、ライゼガングも諦めたでしょう。けれど、領主候補生の中にはローゼマイン様がいらっしゃいます」

わたしは対外的にボニファティウスから領主の血を引いていて、ライゼガングを母に持つカルステッドとエルヴィーラの娘だ。血統はライゼガングの血が濃い傍系《ぼうけい》の領主一族になる。

……下町生まれの平民の身食いなのにね。

「血筋だけではなく、ローゼマイン様は三年連続の最優秀で上位領地との繋がりが深く、王族との交流もございます。エーレンフェストに新事業をもたらし、新たな流行を生み出しています。聖女と名高いローゼマイン様こそ次期領主に相応しい……と言っています。事実ですが」

……うーん……。ハルトムートからの装飾《そうしょく》過剰《かじょう》な報告のせいで、ライゼガング系貴族の思い込みとか期待が大きくなってない？　気のせい？

「でも、わたくし、ライゼガングやハルデンツェル、グレッシェルのギーベには次期領主になる気などないとお話ししたのですけれど……」

「もちろん、ライゼガング系の上層部は把握《はあく》していますが、今回は粛清や曾祖父様の遺言があったことに加えて、ボニファティウス様の後押しがあったようです」

「おじい様の？」

そういえば、先程の会議でも終わり際に何か言われたなと思い出す。まさか領主を支える立場であるボニファティウスがそんなことを言い出すとは思わなかった。

「ボニファティウス様はローゼマイン様が神殿へ出入りしていることがお気に召さないようです」

ハルトムートによると、ボニファティウスは「領主候補生の中で一番優秀なのはローゼマインではないか。それなのに、何故ローゼマインが神殿に押し込められるのか。もちろん、神殿業務は誰かがやらねばならない仕事ではあろう。だが、領主候補生の仕事だというならば、ローゼマインに比べて汚点の残るヴィルフリートでも、シャルロッテでも良いはずだ」と言って、わたしを神殿から救い出そうとしているらしい。領主候補生に相応しい仕事は他にある。貴族院や中央で悪し様《あざま》に言われるような仕事をする必要はないだろう。次期アウブだからという理由でヴィルフリートが神殿長の職に就けないのならば、わたしを次期アウブに据えれば良い。最も支持派閥が大きく、能力もあるのだから、と。

……わたしはできるだけ神殿にいたいんだけどね。

「そういうわけで、ローゼマイン様を神殿から救い出すために次期アウブにしたいボニファティウス派。完全にヴェローニカ様の血を排除したい過激派。できることならばライゼガングからアウブを出したいライゼガングの主流派。ローゼマイン様本人が望むならば協力する消極的賛成派。最も魔力の強い者がアウブになるべきだという競争要求派。このように一枚岩ではございませんが、総意とするならば、ローゼマイン様を次期アウブに、ということになります」

自分達の血筋から出たアウブのためならば順位を上げる努力もするが、ヴェローニカの血筋のために努力するのは嫌だという貴族もいるらしい。

「何ともバラバラな総意ですね。少し突けば霧散《むさん》しそうではありませんか」

「結束が弱く見えても、外からではわからないでしょう。何より、粛清で自分の支持派閥を切ったアウブとヴィルフリート様には自分を支えてくれる貴族がほとんどいません。ライゼガングの総意と言われれば、必要以上に大きな意見に感じられるでしょう」

ジルヴェスターやヴィルフリートを推す貴族は本当に少なくなっているそうだ。それぞれの側近に加えて、わたしがアウブになってこのままの勢いが続くのは勘弁《かんべん》してほしい者、これまで通りのエーレンフェストで何の問題もないので変化を嫌う者、それから、魔力圧縮や御加護の獲得による低年齢層からの突き上げがひどくて参っている者、旧ヴェローニカ派で処罰を免れた者がヴィルフリートを推している状態らしい。

「ライゼガングの貴族達は悩んでいましたよ。その気がないローゼマイン様を担《かつ》ぎ上げるにはどうすれば良いのか……。最終的にできあがったのは、領主一族の間に亀裂を入れて対立させ、孤立させる。アウブに対して失望させて、自分の派閥を守るためにローゼマイン様が立ち上がるという筋書きで、それぞれに根回しをしていました。ボニファティウス様には神殿に押し込められているローゼマイン様を救い出すことに協力してほしいと申し出たそうです」

ボニファティウスとしては神殿からわたしを出せれば、それで良いようだ。わたしの方が次期領主に相応しい成績だと思うが、女性の領主は苦労が多いので第一夫人でも構わない。ただし、それに相応しい教育を施《ほどこ》し、フロレンツィアが第一夫人としての執務を教えるべきで、わたしを神殿に置くことは許さないと考えているそうだ。

……養母様がわたしに社交を望むのはそのせいか。

「ボニファティウス様はライゼガング系貴族から、ローゼマイン様は噂《うわさ》通りに自分の意思を述べられない状況へ追いやられているのではないか。アウブが秘密裏に強要しないように監視してほしいとお願いされ、監視とローゼマイン様の意思を確認することを了承しました」

ボニファティウスが目を光らせているため、今回は秘密裏の打ち合わせができなかったそうだ。

「もちろん、アウブにも色々と根回しをしていたようですよ。ローゼマイン様の側近である私は詳しく教えられませんでしたが、ライゼガングの支持を餌《えさ》に、アウブとローゼマイン様の間に亀裂を入れるための工作をしていることはわかりました。支持基盤がなくなった上に、フロレンツィア様の懐妊という弱みが重なれば、アウブがライゼガングの申し出を拒否できないことは容易に想像がつきます」

ハルトムートもボニファティウスと同じように監視役なのだそうだ。領主夫妻やヴィルフリートが本当にライゼガングの要求を呑むつもりがあるのか、わたしを事前に呼び出して打ち合わせをしたり、無茶な強要をしたりしないのかを見張っているように、と言われたらしい。

「その上で、側近としてローゼマイン様の意思を確認するように、と言われていたのです。もちろんローゼマイン様が次期アウブをお望みであれば、ライゼガングの手など借りずとも私が万難《ばんなん》を排して押し上げますが、お望みではないでしょう？」

「そうですけれど、どうしてハルトムートはわたくしに黙っていたのですか？」

わたしが軽く睨むと、ハルトムートはおどけたように眉を上げた。

「ヴェローニカ派を追いやったライゼガングが一体どのような根回しをして、どのように立ち回るのか、ライゼガングを相手に領主夫妻やヴィルフリート様がどのように動くのか、ローゼマイン様にとって領主一族のそれぞれがどのような立ち位置にあるのか、など確認したいことがたくさんあったからです」

わたしの文官として、わたしの背後で静かに会議を観察していたハルトムートがどのように判断して、何を考えたのだろうか。そう思っていると、ブリュンヒルデがものすごく嫌そうに顔を顰めて口を開いた。

「エーレンフェストが一丸となって他領に立ち向かっていかなければならない時に、何という情けないことをしているのでしょう。このような状況で領主一族の方々にグレッシェルのエントヴィッケルンをお願いするのですか？　わたくし、ライゼガング系の貴族だと言われることが恥ずかしくなるとは思いませんでした」

ブリュンヒルデが頭を振る。そんな彼女を見て、ハルトムートは「ブリュンヒルデは潔癖《けっぺき》ですね」と小さく笑った。

「今まで権力の取り合いをしていただけで、ヴェローニカ派もライゼガング系貴族も根は同じエーレンフェストの貴族です。同じようなことを考えても何の不思議もありません。彼等にとって大事なのは自分の地位と生活が守られることで、領主一族が望んでいるエーレンフェストの順位の上昇とそれに伴う努力は望んでいないのです」

わたしと同じように上を見過ぎてブリュンヒルデには周囲が見えていない、とハルトムートが言った。それはつまり、わたしも周囲が見えていないということではないだろうか。

「ハルトムートには一体何が見えていて、何を考えているのですか？」

「私は常にローゼマイン様のお望みを叶えることしか考えていません。ですが、私的な望みを口にすることが許されるならば……」

そこでハルトムートは一度言葉を切る。そして、色々と計画しているフェルディナンドのような悪い笑みを浮かべた。

「聖女というより、もはや、女神と呼ぶべきローゼマイン様がアウブになりたがるなどと俗なことしか考えられない年寄りの戯言《ざれごと》を粉微塵《こなみじん》に叩き潰したいと考えています」

……なんか過激なことを言い出したよ⁉

ポカーンとしてしまったわたし達を前に、ハルトムートは滔々と語り始めた。

「ローゼマイン様が欲しているのは本であり、製紙業と印刷業です。これは目下ライゼガング系のギーベの土地で広がっていますが、親族なので優先した結果にすぎません。現に、最初に工房を作ったのはイルクナーでした」

たしかにライゼガング系の貴族でなければ印刷業ができないわけではない。自分を支持してくれている派閥に餌を与えるのは大事だと周囲が言ったから、優先的にグーテンベルクを運んだだけだ。

「粛清で再び自分の支持基盤を切り取ったアウブはエーレンフェストを一つにまとめるため、最大派閥であるライゼガングの支持と協力を必要としています。けれど、ローゼマイン様にはライゼガングの支持など必要ないのです」

「さすがに、必要ないと言い切ることはできないと思います。……ですよね？」

ハルトムートがあまりにもハッキリと言い切るので、どうにも自信が持てなくて最後は疑問形になって、皆に同意を求めてしまう。しかし、ライゼガング系の貴族であるはずの側近達が揃って、考え込むような顔をしている。多分何も考えていないアンゲリカも同じような表情だ。

「今やライゼガングがいなくても、印刷業に手を出したがる貴族は他領にいくらでもいます。できる限り印刷業を広げて一冊でも本が増えることをお望みのローゼマイン様には、エーレンフェストでライゼガングの茶番に付き合うより他領への影響力を高める方がよほど重要なのです」

「確かにハルトムートの言う通りですね。ローゼマイン様お一人に限れば、ライゼガングの支持など全く必要ございません」

レオノーレが感心したようにハルトムートを見る。そこは感心しないでほしいけれど、わたしも感心したのでレオノーレには何も言えない。ハルトムートには怖いくらいによく把握されている。その通りだ。わたしは印刷業を広げて、一冊でも多くの本を読んで暮らしたいだけである。

「ライゼガングは愚かにも、血族であり、最大の支持者である自分達ならばローゼマイン様を思い通りに動かせると考えているのでしょうが、できるわけがありません。その程度のことがあの年寄り達にはわからないのです」

「ローゼマイン様を思い通りに動かすのはフェルディナンド様をもってしても至難の業と言われていましたものね」

反論したかったけれど、「お茶会でも苦労しています」とブリュンヒルデに言われてしまっては、何も言えない。わたしは唇を尖らせてそっぽを向いた。

……そんなことないよ。フェルディナンド様には簡単に操られてたもん。

「ライゼガングからヴェローニカ様に権力が移ったところで馴れ合いという本質は全く変わらず、逆に権力が戻ったところで同じでした。そんなエーレンフェストの貴族社会で育ったアウブやヴィルフリート様ならば、今まで通りのやり方で動かせるでしょう」

ライゼガングの策略《さくりゃく》にもはまるだろうし、思うように動かしたり、動かされたりすることにも疑問を抱かない。

「けれど、彼等にはローゼマイン様が好き好んで神殿にいらっしゃることも、図書館に一生引き籠もっていられたら幸せという考え方も理解できないのです」

……だったら、どうして同じ貴族社会で育ったハルトムートには、わたしの望みが理解できるんだろうね？　そっちの方が何か怖いんだけど。

「私は領主一族が他に例を見ないほどに仲睦《なかむつ》まじく和気《わき》藹々《あいあい》としていることを好ましく思っていました。ローゼマイン様が笑って過ごせる雰囲気を大事にしたいと思っています。間違っても亀裂を入れて、孤立させたり、対立させたりすることは望んでいないのです」

「現実にはそうなってしまいましたけれど……」

会議の様子やシャルロッテとヴィルフリートのやり取りを見れば、以前のようなまとまりがなくなってしまったことはわかる。

「ならば、もう一度まとまればよいのです。身内に敵がいたとしても、外に敵を設定すれば再びまとまることができます。貴族院でローゼマイン様が行ったことではありませんか」

旧ヴェローニカ派の子供達を含めて寮内をまとめるために、エーレンフェスト内の派閥争いではなく、他領に勝つことを目標に掲げた。同じように、領主一族をまとめていけば良い、とハルトムートは言う。

「他領とのやり取りやユルゲンシュミットにおける順位など、食糧庫であるライゼガングには関係がないから、簡単に順位を下げろと言えるのです。順位が上昇したことで、立場や他領からの扱いが変わり、将来にどのような影響が出るのか実感したことがない年寄りだから、若者が順位を上げようと努力する気持ちがわからないのでしょう」

友人関係、婚姻が結べる領地、周囲からの対応、情報の集めやすさなど、順位が変わったことで若い者は努力に相応しい変化を手に入れている。数年間で起こった変化を並べながら、「年寄りの都合でそれを手放し、もう一度底辺に戻るなど、私は真っ平《まぴら》です」とハルトムートは言う。

「年寄りに囲まれた領地内では大っぴらに言えなくても、ライゼガングの総意など蹴り飛ばしたい若者はいくらでもいます。彼等を取り込んで領地を変えたいと考えるアウブの支持基盤を新たに作れば良いと思いませんか?」

敵に想定するのは派閥ではない。エーレンフェストの変化を望まない年寄りだ、とハルトムートは力強く言い切る。その言葉を受けて、わたしはその場にいる皆を見回した。ここにいるのはライゼガング系の貴族だけれど、わたしの側近として順位を上げることに腐心《ふしん》してきたせいか、ライゼガングの総意を蹴り飛ばしたい者ばかりのようだ。

「ローゼマイン様が貴族院で接してきたヴェローニカ派はもちろん、メルヒオール様の側近を見ても、御加護の再取得のように自分の能力を高めることに関心を持っている者は多いのです。若い世代を集めることはそれほど難しいとは思えませんし、一つの派閥になるくらいの数を集めることは可能でしょう」

レオノーレが真面目な顔で、ローゼマイン式魔力圧縮の恩恵《おんけい》を受けた者の数や関心を持っているけれど、参加できていない下級貴族達の数を計算していく。親世代を駆逐《くちく》することに何の躊躇《ためら》いも持っていないようなレオノーレの言葉に、思わずわたしはコルネリウスを見た。目が合った瞬間、彼はクッと笑って面白がるような漆黒《しっこく》の目でわたしを唆《そそのか》す。

「ねぇ、ローゼマイン。これは兄としての助言だけれど、こう考えてはどうだろう？　ライゼガングがエーレンフェストの食糧庫としての在り方を誇るならば、食糧庫に徹すれば良い。今まで通りの伝統的なやり方で食糧生産する者も必要だから、最大限の敬意を持って、食糧庫として遇するんだ。きっと満足してくれるさ」

自分の支持派閥でもあるのだから追い落とすのではなく、ライゼガングを重要な食糧庫と持ち上げながら、停滞《ていたい》や逆戻りを望む年寄りを田舎に排除しようという誘いである。コルネリウスもハルトムートに賛成らしい。

「ローゼマイン様、次期アウブになるおつもりがないのでしたら、提案だけなさって、若手を集めて派閥を形成することはヴィルフリート様にお任せすれば良いのですよ。神殿業務がお忙しいのに、このような殿方のお仕事に手を出す必要はございません」

次期領主になりたくないならばアウブとヴィルフリートに任せれば良い、とオティーリエが言う。女性貴族の声を無視しない方が良いという助言だろう。

「母上の言う通りです、ローゼマイン様。派閥をまとめるなど、派閥の必要ないローゼマイン様の仕事ではございません」

「ハルトムート?」

「提案だけして、ヴィルフリート様に投げておけば良いのです。次期アウブだから、と張り切ってやってくれるでしょう。これだけお膳立《ぜんだ》てされてできなければ、本物の能無しです」

最後の言葉は無視しておいた方が良いだろう。過激ではあるが、一応ヴィルフリートを立てて、エーレンフェストをまとめる方法を考えてくれているのだ。きっと期待の裏返しに違いない。

「面倒事は早く終わらせ、一刻も早く神殿へ戻りましょう。御加護の再取得が楽しみでならないのです。聖女たるローゼマイン様には神々に関連する功績の方が何倍も大事ではありませんか」

……最後の最後でとんでもない本音が来た！

ハルトムートの本音に全身の力が抜けていく。難しく考えても仕方がなさそうだ。ひびが入っているような領主一族をまとめるため、自分の派閥を切り捨ててでも粛清を強行したジルヴェスター達の足元を固めるためにも提案することにしよう。

「向上心とやる気のある若手を集め、エーレンフェストの世代交代を全力で進めましょう」

アウブとの話

リヒャルダに頼んでジルヴェスターに面会依頼を出してもらうと、わたしはライゼガングの総意について、自室で側近達から話を聞いているはずのシャルロッテと情報交換をした。わたしの側近にライゼガング系の貴族が多い分、シャルロッテの側近には少ないようで、ライゼガングの総意に関する情報はあまりなかったようだ。

けれど、フロレンツィアの側近からの情報は豊富で、「ヴィルフリートの命が過激な貴族から狙われている」という情報が入ったらしい。ヴィルフリートさえいなくなれば、わたしを次期領主に据えることは非常に簡単になるそうだ。

わたしがジルヴェスターやヴィルフリートがライゼガングからの秘密の課題をこなしているという情報を出すと、シャルロッテが「ライゼガングに騙されているという可能性はございませんか？」とひどく心配そうな顔になった。

……命を狙われているって情報もあるくらいだし、明らかに胡散臭いよね？

「おそらく断ることができないような条件や圧力がかけられていると思います。ですから、会議での言葉は皆の本心ではないと思いますよ」

「わたくし達に知らされない現状が歯痒《はがゆ》く感じられますね。頼りないからでしょうか？」

仲間外れにされているように感じているらしいシャルロッテの呟きを、わたしは否定する。

「シャルロッテはとても頼もしいですよ。それに、情報が隠されているのはこの不安定な情勢の中で必死に守ろうと思ってくれているからではないかしら？」

「お姉様？」

「ライゼガングの旗印《はたじるし》になれるわたくしがいなければ、養父様は言いなりになって順位を下げる必要などありませんもの。わたくしは今、自分が養父様に守られていることを実感していますよ」

フロレンツィアの側近達からシャルロッテに情報が流れるくらいだ。ジルヴェスターも知っているに違いない。彼の立場ならば元平民のわたしを殺してしまうのが一番手っ取り早いけれど、それをせずにライゼガングの課題を受けてくれているのだ。

「ですから、わたくし、全力で養父様を支えようと思います。シャルロッテも協力してください」

わたしはシャルロッテにやる気のある若手を中心にして世代交代を進め、ジルヴェスターとヴィルフリートの派閥を新しく作っていく計画を話した。

「わたくしは提案するだけですけれど、上手く取り込むことができれば養父様の足元を固めることができると思いませんか？」

「世代交代は有効だと思いますけれど……集まってきた若い世代の者達がお父様の派閥として動けるまでには時間がかかりますし、ライゼガングを抑えるにはまだ足りないと思います」

シャルロッテは冷静な顔で「今の混沌《こんとん》とした状況を好転させるには良い策だけれど、まだ弱い」と判定を下す。

「それに、急激な変化に戸惑ったり、反発を覚えたりするのはお年を召した方だけではございません。貴族院の寮内でも罪を犯した旧ヴェローニカ派の子供達と自分達が同じ扱いになるのかとか、上級貴族が自分で稼ぐのか……など、お姉様の提案には反発が出ていたではありませんか」

魔力圧縮方法を知りたいならば自力で稼ぐ苦労をするといいよ、というわたしの言葉は中級や下級貴族には受け入れられたけれど、それまでお金を稼いだことがない上級貴族の反発を招いていたようで、シャルロッテは自分の側近からその話を聞いたらしい。

「お姉様の側近の上級貴族が率先して手本を見せることで反発は減りましたけれど、急激な変化に対応するためのお手本は必要ですし、戸惑う者に対してなるべく手を差し伸べることも大事だと思います」

意見の調整をすることが上手いシャルロッテならではの視点に感心して、わたしは今回の変化を皆が受け入れられるようにするにはどうすれば良いと思うのか、意見を求める。

「多分、お父様がライゼガング系貴族から第二夫人を娶るのが一番なのです」

「どうしてですか？」

「これまでライゼガングはそうして権力を安定させてきたのでしょう？　ですから、ライゼガング系の貴族の中でも柔軟《じゅうなん》に変化に対応できる女性を第二夫人にお迎えすれば、これまでと同じだとライゼガングを安心させて時間を稼ぎつつ、世代交代をどんどん進めていくことが可能になります。一番穏やかにまとまるのではないでしょうか」

シャルロッテはそう言いながら、少し視線を落とした。

「お母様に赤ちゃんがいらしたので、一番簡単な手段が使えなくなりましたけれど」

これから出産して一年くらいの間は赤ちゃんへの魔力の影響などを考えると、ジルヴェスターは第二夫人を娶れない。粛清直後で荒れている今の状況を改善するために第二夫人が必要なのに二年後では遅すぎる。

「お姉様と違って、わたくしはこれまで教えられてきた貴族の常識に縛《しば》られて、柔軟な考えが浮かびませんから、今のエーレンフェストを好転させる方法も従来のものしか思いつかないのです」

自嘲気味に微笑みながらそう言ったシャルロッテが顔を上げた。

「お父様とお兄様が新しく自分の派閥を得られるように、わたくしも協力します」


メルヒオールの側近とも話をしたけれど、すでに知っている情報しかなかった。どうやらライゼガング系の情報はわたしが一番持っているようだ。今のメルヒオールの側近にとって一番の関心事は神殿のことらしい。色々と質問され、アウブと面会して予算や家具の使用許可について話を通しておくことを伝える。

ヴィルフリートの側近とはほとんど話にならなかった。情報の交換にはならず、「ヴィルフリート様は今お一人で頑張っているので、婚約者として協力してあげてくださいませ」の一点張りだったからだ。とりあえず、わたしは婚約者として新しい派閥を作るための提案をアウブにすることを告げて、「わたくしは神殿に籠もるので、養父様と二人で頑張ってください」と言っておいた。

次の日にはギーベの夏の館を調べるためにマティアス達が騎士団と一緒に出発した。春を寿ぐ宴までに戻って来ようと思えば、本当に日がないのだ。

カルステッドはジルヴェスターの護衛に就くため、同行しなかったけれど、わたしと約束した通り、出発の見送りに行った時に「彼等は領主一族に名捧げをした側近だ。手荒な真似は慎むように」と騎士達に念を押してくれた。


北の離れに籠もっているように言われているにもかかわらず慌ただしい中、ジルヴェスターとの面会日がやってくる。わたしが北の離れから出られないこと、騎士団が調査に出て減っていることから、結界のあるこちらへジルヴェスターが足を運んでくれることになった。

「ボニファティウスも同席したいそうだが、良いか？」

わたしはジルヴェスターと秘密の話し合いのつもりだったが、ボニファティウスも一緒に来ることになった。もしかしたら、ライゼガングの監視がまだ続いているのだろうか。

……おじい様も領主一族だから、こっちの仲間に入ってもらうのが一番なんだよね。

別にボニファティウスと敵対する必要は全くない。ライゼガングの提案に乗ったようだけれど、それはわたしを神殿から救い出したいという心配からきているもので、わたしを絶対に次期アウブにするのだ、という派閥ではなかったはずだ。

「フェルディナンドがいない分、引退した私まで執務をしなければならないのだ。ローゼマインとの話し合いには同席させてもらう。隠し事などないであろう？」

わたしは笑って頷きながらジルヴェスターとボニファティウスに席を勧めた。

「フェルディナンド様の代わりにおじい様が養父様の執務のお手伝いをされるなんて大変ですね。もちろん同席いただいて構いません。おじい様に聞かれて困るようなお話はしませんし、側近達に聞かれたくないお話の時には盗聴防止の魔術具を使いますから」

わたしは自分の正面に座るジルヴェスターとボニファティウスを見る。カルステッドはいつも通りにジルヴェスターの背後に立っている。フェルディナンドがいなくて、ボニファティウスが代わりにいるのが変な感じだ。

……おじい様はフェルディナンド様より肩幅とか筋肉とかがムキッとしてるから、圧迫感があるね。何となく椅子がきつそうに見えるよ。

わたしがお茶やお菓子を毒見してから勧めると、ボニファティウスは嬉しそうに「ローゼマインとこうしてお茶をするのは一年ぶりくらいではないか」と言いながらお菓子を食べ始めた。領主会議のお留守番の間に、執務を手伝って、一緒に休憩《きゅうけい》のお茶を楽しんでいたことを思い出す。わたしにとっては手を繋いで歩くよりも、お茶会の方が肉体的な危険がないため簡単なのだ。

「わたくし、今年の領主会議では王族のお手伝いを頼まれているので、去年のようには過ごせませんものね。……おじい様が神殿へ来てくだされば、一緒にお茶ができるのですけれど」

神殿へ誘うと、ボニファティウスは「……神殿か」と呟いて難しい顔になった。よほど神殿に忌《き》避感《ひかん》があるらしい。

「わたくしの側近に加えて、これからはメルヒオールの側近達も神殿へ頻繁《ひんぱん》に出入りするようになります。おじい様がご存じの神殿とは違うと思うので、無理にとは申しませんけれど、一度足を運んでみてくださいませ。おいしいお菓子で歓迎《かんげい》しますし、きっとアンゲリカも喜びますよ」

難しい顔のままだけれど、ボニファティウスは「考えておこう」と言ってくれた。ちょっとずつ意識の改革と歩み寄りができれば良いと思う。

「養父様、最初にメルヒオールの神殿入りについてなのですけれど……」

わたしは面会依頼の理由を一番に話し始める。メルヒオールが神殿に入るにあたって必要な準備の説明をして、予算をつけてもらえるようにお願いした。

「神殿で取り急ぎ必要になる家具は城にある予備の使用許可をください。それから、料理人を一人、城から出してください。助手は灰色巫女を召し上げても構いませんし、新たに雇って、そこでイタリアンレストランの料理人教育を引き受けても構いません」

「……メルヒオールの厨房で料理人教育をするのか？」

教育された料理人を使うのが当然で、一から教育するという概念がないらしいボニファティウスが水色に近い青い目を丸くした。けれど、ジルヴェスターは当たり前の顔で「ローゼマインの厨房もそうだからな」と軽く頷いて受け入れてくれる。

「イタリアンレストランは他領から訪れる商人達にとって一度は足を運びたい場所なのです。ですから、エントヴィッケルン後のグレッシェルでもイタリアンレストランを開くのであれば、料理人教育は今からしなければ間に合いません」

もちろんわたしの厨房でも料理人教育を引き受けるつもりだ。エラがそろそろ子供が欲しいと言っていたので、お休みを与えるためにもちょうど良いと思っている。

「あと、シャルロッテから聞いたのですけれど、子供部屋の子供達は冬の間、半ば放置されていたようですね」

「そんなことはない。きちんと食事は与えられていたし、子供部屋付きの側仕えがいたし、親が来れば面会はできたはずだ」

ジルヴェスターはすぐに反論したが、わたしは首を横に振った。

「生活環境ではなく教育面のお話です。メルヒオールがいる北の離れに先生が向かうことで、子供部屋の方は例年と違ってほとんど勉強が進められず放置されていたと聞きました。家庭教師を雇う親もいない以上、今後もこのままの状態では彼等の教育面が非常に不安です」

目を白黒させているボニファティウスの隣で、ジルヴェスターは「それで」と軽く先を促す。

「彼等を青色神官見習いや青色巫女見習いとして神殿で預かりたいと思っています」

「む？　何のためだ？」

「神殿の魔力補充のため、彼等に教育を与えるため、それから、口さがない貴族達の悪意から少しでも守るためです。もちろん、かかる費用は彼等の親から出してもらいます。無償ではないけれど、彼等にとっても完全に悪い方法ではないと思います。いかがでしょう？」

ジルヴェスターが顎を撫でながら考え込む隣で、ボニファティウスは理解不能という顔になる。

「ローゼマイン、其方は何故そこまで罪人の子供達に心を砕くのだ？」

「おじい様、彼等自身は罪を犯していないのです。無実の者まで処罰するのはおかしいと思います。それに、エーレンフェストはただでさえ貴族が不足しているのですもの。貴重な人材をわざわざ潰す必要はないでしょう？　救って育てて領地のために働いてもらわなければ」

潰すのは簡単だけれど育てるのは大変だと言うと、ボニファティウスは「それは打算か？」と何とも言えない妙な顔になった。

「ええ、領主一族としての打算です。周囲が何と言おうとも、わたくし、別に聖女でも何でもありませんから、無償で限りなく救えるとは思っていません」

中領地の割に貴族の人数が少ない現状と、収穫量を支えている神事や魔力を疎かにできないことを説明する。ボニファティウスは領地対抗戦へ来られなかったので実感がないかもしれないが、ユルゲンシュミット全体が神事を見直す方向になったのだ。

「養父様、子供部屋に残された子供達を青色見習いとして受け入れることで養母様のお仕事が一つ減ります。養母様もシャルロッテも少しは助かるでしょう。ダメですか？」

「私は構わぬが……ライゼガングが何と言うか」

至極《しごく》面倒臭そうな顔でジルヴェスターがボニファティウスを見た。どうやらボニファティウスがライゼガングの窓口になっているようだ。

「あら、ライゼガングが子供達を引き取って面倒を見たいという申し出があったのですか？　そうでなければ、アウブからギーベに何のお伺いが必要なのかわかりませんけれど……」

わたしはわざとらしく溜息を吐きながらジルヴェスターを見つめる。

「ライゼガングの支持や協力を得るために、色々と無理難題を突き付けられているそうですね。わたくしのせいで起こる厄介事《やっかいごと》の全てを引き受けてくださってありがとう存じます、養父様」

「ローゼマイン、何故それを⁉」

ジルヴェスターよりもボニファティウスが過剰に反応した。ジルヴェスターを見た後、カルステッドに視線を向ける。カルステッドが「違う」というように手を振ったことから考えても、おそらくわたしとジルヴェスターの接触を完全に断ち、カルステッドやエルヴィーラの動向にも目を光らせていたのだろう。

「これまでとあの会議では養父様の言動がちぐはぐでしたから、落ち着いて少し考えれば裏があることはわかりました。ですから、わたくし、ライゼガング系の側近から情報を集めたのです。詳細は存じませんけれど、養父様もヴィルフリート兄様も何やら課題を与えられたのでしょう？」

わたしの言葉に今度はジルヴェスターが「何だと？」と過剰に反応して顔色を変えた。険しい顔になり、ボニファティウスを睨む。

「私が条件を受け入れれば、子供達には手を出さない約束だったはずだぞ。どういうことだ⁉」

「……私も知らぬことだ」

ボニファティウスも苦々しい顔になった。どうやらあちらでもこちらでも情報が足りない事態になっているようだ。

「ライゼガング系貴族の中でも過激な者達は、領主一族に亀裂を入れる計画を立てていたようです。ヴィルフリート兄様が受けた課題も、ライゼガングがわたくしを次期アウブに擁立《ようりつ》するために利用されているだけという可能性があるのでは、とシャルロッテが心配していました」

「何ということだ」

ジルヴェスターの顔が真っ青になった。ボニファティウスの顔色も悪い。自分達が持っているライゼガングの情報とは食い違いがあるらしい。

「ローゼマイン、ヴィルフリートには課題の危険性を伝えていないのか？」

「ヴィルフリート兄様の側近とはお話になりませんでした。もしかすると、課題の中に、わたくしに第一夫人としての振る舞いをさせるというものがあるのかもしれませんね。婚約者として協力するように、としか言われなかったのです。碌に情報交換もできませんでした。ライゼガングの後援を受けているわたくしは、きっと潜在的な敵なのでしょう」

仕方がないよね、とわたしは思っているけれど、ボニファティウスは「婚約者でありながらローゼマインを敵のように扱うとは！」と怒り始めた。その様子を見て、わたしは少し眉を上げる。

「あら？　でも、ライゼガングから養父様とわたしの動向を見張るように言われているおじい様にとっても、わたくし達は敵のようなものでしょう？　貴族院から戻ってからずっとおじい様は怖いお顔をしていますもの」

「そ、そんなことはないぞ！　怖いか？　怖くはないだろう？」

ボニファティウスが慌てた様子で自分の顔を押さえる。その様子を見て、緊張が解けたようにジルヴェスターが笑い出した。雰囲気が一気に緩んで、わたしもつられて笑う。

「もう怖くありません。おじい様はわたくしを心配してくださっただけで、味方なのでしょう？」

「当たり前だ」

「では、養父様もわたくしをいじめていないので、あまり怖い顔をしないでくださいませ」

「う、うむ」

神妙な顔で頷くボニファティウスに微笑んだ後、わたしはジルヴェスターに視線を移した。

「わたくしもハルトムート達から聞いただけですから、本当かどうかわからないのです。会議でしゃばるようなことはしない方が良いと言われたところですし、今回の話し合いも余計なお世話か、と思ったのですけれど……」

「いや、助かった。フェルディナンドがいなくなった今、情報が圧倒的に不足しているのだ」

笑っていた顔を引き締めながらジルヴェスターが頭を左右に振った。今まではユストクスの情報をフェルディナンドが精査《せいさ》して届け、立ち回りの指示もある程度出してくれていたらしい。いなくなって、本気で困っているようだ。

「ハルトムートはよくそれだけの情報を得られたな」

「神殿でユストクスに師事していましたから。まだユストクスのように全てを網羅《もうら》するような情報を得ているわけではありませんけれど、ライゼガングの情報ならば融通しますよ」

わたしがジルヴェスターに情報を流すよ、と話をしていると、ボニファティウスは真面目な顔でわたしを見た。

「ローゼマイン、其方は何故ジルヴェスターをそこまで信用できるのだ？　ジルヴェスターに騙されている可能性もあるとは思わないのか？」

「本当に酷い方ならば、面倒事を回避するためにわたくしを殺すでしょう。殺すまでいかなくても養子縁組を解消すれば、わたくしは上級貴族に戻り、次期アウブとは絶対に目されることがなくなります。それなのに、養父様はライゼガングの課題を抱えて唸っているのですよ。自分を守ってくださっている養父様を、わたくしが信用するのはおかしいですか？」

フェルディナンドもいない今、わたしが領主一族から抜けると魔力が圧倒的に不足するので、簡単に殺したり、養子縁組を解消したりすることはできないと思う。それでも、面倒事は面倒事だ。放り出さずに頑張ってくれている姿を評価するのは当然だろう。

「養父様は色々と理由を付けて逃げ出したり、面倒臭そうに文句を言ったりしますし、シャルロッテに指摘されたように大変な時に養母様を妊娠させるような迂闊《うかつ》なところもございますけれど、大事なところではきちんと守ってもらっていると思っています。協力くらいはしますよ」

「……ローゼマイン」

「むしろ、わたくしの後《うし》ろ盾《だて》と言いながらエーレンフェストに不和を撒《ま》き散らすライゼガングの方がよほど困った存在ではありませんか」

そう言いながら、わたしは今日の本題を持ち出した。ライゼガングの総意を蹴散らすための世代交代案である。

「急激な変化を厭う者がいるのは当然ですけれど、エーレンフェストが上位領地として相応しい言動を身につけるのは、ツェントからのご指示でもあります。王命同然ですよね？」

ジルヴェスターがニヤリと笑って「まぁ、そうだな」と頷きながら先を促す。

「ですから、領地内で役割分担をするのはどうでしょう？」

「役割分担だと？」

「はい、おじい様。農村などを治めるギーベのお仕事にはそれほどの変化などありません。ですから、今回の粛清で空いたギーベのお仕事は保守的な方にお任せするのです。ギーベ・ゲルラッハやギーベ・ヴィルトル達はゲオルギーネ様に名捧げしていたことでエーレンフェストを混乱に陥れましたが、統治の腕に問題はありませんでした。収穫量も良かったはずです」

収穫祭の後、アウブに報告しているわたしは各地の収穫量も知っている。彼等の領地運営の手腕に問題はなかったのだ。

「ですから、新しく派遣するギーベには彼等のやり方をそっくりそのまま踏襲《とうしゅう》していただくのです。農民や下働きを混乱させず、同じ環境で働けるように尽力していただきましょう。急激な変化に対応できないことをよく知っている方に行っていただくのが一番だと思います」

わたしの提案を面白がるようにジルヴェスターが笑った。

「なるほど。だが、新しい仕事に失敗は付き物だ。また、ギーベの仕事に適性がなかったら大変なので、正式なギーベになるまでの試験期間として三年ほど様子を見ることにしよう。其方等領主候補生が祈念式や収穫祭で向かった時に農民や下働きの者から話を聞き、上手く治められているならば、三年後には正式なギーベに任命する」

様子見の期間を作れば、正式に採用されようと必死に働くだろうし、その土地の者に無茶な真似はしないだろう、とジルヴェスターが呟く。

「そして、向上心のある者、変化を柔軟に取り入れられる者を、派閥に関係なく城の重職に就けるようにしましょう」

「派閥に関係なく⁉」

わたしの提案にいちいち驚くのはボニファティウスだ。そんなに変なことを言っているつもりはないが、普通の貴族とわたしの考え方の違いが浮き彫《ぼ》りになった気がする。理由を聞いて納得すれば受け入れてくれていたフェルディナンドやジルヴェスターが変わっているのかもしれない。

「罪を犯した者はすでに罰を受けたり、遠ざけられたりしているのでしょう？　もう旧ヴェローニカ派など無いに等しいのに、有能でやる気のある者に仕事をさせないなんて勿体《もったい》ないではありませんか。エーレンフェストには余らせておく人材なんていないのです。ただ、シャルロッテには弱点も指摘されています」

わたしは自室で側近達と話し合った案に加えて、シャルロッテに指摘された点も説明する。

「なるほど。良い策だけれど、まだ弱い、か。シャルロッテはよく見ているな」

「えぇ。シャルロッテは他に第二夫人をライゼガングから迎えるのが一番穏便《おんびん》で上手くまとまるとも言っていました。第一夫人に他領との社交を任せて、第二夫人には領地内の貴族をまとめるのを任せるとおっしゃったダンケルフェルガーの言葉に重なるものがありますね」

わたしの言葉にジルヴェスターが少し沈んだ顔になった。

ブリュンヒルデの提案

「発言をお許しいただけますか、アウブ・エーレンフェスト?」

静かに控えていた側近達の中からブリュンヒルデが一歩前に進み出た。緊張した面持ちの中に意を決した飴色《あめいろ》の瞳がある。覚悟を決めているように見えるブリュンヒルデを見つめ、ジルヴェスターが「許す」と許可を出した。

ブリュンヒルデは「恐れ入ります」とゆっくりと歩いてジルヴェスターの正面に移動する。跪き、両腕を交差させた。

「わたくしはギーベ・グレッシェルの娘、ブリュンヒルデと申します。貴族院の五年生を終えたところでございます」

「優秀者となった側仕えだな。領地対抗戦や表彰式の様子を見ていた」

ジルヴェスターが相槌《あいづち》を打つと、ブリュンヒルデは「お褒めに与《あずか》り光栄です」と答えた。それからゆっくり顔を上げると、真っ直ぐにジルヴェスターを見つめる。

「わたくしをアウブの第二夫人という役職につけてくださいませんか?」

ブリュンヒルデの発言にシンとその場が静まった。その場にいた全員が驚きに目を見開き、跪いている彼女を見つめる。寝耳に水の発言にわたしの思考回路がついていかない。

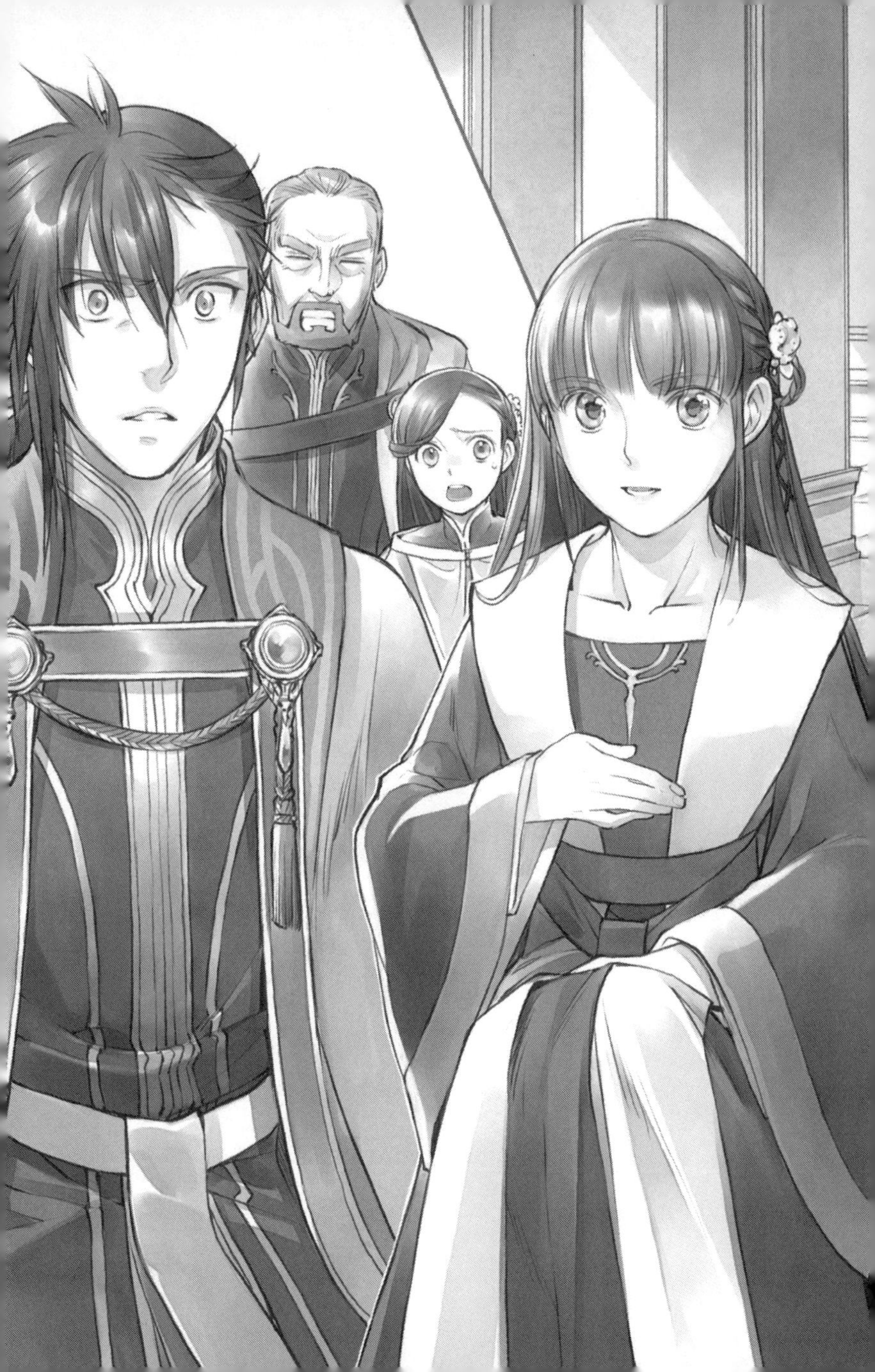

……アウブの第二夫人？　誰が誰の？　ブリュンヒルデが養父様の⁉

真っ白になった思考回路にポツポツと浮かぶ言葉が繋がった瞬間、今度は大混乱が襲ってきた。ガタッと椅子から立ち上がり、一歩ブリュンヒルデに近付く。

「ちょ、え⁉　待って、待ってくださいませ！　ブリュンヒルデ、落ち着いて深呼吸を。気を確かに……」

「落ち着かねばならぬのも、深呼吸が必要なのも其方だ」

呆れた顔でジルヴェスターが立ち上がり、テーブルを回ってわたしの隣に立った。「ほら、深呼吸をしろ」と軽く肩を叩いてくれる。

「ヒッヒッフー……ヒッヒッフー……」

「何だ、それは？」

「勝手に口から出ました。わたくし、何を言っていますか？」

「残念ながら全くわからぬ。落ち着け」

ブリュンヒルデの爆弾発言に全く動じていないように見えるジルヴェスターと、混乱しているわたしを見ながらオロオロしているように見えるボニファティウスを交互に見る。

「お、おおお、落ち着き方がわかりません、おじい様」

「その気持ちはよくわかるぞ、ローゼマイン」

二人であわあわとしていると、リーゼレータが「失礼します」と静かに進み出てきて、どこからかスッとシュミルのぬいぐるみを取り出した。

「取り乱すな、馬鹿者。息を吸え」

フェルディナンドの声にハッとして、反射的にわたしは息を吸った。いっぱい吸った。「息を吐け」と言われないので、更に吸った。どんなに頑張ってもこれ以上は吸えないというくらい肺に空気がいっぱいになった。苦しくてたまらなくなったわたしはフハッと息を吐く。

「どこまで吸わせる気ですか、フェルディナンド様⁉」

涙目でシュミルのぬいぐるみを睨むと、リーゼレータがニコリと笑った。

「ローゼマイン様が深呼吸の仕方を思い出されたようで何よりです。今度は淑女《しゅくじょ》としての立ち居振る舞いを思い出してくださいませ」

シュミルのぬいぐるみを抱きかかえたまま、リーゼレータが魔術具を作動させる。可愛いシュミルにフェルディナンドの声で「君はそれでも領主候補生か。嘆《なげ》かわしい」と叱られ、わたしは椅子にすすっと戻って座り直した。

「大丈夫です。落ち着きました。お話を続けましょう」

「ふむ。驚きの効果だ。よくやった。下がれ」

ジルヴェスターはリーゼレータの機転を労いながら自分の席に戻り、わたしからブリュンヒルデに視線を移す。

「ローゼマインのこの様子から考えても、主に一言も相談していなかったことは明白だな」

「はい。わたくしは主であるローゼマイン様にも、ギーベであるお父様にも相談していません。フロレンツィア様も他の領主候補生の方々もご存じないことです」

ブリュンヒルデは静かにそう言った。ジルヴェスターはピクリと眉を動かしたけれど、そのまま話を続けさせる。

「当人に自覚が薄くても、ローゼマイン様はライゼガング系貴族を左右できるお立場です。ギーベ・グレッシェルであるお父様もライゼガング系の貴族の中では影響力をお持ちです。わたくしが誰かに相談した結果、わたくしをアウブの第二夫人に……というお話が正式に持ち込まれれば、今のアウブには断ることが難しいでしょう。ですから、この場の戯言としてアウブが聞かなかったことにするためには、わたくしの独断でなければなりませんでした」

ライゼガング系貴族の意思とは関係がない形で話をするためには、こういう形を取るしかないと判断したらしい。ブリュンヒルデは続ける。

「それに、わたくしは周囲に押し付けられるのではなく、領地を治めるために相応しい第二夫人をアウブ自身が選ばなければならないと思っています。ローゼマイン様とヴィルフリート様のご婚約は領地のためにアウブが決められたものだと伺いました。でしたら、領地にとって必要なご自身の第二夫人を娶る選択もしてくださるでしょう」

……息子と養女に押しつけずに、自分で第二夫人を選べ。逃げるなってことだよね。

真っ直ぐに見据えてくる飴色の瞳に観念したように、ジルヴェスターは一度目を伏せる。その後、ゆっくりと深緑の目をブリュンヒルデに向けた。

「聞こう」

「恐れ入ります」

ブリュンヒルデは跪いたまま、落ち着いた様子で説明を始める。

「わたくしもシャルロッテ様のご意見を伺い、ライゼガングの情報を積極的に得るまでわかりませんでした。ライゼガングは粛清後に領内の貴族と縁を結ぶより、上位領地との縁組を重視する領主一族の考え方にかなり危機感を覚えているようです。ヴィルフリート様との結婚でローゼマイン様が本当に第一夫人になれるかどうかが再び疑問視されています」

そんな現状から「ヴィルフリート様ではなく、ローゼマイン様を次期アウブに」という声が再燃したり、「上位領地の妻などアウブにも次期アウブにも必要ない」という思いが強くなり、「上位領地から娶らなければならないのであれば、順位を上げる必要などない」という主張が生まれたりしているそうだ。

「ライゼガングは婚姻によってアウブとの結び付きを強めてきた貴族です。アウブが第二夫人をライゼガングから得て、彼等を尊重《そんちょう》する姿勢を見せるだけで不安の大半は消えるでしょう」

……シャルロッテと情報交換してから今までの間にそんな情報を集めてたんだ。ウチの側近、マジ有能。

情報収集能力が高いのはハルトムートだけではないようだ。それとも、ライゼガング系の貴族の情報だから得やすいだけだろうか。

「第二夫人は領地の将来に大きく関わる問題ですし、本来はアウブにこうしてお話をするにも十分な根回しが必要な件だと承知しています。わたくしもこのような形で進言するつもりはなかったのですけれど、見るに見かねました。一刻を争う事態だと判断した上での差し出口でございます」

ブリュンヒルデはジルヴェスターとその周囲についている側近に労るような視線を向ける。わたしにはその表情の意味がよくわからなくて首を傾げた。

「一刻を争うというのはどういうことですか？」

「……おそらくアウブは粛清によって、ご自分の側近の大半を処罰したと存じます。フロレンツィア様と側近を共有しなければ、北の離れにも来られないほど。このような状態ではアウブはもちろん、フロレンツィア様の執務にも影響があるのではございませんか？」

「え⁉」

自分の養父母とはいえ、接触の少ない他人の側近の顔を全て覚えていないわたしは驚きに目を見張って、ジルヴェスターの周囲を見回した。

「領主一族の会議において、それぞれの領主候補生の仕事量を承知の上で、実子のシャルロッテ様ではなく、ローゼマイン様の助力を乞《こ》いました。それはご懐妊という理由以上に、ローゼマイン様による穴埋めが必要だったのではないかと考えたのですけれど、いかがでしょう？」

わたしがフロレンツィアの補佐をすれば、ライゼガング系の貴族を側近に取り込みやすくなる。そういう形でもライゼガングの協力が欲しかったからではないか、とブリュンヒルデが指摘した。ジルヴェスターはわずかに唇を上げただけで何も答えない。けれど、否定されなかった以上、その言葉は正しいのだろう。

「ライゼガングの情報をボニファティウス様に頼られている現状を考えても、アウブにライゼガングの支持が必要なのは喫緊《きっきん》のことでしょう。けれど、フロレンツィア様の事情を考えれば、二年ほどは第二夫人をお迎えするのが難しい状態です」

……うわぁ、まさに八方塞がりって感じだね。

「けれど、わたくしは見ての通り未成年ですから、貴族院を卒業した後に一年の婚約期間を設ければ、星結びの儀式はどれだけ早くても二年後です。フロレンツィア様の妊娠や出産に影響の出る期間は終わっています」

ブリュンヒルデの飴色の瞳は強い光に輝いている。

「アウブがライゼガングから第二夫人を迎えると発言することで、ライゼガングの大半は今までと同じように時が進むと不安を解消することができるでしょう。ヴェローニカ様の実家であり、同時に、最も対立が激しかったグレッシェルの娘を娶る意味は、おそらくアウブがお考えになる以上にライゼガングにとって大きいのです」

そう言った後、「婚約者がいれば、領主会議で他領からの縁組のお申し込みをお断りすることも容易になります」とブリュンヒルデは微笑む。ジルヴェスターが他領との縁組も決して乗り気ではなく、頭を悩ませていたことを知っているからこそ言えることだ。

「ローゼマイン様が神殿に籠もられても、側仕えであるわたくしは大半の部分を城で過ごしているので、ライゼガングとの交渉の矢面に立つことが可能です。何より、元々フロレンツィア様と同派閥ですから、補佐はしても対立はしません。シャルロッテ様と協力し合いながら、フロレンツィア様の穴を埋めることができます」

シャルロッテ様と協力しながらの社交は貴族院でもしていました、とブリュンヒルデは胸を張る。

「貴族院における王族や上位領地とのお茶会、会合の準備や接待は、わたくしが中心でした。エーレンフェストの中では上位領地との社交経験も多い方だという自負もございます。アウブの婚約者という地位であれば、シャルロッテ様と協力しつつ、領主会議へ向かう側仕え達の教育を行うことも可能になるのではないかと思います」

領主の養女の側近では、領主夫妻の側近達を始めとした大人達に口を出すのは難しい。けれど、第一夫人の補佐をする第二夫人という立場になれば、それが可能になる。自分の経験を伝え、上位領地とやり取りができる側仕えを育てやすくなる。

「このような形でフロレンツィア様の穴を埋めながら、少しでも早くローゼマイン様の提案する世代交代を進めれば、若い世代の旧ヴェローニカ派を登用することも難しくなくなるでしょう。彼等を登用することが増えれば、遠ざけることを選択せざるを得なかった側近を戻すこともできるようになると考えられます」

ジルヴェスターは少しだけ目を細めた。じっとブリュンヒルデを見つめながら口を開く。

「私が予想していた以上によく周囲を見ているし、色々なことを考えていることがわかる。だが、何も好き好んで第二夫人に……」

「そうですよ！　ブリュンヒルデは優秀で気が利いて有能なのですから、養父様の第二夫人になるなんて勿体ないではありませんか！　養父様よりブリュンヒルデの方がカッコいいくらいです」

周囲で必死に笑いを堪える声が聞こえて、「おい、ローゼマイン」とジルヴェスターがひくっと口元を引きつらせる。でも、事実だ。

「だって、養父様には養母様がいるのですよ。養母様が一番好きで、他の女性なんて目に入らなくて、第二夫人など娶りたくないと散々ぐちぐち言っていたではありませんか。そのような殿方に嫁いでも、ブリュンヒルデが幸せになれる未来が見えません。わたくしは嫌です。せっかく結婚するのですから、もっとブリュンヒルデに愛情を持って接してくれる人と結婚してほしいです」

わたしが訴えると、ブリュンヒルデは不思議そうに目を丸くした。

「では、ローゼマイン様はどうしてヴィルフリート様との婚約を承諾《しょうだく》したのですか？　ヴィルフリート様が愛情を持って接してくださると考えたからですか？」

「いいえ。エーレンフェストの図書室と神殿図書室を自由にでき、印刷業を進めるのに最適だと考えたからです」

「つまり、結婚に愛情は関係ないのですね」

……ハッ！　確かにわたしの愛情が本以外に向いてない!?

本音を漏らすのではなく、すでに婚約している先達として、もっと良い言葉が必要だった。失敗を取り繕うためにわたしは必死で言葉を探す。

「あ、あ、でも、ブリュンヒルデと養父様とは違って、わたくしとヴィルフリート兄様の間には穏やかな家族愛というか、今まで通りの緩い関係があります。その関係は続けられるでしょうし、フェルディナンド様やギーベ・ライゼガングとも約束していましたから、政略結婚でも冷遇はされないと思いますよ。大丈夫です」

わたしが必死に捻り出した言葉でブリュンヒルデはものすごく微妙な顔になり、ジルヴェスターは顰め面になった。

「ローゼマイン、其方はギーベ・グレッシェルの娘を第二夫人に迎えて冷遇するほど、私が愚かに見えるのか？」

「え？　えーと、アウブとしてそれなりに頑張ってくれると思っています」

「それなりとは何だ？　こら」

不機嫌な顔のジルヴェスターにぷすぷすと頬を突《つつ》かれる。地味に痛くてわたしが「おじい様、助けてくださいませ」と助けを求めると、ボニファティウスは「ふんっ！」とすぐさまジルヴェスターの手を払い退《の》けてくれた。

「ぐあっ⁉　加減しろ！」

「養父様……。すごい音がしましたけれど、癒《いや》しは必要ですか？」

「いや、良い。それよりも、其方の側近は全てを呑み込んだ上で、第二夫人を希望しているようだが、其方は反対という立場で良いのか？」

側仕えの決意に対して反対という立場をとるのかと尋ねられ、わたしはブリュンヒルデに視線を向ける。ブリュンヒルデはニコリと綺麗な微笑みを浮かべた。

「ローゼマイン様、わたくしは流行の発信をしたいと思って、ローゼマイン様の側近を希望しました。望みが叶ったことを嬉しく思っていますし、これからは第二夫人として、フロレンツィア様やローゼマイン様を通じて流行を発信していきたいと思っています。それに、領主一族として流行を作り出していくことにも挑戦したいのです」

ブリュンヒルデの希望に満ちた顔は、ライゼガング系の貴族達を抑えるための犠牲《ぎせい》になる者の顔ではなかった。むしろ、せっかくのチャンスを見つけたのだから、最大限に自分の希望を叶えようとしている野心家の顔だ。

……ぐぅ、ブリュンヒルデがカッコよすぎる。

「わたくしが第二夫人になれば、ローゼマイン様の代わりに領内の社交を引き受けられます。旧来の社交をローゼマイン様が覚える必要はございません。領内を整え、ヴィルフリート様とローゼマイン様が領主夫妻としてエーレンフェストを治める時に不都合がないようにしたいのです」

「側近の鑑《かがみ》だな。その心映《こころば》え、気に入った。ジルヴェスターの第二夫人に認める」

……おじい様が気に入ったって、え？

目を瞬くわたしに構わず、ボニファティウスは上機嫌で座り直して、悠然《ゆうぜん》とお茶を飲み始めた。ブリュンヒルデはじっとわたしを見つめて、賛成するのか、反対するのか、わたしの発言を待っている。

「ブリュンヒルデの決意はエーレンフェストのために最善だと思います。でも、わたくし、ブリュンヒルデが側近を辞めるのは困ります」

わたしの発言にブリュンヒルデは小さく笑った。

「貴族院卒業まではローゼマイン様の側仕えでいさせてくださいませ。その後、結婚のためにお仕事を辞めるのは想定されていらっしゃったことでしょう？」

「それはそうですけれど……」

「わたくし、ローゼマイン様がお困りになることがないようにベルティルデやグレーティアを教育します。ご安心ください」

女性は成人すると、ほとんどの場合、間もなく結婚して辞めていく。そのため、新しい側近を育てたり、子育ての終わった世代を取り込んだりするように、とジルヴェスターからも言われていた。適齢期《てきれいき》の側近達を見回して、少し寂しい気持ちになる。そんなわたし達のやり取りを見ていたジルヴェスターが、ゆっくりと息を吐きながら口を開いた。

「ブリュンヒルデ、グレッシェルの跡取りはどうするつもりだ？　其方が婿《むこ》を取る予定ではなかったか？」

そういえば、ブリュンヒルデは次期ギーベだと言っていたはずだ。アウブの第二夫人を望んでもギーベ・グレッシェルが承知しないかもしれない。そんな周囲の不安をブリュンヒルデは少しだけ苦笑気味に否定する。

「妹がいます。今のわたくしが婿を迎えるより、わたくしが第二夫人となってグレッシェルを交易都市として整えた後、ベルティルデに少しでも優秀な婿を迎えてもらった方が良いでしょう。それに、第二夫人に男の子ができたようで、お父様はそちらに継がせることも考慮しています」

息子がいれば、そちらに継がせることが多い。だから、その子の洗礼式までは公《おおやけ》にされることはないけれど、おそらくブリュンヒルデは次期ギーベを降ろされたのだと思う。慣習《かんしゅう》だとわかっていても、今まで次期ギーベになるために頑張ってきたブリュンヒルデの努力が踏みにじられているような気がして、わたしは悲しくなった。

「……今は領主一族と足並みを揃えてエントヴィッケルンを成功させることが、グレッシェルにとって何よりも大切だと考えています」

ブリュンヒルデは元々グレッシェルを支えてくれる他領の優秀な男性を迎えるつもりだったようだ。けれど、エントヴィッケルンが成功しなければ婿取りは難しい。変革が成功するかどうかわからないところに来てくれる優秀な者は少ないからだ。

特に、フロレンツィアの懐妊によってエントヴィッケルンの予定が変更され、計画に変更が生じている今、ブリュンヒルデは婿取りよりも第二夫人としてエントヴィッケルンの成功に力を入れる方が重要だと考えているらしい。

「アウブが主導でグレッシェルの整備を行うことになれば、お父様は蔑《ないがし》ろにされた気持ちになって反発するかもしれません。けれど、わたくしが第二夫人として間に立てば、優遇されている気持ちにさせることは簡単です」

何が何でもグレッシェルのエントヴィッケルンを成功させるのだという決意に満ちあふれている。

ブリュンヒルデほど次期ギーベに相応しい人なんていないと思う。

「わたくしにはわたくしの打算と理由がございます。わたくしはアウブの寵《ちょう》を得るためではなく、エーレンフェストを支える一員として、自分の能力を最大限に活《い》かすために第二夫人の役職を希望します」

ブリュンヒルデのプレゼンテーションが終わった。

自信たっぷりの顔で「小娘の戯言と切り捨ててくださっても構いません。そのために独断で動いたのですから」とブリュンヒルデが言い切る。

ジルヴェスターはクッと笑って立ち上がると、ブリュンヒルデの前に立ち、手を差し伸べた。

「其方の心意気、受け取った。ギーベ・グレッシェルに面会を申し込む。春を寿ぐ宴で壇に上がれる衣装と婚約魔石を準備しておくように」

「恐れ入ります」

ブリュンヒルデは勝利を得た笑みを浮かべ、その手を取った。さらりと深紅《しんく》の髪が背中を滑る。

……うぅ、ブリュンヒルデが養父様の第二夫人か。

ブリュンヒルデが望んだことだし、エーレンフェストにとって最良であることはわかる。けれど、ちょっとだけ諸手《もろて》を挙げての祝福がしにくい。「よかったね」と「止めておいた方が……」という気持ちがグルグルになっている。やっぱり第二夫人というのがわたしの感覚には馴染まないようだ。話を聞く分には「そういう文化だからね」と思えるし、それほど抵抗はないのだけれど、身近な人が第二夫人になるとちょっと微妙な気持ちになってしまう。

……しかも、溺愛《できあい》されている第一夫人がいるからね。

父親に結婚相手を決められることが当然の世界で、自分の望んだ通りの婚姻を勝ち取れたのだから、その面だけを見ればブリュンヒルデの大勝利だ。けれど、第一夫人の妊娠中に相談もせずに第二夫人を決めるのはどうなのか。フロレンツィアの心情も心配になってしまう。

「……む？　オルドナンツ？」

お菓子を食べていたボニファティウスが窓の外を睨むようにしてそう呟いた。皆が一斉に窓の方へ向いたけれど、オルドナンツの影も形も見えない。

「おじい様、どこですか？」

「……もうじき見えてくるはずだ」

その言葉通り、十秒ほどするとオルドナンツの形が見え始めた。驚異的な視力に驚いているうちに、オルドナンツはこの部屋に入ってきた。そして、カルステッドの腕に降り立つ。

「騎士団長、ゲルラッハより報告です」

一斉に皆が顔色を変えてオルドナンツを見つめる。マティアス達を連れた騎士団が調査のためにゲルラッハへ向かっているはずだ。何があったのだろうか。

「隠し部屋の数々を確認していたところ、ゲルラッハの息子がギーベ生存の可能性を口にしました。至急現地へお越しください」

一番に立ち上がったのはボニファティウスだ。ジルヴェスターと目を合わせて頷き合う。

「カルステッドはここに残してくれ。私はライゼガングの取り込みに注力する」

「うむ。私も今度こそしくじらぬ。何がしか持ち帰る」

ボニファティウスはそう言って、自分の側近を引き連れて部屋を飛び出して行った。

「養父様、マティアス達は……」

「ボニファティウスに助力してもらうことになる。カルステッド、戻るぞ」

今にも飛び出していきたそうな顔をしているカルステッドがグッと拳を握ってジルヴェスターの

言葉に頷く。ジルヴェスターはわたしを見下ろして、ぺちっと額を叩いた。

「ローゼマイン、其方の側近が行っているのだ。気が急《せ》くのはわかるが、其方の面倒を始終見ていたフェルディナンドはもうおらぬ。其方が何かしてもすぐに庇える存在がいないことを念頭に置いて行動してくれ」

「……はい」

お互い、今までと同じように行動していては痛い目に遭うぞ、と言い残し、ジルヴェスターは足早に部屋を出て行った。


「ブリュンヒルデ、衣装や婚約魔石の準備は大丈夫なのですか？　時間はほとんどないでしょう？今からでも間に合いますか？」

ジルヴェスター達の出て行った扉を見つめながら、わたしは尋ねた。貴族院から戻って来る学生達の中でも最初に戻って来たから、例年より春を寿ぐ宴まで日数があるけれど、それほどの猶予《ゆうよ》はないはずだ。

「急なお申し出に新しく衣装を誂えることは難しいですし、いつから準備していたのかと邪推《じゃすい》されることにもなります。ですから、衣装は冬の社交界の始まりに着た物をもう少し華やかになるようにお直しする程度が良いと思っています。魔石はローゼマイン様のおかげで良質の素材が手に入っているので何とかなるでしょう」

本当はすぐにでも婚約魔石を作り始めた方が良いけれど、ジルヴェスターはギーベ・グレッシェルに話を持ち掛けると言った。ブリュンヒルデから申し出たのではなく、ジルヴェスターがライゼガング系貴族から支持を得るため自主的に動いたように見せることが大事なのだ。ギーベ・グレッシェルに話を持ち掛けるまでわたし達は知らない振りをしていなければならない。

「お父様から呼び出されたら、実家に戻って急いで準備することになると思います」

「わかりました。北の離れから出られない上に、貴族がかなり処罰されているような殺伐とした城にプランタン商会を呼ぶことはできません。販売会も中止なので、わたくしは春を寿ぐ宴までのんびりと過ごすことになっています。ブリュンヒルデは安心して準備をしてくださいい」

わたしの言葉に頷きながらオティーリエとリーゼレータがブリュンヒルデを安心させるように微笑んで、グレーティアが「わたくしも頑張ります」と決意表明したところで、リヒャルダが少し思いつめたような硬い表情で一歩前に出た。

「姫様、大変心苦しいのですが、折り入ってお願いがございます。わたくし、できることでしたら、ジルヴェスター様の元へ戻りたいと思うのです。ご許可いただけませんか？」

リヒャルダは領主の養女になったわたしのサポートをするためにジルヴェスターが付けてくれた筆頭《ひっとう》側仕えである。貴族としての生活に不慣れなわたしを支えて、当初は少なかった側近達の教育もしてくれていた。

「今の姫様の側近はライゼガング系に、旧ヴェローニカ派から名捧げをした者もいて、人数は十分でございます。また、皆がよく仕え、とてもよくまとまっています。ならば、わたくしはご夫婦で側近を共有しなければならないほど困っているジルヴェスター様の元に戻りたく存じます」

「リヒャルダが養父様達を心配する気持ちはよくわかります。信用できる側近がいないのは、本当に困りますから」

生活も執務も護衛も、全部側近に任せなければならないのが領主一族の生活である。自分でやりたいように生活したらダメなのは、勝手に動くわたしが側近達を困らせ、怒られていることでよくわかるだろう。つまり、信用できる側近がいなければ生活が立ち行かない。わたしも側近の半分以上がいなくなると、非常に困ると思う。

「それに、ブリュンヒルデが第二夫人となるのでしたら、フロレンツィア様との間に立てる者がいる方が良いと思われます。ブリュンヒルデも気心の知れている者が領主夫妻の側にいる方が安心できるでしょう」

「リヒャルダの心遣いはありがたいですし、わたくしは助かりますけれど、一度に二人も側仕えが抜けてしまうと、ローゼマイン様がお困りになりませんか？」

ブリュンヒルデがわたしとリヒャルダを見比べながらそう言った。わたしは側仕え達を見回しながら、少しばかり考える。

「姫様は春を寿ぐ宴を終えると、神殿へ戻ります。ならば、城の側仕えはオティーリエとリーゼレータで十分です。グレーティアはまだ城での教育が十分ではありませんが、優秀ですからすぐに覚えるでしょう。貴族院ではブリュンヒルデが側に付いてくれますし、ベルティルデも側近入りする予定です。領主夫妻ほど困ることはないと思われます」

ヴィルフリートは側仕えを完全に入れ替えたわけではないので、旧ヴェローニカ派が残っていたはずだけれど、彼等がどうなったのか、わたしは詳しく知らない。メルヒオールは本当ならばこの冬の子供部屋で一緒に貴族院で過ごす側近を選ぶはずだったが、隔離《かくり》されていた。親が選んだ成人済みの側近と貴族院に入った時に高学年として指導できる年頃の側近が三人いるだけだ。

「リヒャルダの言う通りですね。今の領主一族の中で一番安定した側近達を抱えているのは、わたくしとシャルロッテでしょう。養母様の補佐をするシャルロッテの側近を異動させるより、神殿へ籠もるわたくしの側近からリヒャルダを返す方がどの方向にも負担が少ないと思います」

リヒャルダは元々養父様の側近だった。特に教育や仕事の摺《す》り合《あ》わせをしなくても、すぐに側近として動けるはずだ。

「では、エルヴィーラ様ともよくお話をして、冬までにベルティルデの教育を終わらせましょう」

ブリュンヒルデは納得の顔で頷きながら、これから先の予定を立てるように考え込み始めた。わたしはブリュンヒルデからリヒャルダに視線を移す。

「城でも貴族院でもずっと付いていてくれたから、リヒャルダがいなくなるのはとても寂しいです。けれど、今は養父様の方が大変ですもの。力になってあげてくださいませ」

「恐れ入ります、姫様」

わたしは筆頭側仕えをオティーリエに変更することを側近達に告げ、ジルヴェスターに「リヒャルダを返すので側近として使ってあげてください」とオルドナンツを飛ばした。「これ以上、其方の側近を奪うようなことができるか！」と返事が来たけれど、わたしはリヒャルダの背中を押して送り出す。

「リヒャルダの主として、わたくしから最後の命令です。養父様のお尻を叩いて、全力で執務をするようにリヒャルダが見張ってくださいませ。それから、ブリュンヒルデが第二夫人となることで妊娠中の養母様が不安定にならないように、ブリュンヒルデが協力者として快く受け入れてもらえるように、本館の調整をお願いします」

「確かに承《うけたまわ》りました、姫様。……皆、姫様を任せます」

「お任せくださいませ」

無理にでも送り出せば、ジルヴェスターは受け入れてくれるだろう。信用できる側近は喉《のど》から手が出るほどに必要としているはずだ。リヒャルダが出て行ってから少し経つと、リヒャルダに丸め込まれたらしいジルヴェスターから礼を述べるオルドナンツが届いた。

周囲の変化と春を寿ぐ宴

リヒャルダに発破《はっぱ》を掛けられたのか、ボニファティウスがゲルラッハに向かって出発したことで監視がいなくなってやりやすくなったのか、リヒャルダが異動したことでライゼガングとの話がしやすくなったのかわからないけれど、ジルヴェスターはすぐにギーベ・グレッシェルやライゼガング系の貴族に働きかけ始めたようだ。

次の日の夕方にはブリュンヒルデが実家から呼び出しを受けたり、コルネリウスやランプレヒトが事情聴取のためにエルヴィーラに呼び出されたり、わたしの周囲はにわかに慌ただしくなった。

周囲は慌ただしくなっているが、北の離れから出られないわたしは少し時間に余裕ができている。ダンケルフェルガーのハンネローレから借りた本を読み始めた。聖典には載っていない神話の零《こぼ》れ話が詰まった本で、かなり楽しい。聖典に載っているのは神々が活躍した部分のお話がほとんどだけれど、この本に載っているのは人間関係ならぬ、神様関係に関する話が多い。

水の女神フリュートレーネが命の神エーヴィリーベを打ち倒すために水浴をして、眷属《けんぞく》達に力を分け与える話はグリム計画の中で集まった話の中にあったので、かなり興味深かった。その癒しの力はライデンシャフトやシュツェーリアにも与えられたそうだ。

フリュートレーネの水浴びを覗《のぞ》いたライデンシャフトの眷属がいたことから、殿方には絶対に入れない結界が張られるようになったとか、女神の水浴場にあるズィーロレという魔木がフリュートレーネの水浴びによって枝を伸ばし、白い花の花びらが緑の滴《しずく》となって落ちるという話だった。その滴は強い癒しの力があるそうで、フリュートレーネの夜に採集したライレーネの蜜《みつ》を思い出した。

……そういえば、フェルディナンド様達は入れなかったって言ってたっけ？　泉の様子は見えたみたいだから、結界はいまいち効果ないんじゃない？

そんな感想はともかく、ダンケルフェルガーにも女神の水浴場があるのだろう。

わたしがこれまでに集めた各地のお話の中に類似点を見つけながら本を読んでいると、マティアス達から「ボニファティウス様の冴《さ》えわたる勘で調査が進んでいます。ご安心ください」というオルドナンツが飛んできた。「おじい様はすごいのですね。早く終わるように、皆も協力をお願いします」と軽い気持ちで返事を送った。

そうしたら、何故かボニファティウスの活躍についての報告オルドナンツが度々飛んでくるようになってしまった。「褒め言葉を送ってほしい」という空気がひしひしと伝わって来る感じのオルドナンツだ。マティアス達の仕事がオルドナンツの報告ならば、主として協力しなければならないと思って、頑張って返事をした。

……でも、一日に何度も飛んで来たら読書の邪魔だよ、おじい様。

そんなボニファティウスの活躍情報はハルトムートを通じてアウブにも伝えている。似たような情報が騎士団から直接飛んでいるはずだけれど、細かいところが違うこともある……という建前でライゼガングの情報や北の離れの現状も一緒に報告してもらっているのだ。

そういう様々な情報を流すことを条件に、記憶を覗いて問題のなかった青色神官は神殿へ返してもらえるようにお願いしておいた。特に、かなり神殿の仕事に精通し始めたフリタークは返してほしいと切実に思っている。


ブリュンヒルデが実家に戻って二日後、「重要な知らせがあるので、本日の夕食は本館で摂るように」という連絡が入った。間違いなくブリュンヒルデとの婚約についてだろう。わたしは支度を調えると、食堂へ向かう。リヒャルダがジルヴェスターの後ろに控えた状態で、忙《せわ》しなく働き、給《きゅう》仕《じ》をしているのが何となく不思議な感じだ。

「私はギーベ・グレッシェルの娘、ブリュンヒルデを第二夫人に迎えることにした。すでにギーベからは色良い返事を得たし、ライゼガング系の貴族にも賛同を得つつある」

夕食を終えると、ジルヴェスターがライゼガングから第二夫人を迎える決意をしたことを述べ、春を寿ぐ宴で公表すると宣言した。これはアウブとしての判断であること、ジルヴェスターからライゼガングやグレッシェルに向けて働きかけることの重要性を述べ、ライゼガングに歩み寄っていくことを主張する。

「ブリュンヒルデというと、ローゼマインの側仕え見習いではなかったか？」

ヴィルフリートが眉根を寄せてわたしを見る。わたしはコクリと頷いて肯定《こうてい》した。

「至急戻るように、とギーベ・グレッシェルからお言葉があったようで、急いで帰ったのですけれど、そのようなお話があったのですね。先にご相談くださったら、わたくしからも口添《くちぞ》えできたのですけれど……」

わたしは何もしていませんよ、という主張をしながら視線を向ける。ジルヴェスターは仕方がなさそうに肩を竦めた。

「其方の助力を得れば簡単であったかもしれぬが、ライゼガングにこちらから歩み寄る姿勢を見せることが大事だったのだ。年回りの良いライゼガング系の娘の数が少なく、ローゼマインの側仕えを取り上げる形になったことはすまなく思っている」

すでに成人している娘ではフロレンツィアの妊娠に差し支えるという理由もあるが、その年頃の女性はレオノーレのように婚約済みがほとんどだ。アウブの第二夫人にするために婚約解消をさせるわけにもいかない。色々な意味でブリュンヒルデは最適なのである。

「ブリュンヒルデがアウブの申し出を受け入れてくれて嬉しく思っています。粛清で荒れている今、影響力の強い他領の方を第二夫人として迎えることも難しいですからね。それに、わたくしが出産するまでの間、ブリュンヒルデはローゼマインに代わってエーレンフェストの女性貴族との社交を手伝ってくださるそうです。シャルロッテとは貴族院で協力し合っていたので、同じように協力し合いたいと言ってくれましたよ」

フロレンツィアの反応が一番気になっていたけれど、にこやかにブリュンヒルデを歓迎してくれたことに安堵する。その穏やかな表情に胸を撫で下ろしていると、シャルロッテも安心したように微笑んだ。

「ブリュンヒルデならば未成年ですから、実際の星結びは少し先ですものね。ギーベ・グレッシェルの娘ですから、アウブ・エーレンフェストにとってはとても良いお相手だと存じます。おめでとう存じます、お父様」

メルヒオールはシャルロッテにつられたようで、よくわかっていなそうな顔のままでお祝いの言葉を述べる。ヴィルフリートだけは複雑そうな顔で皆を見ていたけれど、特に発言をせずに夕食は終わった。

春を寿ぐ宴の当日。ジルヴェスターから「なるべくギリギリに会場入りするように」と言われていたわたし達は、大広間に最も近い部屋で待機していた。そこへ側近達も入ってくる。

「五日ほどのことなのに、ずいぶんと久し振りに会った気がしますね。おかえりなさい、マティアス、ラウレンツ、ミュリエラ。大変だったでしょう？　明日はお休みにするので、今日の宴は頑張ってくださいね」
「恐れ入ります」

この宴は基本的に全ての貴族が揃う場になるため、調査に向かっていた騎士団が戻って来るのを待って行われた。ゲオルギーネに名捧げをしていたギーベ達の館を短期間で調査したのだから、大変だったと思う。わたしにはボニファティウスの活躍以外、あまり詳しい報告はなかったけれど、収穫はあったようだ。

七の鐘が鳴った後に騎獣の強行軍で戻ってきて、ほとんど休息できないままに春を寿ぐ宴に出席しなければならなかったミュリエラは疲れの隠しきれていない顔をしていたけれど、マティアスとラウレンツは元気そうだった。ただ、マティアスの表情は厳しいものだったけれど。

「アウブに詳しい話が伝わっているならば、わたくしへの報告は後日でも良いですから、少し肩の力を抜きなさい、マティアス。怖い顔になっていますよ」

マティアスの表情からギーベ・ゲルラッハが生きているのは確実なようだ。それだけがわかっていれば、後の報告はゆっくりでも良い。少なくとも、こんな宴の直前に聞く必要はない。

様子を見ていたオティーリエの先導で、わたし達は大広間へ移動した。旧ヴェローニカ派の粛清を終え、ブリュンヒルデが第二夫人になる情報が出回っているのか、ライゼガング系貴族は非常に嬉しそうでにこやかな顔をしているのがわかる。

その中心にいるのは、紅の髪をよく引き立てる春の衣装をまとったブリュンヒルデだ。背筋を伸ばし、凛《りん》とした表情でおじいさん世代の貴族達とにこやかに話をしている。隣にはブリュンヒルデの補佐をするエルヴィーラと、真剣に姉の様子を見つめているベルティルデの姿があった。

……ライゼガング系の貴族はブリュンヒルデに任せておいて大丈夫そう。でも、あの辺りを引き上げなくちゃダメなんだよね。

喜色満面のライゼガングとは反対に、沈痛《ちんつう》な表情をした者やあまり話には加わりたくないというように端の方へ寄ってしまっている貴族達も多い。彼等はおそらく軽処分を受けた旧ヴェローニカ派だろう。

「処刑された人数が少ないせいでしょうか、それとも、罰を終えて復帰している貴族が多いせいでしょうか。わたくしが想像していたよりは貴族の数が減っていないような印象ですけれど」

「其方は自分の周囲にそれほど変化がないからそう思うのだ。連座の処刑を免れても、完全に処分を受けなかったわけではない。私の側近も連座で数人が遠ざけられた。本人には罪がないにもかかわらず、ずっと共に歩んできた者が遠ざけられるのは堪《こた》えるぞ」

ヴィルフリートが少し視線を動かした先には、彼の筆頭側仕えだったオズヴァルトの姿が見えた。貴族院から戻って二日後には「ライゼガング系の貴族に付け入る隙を作り、ヴィルフリート様にご迷惑をかけるわけにはまいりません」と自ら辞任したそうだ。

……養父様だけじゃなくて、ヴィルフリート兄様の側近も欠けたんだ。

「ライゼガング系の貴族と足並みを揃えつつ、旧ヴェローニカ派の優秀な者を取り立てていくことで、なるべく早く彼等を側近に戻せれば良いですね」

未成年者は連座にならないようにできたし、少しでも世代交代を早めて当人に罪がなかった者を取り立てられるように提案もした。城の中でどのような人事を行うのか、どのような方向に貴族達を向かわせるのか、考えて実行するのはジルヴェスターとヴィルフリートだ。自分の側近を取り戻すためにも頑張ってほしいものである。

「……まるで他人事《ひとごと》のような言い方だな」

「わたくしは我が事として捉えてはならないのですよ。あまり出しゃばらず、次期領主のヴィルフリート兄様に任せるように言われましたから。それに、女性の社交はシャルロッテとブリュンヒルデに任せました。わたくしは神殿へ籠もって、できるだけ関与しないつもりなのです」

硬い表情のヴィルフリートにエスコートされて最前列へ移動していると、すぐ後ろから領主夫妻も入ってきたようだ。

貴族に取り囲まれて挨拶を交わす間もなく、ジルヴェスターの宣言と共に春の宴は始まった。

「水の女神フリュートレーネの清らかなる流れに、命の神エーヴィリーベは押し流され、土の女神ゲドゥルリーヒは救い出された。雪解けに祝福を！」

最初は貴族院の成績発表だ。最優秀はわたしだけだが、優秀者はたくさんいる。領主候補生は全員、それぞれの側近達が何人も壇に上がって例年通りにお褒めの言葉と記念品を受け取った。

「エーレンフェストの将来を担う者に優秀な者が多いことは、実に喜ばしい。皆が切磋琢磨《せっさたくま》して、この成績を維持するように」

ジルヴェスターは大広間に集まる貴族達に向かって、今年の貴族院で起こったことを述べる。わたし達が驚くほど多くの神々から御加護を得たこと、そこから始まったダンケルフェルガーとの共同研究、貴族院の奉納式に王族が参加したこと、学生達が真剣に神々に祈った結果、御加護の儀式を再び行った卒業生の何人かが新しく御加護を得たことなどを述べていく。これらは領地対抗戦にやって来た父兄は多少知っていても、それ以外の貴族はあまり知らない内容だ。

「少しでも多くの神々から御加護を得るため、神事が見直される流れが中央から始まった。領主候補生が神事に参加しているエーレンフェストはその最先端にいる。故に、成人と同時に神殿長の職を退くことになるローゼマインの後任として、メルヒオールを次期神殿長としての青色神官見習いに任じ、三年の引き継ぎ期間を設ける」

神事に王族が参加したことと、神事が見直されようとしているというところでライゼガング系貴族が集まる辺りから驚きの声が上がった。また、わたしだけではなく、他の領主候補生も神官見習いとして神殿へ入れることはすんなりと受け入れられたようだ。貴族達の顔色は明るい。

「ローゼマイン姉上、いつ神殿に向かうのですか？」

「子供部屋の子供達に話をしてから、一緒に向かうつもりです。一度神殿の部屋を見て、広さや必要な物を確認したり、神殿で仕えてくれる側仕えを選んだりしなければなりませんから」

わたしがメルヒオールと話をしている内に、人事の話になった。粛清によって空位となったギーベの土地にライゼガング系の貴族を派遣すること。三年間の働きを見た上で、正式にギーベとして任命することを宣言した。これらも喜びの声と共に受け入れられる。

「この冬には、罪を犯した者の摘発も一気に行われた。この中で当人は無実だが慣例に従って自ら辞任した者や連座で解任された者、また、軽微《けいび》な罪ですでに罰を終えている者はその能力によってなるべく早期に取り立てていく予定だ。処分を受けたと腐《くさ》らず、努力してほしい」

少しだけホッとしたような雰囲気が大広間に広がったのがわかる。その空気を引き締めるように、粛清の話になった。他領の第一夫人に名捧げをしている危険な貴族を排除したけれど、他領に逃れた者もいるようで、まだ完全には脅威《きょうい》が去っていないことが述べられる。

「脅威に対抗するためにライゼガング系の貴族を空位となったギーベに就けるのだ。不審なことや異変に気付いた場合はすぐに騎士団に連絡してほしい」

責任問題になるぞ、と遠回しに言うことで、ライゼガング系貴族の表情も引き締まった。旧ヴェローニカ派を退けたことで浮かれている場合ではないと少しは伝わったようだ。

「それから、グレッシェルのエントヴィッケルンを私の主導で秋に行うことになった。具体的な話はグレッシェル周辺のギーベを集めて行う。エーレンフェストを訪れる他領の商人に侮《あなど》られぬように改革するためにも、周囲のギーベには協力を頼む」

ここで「上位領地の貴族に侮られぬように」と言えば、大人達は低位領地の心情のままに「侮られても当然」となるが、「他領の商人」と言われれば「平民に侮られるわけにはいかない」と奮起するらしい。少しの言い回しで全く違うのですよ、とブリュンヒルデが言っていた。

「……このように、私はライゼガング系の貴族達と手を取り合い、協力し合いながらエーレンフェストを治めていくつもりだ。同時に、他領とのやり取りに慣れた若手を積極的に城で登用していきたいと考えている。その証《あか》しに、ローゼマインの側仕え見習いとして王族や上位領地とのやり取りに最も貢献《こうけん》してきたギーベ・グレッシェルの娘を第二夫人として迎え入れる」

その言葉にライゼガング系の貴族から歓迎の声と拍手が上がった。驚きに目を見張っている貴族もいるけれど、第二夫人を娶るべきだという声は根強かったので、ジルヴェスターの判断を非難する声はない。

「ブリュンヒルデ、壇上へ」

ジルヴェスターに促されたブリュンヒルデが一度わたしに視線を向けた後、自分の側仕えと共に壇上へ向かった。心持ち普段よりも顎を上げて毅然《きぜん》とした顔をしている。側仕えの女性が小さい箱を持っているので、婚約魔石はきちんと準備できたようだ。

ブリュンヒルデがその場にゆっくりと跪くと、側仕えも同じように跪いて首《こうべ》を垂れる。ジルヴェスターの魔石を持って控えていたのはリヒャルダだった。リヒャルダはブリュンヒルデの準備が整ったことを確認し、そっと丁寧《ていねい》に箱を開けてジルヴェスターに差し出す。その小箱から魔石を取り出すと、ジルヴェスターはブリュンヒルデに向かって差し出した。

「導きの神エアヴァクレーレンによって選ばれたギーベ・グレッシェルの娘、ブリュンヒルデよ。この荒れたエーレンフェストを癒し、支える役目を担う水の女神フリュートレーネとなってくれるだろうか？」

ジルヴェスターの口から出たのは、ブリュンヒルデに光の女神を支え、土の女神を癒す水の女神であってほしいという言葉だった。第一夫人と違って、第二夫人が公の場で光の女神にたとえられることはないそうだ。オティーリエによると、もっとマイナーな眷属にたとえられることが多いらしい。フリュートレーネにたとえられたブリュンヒルデは、ジルヴェスターから非常に高く評価されていると判断できるようだ。

ブリュンヒルデは「謹《つつし》んでお受けいたします」とジルヴェスターの差し出した魔石を受け取り、代わりに自分の魔石を差し出した。

「導きの神エアヴァクレーレンによって、わたくしはここにあります。アウブ・エーレンフェストがわたくしに水の女神フリュートレーネであることを望まれるのであれば、エーレンフェストのフリュートレーネになりましょう。全てはエアヴァクレーレンのお導きです」

ニコリと微笑むブリュンヒルデの魔石を受け取り、ジルヴェスターは手を差し伸べる。ブリュンヒルデがその手を取って立ち上がった。

「ここに婚約は成立した」

壇上に並ぶ二人に祝福の拍手が起こり、シュタープが光る。わたしも皆と同じようにシュタープを出して光らせる。

……どうかブリュンヒルデに幸せが訪れますように。

「あ！」

ちょっと多めに祝福の光が飛んで行った。真剣に祈りすぎたかもしれない。

「ローゼマイン！」

「大丈夫です、ヴィルフリート兄様。それほど目立つ量ではございません」

「目立っていないわけがなかろう」

急いでシュタープを片付けて素知らぬ顔をしてみたけれど、周囲の貴族達の視線がこちらを向いたことを考えると、ヴィルフリートの意見の方が正しかったようだ。

わたしが肩を落として「シュタープの制御《せいぎょ》が難しくなっているせいなのに……」と心の中で言い訳していると、フィリーネが慰めるように「大丈夫ですよ」と言ってニコリと笑った。

「ご自身の側近であるブリュンヒルデの慶事《けいじ》ですもの。ローゼマイン様が祝福を贈るのは予測できたことです。これくらいならば許容範囲内ですよ」

「そうです。貴族院と違って光の柱が立つわけでもございませんし、講義中に突然祝福の光が降り注いだことに比べれば、どうということもないですよ。皆、すぐに忘れます」

ユーディットも一緒に慰《なぐさ》めてくれたけれど、あまり慰めになっていない気がする。二人の許容範囲や常識の範囲がちょっとおかしい。

「せっかくですから大広間全体を包むような祝福でも良かったと思います。私の星結びの時は心のまま盛大に祝福してくださると、クラリッサ共々喜びます」

……ハルトムートとクラリッサの星結びが怖いよ！

神殿見学会

今日は神殿の見学会だ。いくつもの騎獣が連なって、城から神殿へ飛んで行く。わたしのレッサーバスからは子供達の歓声が聞こえていて賑やかだ。メルヒオールに神殿の側仕えを選んでもらうついでに、子供部屋の子供達も同行し、神殿の生活を見てもらうのだ。見学した上で、城と神殿のどちらで生活をするのか彼等には選んでもらうことになっている。

今も子供部屋で生活している子供達は、男の子二人と女の子二人の計四人だ。親がすでに処刑されている女の子が一人、それ以外は親がかなり重い罪を受けていて数年は戻って来ない。ニコラウスもここに含まれる。軽い罰だった親達はすでに迎えに来たらしい。孤児院にいる子供達の引き取り率に比べると結構差がある。

……やっぱりここでは洗礼前の子供達の扱いが軽いんだよね。

「お疲れ様。ここが神殿ですよ。皆、降りてくださいませ」

わたしは神殿の正面玄関前にレッサーバスを止めて、後部座席を振り返った。ユーディットとレオノーレが並び、その後ろにメルヒオールとその護衛騎士が並び、更に後ろにはコルネリウスとダームエルに見張られる形で子供部屋の子供達が乗っている。出発前にシュツェーリアの盾を使って子供達に敵意がないことは確認済みだが、それでも護衛騎士達は「見張らなければならない」と譲らなかった。警戒することは彼等の仕事なので、好きにさせている。

「ローゼマイン姉上の騎獣はすごいですね。こんなに大きくなる騎獣なんて初めて見ました。カッコいいので、私もこんな騎獣にしたいです」

お揃いになると嬉しいですね、とわたしとメルヒオールが話をしていると、メルヒオールの側近がものすごく困った顔で言いにくそうに口を開く。

「メルヒオール様、その、グリュンは……」

「アウブの子ですから、メルヒオール様は獅子《しし》の騎獣にいたしましょう」

周囲ではレッサーバスに乗らなかった文官や側仕えが自分の騎獣を片付けている。その間にもレッサーバスからぞろぞろと皆が出てきた。神殿を見上げている子供達の様子を横目で見ながら、わたしは出迎えてくれる青色神官の服を着たハルトムートと神殿の側仕え達のところへ向かう。

「ハルトムート、準備は大変だったでしょう？　助かりました」

先に神殿へ戻って見学準備をしてくれていたことを労うと、ハルトムートは嬉しそうに笑った。

「ローゼマイン様のお役に立てて何よりです。護衛騎士達や神殿の側仕え達と話し合い、安全面を考えた結果、神殿長室ではなく神官長室へ案内することになりました。皆の案内は私が引き受けますので、ローゼマイン様は騎獣を片付けてお召し替えをお願いします」

皆の案内を引き受けてくれるハルトムートに感謝しつつ、わたしは全員が降りたことを確認して騎獣を片付けた。フラン、ザーム、モニカと一緒に神殿長室へ向かう。ダームエルとレオノーレが護衛として神殿長室へ同行し、それ以外の側近達はメルヒオール達の案内と子供達の面倒を見る役目をしてくれている。ユーディットとフィリーネは弟がいるせいか、子供達への対応が上手だ。

「ただいま戻りました。久し振りですけれど、神殿に変わりはないかしら？」

フラン達に声をかければ、いつも通りの穏やかな笑みを返してくれる。慣れた顔ぶれにホッとして、自分の体からフッと力が抜ける。城では作り笑いが多かったせいで固まっていた顔の筋肉が、自然と緩んでいくのを感じた。

「神殿長室に変わりはございません。孤児院はたくさんの子供達が増えたことで、ずいぶんと違いがあったようです」

フランの報告を頷きながら聞いていると、モニカがニコリと微笑みながら孤児院の様子を教えてくれる。

「ヴィルマは今孤児院で皆様を迎える準備をしています。ハルトムート様のご指示があり、ニコラは皆様を歓迎するためのお菓子を作っていました」

「フーゴもエラもまだ神殿へ戻っていないから大変だったでしょうね」

今日は見学会だけで彼等を乗せて城へ戻る予定なので、わたしの専属料理人達は城にいる。

「一人でも簡単にできるパルゥケーキだそうです。孤児院の子供達やギュンターから献上されたパルゥです。早く食べなければ傷《いた》んでしまうので、ちょうど良いと言っていました」

わたしが楽しみにしているから、とわざわざ取っておいてくれたらしい。それは楽しみだ。パルゥケーキはダームエルも冬の楽しみにしていたので喜ぶだろう。

「ギルとフリッツは午前中に仕事を終え、孤児院の皆に清めをするように指示を出していました。皆様が孤児院へ到着する頃には、灰色神官達も孤児院に揃っているでしょう」

「ありがとう、ザーム」

わたしは神殿長室でモニカに着替えさせてもらう。神殿長の衣装に袖を通すのも久し振りだ。

「モニカ、三日後に商業ギルドとプランタン商会とギルベルタ商会に招集をかけてくれるかしら？

急ぎで話をしなければならないことがあるのです」

「かしこまりました。ギルベルタ商会には衣装のお直しも依頼した方が良さそうですね。わたくしの予想より裾《すそ》が短くなっています」

着付けながらモニカがそう言った。よく見てみると、確かにちょっと裾が短くなっていた。脛丈《すねたけ》に合わせていたのに、膝《ひざ》の下になっているではないか。

……おぉ、すごい！　わたし、結構大きくなってる！

今までは目に見える変化が少なかったので、感動である。これはユレーヴェで完全に魔力の塊《かたまり》を溶かしたせいだろうか。それとも、魔力圧縮を少なめにした効果だろうか。何にせよ、嬉しい。

着替えたわたしはフラン達を連れて、神官長室へ移動する。扉の前には何故かメルヒオールの護衛騎士が立っていて、わたし達を入れてくれた。

「どうしてメルヒオールの護衛騎士が扉の外を守っているのですか？」

「わたくしが中を守ると言ったからです」

きちんとお仕事をしています、と主張するように内側の扉の前に立っているのはアンゲリカだ。きっとアンゲリカがいつも通りに扉の内側を守ると言ったので、メルヒオールの護衛騎士も扉の前に立たざるを得なくなったのだろう。できれば、アンゲリカが外に立って、慣れない場所に戸惑うメルヒオールの護衛騎士は主の姿が見える内側に立つ方が良い。だが、双方が納得しているならば良いことにしよう。

「おかえりなさいませ、ローゼマイン様。今日のお菓子はパルゥケーキですよ」

中へ入ると同時に、甘い匂いがふわりと鼻腔《びくう》をくすぐった。神官長室ではお茶の準備の最中で、ニコラとロータルがパルゥケーキを運び込んでいる。懐《なつ》かしい匂いにうっとりし、ニコニコと嬉しそうなニコラの笑顔に癒されながら、わたしはイミルが準備してくれている椅子に座った。すぐにフランやモニカもハルトムートの側仕え達と一緒にお茶を淹れ始める。

目の前に置かれる甘い匂いのパルゥケーキに期待の眼差《まなざ》しを向ける子供達と違って、メルヒオールの側近達はじっと神殿の側仕え達の仕事振りを見ていた。最初はブリュンヒルデもこんなふうにあちらこちらを値踏みするように見ていたことを思い出して、わたしは小さく笑う。

「よく教育されているでしょう？　ここにいるわたくしの側仕えもハルトムートの側仕えも、フェルディナンド様が教育されたのです。わたくしの側近も最初は灰色神官達にどれだけのことができるのか、と懐疑《かいぎ》の目を向けていたものです」

メルヒオールの側近達がハッとしたように顔を上げて、「確かに驚きました」と少し表情を緩める。どうやらフラン達の働きぶりには合格点をもらえたようだ。ハルトムートもフッと笑って「最初は私も驚きました」と言いながら、自分の側仕えを見回す。

「フェルディナンド様がよく教育してくださったので、私もあまり戸惑うことなく神殿で執務を手伝うことができました。メルヒオール様の文官にも執務を覚えていただくために、一人は神官長室の側仕えをメルヒオール様に付けさせていただく予定です。ロータル、頼む」

「かしこまりました。ロータルと申します」

ハルトムートに指名されたロータルが一歩前に進み出る。フェルディナンドに仕えていた側仕えの中で一番穏やかな人だ。メルヒオールの相手をするにはピッタリだと思う。

「ロータル以外の側仕えは孤児院で探すことになります。青色神官に仕えていた元側仕えを選ぶと良いでしょう。貴族に仕えることを知っていますし、ある程度の教育が終わっています。それに、神殿での生活の流れや年間の神事、貴族区域にある設備についてすでに知っていますから」

ハルトムートの言葉を他人事のように聞き流し、お菓子に目が釘付けになっている子供達にわたしは「貴方達も神殿で暮らすことになれば、自分の側仕えを選ぶことになりますよ」と声をかける。

「側仕えは神殿での監視役ではないのですか？　私達が自分で選んで良いのですか？」

驚いたように目を瞬くニコラウスにわたしは頷いた。

「皆がどのような生活をしているのか、体調を崩していないかなど、報告はしてもらいますけれど、始終側にいる人は自分で選ばなければ気詰まりでしょう？」

長時間一緒にいる側仕えは波長が合わないと辛い。家族しかいない平民の生活から一転して側仕えに囲まれる生活をすることになったわたしは、その辛さをよく知っている。自分で自分の側仕えを選ぶことができるという言葉に、子供達は少しだけ興味を持ったように顔を上げた。

子供部屋で初めて会った時には全員が俯きがちで、気力のなさが気になるほどだった。親を失い、貴族としての未来を失った。他の子は親が迎えに来たのに自分のところは来ない。そういう見捨てられた子供の目をしていたけれど、少しだけ顔が上を向いたことにホッとする。

「ローゼマイン様、どうぞ」

「ありがとう、フラン。いい匂いですね。……これはパルゥケーキといって、神殿以外では食べられない冬のお菓子です。わたくしのために孤児院の子供達や懇意《こんい》にしている下町の者が採ってくれたパルゥで作られているのですよ」

フランが淹れてくれたお茶を飲み、わたしはパルゥケーキを一口食べてから皆に勧める。皆とはいっても、席に着いているのは、わたし、ハルトムート、メルヒオール、子供部屋の子供達だけだ。わたしとメルヒオールの側近達は、下げ渡されるのを待っている。

……うぅ～、久し振りのパルゥケーキ。

今回は奉納式に戻らなかったので、一度きりの味になるだろう。次は来年までお預けになる。わたしにとっては何よりも懐かしい下町の味である。

……父さんも母さんも元気かな？

「ローゼマイン姉上、これはおいしいですね」

「そうでしょう？　冬にしか食べられない甘味《かんみ》なのです。暖かくなると、すぐに傷んでしまうので、わたくしが戻って来た時に食べられるように側仕えが氷室《ひむろ》で保管してくれていたのですよ」

客人の中では一番身分の高いメルヒオールが笑顔で手に取ったのを見て、他の子供達もゆっくりと手を伸ばし始めた。一口食べたら、後は優雅《ゆうが》に取り合いだ。貴族らしく食べ方は優雅だけれど、食べるのがかなり速い。

「ニコラ、今日は時間がないから側近の皆にも今の内に交代で食べるように言ってちょうだい。ダームエルはパルゥケーキが好きだから少し多めで」

わたしがニコラにそう言っていると、ハルトムートが軽く眉を上げた。

「ローゼマイン様、ダームエルとコルネリウスは奉納式の時に食べています。特別扱いは必要ありません」

「あら、わたくしより先に楽しんでいたのですね。では、皆と同じでいいです」

たった一回しか食べられないならば可哀想だと思ったけれど、わたしより先にパルゥケーキを楽しんでいたなら、特別な配慮は必要ないだろう。わたしがニコラへの指示を取り消すと、ダームエルがショックを受けた顔でハルトムートを睨んだ。

「ハルトムート、あれは奉納式に協力した褒美だと言っていたではないか」

「すでに私から褒美をもらっているのに、ローゼマイン様からも特別扱いしてもらおうというところが厚かましいとは思わないか？」

二人を放っておいて交代で食べるように側近達に言うと、わたしはゆっくりとお茶を飲む。フランが淹れてくれたのはフェルディナンドが一番好きだったお茶で、香りが高い。

……フェルディナンド様が神官長の時は、この部屋がここまで賑やかなことってなかったかも。

「ローゼマイン様は……」

「何ですか、ニコラウス？」

まるで怒られるのを覚悟しているように、ニコラウスは膝の上できつく拳を握って口を開いた。

「……ローゼマイン様は私の姉上でもあるのですよね？」

「ニコラウスは異母弟ですから、そうなりますね」

わたしがそう答えた瞬間、「ローゼマイン様」とコルネリウスが低い声でわたしを呼んだ。けれど、わたしがニコラウスの異母姉であることは事実だ。

「わたくしはアウブの養女です。同母の兄であるコルネリウス兄様やランプレヒト兄様とも公の場では兄妹《きょうだい》として接することを禁じられています。ですから、ニコラウスが異母弟でも贔屓するようなことはできませんよ。コルネリウス兄様に怒られます」

わたしの言葉にコルネリウスもニコラウスも安堵の表情を見せた。

「少しはご理解いただけたようで何よりです」

「異母弟と思ってくださっているのですか」

母親であるトルデリーデとエルヴィーラがあまり仲良くなかったことや初対面の挨拶さえまともにできなかったことから完全に拒絶されていると思っていたらしい。

「話しかけられるのも嫌なのかと思っていたのですが、嫌われてはいないようで安心しました」

ニコラウスが照れたように笑った。わたしより背が大きい弟だけれど、こうして懐いてくれるのはちょっと嬉しい。ふふっと笑い返していると、コルネリウスの鋭い視線とぶつかった。

……あぁぁぁ！「年下だからといって、甘い顔をしないように」って目が言ってる。

シュツェーリアの盾で敵意がないことは出発前に確認しているのに、コルネリウスにとってはまだ警戒対象らしい。

「ローゼマイン様、この後の予定ですが、孤児院へ向かう前にお部屋を確認した方が良いと思います。おそらくメルヒオール様の側仕えが一番気になるのはそこでしょうから」

ハルトムートの声に、わたしはコルネリウスから視線を逸らす。家具を入れるためには実際に部屋を見てみなければわからないことがたくさんある。急いで家具を準備しなければならない側仕え達には部屋の確認が一番大事だろう。

「では、部屋を見た後で孤児院ですね」

「それから、フリタークは戻って来られる目途が立ちました。彼の側仕えは他の者に召し上げられないように確保しておいてください」

「よくやりました、ハルトムート。素晴らしいです」

ジルヴェスターとの折衝《せっしょう》でフリタークを取り返すことに成功したらしい。これで少しは執務が楽になるだろう。祈念式も回る青色神官が少なくて大変なのだ。


食べ終わったら、すぐに部屋の案内を始めた。廊下へ出て、神官長室の周辺にある扉を示す。

「この辺りは上級貴族出身の青色神官が使う部屋が並んでいます」

そう言いながら、わたしはメルヒオールの部屋になる予定の部屋へ向かった。

「こちらをメルヒオールのお部屋にする予定です。本当は神官長室を空ける方が良いのでしょうけれど、大人数で執務をするためには広い部屋でなければ困るのです。執務の引き継ぎが終わればメルヒオールは神殿長室へ、神官長の役職に就けそうな側近に神官長室を使ってもらうことになります。それまでの間はこちらのお部屋でお願いしますね」

「はい」

この部屋は神殿長室、神官長室に続いて広いこと、周囲に空き部屋がいくつかあるので、側近が寝泊まりする時に使いやすいという理由で選ばれた。部屋の選択理由に納得したメルヒオールの側仕え達がすぐさま部屋の大きさを詳しく測り始める。寝台や執務机の配置などを話し合っている大人の隣で、子供達は家具のないガランとした部屋を珍しそうに見回していた。

「では、他の部屋も見てみましょうか」

家具の配置を考えたいらしい側仕えの二人をザームに見ていてもらい、わたし達は移動する。

「女の子の部屋はこちらの正面玄関前にある階段を上がって上の階です。男性と女性で使う階が違うのは、城や貴族院の寮と同じですね」

実は、神殿も性別によって使う階が分けられている。わたしは孤児院長室から神殿長室へ移ったので、青色巫女の部屋に入るのは初めてだ。けれど、そんなことは口にしない。何の用もないのに階段を上がるのが億劫《おっくう》で、上に上がったことさえないなんておくびにも出さずに案内を続ける。

「ニコラウスはこの辺りのお部屋を使うことになるでしょう」

上級貴族であるニコラウスは、本来ならば神殿の一番北側の並びにある部屋を使用する。だが、神殿長室周辺と神官長室、メルヒオールの部屋周辺には警戒している護衛騎士達が出入りする。そのため、中級と上級の間くらいの部屋を紹介することになった。

「他の方々はここから南側のお部屋になるでしょう。実家からの寄付金によって部屋の広さに差が出ます。こちらは中級貴族出身の青色神官が使用していました。皆様はまだ貴族院にも入っていないので、この辺りの部屋で十分だと思いますよ」

フランが開けてくれたのは、青色神官が残していった家具がそのまま残っている部屋だった。この部屋ならば、孤児院で側仕えを二、三人召し上げて、料理人を雇えばすぐに使えるようになる。

部屋の中を見回していた女の子が「自宅で使っていた家具を入れることはできるのですか？」と尋ねた。青色神官が去ってから結構年月が経っている部屋だったため、あまり手入れをされていない家具は少し傷んでいる。わたしは大して気にしないけれど、生まれてからずっと貴族として生きてきた子供達は気になるようだ。

「運び入れてくれる人がいるならば、自分が自宅で使っていた家具を入れても構いません。……その、粛清によってアウブに接収されている場合、アウブの許可が必要ですけれど、お伺いを立ててみることはできます」

子供達が視線を落としたのは、自分のために家具を入れてもらえるかどうかわからないからだろう。家具のために対応してくれる大人がいるならば、とっくに家へ戻れているはずだ。

「青色として神殿で生活するようになると、この自室で寝起きし、食事をして、その後は孤児院でお勉強をしてもらいます。貴族院の低学年の座学ならば参考書もあるので、灰色神官達が教えることもできますし、フェシュピールの練習はわたくしの楽師が行います」

孤児院に集められた洗礼前の子供達も、貴族として洗礼式を受けるために頑張って練習していることを教えると、子供達の顔が少し上を向いた。

「まだ貴族として洗礼式を終えていない子供達は、正直なところ、貴族として扱われる貴方達よりも不安定な立場です。それでも、孤児院で貴族になるために努力しているようですよ。もしかすると、貴方達の弟妹がいるかもしれませんね」

ハッとしたように顔を上げた子がいる。弟妹に心当たりがあるのかもしれない。

「では、孤児院へ行きましょう。洗礼前の子供達の様子を見れば、神殿でどのように生活しているのかわかると思います。それに、メルヒオールは神殿の側仕えを選ばなければなりませんから」

わたしが孤児院へ歩き始めると、一人の女の子がおずおずとした様子で切り出した。

「ローゼマイン様、わたくしも側仕えを選んで良いですか？　お勉強ができるのでしたら、城よりもこちらで生活をしたいです。お兄様から貴族院では皆で勉強し、優秀な成績を収めて、先生方に褒められたり新しいお菓子のレシピをいただいたりするのだと伺いました。わたくし、貴族院を楽しみにしていたのです」

それを皮切りに、他の子供達も神殿で生活をしたいと言い出した。ニコラウスも同じように神殿で生活をしたいらしい。

「できれば騎士になるための鍛錬の時間があると良いのですが……」

「わたくしが滞在している間ならば、護衛騎士と鍛錬することもできるでしょうけれど……」

灰色神官達は騎士見習いになるための鍛錬などしていないので、さすがに毎日のメニューに鍛錬を入れるのは難しいと思う。自分が基本的に体を動かさないので、どのように鍛錬のメニューを入れれば良いのか考えていると、コルネリウスが肩を竦めた。

「ニコラウス、其方は城で生活した方が良いのではないか？　神殿で生活をするなどトルデリーデが嫌がるぞ。そして、また母上に文句を言いに来るのだ」

心底嫌そうな顔でそう言われたニコラウスは、困った顔で「母上に迷惑しているのは、私も同じです」と、わたしに助けを求めるような視線を向けてくる。

「コルネリウス兄様、お父様が忙しくてニコラウスを引き取れない以上、城で生活をするのか、神殿で生活をするのか選ぶのはニコラウスですよ。シュツェーリアの盾でひとまずの疑いは晴れたでしょう？」

それはそうだが、とコルネリウスは面白くなさそうな顔でそっぽを向く。ニコラウス自身に敵意がなくても周囲が危険だと言う。けれど、周囲と接することができない今だけでも彼の意思を尊重してほしい。

「わたくしは別にニコラウスを側近にすると言っているわけではありません。住む場所くらいは選ばせてあげてくださいませ。貴族が親と関係なく過ごすことは難しいかもしれませんが、神殿にいる期間だけでも親ではなく、本人を見て付き合うことができれば良いと思っています」

神殿で生活することにトルデリーデが文句を言うのならば、「ニコラウスにそのような生活をさせたのは罪を犯した貴女《あなた》でしょう」と言って黙らせれば良いのだ。わたしの主張に、ニコラウスは安堵したように表情を緩めた。けれど、コルネリウスはグッとこめかみをおさえる。

「お考えは立派ですが、ローゼマイン様の場合、神殿くらいという範囲で接触を許すと、貴族院にいる期間だけですから、とテオドールのように期間限定で側近にしそうで嫌なのです」

……そんな手があったなんて。

「コルネリウス兄様は頭がいいですね。そんなこと、全く思い浮かびませんでした」

しまった、とコルネリウスが口元を押さえ、レオノーレが慰めるようにコルネリウスの肩を叩いた。

貴族区域を出ると、孤児院が見え始める。フラン達が孤児院の扉を開けると、そこは食堂だ。わたしの側仕えであるヴィルマ、ギル、フリッツの三人が前に並んで跪き、その後ろには全ての灰色神官や灰色巫女が揃っていた。後ろの方には見習い達や洗礼前の子供達の姿もある。

「おかえりなさいませ、ローゼマイン様。お待ちいたしておりました、メルヒオール様」

ディルクやコンラートと同じ年頃の子供達がたくさんいる。彼等が粛清によって孤児院へやってきた子供達なのだろう。それに加えて、粛清関係で青色神官が実家に戻されたことによって孤児院へ戻された灰色神官や灰色巫女が増えたようだ。かなり人数が多くなっている気がする。こうして見ると、改めて粛清の規模が大きかったことを実感する。

「……神殿の孤児院にはこんなにたくさんの者がいるのですね」

「以前はもう少し少なかったのですよ。それだけ青色神官の数が減っているのです。それに、この冬、子供達が増えましたから……」

メルヒオールの小さな呟きを拾ったわたしは小声で返した後、前に進み出て自分の側仕えに声をかける。

「ヴィルマ、ギル、フリッツ。孤児院の皆をまとめてくれてありがとう」

それから、神官の異動を管轄しているハルトムートが、集まっている皆に今日はメルヒオールと新しく青色見習いになる子供達の側仕えを召し上げる話をする。メルヒオール達を見ながら爽やかに笑った。

「一人は必ず青色神官に仕えた経験がある元側仕えを選んでください。それ以外は洗礼式を終えているならば誰を選んでも良いですよ。孤児院でよく教育されていますから、新しい仕事でもすぐに覚えるでしょう」

同じ年頃の者を側仕え見習いとして選んでも構わない、と言われてメルヒオールは興味深そうに灰色の群れを見回す。

「メルヒオール様は五人くらい、それ以外の者は三人で、料理の助手ができる者を入れておくと良いですよ。まずは、経験のある者から一人、選んでください。ギル、フリッツ。元側仕えを集めてください」

ギルとフリッツが声をかけると、メルヒオール達の前にこれまで青色神官や青色巫女に仕えた経験がある者が立ち上がる。前へ集まってくる灰色神官や灰色巫女を見ながら、ハルトムートが貴族目線で使い勝手の良い者を更に選別し始めた。右と左に元側仕えを分けて、左の者は下がるように、と声をかける。

「彼等は働く場所が青色神官の側仕えから孤児院に変わっても、不満な顔をせずに真面目に働いていました。その上で目端《めはし》が利き、気配りができます。幼い主でも真摯《しんし》に仕えてくれるでしょう」

どうやら孤児院に戻されると不満な顔をしたり、本来はこんな仕事をするはずではないと言ったり、孤児院に戻された八つ当たりをしたりした者は弾《はじ》かれたらしい。わたしはハルトムートがそんな情報を得ていることに驚いた。

「ハルトムートは神官長としての執務だけではなく、孤児院のことまでよく把握していますね」

わたしの呟きを拾ったフィリーネが小さく笑った。

「ハルトムートは一番頻繁に孤児院へ出入りしていましたし、ローゼマイン様の側仕えとも連絡が密です。まだ幼いディルクやコンラートにとても慕《した》われていて、彼等から子供目線の情報も集めています。忌憚《きたん》のない意見を聞けるそうですよ」

「灰色神官や灰色巫女を相手にしても気さくな姿を見せるため誤魔化されがちですが、ハルトムートは仮にローゼマイン様が側仕えを新しく召し上げることになれば、という観点で皆を見ています。採点は結構辛《から》いですよ」

ダームエルがこっそりとそんなことを教えてくれる。ローデリヒも「採点が辛いのは側近に対しても同じです」と呟いた。本人が優秀な分、周りは戦々恐々《せんせんきょうきょう》としている部分もあるらしい。

ニコラウス達も真面目な顔でハルトムートの言葉を聞きながら、最初にメルヒオールが側仕えを選ぶのを待っている。側仕えの経験がない者はハルトムートの選別に驚きと恐れの表情を見せながら、自分達に声がかかるのをじっと待っていた。

「ヴィルマ、洗礼前の子供達を呼んでください」

洗礼式を終えていないので、側仕えに選ばれることもない子供達がずらりと並ぶ。ディルクやコンラートに加えて、この冬に新しく入った子供達だ。久し振りに会ったコンラートとフィリーネがアイコンタクトを取るのを横目で確認していると、子供達の中の一人が「兄上」と驚いたように小さな声を上げた。わたしはその子の視線の先をたどる。

「ラウレンツの弟ですか？」

「はい。ベルトラムは異母弟なのですが、母親が亡くなったため、私の母上が引き取って洗礼式を行う予定だったのです」

ラウレンツが嬉しそうにベルトラムを見た。そういえば、洗礼前の子供達の扱いを説明した時にラウレンツは弟も助かったのか、と喜んでいたはずだ。

「後でゆっくり話をすると良いですよ」

わたしは子供達に冬の間の生活に不足がなかったか、どのような勉強ができたのか尋ねる。少し緊張気味の表情で子供達が冬の様子を教えてくれる。カルタやトランプはディルクとコンラートが強かったが、最近は勝てる回数が増えてきたらしい。

「フェシュピールの練習も頑張っています。今は教師がわたくししかいないのですけれど、ローゼマイン様が神殿へお戻りになると、ロジーナの指導も受けることができるようになりますものね」

ヴィルマはフェシュピールの腕が良い子やどのように練習していたのかを教えてくれる。最初は生活習慣が全く違うことに苦労していた子供達も、神殿の生活に慣れてきたそうだ。

「ディルクとコンラートがお手本になったり、困っているところを助けてあげたりしていました」

「そうですか。二人共、ありがとう」

ディルクとコンラートを労い、「後でパルゥケーキを下げ渡しますね」と約束する。お茶の時に余った分をディルクとコンラートに回してあげたい。

「デリアとリリーにもお願いします、ローゼマイン様。たくさん増えた子供達の面倒を一番よく見てくれたのは、あの二人なのです」

ヴィルマの言葉にわたしは後ろの方に控えているデリアとリリーに視線を向ける。孤児院から出られないデリアと子供の洗礼式が終わっていないリリーは側仕えの選別に出られない。

「助かりました、二人共。ディルクやコンラートと一緒にパルゥケーキを食べてちょうだい」

「恐れ入ります」

冬の間の状況を聞いたわたしは、並んでいる子供達をゆっくりと見回す。

「実はこの中の五人の子供達については、引き取りの要請があり、近いうちに親が迎えに来ることになりました」

わたしが五人の子供達の名前を呼ぶと、わぁっと顔に喜色が満ちていく。喜ぶ五人とは反対に、残される子供達の顔色は暗くなっていった。

「それから、孤児院に残る子供達へアウブからのお言葉です。秋に一度面会をして、貴族として遇するか否《いな》か決めるそうです。そこで貴族として遇すると決まった者は洗礼式を冬に行うことになります。色々と思うところはあるでしょうけれど、貴族となるために頑張ってください」

「はい！」

力強い声で答えたのは、ラウレンツの弟のベルトラムだった。背丈や言動から考えても、洗礼式が近いのだろう。貴族として生きていくのだという野望に溢《あふ》れた目をしている。ベルトラムにつられたように子供達が顔を上げた。

「わたくしのお話は以上です。メルヒオール達が側仕えを選び終わるまでの間、勉強の成果を見せてくださる？　フィリーネとラウレンツは自分の弟とお話ししても良いですよ」

子供達に声をかけ、わたしは自分の側近達を率いて本や玩具《おもちゃ》がある辺りへ移動する。ラウレンツとフィリーネは自分の弟のところへ向かったようだ。初めて神殿や孤児院へ入ったマティアス達が皆で使えるように並べられているフェシュピールを見て目を丸くした。

「これだけのフェシュピールが孤児院にあるのですか？」

「フェシュピールは子供達がお披露目のために練習できるように、それぞれの実家から接収した物です。わたくしもこのように並んでいるのは初めて見ました」

小さめのフェシュピールが少し高めの棚の上に十個ほど並んでいる様子はまるで小学校の音楽室のようだ。多分、小さい子が悪戯《いたずら》しないように上に置かれているのだと思う。

「フェシュピールだけではありません。参考書がないだけで、貴族院の本棚と変わらないではありませんか」

「その参考書が重要なのですけれど、孤児院の本棚もすごいでしょう？　印刷機の試運転で刷った平民のお話もあるのですよ」

グーテンベルク達が集めてくれて、ルッツとギルが刷ってくれたグレッシェル周辺のお話の詰まった本は、貴族間で売れる本とは違った内容で面白い。売り物ではないので、貴族は読めない本だ。

「気になるならば読んでみますか？　貴族とは違う平民の生活が垣間《かいま》見《み》られるので、面白いかもしれませんよ」

「これから印刷業に関わっていく以上、ぜひ読んでみたいです」

マティアスの後ろからひょこっと顔を出したミュリエラが緑の瞳を輝かせて、ふらふらと本棚へ近付いていく。恋愛物語が大好きなミュリエラは下町の話も楽しんでくれるだろうか。

……貴族が下町のお話も受け入れられるなら印刷できる本の種類がグッと増えるんだけどな。

そう思いながら、わたしは子供達が弾《ひ》くフェシュピールを聴いたり、本を朗読する様子を見たりする。フェシュピールを弾き終えた一人の女の子が寂しそうに「どうしてお兄様は孤児院に入らないのですか？」と側仕えを選んでいる子供達を見ながら言った。ニコラウスとは違う、もう一人の男の子が兄なのだろう。

「すでに貴族としての洗礼式を終えている彼等は孤児院には入れないのです。ですが、青色神官見習いや青色巫女見習いとして生活することになりました。後でお兄様にどのような勉強を神殿でしているのか、神殿でどのような生活をしているのか、教えてあげてくださいませ」

「そうですか……」

兄妹で一緒に過ごしたいのかもしれないけれど、洗礼前の子供とすでに貴族として洗礼を終えている子供には明らかな違いがある。一緒に孤児院で勉強する時間があっても、生活自体は別々だ。孤児院の子供は貴族区域への立ち入りを禁じられている。

兄妹なら一緒にいてもいいよ、と言うだけならば簡単だけれど、商人達との打ち合わせや御加護の儀式の関係でこれから貴族の出入りが増える。それなのに、子供達を好きにうろつかせるのは危険だ。貴族からどのような文句を付けられて罰されるかわからない。罪を犯した親を持つ洗礼前の子供は、平民上がりの青色巫女見習いと言われていたわたしと同じようにかなり弱い立場なのだ。

神殿で家族と一緒に住む。それだけのことがとても難しい。

「お兄様とは孤児院でお勉強をする時に会うことはできます。貴女が努力して貴族として洗礼式を受けることができれば、その後は貴族区域で同じように生活することができるでしょう。頑張ってくださいませ」

「はい」

目標を見つけた女の子に微笑みながら、少しだけ気分が沈む。

……わたしも努力すれば家族と過ごせるんだったら、すごく努力するんだろうけどね。

久し振りに姿を見るだけでもできるかな、と考えていると「私は神殿で努力したところで、貴族の生活で役に立つことなどないと思います」という声がした。顔を上げると、ラウレンツが自分の弟を止めている。

「こら、ベルトラム！」

「だって、そうではありませんか。床に這《は》いつくばって神殿を清めたり、井戸から水を汲んだり、自分で自分の衣装や寝具を整えたり、森で雪が残っている土を掘り返して食べられる物を探したり……。貴族が行うことではありません」

そんな生活をしていたのか、と呟いたラウレンツの目には孤児院で過ごさなければならない弟達への憐憫《れんびん》が見える。側仕えに傅《かしず》かれて当然の貴族からすれば可哀想に聞こえるかもしれないけれど、見方を変えれば孤児院での生活経験から得られることは決して少なくない。

「確かに側仕えがいて生活の全てに手を貸してもらっていた貴族の生活から、突然自分の身の回りを自分で整える孤児院の生活になれば大変だと思います。正直なところ、わたくしでは孤児院で生きていけないでしょう」

わたしの虚弱さを知っている側近達は軽く頷いて同意してくれる。何の自慢にもならないけれど、わたしこそ誰かの世話にならなければ生きていけない。そんなわたしでも下町の生活で経験したことが貴族の生活で役に立っている。

「けれど、孤児院の生活や下町の者と関わることができる生活の経験を、貴族として役に立てられるかどうかはその人次第です」

「え？」

まさか反論されると思っていなかったのか、驚きに目を瞬くベルトラムにわたしはニコリと微笑む。

「ここの工房にはわたくしが懇意にしている商人達が出入りするでしょう？　どのように商品が作られているのか、どのように商品が世間へ流れていくのか、商人と顔を繋ぎ、お互いに利があるような形で商人に意見を通すにはどのように話を持って行けば良いのか。注意深く見ていれば、わかるはずです。商人達に聞けば教えてくれます」

商人とやり取りできる貴族は少しでも多い方が良いことをベンノ達は知っている。わたしが仲立ちしているだけの不安定な状態を改善しようと思えば、嫌な顔をせずに教えてくれるはずだ。

……もしかしたらわたしに教えてくれた時のように、ちょっとくらいは嫌な顔をするかもしれないけど、拳骨《げんこつ》でグリグリされることはないと思うよ。うん。

「商人との付き合い方を知っていれば、これからのエーレンフェストでは文官としてとても重宝されます。商人とやり取りのできる文官が最も足りていないのです」

青色巫女見習いとして神殿に入る決意をした女の子がバッとこちらを向いた。彼女は文官志望なのだろうか。

「それに、暖かくなってきたのでこれから森へ行く回数が増えるでしょう？　夏は他領の商人達がエーレンフェストへやって来る季節です。他領の商人達が何を望んでいるのか、何を不満に感じているのか、森へ行く途中で耳にすることもあるでしょう。一緒に行く下町の者が教えてくれることもあるでしょう。貴族になってからの自分の将来に活用しようと思えば、いくらでも今の生活を活かすことができます」

思いもよらなかったという顔をしているのは、むしろ貴族の側近達の方だ。上手く今の立場を利用することができれば、孤児院で育った子供達はかなり優秀な文官になれる。

「後は……そうですね。普通の貴族にはできないけれど、神殿育ちのわたくしにできる秘密の特技を見せてあげましょうか？　これを見ればもっと色々な体験をしたくなるかもしれませんよ」

わたしが立ち上がると、何故かハルトムートが「何を見せてくださるのですか？」とうきうきしたような顔で橙色の瞳を輝かせて隣に立っていた。

……あれ？　メルヒオール達の側仕えを選ぶ手伝いをしていたのに、いつの間に？

疑問が頭に浮かぶけれど、すでに側仕えを選び終わっているのか、メルヒオールも「何をするのですか？」とこちらに向かってきている。

……まぁ、いいか。

ハルトムートに関しては深く考えても仕方がない。わたしは「危ないので、少し下がってください」と子供達を下がらせ、よく清められた白い床を見ながら騎獣用の魔石を取り出した。

「これはわたくしの騎獣用の魔石です。貴族の子は家族の騎獣を見ているでしょうから、この魔石が自由に形を変えられることを知っているでしょう?」

わたしの質問にベルトラムが何をするのか、と警戒したような表情で頷いた。

「これを、このように……」

わたしは昔フェルディナンドの前でやったのと同じように魔石を風船のように膨《ふく》らませる。魔力の扱いに慣れている今ならば、あまり飛び散らないように割ることも可能だ。まるでパズルのピースが落ちるようにバラバラになった魔石が崩れていく。

「騎獣用の魔石が⁉」

「どのように城に戻るおつもりですか⁉」

そんな声が響く中、わたしはバラバラになった魔石の欠片《かけら》を手で寄せ集める。そして、魔力を流しながら「丸まれ、丸まれ」と唱えて魔石をくっつけていった。胸を張って、元通りに丸くなった魔石を高く掲げて皆に見せる。

「え?　元通りになった?」

「そんなバカな……」

わたしのことを非常識と言ったフェルディナンドと同じように貴族達が驚きの声を上げる中、ポカンとしているベルトラムにニコリと笑った。

「乾いてポロポロと指の間を滑って丸めることが難しい土でも、もう一度水を含んで柔らかくなれば丸めるのは簡単でしょう？　バラバラになった魔石も魔力を含ませて柔らかくすれば丸めることができるのです」

「割れた魔石が柔らかくなるなんて、そんなことはあり得ない……」

貴族達は信じられない物を見るように、再び丸まったわたしの魔石を見つめる。たとえ非常識だと言われようとも、知っている常識の範囲が違うのだから仕方がないではないか。

「魔力の扱いは自分の頭でどのように動かすのかよく思い浮かべることが大事なのです。非常識と言われようとも、できるものはできるのです。土を触ること、衣装を整えること、床を清めること、何が自分の糧《かて》になるのかはわかりません。活かせるかどうかは自分次第なのですよ」

魔力圧縮の方法を実際に目で見てイメージしやすくなったと言っていた側近達には思うところがあったのだろう。何かのヒントがないか探すような目で孤児院を見回し始める。

「普通に育った貴族より面白い経験ができそうだな。ベルトラム、頑張れよ」

ラウレンツに軽く肩を叩かれたベルトラムがコクリと頷いた。まだ納得しきれていないけれど、全ての経験を自分に活かそうとしているのは意志の強い目から何となく伝わってくる。

「ローゼマイン姉上、私も色々な経験がしたいです。それに、ローゼマイン姉上のように色々なことができるようになりたいです。他の誰にもできないなんてすごいです」

藍色の目を輝かせているメルヒオールにわたしは小さく笑った。神殿に出入りしていれば、神事の数々で農村を回ることもできる。いくらでも色々な経験ができるはずだ。

「神殿での経験は他の貴族にできることではありませんから、それを存分に活かすと良いですよ」

「はい！」

領主一族であるメルヒオールがやる気になったことで、他の子供達も新しい生活や貴族がやらない経験にも前向きに取り組んでくれそうだ。子供達の雰囲気が明るくなったことに満足していると、ダームエルが「何だかイイ感じにまとまりましたけれど、そもそも魔力が多くないと簡単に魔石を丸めるのは難しいと思います、ローゼマイン様」と呟いた。

「……ダームエル、しーっ！」


全員の側仕えが決まった。祈念式の後から子供達が青色見習いとして入ること、それまでにそれぞれの側仕え達は部屋を整えておくことを話し合う。料理人を雇って、食事を作ってもらうようになるのはベンノやフリーダと話し合った後だ。

神官長であるハルトムートが新しく召し上げられた側仕え達を見回した。

「其方達には新しく主を迎え入れる準備をお願いします。青色となった彼等の勉強については、後日指示を出します。祈念式の後はメルヒオール様を筆頭に、彼等が孤児院にも出入りすることになりますが、これまで私が出入りしていたのですから特に問題ないでしょう」

……なんかハルトムートは胸を張って言ってるけど、孤児院なんて本当は青色神官がちょくちょく出入りするところじゃないからね。

孤児院や青色神官の在り方も少しずつ変わっていけば良いと思っていたけれど、予想外に急激に変わっているのではないだろうか。わたしが青色巫女見習いとして出入りし始めた頃の神殿や孤児院は、領主候補生がこんなにわくわくした顔で出入りする場所ではなかったはずだ。今回の見学会でメルヒオールの側近達が神殿を見る目はずいぶんと変わったように見える。良い変化が続けば良いなと思っていると、ハルトムートが最後の挨拶を始めた。

「では、高く亭亭《ていてい》たる大空を司《つかさど》る最高神　広く浩浩《こうこう》たる大地を司る五柱《いつはしら》の大神《おおがみ》　水の女神フリュートレーネ　火の神ライデンシャフト　風の女神シュツェーリア　土の女神ゲドゥルリーヒ　命の神エーヴィリーベ、そして、エーレンフェストの聖女ローゼマイン様に祈りと感謝を捧げましょう」

「神に祈りを！」

その場にいる灰色神官や灰色巫女はバッと揃った動きで祈りを捧げる。冬から入ったはずの子供達もすっかりお祈りに慣れているようだ。何の躊躇いもなく祈りを捧げている。神殿に出入りしてお祈りをすることに慣れているわたしの側近達と違って、新しく側近に入ったマティアス達、メルヒオールの側近達、子供部屋の子供達はやや引き気味になった。

……あれ？　今、何か変なのが交ざってなかった？

あまりに自然に紛《まぎ》れていたので一瞬聞き流してしまったけれど、祈りを捧げる神様の中にわたしの名前が並んでいた気がする。ハルトムートを問い詰めたい気持ちになったけれど、この場で取り乱して「どういうことですか⁉」とゆさゆさと揺さぶれるはずもなく、わたしは引きつった笑みを浮かべて孤児院を後にした。

儀式の準備

城へ戻ると、夕食の席でジルヴェスターに見学会の流れを報告し、家具の搬入や予算について相談する。基本的には許可が出て、特に問題なく終わった。

「メルヒオールと子供達の受け入れは終わりましたが、まだまだ他の問題が山積みなのです」

「問題？」

「祈念式に向かえる人材が不足しています。フェルディナンド様がいなくなって、メルヒオールが祈念式に向かえないのが大きいですね」

フェルディナンドがいなくなり、その穴を埋められる人材がいないまま、粛清で青色神官が減った。奉納式ではわたしの護衛騎士達にも手伝ってもらったくらいだ。今回の祈念式では一人一人の負担が大きすぎる。祈念式の割り振りをどうするのか、早急に考えなければならない。

「メルヒオールは魔力を注ぐ練習が足りないので仕方がないのですけれど……」

本来ならば去年の領主会議から一年かけて練習をして、今年は参加できるようにするはずだった。しかし、領主会議でフェルディナンドの婿入りが決まってしまった。その後は引き継ぎやわたしの教育を最優先にして神殿に籠もりきりで、あまり礎の魔術に供給できなかったのだ。

そうなると、礎の魔術に注がれる魔力がかなり少なくなって、わたしとフェルディナンド以外の領主一族が必死に供給しなければならず、フロレンツィアやボニファティウスにメルヒオールの補佐をする余裕はなくなった。おまけに、冬は粛清が前倒しになって皆が忙しく、フロレンツィアが懐妊してメルヒオールは安全のために北の離れに籠もらされていた。

「季節一つ分、きっちりと練習していたシャルロッテでも初めての祈念式は負担がずいぶんとあったでしょう？　ほとんど練習できていないメルヒオールは危険ですもの」

「来年こそは私も参加したいです」

悔しそうにメルヒオールがそう言ったけれど、今年こそ忙しくてメルヒオールの練習に付き合う余裕のないジルヴェスターとフロレンツィアは困ったように顔を見合わせた。

「城で礎の魔術に供給の練習をするのは難しいかもしれませんけれど、神殿で奉納しながら練習できます。真面目に練習すれば、来年には参加できるでしょうね」

来年は何とかなるかもしれないけれど、今年はどうしようもない。

「ギーベの治める土地の祈念式はギーベに小聖杯を届けるだけで、直轄地の農村と違って神事をしないでしょう？　ですから、補佐をする灰色神官がいなくても問題ありません。わたくしの側近達をバラバラに向かわせられれば、人数の問題は解決するのです。けれど、街の外に出られる成人済みの側近のほとんどが護衛騎士ですから……」

「さすがに護衛騎士を減らすような危険なことはさせられぬ」

ジルヴェスターの言葉にわたしは「わかっているから、困っているのです」と頷いた。側近達に相談した時にコルネリウスから同じ言葉で却下されている。

「馬車、食料、料理人、側仕え、儀式用の衣装などはお金で何とか解決できるけれど、人材はどうにもならないのです」

しばらく黙って聞いていたヴィルフリートが顔を上げた。

「私、シャルロッテ、残っている青色神官でギーベのところを回り、其方とハルトムートが直轄地で神事をして回るというのはどうだ？」

「え？　でも……ヴィルフリート兄様もシャルロッテも忙しいでしょう？　ギーベのところへ赴《おもむ》くのは、小聖杯を渡すだけなのに日数もかかって体力的にも負担が大きいのですよ。神殿のことはわたくしに任されたのですから、忙しい皆に手伝ってもらうならば近場の直轄地の方が良いだろうと考えているのですけれど……」

わたしがそう伝えると、ヴィルフリートが肩を竦めた。

「ライゼガングの支持を取り付けるためにも、彼等と一度でも多く顔を合わせる機会を増やさねばならぬ。それに、ギーベの土地を私やシャルロッテが回ることで、私達も神事に関わっていることを貴族達の目に見える形にした方が良いのだ」

これまでは移動の負担を少なくするために、また、ギーベとの収穫の差を埋めるために、魔力の豊富な領主候補生が直轄地を回って神事を行っていた。けれど、そのせいで貴族達にはヴィルフリートやシャルロッテの姿が見えないらしい。

「グーテンベルク達を連れたローゼマインの話やハルデンツェルの奇跡の話が貴族の間で上がるのに、私達が神事をしている姿を見た貴族は自分の側近だけだ。そのせいで、其方だけが神事をやらされているとライゼガングが感じているのではないか。ライゼガング系の情報を集めたランプレヒトがそう言っていた」

……そんなの、全然気付かなかったよ。

遠方へ大人数を連れていくならば、レッサーバスを使えるわたしが動くのが一番便利で早い。効率と利便性を重視していて、貴族達の目にわたしだけが酷使されているように見えるとは考えていなかった。

「お兄様がおっしゃるように、わたくし達がギーベのところを回るのは良い案かもしれません。騎獣を使って移動すれば、遠方でもそれほど負担にはなりませんもの」

シャルロッテは乗り込み型の騎獣が使えるので、小聖杯を載せて移動することができる。旅程はずいぶんと軽減されるだろう。シャルロッテの言葉にヴィルフリートが頷いた。

「青色神官を直轄地に回した方が良いかもしれぬ。私はできるだけ多くのギーベと面会する機会がほしいのだ」

「新しく仮のギーベに任命された者には次期領主としてご挨拶が必要でしょうから、お兄様は南の方を重点的に回られた方が良いかもしれませんね」

シャルロッテの言葉にヴィルフリートは少し考え込んで「確かに新しく赴任《ふにん》する者が多い南の方とグレッシェルは回っておきたいと思う」と頷いた。どうやらライゼガング系の貴族と積極的に関係を持とうとしているようだ。

「では、わたくしはグーテンベルク達をキルンベルガに連れて行く予定があるので、キルンベルガと直轄地を担当します」

「農村を回って直接魔力を注ぐ祈念式は大変だろうが、収穫に直結する神事だ。フレーベルタークとの共同研究もある。頼んだぞ、ローゼマイン」

ジルヴェスターからも頼まれて、わたしは頷いた。頭を悩ませていた問題が解決してホッとしていると、ヴィルフリートがちらりとわたしを見た。

「ローゼマイン、これから其方は神殿に籠もると言っていたであろう？　なるべく早く御加護の再取得を試してみてくれぬか？　神事に参加することで成人でも御加護を得られることが実証できれば、同行する私の側近も説得しやすくなる」

ヴィルフリートの側近達は、危険なのであまり出歩かないでほしいと考えているらしい。祈念式に参加することさえ難色を示しているそうだ。領主候補生の務めと言っているが、外に出れば危険は増す。初めての祈念式で襲撃されたわたしとしては、護衛騎士達の心配がよくわかった。

「ヴィルフリート兄様の身が危険なのでしたら、お守りでも作りましょうか。せっかくですから、シャルロッテの分も」

物理攻撃に対応できる物と魔力攻撃に対応できる物の二種類を作って渡しておけば少しは安心だろう。不意打ちにお守りが対応できれば、後は護衛騎士が対応できると思う。わたしは自分が身に着けているたくさんのお守りの中で、どのタイプを作れば良いのか考えていると、シャルロッテが小さく笑った。

「祈念式に向かうのはわたくし達だけですけれど、一人だけお守りがなければメルヒオールが拗《す》ねますよ、お姉様」

シャルロッテにそう言われてメルヒオールへ視線を向けると、少し膨れっ面になって「拗ねていません」と呟くのが聞こえた。わたしがお留守番のメルヒオールにもお守りを作ることに決めたところで、ジルヴェスターが軽く手を叩く。

「ローゼマイン、今日の午後アーレンスバッハのフェルディナンドから書簡が届いた。結婚祝いの品物と一緒に送ってほしい私的な荷物もあるようだ。館の鍵を持っている其方に書簡を届けてほしい、と書いてあった。館に残っている側仕えに書簡を見せれば準備してくれるそうだ。後で文官を寄越《よこ》してくれ」

「かしこまりました。フェルディナンド様はお元気そうですか？」

領地対抗戦や卒業式の時に会ったばかりなので特に変化はないだろう、と思いながら尋ねた言葉にジルヴェスターは少し難しい顔になった。

「……元気は元気だろうが、何やら大変面倒なことになっているようだ。アーレンスバッハでフェルディナンドが祈念式を行うことになったらしい」

「はい？」

まだ星結びの儀式をしていないので正式にはエーレンフェストの者であるフェルディナンドが、どうしてアーレンスバッハで祈念式をするのか理解できない。それに、他領ではまだ神殿や神事に忌避感があり、一部の領地を除いて領主一族が出入りする場所になっていないはずだ。

「魔力不足のアーレンスバッハだが、まだフェルディナンドには礎の魔力供給をさせられぬそうだ。

これは私の予想だが、アウブ・アーレンスバッハが亡くなって、次期アウブが礎の魔術を染め直し始めたのではないかと思う」

礎に魔力供給ができないのだから神事を行えとフェルディナンドは言われたそうだ。すでに書簡を読んだらしいフロレンツィアも頬に手を当てて、困った溜息を吐く。

「その祈念式にレティーツィア様を同行することになったようです。なんでも、エーレンフェストでは洗礼式を終えた領主候補生が魔力供給をしているという話を聞いて、ディートリンデ様がレティーツィア様に練習ではなく、最初から魔力供給をさせようとしたようで……」

「……何だかエーレンフェストでの神事が変な感じに捩《ねじ》れて伝わっていますね」

シャルロッテも心配そうな顔になった。皆が忙しくてメルヒオールが練習できなかったように、魔力の扱いに慣れていない子供が魔力を扱うのは難しく、大人の補佐が必須だ。貴族院で魔力の扱いを習ってからならばまだしも、限度がわからなかったり大人につられて魔力が大量に引き出されたりする。エーレンフェストではそれを防ぐために魔石の魔力を流すところから練習する。そうすれば、魔石に込められた魔力の量を調節することで魔力が引き出されすぎて昏倒《こんとう》するような事態は防げるからだ。もちろん魔力を扱うこと自体に慣れていなければ、それだけでも大変な作業である。

……何の練習もなく魔力供給をさせたら大変なことになるよ。

フェルディナンドが不在になると、レティーツィアがディートリンデに何を強要されるかわからない。そのため、レティーツィアを同行させることにしたらしい。祈念式を通してフェルディナンドが魔力の扱いを教えることにしたそうだ。

「……フェルディナンド様の優しさ入りの回復薬がヴィルフリート兄様やシャルロッテには嫌がらせだと思われていたことを教えてあげた方がいいかもしれませんね」

「ローゼマイン、心配すべきところはそこではない！　エーレンフェストの神事が他領にどのように伝わっているのかを心配しろ」

親切のつもりでレティーツィアに嫌われたら可哀想だと思ったのだけれど、ヴィルフリートから鋭いツッコミを受けた。

……それはそうだけれど、普通は魔力供給がどれだけ負担なのか、自分の身を以《もっ》て知ってるから、貴族院入学前の子供にそんな無茶をさせないと思うんだよね。

そこで、わたしは初めての奉納式や祈念式で自分がめちゃくちゃ魔力を使わされて酷使されたことを思い出した。フェルディナンドに任せるのも危険ではないだろうか。生い立ちが特殊なせいか、ヴェローニカにいびられていたせいか、フェルディナンドの感覚は時々普通とずれている。

……周囲がちゃんと止めてくれればいいけど。

「勘違いしているディートリンデ様はともかく、ゲオルギーネ様が止めようとしなかったのでしたら、そちらの方が心配ですね。養父様、粛清の結果についてフェルディナンド様にお手紙を送ったのですか？」

領地内の情報はジルヴェスターが許可した物しか他領に流してはならないと言われている。ギーベ・ゲルラッハに生存の可能性があることは伝えたのだろうか。マティアスからの情報では魔術具を管理している隠し部屋の一つがひどく荒れていたそうだ。魔術具は使いやすいようにきっちりと管理することを徹底していたギーベ・ゲルラッハにはあり得ない状態だったらしく、館に捜査の手が伸びる前に必要な魔術具を慌てて持ち出したのではないか、と言っていた。

……まぁ、自分の隠し部屋は足の踏み場もないらしいラウレンツにとって、その程度の荒れ具合は生存の証拠と言えるほどのものじゃなかったみたいだけど。

ギーベ・ゲルラッハしか入れない個人の隠し部屋にはマティアスも入れなかったようで、そちらは中を見ることができていないそうだ。ただ、ボニファティウスが扉に挟まっている妙な布きれを見つけたらしい。力任せに引きちぎられた布きれは銀色の光沢を持っていて、何が妙なのか説明できないけれど、妙なのだそうだ。

「いくつかの情報は送った。姉上のところに身を寄せていないか調べてみると書簡にあった」

「そうですか。それは良かったです。でも、よく検閲《けんえつ》を乗り越えましたね」

「秘密の情報をやり取りするための方法はいくつかあるのだ。其方が書簡を見てもわかるまい」

ジルヴェスターは意味ありげにわたしを見ながらそう言った。どうやらフェルディナンドはわたしだけでなく、ジルヴェスターとも秘密のやり取りができる手段を持っているらしい。


夕食後、ハルトムートが書簡の写しを取りに行っている間にわたしはフェルディナンドから以前に貰った手紙を持って隠し部屋へ入った。フェルディナンドが神殿で検証した御加護の儀式については光るインクで書かれているので、他の皆にも読めるように必要な部分を書き写さなければならない。

手紙には神殿の工房から館に運び込まれた魔術具の中に自作の魔法陣があるようで、詳しい検証結果を送るならば使っても良いと書かれている。

「むーん、どうせ荷物も送らなくちゃいけないから、検証結果を手紙に書いて一緒に送ってあげるのは別にいいんだよ。でもね、館にある物は全部譲るって言ってたのに、条件付き許可ってどうなの？　ちょっとひどくない？」

譲る気なんて全くなさそうな文面が、ものすごくフェルディナンドらしくて思わず笑ってしまう。

「それにしても、あんなに大きい物を自作したなんて、神殿に入ってすぐの頃はよっぽど暇だったんだね」

貴族院で使っていた魔法陣の大きさを考えると、研究用に作るには大きすぎると思う。マッドサイエンティストは苦にならなかったのだろうか。そんなことを考えながら隠し部屋を出ると、ハルトムートが書簡の写しを持って戻っていた。

「ありがとう、ハルトムート。明日は図書館へ行って探し物です。御加護の儀式をするにはこれが必要だそうです。フェルディナンド様は試したことがあるのですって」

「さすがフェルディナンド様ですね」

ハルトムートから書簡の写しをもらい、代わりに書き写した手紙をハルトムートに渡す。

「フィリーネ、悪いけれどブリュンヒルデにオルドナンツを送ってちょうだい。商人達との会合の日時を伝えて同席するように言ってほしいの。グレッシェルに関する話をするから、いてもらった方が良いでしょう？　何人か文官を同行するように伝えてちょうだい」

「かしこまりました」

「オティーリエ、リーゼレータ、グレーティア。わたくしは明日図書館へ行った後から神殿へ戻ります。しばらく神殿に籠もることになるので、準備をお願いします」

こう言っておけば、衣装や小物の準備はもちろん、料理人達やロジーナに連絡をして、彼等が移動するための馬車の手配までしてくれる。わたしの側仕え達は優秀だ。

「それから、神殿長の儀式用の衣装をお直しに出すためにギルベルタ商会を神殿に呼ぶことになっています。夏の衣装も注文するので、その日は神殿に来てくださいい」

「かしこまりました」

側近達にいくつかの指示を出しながら、わたしはジルヴェスターの文官によって書き写されている書簡に目を通す。アーレンスバッハへ送ってほしい品物のリストがほとんどで、少しだけ近況が書かれている。それもジルヴェスターから聞いたことばかりだ。文官によって書き写された物なので、筆跡が懐かしいということもなく読み終わった。貴族らしい言葉で遠回しに書かれているが、ディートリンデが貴族院から戻った後はとても大変であることはよくわかった。レティーツィアの教育も滞《とどこお》りがちになっているようだ。

……フェルディナンド様の厳しさに心が折れかけてたからレティーツィア様はホッとしてるかもしれないけど。……あ、でも、祈念式でずっと一緒だ。

お菓子の追加も必要だろうけれど、優しさ入りの回復薬が子供には嫌がられることだけは絶対に教えておかなければとても可哀想なことになりそうだと思った。

次の日、わたしはフェルディナンドへ送る荷物や御加護の儀式の準備をするために側近達とわたしの図書館へ向かった。

……わたしの図書館。なんて良い響き。

うきうきしながら騎獣で乗りつけたマイ図書館を見上げ、うふふんと笑う。褒め言葉が入っているはずの魔術具が入った革袋も忘れずに持ってきた。今日こそお褒めの言葉を聞くのだ。

わたしは玄関扉の前に立ち、鎖に通して胸元に下げてある館の鍵を取り出した。カチリと鍵穴に差し込むと、赤い魔力の線が扉を走っていく。ギギッと音を立てながら自動で開いていった。

「おかえりなさいませ、ローゼマイン様」

扉の向こうには荷物の運び込みやディートリンデの来訪の時に何度も顔を合わせたことがある館の側仕えが待っていてくれた。フェルディナンドと同年代の下級貴族で、ラザファムという名前だ。柔らかい物腰、穏やかな声、控えめだけれど芯の強い眼差しなどがフランやザームと共通している。一目見れば「あぁ、フェルディナンド様が気に入りそうな側仕えだな」と納得してしまうし、わたしも馴染みのある雰囲気なので声をかけやすい。

「久し振りですね、ラザファム。オルドナンツで知らせた通り、フェルディナンド様の荷物の準備をお願いしても良いかしら？　城に送れば、結婚のお祝いの品々と一緒に送ってくれるそうです。わたくしは側近達と一緒に工房で探し物をしたり、隠し部屋を使ったり、図書室で読書をしたり、読書をしたり、読書をしたりしますから」

ラザファムにはすでに図書室で本に張り付いて離れないわたしをフェルディナンドが摘《つま》み出す姿

を見られている。今更取り繕う必要などない。

……というか、今、取り繕ったところでどうせすぐにボロが出るもん。

ラザファムはわたしが渡した書簡の写しにさっと目を通し、「ローゼマイン様、図書室へ入る前に扉を開けてくださいませ」と言った。館の主であるわたしでなければ開けることができない扉がいくつかあり、そこにフェルディナンドの荷物が片付けられているらしい。

わたしはラザファムに言われるままに扉を開けた後、ハルトムート達と一緒に工房へ向かった。工房の扉も開け閉めはわたしがしなければならないのだ。「図書室にいるから勝手に探して」というわけにはいかない。セキュリティはすごいけれど、ちょっと不便である。

「この辺りの神殿から運び込まれた魔術具の中に、御加護の儀式で使う魔法陣があるようです。詳細を書いた紙はハルトムートに渡したので、皆で探してくださいね。わたくしは隠し部屋を作った後、図書室へ行きますから」

「ローゼマイン様、館の中ですが、一応護衛をお連れください。わたくし、魔法陣の探し物ではあまり役に立ちませんし……」

アンゲリカがそう言って護衛に立候補する。皆は大量にある魔術具に興味があるようなので、わたしはアンゲリカだけを連れて階段を上がって部屋に向かった。

「それにしても、どうして女性の部屋はいつも上の階にあるのでしょうね?」

「どこも同じようにしておかなければ間違うからではないでしょうか?」

アンゲリカといまいち噛み合わない会話をしながら、わたしはこの館の自室に入る。そして、物は良いけれど少し古びた家具が置かれたままの部屋を見回した。

ここはフェルディナンドが洗礼前に連れて来られた時に一緒にエーレンフェストへやって来た女性が使っていた部屋だそうだ。フェルディナンドは彼女を母親のように慕っていたけれど、洗礼式の準備のために城へ連れて行かれた後、戻って来たら姿がなかったらしい。ヴェローニカに排除されたのではないか、と言っていた。

わたしは家具に特に思い入れがないので、フェルディナンドにとって大事な家具を退けてまで買い替える予定はなく、このまま使わせてもらうことになっている。

……フェルディナンド様が母親のように慕っていた人ってどんな人だろうね?

「アンゲリカ、そこの椅子を取ってください」

わたしは寝台の奥にある隠し部屋の扉の前に立ち、魔力登録をすると扉を開けた。まだ何も入っていない部屋に椅子を入れてもらう。アンゲリカを部屋に残して、隠し部屋の扉を閉めた。

わたしは椅子に座ると腰に下げていた革袋を取って、中から録音の魔術具を取り出す。魔力を流せばフェルディナンドの声が流れてきた。

「君に与えた図書館の隠し部屋で聞いているか?」

「もちろんですよ」

わたしは魔術具に向かって胸を張って返事をする。少しの間があった後、フェルディナンドは懸念事項を喋り始めた。ゲオルギーネが離宮に移ったこと、冬になってすぐの時期にしばらく姿が見えなかったこと、側近が増えたという噂があること、ユストクスでも忍び込めないほど下働きの動きにまで警戒がされていること。

「冬の間に何かあったことは間違いない。もしかしたら、粛清の残党がゲオルギーネのところへやってきたという可能性もある。ジルヴェスターに警戒を怠《おこた》るなと伝えてほしい。それから、ライゼガングを抑えるのに必要そうな情報が私の荷物を置いている部屋の書類入れの木箱にいくつか入っている。これから先は手助けできないからジルヴェスターが自力で抑えるのが重要だが、無理そうだと判断したら情報を流してやってほしい」

……養父様への注意事項ばっかりなんだけど、いつになったら褒め言葉が来るの？

かなり重要な情報なのはわかるけれど、期待していた分ガッカリだ。少し肩を落としながら、わたしは続きを聞く。

「それから、君に対する注意だが……」

……注意だけじゃなくて、褒め言葉、プリーズ！

「今年は交易枠《こうえきわく》を広げられないとジルヴェスターから聞いている。それを不満に思う領地が暴挙《ぼうきょ》に出る可能性もあるし、エーレンフェストがどのようなところなのか知らなくて様子を探っていた商人達が慣れから妙な動きをし始める頃でもある」

クラッセンブルクからカーリンが嫁入りしようとしてトラブルを起こした事例を述べ、同じようなことがこれからも起こる可能性が高いと言った。

「婚姻はまだ双方が納得すれば、それほど大きな問題にはならないだろうが、手荒な行動に出ないとも限らない。印刷業も髪飾りも、君が育てた数人の職人達が利益の大半を生んでいるのが現状だ。

目を付けられる可能性は高い」

グーテンベルクはキルンベルガへ移動しているけれど、髪飾り職人として一番の腕を持っているトゥーリは下町にいるし、ベンノやマルクも同じだ。

……手荒って、どうしたら……

どのように皆を守れば良いのかわからない。始終付きっきりになっているわけにはいかないし、わたしがたくさん持っているようなお守りは魔力がたくさん必要になるので、下町の皆には持たせられないのだ。危険があることを知らせるくらいしかできないけれど、取り引き上でどのような危険があるのかは多分ベンノ達の方がよく知っているだろう。

「そのため、魔力のない平民にも持たせられるお守りの作り方を教えるので、君が守りたい者には持たせておきなさい」

そう言ってフェルディナンドの声はお守りの作り方を述べ始めた。わたしは慌てて書字板を取り出すとメモを取っていく。自分の魔力で補充できる貴族向けとは少し違う作り方や素材が必要になるらしい。

「素材は図書館の工房にあるはずだ。……お守りの使い方を教えるため、魔力を補充するためと理由を付ければ、彼等を神殿に招きやすくなるのではないか？　それから、私が君に贈った髪飾りのようにすれば祝い事の贈り物にもしやすいと思う」

トゥーリの成人は夏の終わりだ。もしかしたら、わたしから大っぴらに成人の贈り物をできるように、こんなに回りくどいことを言っているのだろうか。

「……わかりにくいですよ、相変わらず」

沈黙してしまった魔術具に小さく文句を言いながら、わたしはむぅっと唇を尖らせた。

「これで褒め言葉が入っていたら完璧だったんですけどね」

フェルディナンドに褒め言葉を期待したわたしがバカだったようだ。注意事項が終わった魔術具を握って不満と溜息を吐き出した直後、

「……君はよく頑張っていると思う」

長い、長い沈黙の後で、また声がした。聞き間違いではないかとわたしは魔術具を耳元に寄せる。

「大変結構」

短い一言なのに、それだけで全部報《むく》われる気がした。

嬉しくて、誇らしい気持ちになった。

そう簡単に聞けない褒め言葉だからこそ、こんなに嬉しいのかもしれない。

自然と緩む頬を押さえながら椅子から降りると、録音の魔術具を革袋に入れて、椅子に置いた。

また褒め言葉が欲しくなったら聞きにくれば良い。

……褒め言葉を入れるってお願いをきいてくれたんだから、わたしも頑張らなきゃ。

また聞きに来られるように、褒め言葉に相応しいだけの努力はしなければならない。

「よーし！　元気出た。皆のお守り、作りまくるよ！」

元気になったわたしは隠し扉を大きく開けて、笑顔で工房へ向かった。

御加護の再取得

工房で皆が探し物をしている横で、わたしはお守り作りに励んだ。平民用のお守りは図書館の工房にある素材を使わなければできないのだ。下町の家族やグーテンベルク達に配る分を考えると、結構たくさん必要になる。ギルド長、ギルベルタ商会、プランタン商会を呼んでいる時に渡すならば、ギルド長だけ仲間外れにするわけにもいかない。

「お守りは余分に作ったし、これでよし」

そうして、珍しく読書よりも平民用のお守り作りに励んだ後は、儀式に必要な物を神殿に運び込む。明日は御加護の再取得だ。

「ローゼマイン様、わたくしは卒業式の後で再取得しましたから、明日の儀式には参加せずに訓練へ向かいます」

「わたくしも再取得いたしましたから、城でお仕事をしたいと思います」

レオノーレとリーゼレータの言葉に頷き、わたしはユーディットを振り返る。

「ユーディットはどうしますか？」

「お祈りが足りていないと思いますから、今回は見合わせます。訓練に向かっても良いですし、護衛騎士がいた方が良いならば神殿へご一緒しますよ」

「護衛騎士はたくさんいるので、訓練に向かってくださいませ。……オティーリエとブリュンヒルデにも声をかけてみなければなりませんね」

オルドナンツを二人に飛ばしたけれど、オティーリエはこれまで特にお祈りをしていないし、ブリュンヒルデはグレッシェルとのやり取りや側仕えの教育の手配などで非常に忙しいらしい。それに、彼女は自分の卒業式の後で再儀式を行える。今回は見合わせるということになった。

「でも、わたくしに名捧げをしたグレーティアは強制参加ですから、必ず神殿へ来てくださいね」

「かしこまりました」

ローデリヒが全属性を得たのは名捧げのせいではないかと推測されているけれど、まだ確証は得られていない。今回は成人組の後で名捧げ組にも御加護の再取得を行ってもらうつもりなのだ。

……お母様も来られるかしら？

エルヴィーラが神殿へ来ることができれば、名を捧げる主を変更した場合、得られる御加護に差が出るのかどうかを調べることができる。ミュリエラには何度も儀式をしてもらうことになるが、できれば調べておきたい。わたしがオルドナンツでエルヴィーラに予定を聞いてみると、「午後からならば向かえます」という返事があった。

「新しいお菓子のレシピをいただきましょう。コルネリウスが卒業したので、もう新しいレシピが手に入らなくなってしまいましたから」

ちゃっかりしているエルヴィーラのために、わたしは今年のご褒美だったムースのレシピを準備しておくことにした。

次の日、三の鐘が鳴る前にはすでに儀式を行う側近達が揃っていた。わたしは神殿長室の工房の扉を開け、出入りするための魔石のブローチを渡し、魔法陣などを運び出せるように準備する。

「ローゼマイン様、こちらは礼拝室《れいはいしつ》へ運べばよろしいですか？」

「えぇ、フラン。ハルトムートには執務の指示を出した後、礼拝室へ向かうように伝えてあるので、そちらへ運んでください。できるだけ貴族院と同じようにしたいのです」

力仕事なのでフランだけではなく、ギルとフリッツも工房から呼んで荷物運びを手伝ってもらっている。すぐにハルトムートの側仕え達も合流し、あっという間に荷物は運び出されていった。

「モニカ、孤児院に通達はされているかしら？」

「はい。本日は礼拝室に入らないように、と伝えています」

わたしは工房へ出入りする者を見張らなければならないので、準備はハルトムートとダームエルに任せている。文官であるミュリエラとローデリヒとフィリーネが助手だ。

全ての荷物を運び出してもらうと、わたしは魔石のブローチを回収し、工房の扉を閉めて礼拝室へ向かう。礼拝室では先に指示を出していた通りにハルトムート達が準備をしていた。

祭壇に布や果実が供えられ、香炉《こうろ》には火が入り、ほんのりと香っているのがわかる。祭壇に向かって赤い布が敷《し》かれていて、魔法陣の描かれた布が大きく広げられている。その魔法陣は貴族院で見た魔法陣と違って刺繍《ししゅう》ではなく、インクで描かれていた。フェルディナンドもさすがに刺繍をする気にはなれなかったようだ。

「本当にこの魔法陣が作動するのか、一属性ずつ儀式を行っても御加護を得ることができるのかを確認するため、最初はアンゲリカに挑戦してもらいますね」

インクなので、年数が経つうちに掠《かす》れて消えている部分もあるかもしれないし、何か設置の仕方が悪くて発動しない可能性もある。

「試しですからアンゲリカの儀式にはわたくしが同席しますけれど、その後は一人ずつ順番にお願いします。貴族院での御加護の儀式は一人ずつ行ったでしょう？　得られた御加護はあまり大っぴらにするものではないのかもしれませんし、儀式に集中するためかもしれませんから」

アンゲリカは本当に唱えられているのかを確認するためにも見張りが必要だが、他の人は問題ないはずだ。儀式の手順を確認すると、皆が心配そうにアンゲリカを見つめた。本当にこういう時のアンゲリカには信用がない。当人はキリッとした顔で「頑張ります」と力強く頷いているけれど、やっぱり心配なのだ。

「アンゲリカを試した後は、ハルトムートに行ってもらいます」

「私ではなく、ですか？」

コルネリウスが不思議そうに言った。試しを行うのは身分の低い者を使うのが当然だが、きちんとできることを確認した後は身分の順番で行うのが普通である。

「えぇ、ハルトムートには儀式を早く終えて、執務に戻ってもらわなければなりませんから」

護衛騎士であるコルネリウスの代わりは何人もいるけれど、神官長として采配《さいはい》を振れるハルトムートの代わりはいない。ヴィルフリートに頼まれたし、ハルトムートが楽しみにしているから、前倒しで儀式を行うことになったけれど、本当は数日後の洗礼式や祈念式の準備で忙しい時期だ。

「なるほど。確かに効率を考えればハルトムートが先の方が良いと思われます。けれど、貴族社会で順序を乱すことは嫌がられるので、そこは覚えておいてください」

わたしのやり方がまかり通るのは神殿だけと釘を刺しつつ、順番を入れ替えることは構わないとコルネリウスは受け入れてくれた。

「わたくしはアンゲリカの儀式に付き添った後、神殿長室の工房にいます。ハルトムート、コルネリウス、マティアス、ラウレンツ、ミュリエラ、グレーティア、ダームエルの順で儀式を行い、結果を報告に来てくださいませ。ミュリエラはお母様がいらっしゃった後でもう一度行ってもらうことになります」

「かしこまりました」

皆が頷くのを見回し、わたしは自分の足元にある木箱を指差す。

「この木箱には魔力の回復薬が入っています。必ず魔法陣を自分の魔力でたっぷりと満たすことを忘れないでくださいませ」

注意が終わると、他の皆は一度礼拝室から出る。扉の外で護衛騎士達が見張っていることだろう。わたしは木箱から魔力の回復薬を取り出し、アンゲリカに差し出した。

「では、アンゲリカ。やりましょう。自分の欲しい御加護を得られるように、特定の神々の名前を呼んでも儀式ができるのか試してみましょう」

「はい」

アンゲリカはわたしが差し出した魔力の回復薬を持って、魔法陣の中心に立つ。そして、祭壇に向かって跪き、魔法陣に触れて魔力を注ぎ始めた。

「我は世界を創《つく》り給《たま》いし神々に祈りと感謝を捧げる者なり」

アンゲリカが間違えないようにゆっくりと最高神と五柱の大神の名を唱えれば、アンゲリカの適性である火と風の属性の印が光り、それほど高くはない光の柱が立つ。こうして他人の儀式を見ると、全属性が最初から光って、柱の高さがアンゲリカの倍くらいあった自分が規格外と言われる理由がよくわかる。他人との比較は大事だ。

……眷属の御加護を得たら、どんどん光の柱が伸びていったもんね。他の人とはかなり差がありそう。

わたしがそう思っていると、アンゲリカは眷属の名を唱え始めた。

「疾風《しっぷう》の女神シュタイフェリーゼ　武勇《ぶゆう》の神アングリーフ。我の祈りがつきづきしくおぼしめさば御身《おんみ》の御加護を賜らん」

……本気でピンポイントの神様にしか祈りを捧げていないよ!?

この御加護だけは欲しいと熱望しているのだろう、たった二柱の神様の名前を呼び終わった時点でアンゲリカはさっさと締めの言葉を口にする。眷属の名前を唱えても全く何の反応もないどころか、すぅっと魔法陣の上の光の柱は消えてしまった。

「これは間違いなく失敗ですね」

「やはり全ての神々の名前を覚えなければならないのですか。残念です」

いくら魔法陣を魔力で満たしても、儀式の順番を勝手に崩したり、省略したりしてはならないようだ。だからこそ貴族院の三年生では全ての神々の名前を覚えることが共通の課題とされているのだろう。そうでなければとっくに廃《すた》れていたに違いない。

「シュティンルークの言葉を復唱することで儀式が成功するかどうかも挑戦してみましょう」

わたしの言葉に絶望の顔をしていたアンゲリカの顔に生気が戻る。

「わたくし、シュティンルークならばやってくれると信じています」

「主、これは実験だから付き合うが、本来は自分でやらねばならぬことだ」

フェルディナンド声のシュティンルークに叱られながらアンゲリカは回復薬を飲む。実験ならば付き合うシュティンルークは元々の人格にずいぶんと影響を受けているのではないだろうか。

……実験結果はちゃんとフェルディナンド様に送ってあげよう。

「やります」

魔力の回復したアンゲリカは再び魔法陣の中心へ向かい、魔法陣を満たし始めた。

「我は世界を創り給いし神々に祈りと感謝を捧げる者なり」

最高神と五柱の大神の名前はアンゲリカでも問題なく言えるようになっている。問題はその後の眷属神だ。

「闇の眷属たる厄除《やくよ》けの神カーオスフリーエ　隠蔽《いんぺい》の神フェアベルッケン……」

シュティンルークの声をアンゲリカが復唱していく。アンゲリカが全くお祈りをしていない神々のようで魔法陣に反応はない。ちなみに、わたしは両方の御加護をいただいている。カーオスフリーエの御加護があるのに、次々と災厄《さいやく》に襲われているのは何故だろうか。

「火の眷属たる武勇の神アングリーフ」

そこで初めて反応があった。火の神の貴色である青い柱が少し伸びた。導きの神エアヴァクレーレンの名前でも反応があり、青の柱がまた少し伸びる。その様子を見たアンゲリカが嬉しそうに笑った。やる気が出たのか、復唱する声に張りが出たような気がする。

「風の眷属たる時の女神ドレッファングーア　疾風の女神シュタイフェリーゼ」

今度は黄色の柱が少し伸びた。シュタイフェリーゼの御加護を得られたようだ。飛信《ひしん》の女神オルドシュネーリの御加護も得られるかと思ったけれど、残念ながら得られなかった。

その後は特に反応がないまま、最後の言葉を口にする。

「我の祈りがつきづきしくおぼしめさば　御身の御加護を賜らん」

青と黄色の二色の柱から光が上に上がっていき、くるくると回るようにしてアンゲリカに祝福の光として降り注ぐ。魔法陣を満たしていた魔力は光の流れとなって赤い布を伝って祭壇を上がっていき、神の像に吸い込まれた。

「成功ですね」

自分の時の儀式を思い返しても、これで問題なく御加護を得ることができたはずだ。ただ、わたしには風の女神の御加護が得られたのかどうかわからない。

「風の女神シュツェーリアの御加護は得られたのかしら？」

「得られました。貴族院で行った時は最後に黄色の柱が消えたので、今回は大丈夫だと思います」

……大神の御加護が得られなかった時は光の柱が消えちゃうのか。それは初めて知ったよ。貴族院でアンゲリカはずいぶんと珍しい経験をしたようだ。御加護が得られずに光の柱が消えてしまうような経験をしたいとは別に思わないけれど、珍しいことは間違いない。

「アンゲリカが御加護を得ることができたのは、シュティンルークのおかげですから魔力を与えるなり、褒めるなりしてあげてくださいね」

「はい。そして、シュティンルークをわたくしに授《さず》けてくださったローゼマイン様のおかげです。少しでも強くなれたのか確かめるために早く訓練場に行きたいと思います。それに、師匠に一度でも勝ってみたいです」

アンゲリカがものすごくわくわくしているけれど、神々の御加護は魔力の消費が減って楽になるだけで、すぐに強くなれるようなものではないと思う。

……それとも、アングリーフの祝福を授けられた時のようになるのかしら？

アングリーフの御加護を得た騎士達からは特に報告がないので、そこまで大幅な戦力アップにはならないと思う。でも、アンゲリカにとってはシュティンルークを使用する時の消費魔力が少なくなることは非常に有効らしい。

「今日は護衛騎士達がたくさん神殿にいるので、訓練に向かっても良いですよ。御加護が得られたことをおじい様に自慢してください。おじい様も神殿に来たがるかもしれませんから」

アンゲリカに話を聞けば、神殿に忌避感を持つボニファティウスも来てくれるかもしれない。そんなことを考えながら礼拝室を出る。扉の外ではわたしの側近達が順番待ち兼護衛をしていた。

「アンゲリカが成功したので、儀式は問題なくできます。ハルトムート、いってらっしゃい。終わったら結果を知らせに神殿長室へ来てくださいね」

「かしこまりました。では、お先に」

ハルトムートはコルネリウスに軽く手を上げると、礼拝室へ入っていく。

「ここには次に儀式を行うコルネリウスだけを残しましょう。他の皆はそれぞれの仕事をするように。アンゲリカは訓練に向かっても良いですよ」

ローデリヒ、フィリーネ、ミュリエラ、ダームエルには神官長室で執務をするように言って、マティアスとラウレンツにはわたしの護衛を頼む。グレーティアは神殿長室で待機だ。アンゲリカは風のような勢いで飛び出していった。


神殿長室に戻ると、わたしは早速工房へ向かう。グレーティアに工房へ出入りするための魔石のブローチを渡し、儀式を終えて戻って来た者を工房へ案内してくれるように言っておく。工房に男女二人きりという状況を回避するためにグレーティアにはいてもらわなければならないのだ。

「他の者がどのような御加護を得たのか、グレーティアに聞こえないようにするために盗聴防止の魔術具も準備しますね。あ、それから、フランは通常業務に戻ってください。工房への案内はグレーティアに任せますから」

儀式から戻って来るわたしを迎えるためにフランは神殿長室に待機していたけれど、普段ならば神官長室で執務をしているはずだ。けれど、「さすがに神殿長室に神殿の側仕えが一人もいないという状態にはできません」とフランは微笑んで却下した。

わたしはグレーティアに工房へ出入りするための魔石のブローチを渡す。

「ローゼマイン様は工房で何を作られるのですか？」

「お守りです」

「……昨日、図書館の工房でも作っていたようですけれど？」

グレーティアが不思議そうな顔でわたしを見つめた。確かに昨日もたくさん作ったけれど、あれだけではダメなのだ。

「昨日作ったのはグーテンベルク達に配る分です。平民用だけではなく、貴族用も必要ですから」

実は、フェルディナンドが神殿の工房を片付ける時に素材の一部をもらったのだが、属性数や魔力容量の多い物を優先して神殿長室の工房に入れてくれた。そのため、貴族向けのお守りは神殿の工房で作った方が良い物ができる。

「では、ハルトムートが戻って来たら、連れて来てくださいね」

「かしこまりました」

工房に入ると、自分が身に着けているお守りの中で魔力消費が少なめのお守りを選んで、同じお守りを作り始めた。魔力攻撃を跳ね返す物と物理攻撃を跳ね返す物の二種類だ。

……不意打ちの攻撃さえ防いでくれたら、後は護衛騎士が対応できると思うんだよね。

領主一族に付いている護衛騎士はボニファティウスが鍛えまくっている。不意打ちにお守りが反応してくれれば、後は何とかしてくれると思う。

わたしはヴィルフリートとシャルロッテに渡すお守りを作製し、ふぅと息を吐いた。二人は魔力圧縮も行っているので魔力が多いけれど、メルヒオールはまだ魔力の扱いさえ覚束《おぼつか》ない。もっと魔力消費が控えめのお守りにしなければならない。「わたしを基準に考えるな」とフェルディナンドは口が酸《す》っぱくなるほど言っていた。

……ちゃんと覚えてるわたし、完璧じゃない？

「ローゼマイン様、こちらのお守りは祈念式を回るヴィルフリート様やシャルロッテ様にお渡しするとおっしゃっていた分ですか？」

「あら、ハルトムート。終わったのですね？」

グレーティアとハルトムートが工房に入ってくるのを見て、わたしはメルヒオールのお守りを作るために素材を選んでいた手を止めて、踏み台から降りて机に向かう。二人のために作ったお守りを見た後、ハルトムートはニコリと笑った。

「ローゼマイン様、私も祈念式に向かうのですが……」

ハルトムートが笑顔でお守りを要求してくる。作ってあげるのは構わないけれど、ここはわたしのお願いを押し通すチャンスだ。わたしは彼を見上げて、ニンマリと笑う。

「ハルトムートがあの妙なお祈りを止めるなら、作ってあげてもいいですよ。あんなお祈りを子供達に教えるなんて神々に対する不敬ですからね」

神々への祈りの言葉にしれっとわたしの名前を入れていたことを叱ったけれど、「誰に感謝しなければならないのか、旧ヴェローニカ派の子供に教えるのは大事です」とあまり聞き入れてくれないのだ。ハルトムートに言わせると、貴族社会に文句を言われている中で命を助けられたことを理解せず、下手に悪感情を抱いたまま過ごしていては、いくら努力を重ねても貴族になるための芽を摘れることになる。それを教えるのは親切だそうだ。

「それでも、教え方というものがあるでしょう」

お祈りの中に入れるようなものではない。わたしの言葉にハルトムートはほんの少しだけ何かを考えるように俯き、顔を上げて「かしこまりました。ローゼマイン様の仰《おお》せのままに」と胡散臭いほどに爽やかな笑みを見せた。

「感謝すべき対象を理解しなかった子供達が、自分達の親兄弟の敵である領主一族にどのような態度をとるのか、それを貴族達がどのように受け止めるのかわかりません。ですが、私がローゼマイン様からお守りをいただくことに比べると、子供達の将来など些細《ささい》なことです。止めましょう」

……あ、あれ？　あのお祈りを止めるのはすごく悪いこと？　将来的に子供達が困ることになるの？　え？　ちょっと待って。

ハルトムートの言葉が胸に引っかかって、何だか頭がぐるぐるしてきた。「子供達のためならば続けた方が良いのだろうか？」と思ったところで、グレーティアがわたしの肩を軽く叩く。

「ローゼマイン様、しっかりしてくださいませ。改変されたお祈りを覚えてしまう方が子供達の将来のためには良くないでしょう。領主一族への感謝の念を教えることと、お祈りの言葉を改変することは別ですよ」

「そ、そうですよね？　グレーティア、ありがとう。目が覚めました。ハルトムートはすぱっと止めるように。いいですね」

わたしが命じると、ハルトムートはちょっと残念そうな顔で肩を竦めて了承した。

「それで、眷属の御加護はいただけましたか？」

わたしは机に準備してあった紙を引き寄せ、ハルトムートに盗聴防止の魔術具を渡し、ペンを手に取る。

「はい。自分の適性からは光の眷属である秩序《ちつじょ》の女神ゲボルトヌーン、火の眷属である育成の神アーンヴァックス、風の眷属である飛信の女神オルドシュネーリの御加護を得ました」

「適性からは、ということは適性以外の眷属からも御加護を得られたのですね？」

わたしはメモをしながら問いかける。ハルトムートは嬉しそうに笑って頷いた。

「長寿《ちょうじゅ》の神ダオアレーベンと夢の神シュラートラウムの御加護を得て、命の属性を得ました」

「命の属性を持っている方は少ないようなので、珍しいですね」

収穫祭や奉納式に参加していたハルトムートは予想外の眷属から御加護を得ていた。

「私が神事を行うようになって一年と経っていないのに、これだけの眷属から御加護を得たのです。神事に積極的に参加するのは必要ですね。……これから何年か神殿でお祈りをしていると、ヴィルフリート様を追い抜くかもしれません」

魔力を奉納する神殿の神事はそれほど多くない。礎の魔術に何年も供給しているヴィルフリートの方が得られた御加護が多いという結果になった。それが少し悔しそうだ。

「ヴィルフリート兄様は日常的に魔力を注いでいるので、そう簡単には追い抜けないと思いますけれどね。来年のシャルロッテがどのくらいの御加護を得られるのか楽しみです」

ハルトムートの結果を聞き終わり、工房から出るように言う。メルヒオールのお守り作りを始めるより先にコルネリウスとグレーティアが入ってきた。盗聴防止の魔術具を使って、同じようにどのような御加護を得たのか尋ねる。

「レオノーレと同じように武勇の神アングリーフと疾風の女神シュタイフェリーゼの御加護を得たよ。ローゼマインの護衛騎士としての面目が立ってホッとした」

婚約者であるレオノーレが先にアングリーフの御加護を得たことにコルネリウスは少しだけ焦りがあったらしい。男のプライドというやつだろう。

……レオノーレにはいいカッコしたいんだね、コルネリウス兄様。

微笑ましくなりながらわたしが見上げると、視線の意味に気付いたのかコルネリウスがちょっと視線を逸らす。

「それから、闇の眷属であるフェアドレーオスからの御加護を得た」

「では、闇の属性が増えたのですね。おめでとうございます」

フェアドレーオスは退魔の神だ。正確には混沌の女神を追い払う神様である。騎士らしいといえば、騎士らしい。

「属性が増えるとは思っていなかったから嬉しいものだね」

「お昼にはお母様がいらっしゃいますから、報告されると良いのではございませんか？　それとも、レオノーレにオルドナンツを飛ばします？」

うふふん、と笑いながらコルネリウスを見上げると、「余計なことばかりに気を回さなくて良いよ」と言いながら、コルネリウスはわたしのほっぺをぎゅっと一度つねって工房を出て行った。

「なんで皆、わたしのほっぺをつねるかな？」

わたしはちょっとひりひりする頬を撫でながら、メルヒオールのお守りの調合に取り掛かる。

……次は名捧げ組か。どうなるんだろう？

「儀式の初めに最高神と五柱の大神の名を呼ぶと、最初から全ての属性が光りました」

御加護の再取得を終えたマティアスは、盗聴防止の魔術具を握って話し始めた。儀式を始めると眷属の名を呼ぶ前に全属性の光の柱が立ったらしい。ローデリヒから聞いた話と同じ感じで儀式は進んだようだ。

「元々は火と風と土の適性だったので、最初から全ての属性が光るとは思っていませんでした」

中級貴族は二つの適性を持つ者がほとんどだが、マティアスは三つの適性を持っている。名を受けた時はマティアスの石が三色だったことに驚いたものだ。アーレンスバッハからガブリエーレと共にエーレンフェストへやってきた上級側仕えがマティアスの祖母なので、そちらの影響が強いらしい。上級並みの力を持っていてもライゼガングに頭を押さえられていて、ギーベ・ゲルラッハには色々と思うところがあったそうだ。

「……私個人としては卒業時に貴族院で再取得をすればよいと考えていたのですが、名捧げ組全員に再取得をさせるということは、ローゼマイン様への名捧げが全属性の原因ですか？」

「えぇ、おそらく。ローデリヒがそうだったので確証を得たいと思ったのです。この後、ミュリエラに名捧げの変更をしてもらって、もう一度儀式をしてもらえば確証が得られると思っています」

マティアスが「名捧げの変更は大変ですね」と呟いた。確かにミュリエラへの負担は大きいと思うけれど、例外的な変更を認められたのは彼女しかいない。主によって属性に変化があるかどうかは、孤児院や子供部屋の子供達に大きく関わってくることだ。

「ローデリヒはわたくしに名捧げをしてから調合などの成功率が上がったなどの小さな上乗せのような変化を感じていたようですけれど、マティアスはどうでした？」

「今思い返せば、適性のなかった属性の調合では確かに、というくらいでしょうか……」

名捧げで得られる属性の影響はそれほど大きくはないようだ。ローデリヒのように下級に近い中級貴族ならば、その恩恵を大きく感じられるみたいだけれど、マティアスのように上級貴族に近い中級貴族は自分の適性が多くて魔力が多いので、少しの変化ではほとんど感じ取れないらしい。

「ところで、マティアスは眷属からの御加護を得られたのですか？」

ローデリヒは名捧げの影響で全属性を得ていたことを確認しただけで、新しく眷属を得ることはなかった。マティアスはどうだったのだろうか。わたしの質問にマティアスが少しだけ嬉しそうにはにかんだ。

「武勇の神アングリーフと退魔の神フェアドレーオスの御加護を得ました」

マティアスと話をしている途中で、グレーティアが扉のところに来ているフランに気付いた。フランの話を聞いたグレーティアが戻ってきて四の鐘が鳴ったことを教えてくれる。

「昼食なのでお話が終わったら工房から出てきてくださいとフランが言っていますよ」

マティアスとの話を終えて工房を出ると、ちょうどラウレンツとミュリエラが礼拝室から戻って来たところだった。

「儀式を終えて回復薬を飲んでいる時に四の鐘が鳴ったので、ミュリエラは午後からにしました」

「わかりました。ラウレンツの結果は午後に工房で聞きます。儀式はミュリエラから開始で、その後はグレーティアが儀式を行うので、工房に案内する係はフィリーネにお願いしますね」

フランとモニカが食事の準備を整えている間に午後の段取りを話し合っていると、オルドナンツが飛びこんできた。白い鳥はわたしの前に降り立って口を開く。

「レオノーレです。ボニファティウス様がエルヴィーラ様と一緒に神殿へ向かうそうです」

……お、おじい様が⁉

レオノーレは少しだけ困ったような声で「申し訳ございません。ボニファティウス様が神殿へ向かう良い機会だと思ったのです」とわたしに突然の予定変更を謝罪した。再取得の儀式をしている今は貴族にとっての利益が目に見えてわかりやすいので、神殿への偏見を消す絶好の機会だと思ったらしい。アンゲリカに自慢してほしいとは言ったけれど、こんなに早く反応が来ると思わなかった。エルヴィーラが来るので、お菓子やお茶の準備は問題なくできているけれど、心の準備はできていない。

……頑張って神殿の良いところをアピールしなくちゃ。

神殿に思うところがあるボニファティウスに、今の神殿がそんなに悪いところではないことをわかってもらわなければならない。領主一族であるボニファティウスの見方が変われば、同じ世代の貴族達にも影響があるはずだ。

……うむぅ、ちょっとプレッシャーだよ。

昼食を手早く終えると、わたしはフィリーネとラウレンツを連れて工房に入った。

「ラウレンツが得た御加護について話してくださいませ。おじい様とお母様がいらっしゃったら、わたくし、そちらにかかりきりになるのでゆっくりとお話しできませんから」

ラウレンツが盗聴防止の魔術具を握って、からかうように笑う。

「それは私との時間はゆっくり取りたいということですか、ローゼマイン様？」

「……ハァ、ラウレンツと話をするのが、グレーティアのいない午後で良かったと思います」

工房への案内役をフィリーネに変更した工房を見回して、わたしはそう言った。意味がわからないというように眉を上げたラウレンツを見上げる。

「グレーティアは男の子にからかわれるのが苦手なのです。グレーティアにはそのような軽い口調で近付かないでくださいね」

グレーティアは男性が苦手なようだ。男性の側近達と距離を取りたがっていると、リーゼレータから報告されている。軽い調子でからかうラウレンツにはとても嫌な顔をしているらしい。

わたしの注意にラウレンツが一度言葉に詰まった後、溜息を吐いて真面目な顔になった。

「気を付けます」

ラウレンツが得たのは、マティアスと全く同じだった。名捧げによる全属性に加えて、武勇の神アングリーフと退魔の神フェアドレーオスの御加護である。フェアドレーオスの御加護はコルネリウス、マティアス、ラウレンツで三人目である。

……レオノーレは得ていないけど、もしかしたら闇の属性の中でも騎士がもらいやすい御加護なのかな？　いや、でも、わたしももらったんだよね。共通点がわからないなぁ。

皆が得た御加護を見つめながら唸っていると、ラウレンツがポツリと呟いた。

「神殿のお祈りで御加護が増えることが広がれば、親がいなくて神殿で育ち、アウブを後見人に洗礼式を迎える弟達も少しは生きやすくなるかもしれません」

「すぐには難しいでしょうけれどね。……ベルトラムにお祈りで眷属から御加護を得たことを話してあげてくださいませ。お兄様の言葉ならば素直に信じられるでしょう」

ラウレンツを孤児院へ送り出していると、フィリーネに案内されたミュリエラがやってきた。少しばかりオロオロとした様子で盗聴防止の魔術具を握るなり、「ローゼマイン様、あの、わたくし……」と口を開く。

「全属性を得たのでしょう？　名捧げの影響なのです」

「そうだったのですか。……それから、芽吹きの女神ブルーアンファの御加護も賜りました。リュールラディ様と一緒にお祈りをしていたので嬉しいです」

貴族院の奉納式に参加した後で祈り始めた他領の三年生の中で唯一御加護を得たのが、ヨースブレンナーのリュールラディだ。ミュリエラとは本当に仲良しらしい。恋物語によく登場する神様から御加護を得たいと思っているようで、手首にいくつか下げているお守りを見せてくれる。

「たくさんの御加護が得られるように頑張ってくださいませ。それから、ミュリエラにはお母様がいらっしゃったら名捧げの変更をして、もう一度儀式をしてもらうことになります。大変でしょうけれど、よろしくお願いします」

「……はい」

少し緊張した面持ちでミュリエラは頷いた。

グレーティアが礼拝室から戻って来るよりも先に、エルヴィーラとボニファティウスとレオノーレがやって来た。ボニファティウスの側近達が一緒なので予想以上に人数が多い。それに少し戸惑いながら「おじい様、お母様。お待ちしていました」と、わたしは二人を迎え入れる。

フランにお茶を淹れてもらい、ニコラにお菓子を運んでもらう。その様子をボニファティウスが硬い表情で見ている横で、エルヴィーラはクスクスと笑いを零す。

「レオノーレから連絡があった時は本当に驚きましてよ、ボニファティウス様」

「せっかくだからエルヴィーラの護衛がわりに同行しようと思ったのだ。神殿に女性が一人で向かうものではなかろう」

「あら、わたくしは平気ですよ。ローゼマインやコルネリウスが常に出入りしているところですし、このお部屋を整えたのはカルステッド様ですもの」

先に神殿へ出入りしていたカルステッドやエックハルトから情報を得ていたので、エルヴィーラは最初から特に躊躇いはなかったらしい。

「よく清めてくれているし、わたくしの側仕えは優秀なので、特に不快感はないでしょう?」

わたしが尋ねると、フランの淹れたお茶を飲み、ニコラの運んできたクッキーを食べたボニファティウスが一つ頷いた。城と大して変わらない生活をしているとわかってもらえたようだ。

「これから神殿にはメルヒオールを始め、子供部屋の子供達が増えることになっています。神殿で座学の勉強はできても、身体《からだ》を鍛えることはできません。もしよろしかったら子供達を鍛えてあげてくださいませ」

「旧ヴェローニカ派の子供を、か?」

「えぇ。彼等の大半は領主一族に名捧げをしなければ生きていけません。名を捧げ、命を懸《か》けて領主一族の側近になる者ですもの。教育は必要でしょう?」

神殿で生活をすれば、わたしやメルヒオールの側近になる率が高いと思う。わたしがユレーヴェで眠っていた時に、わたしの側近を確保するのが難しかったのは、子供達と接していなかったせいだ。最終的に本人の意思が重要になるので、接する頻度は大事なのである。

「それに、おじい様にとって孫であるニコラウスも青色神官見習いとして神殿へ入ります。騎士になりたいという望みを叶えてあげてくださいませ」

「……考慮しよう」

「ありがとう存じます、おじい様」

時折でもボニファティウスに鍛えてもらうことができれば、騎士志望の子供達も自分の進路を諦めずに済む。それに、ボニファティウスが鍛える姿を見ていれば、わたしやメルヒオールの護衛騎士に交代で訓練を見てもらうこともできるかもしれない。

「ねぇ、おじい様。御加護を得たアンゲリカは強くなっていましたか？」

「そうだな。少しだが、速さやシュティンルークの刀身に差があった。ほんの少しのことだが、その少しがアンゲリカ程の技量になると大きいのだ。今回も私が勝ったが、少し苦戦したぞ」

自分の中で想定していたよりも少し速い動きをするし、少し間合いが変わっているので、相手をするのが大変だったようだ。まだまだ負けぬと言っているけれど、わたしの協力によって神殿で新たな御加護を得たことを自慢され、わたしの側近が着々と強化されていることが気になったらしい。

「せっかく検証の時に来てくださったのですから、おじい様やお母様も御加護の再取得をされませんか？　特におじい様は領主一族として礎の魔術に魔力を供給しているので、きっとたくさんの御加護を賜ると思うのです」

わたしが誘うと、ボニファティウスは苦虫を噛み潰したような凶悪《きょうあく》な顔で「いや……」と言った。神殿へ来るのも躊躇っていたくらいだ。儀式はそんなに嫌だったのか、と思わずわたしがビクッとすると、エルヴィーラが執り成すように苦笑した。

「ローゼマイン、試してみたいのは山々ですけれど、もう何十年も前に講義で覚えただけのお祈りの言葉なんて、物語で神々の名を書くわたくしでも完全には覚えていませんもの。儀式を行う前に復習の時間が必要です。ねぇ、ボニファティウス様？」

「うむ。ローゼマインが魔力供給によって御加護を得ることができると言うならば興味はある。覚えてから挑戦しよう」

エルヴィーラも恋物語を書くために必要な神様の名前は忘れていないけれど、マイナーな神々の名前を全て覚えているわけではないし、お祈りの言葉や順番も曖昧だそうだ。

……それもそうだよね。

ダームエルも再取得のために覚え直したと言っていたくらいだ。何十年も前に覚えて、その後は使わなかった神々の名前など全ては覚えていないだろう。

「ローゼマイン、こちらはアウブからの書状です。再取得の儀式に協力する許可を得ましたし、ミュリエラの扱いを任せるというお言葉もいただいています」

エルヴィーラがそう言って書状をフィリーネに渡した。わたしはフィリーネから受け取った書状に目を通す。要約すれば「ミュリエラに関しては融通を利かせるので、代わりに儀式の結果を早急に知らせて自分にも再取得をさせろ」と書かれていた。

……消費魔力が減ると助かるだろうし、早くした方がいいんだろうね。

領主一族が使える魔力量を増やすことは急務である。できればジルヴェスターだけではなく、ボニファティウスにも儀式をしてもらい、御加護を得てほしい。

「養父様が再取得の儀式を行う時におじい様もいらっしゃいますか？　急いでお祈りの言葉や神々の名前を覚えなければなりませんけれど……」

「うむ。そうしよう。それにしても、ジルヴェスターは神殿に来ることを何とも思っておらぬのだな。これも年の差というやつか……」

結果が出たらすぐに行くと書かれているようなジルヴェスターの書状を見て、ボニファティウスが渋い顔をした。違う！　と声を大にして言いたい。言わないけれど。

……だって、養父様って青色神官の服を着て、祈念式に同行する人だから。ついでに、下町の森で生き生きと狩りをしてたんだもん。年の差とか全く関係ないと思うよ。

わたしとジルヴェスターの初めての出会いが神殿の祈念式だなんて、口が裂けても言えないけれど、皆がものすごく驚くことだと思う。祈念式にこっそり参加する領主なんてあり得ない。貴族の常識を知れば、尚更そう思う。

「では、少しでも早く養父様に報告できるようにミュリエラの主を変更いたしましょう、お母様。……おじい様はこちらでお待ちいただいてもよろしいですか？」

名捧げは大っぴらにするようなものではない。工房で行うつもりだ。わたしの言葉にボニファティウスが「御加護の儀式を見てみたいと思うのだが、見学をしても良いか？」と厳《いか》めしい顔で尋ねた。まだ神殿や儀式には多少身構えているようだが、興味は持ってくれている。

「これからダームエルが儀式を行う予定なので、ダームエルが良いと言えば構いません」

ダームエルに断れるわけがないことをわかっていながら、わたしはそう返事をした。男性を苦手に思っているグレーティアの儀式に乱入されるよりはマシだ。先に一言あればダームエルも心の準備ができるだろう。

「儀式はあまり他の者に見せるようなものではありませんし、いくらおじい様でも女性と二人だけで礼拝室へ入るわけにはいかないでしょう？　まだ再取得を行っていない男性側近がダームエルしかいないので、ダームエルに頼んでみてください」

神殿で男女二人だけになるのはあまり歓迎されないことだとわかっている。わたしの言葉にボニファティウスは「わかった」と頷いた。

「コルネリウス兄様、おじい様を礼拝室へ案内してくださいませ。ダームエルの儀式に同席するのはおじい様だけにしてあげてくださいね。あまりにもたくさんの方がいると、ダームエルが集中できませんから」

「わかった。側近は礼拝室の外で待たせておくことにする。行くぞ、コルネリウス」

コルネリウスを引っ張るようにして、ボニファティウスと側近達が退室して行くのを見送った。

その後、わたしはエルヴィーラとミュリエラと護衛兼見届け役のレオノーレを連れて工房へ入る。

わたしは工房の棚に置かれている箱の鍵を開けて、並んでいる名捧げ石の中からミュリエラの石を取り出した。

「ミュリエラ、貴女の名前を返します」

名捧げの時に石を魔力で包み込んだのとは逆に、わたしは自分の魔力を取り戻すように吸収していく。白い繭《まゆ》のようになっていた名捧げの石は、白い箱に包まれた状態に戻った。箱を開けると、確かにミュリエラの名前が刻まれている。

「恐れ入ります」

ミュリエラは自分の手に戻って来た名前を一度じっと見つめ、ゆっくりと深呼吸してから、エルヴィーラの前に跪いた。

「エルヴィーラ様、どうかわたくしの名を受け取ってくださいませ。わたくしは貴女の物語にブルーアンファの訪れを感じている日々を過ごしています。共に美しい物語を紡《つむ》ぎ、広げ、たくさんの者と共有することを心から望んでいるのです」

「ミュリエラ、わたくしの同志。貴女の名を受けましょう」

エルヴィーラがミュリエラの差し出す白い箱を手に取って、事前に説明していたように一気に魔力を流す。わたしが名を受けた時ほどは苦しそうな様子も見せず、苦痛に身構えていたミュリエラは少し拍子抜《ひょうしぬ》けしたようにエルヴィーラを見上げた。

「これで名捧げは終わりです。ミュリエラ、もう一度儀式をしてもらってもよろしいですか？」

「はい」

工房から出ると、グレーティアが儀式を終えて待っていた。礼拝室から出ると、ボニファティウス達がずらっと並んでいて、ものすごく驚いたらしい。

「ローゼマイン様が許可を出したと聞いたダームエルはとても困った顔になっていましたよ」

「グレーティアの儀式に乱入されるよりは良いと判断しました。ダームエルは尊《とうと》い犠牲なのです」

自分の儀式の途中でボニファティウスに乱入されることを想像したグレーティアは、ホッとしたように豊かな胸元を押さえた。

「後でダームエルにお礼を申し上げなくてはなりませんね」

「ダームエルのお嫁さん候補に立候補してあげると泣いて喜びますよ」

わたしがクスッと笑ってそう言うと、グレーティアは真顔で首を横に振った。

「わたくし、殿方が苦手ですから、どなたとも結婚したいと思いません。ローゼマイン様のご命令でない限りはお断りします」

……残念。ダームエル、真顔で断られちゃったよ。

「ミュリエラの協力のおかげで、名捧げによる主の影響も確信が持てましたし、それぞれに御加護が得られました。属性の増えた者も多いです。今回の検証は良い結果に終わったのではないでしょうか」

わたしは名前だけを伏せた儀式の結果と所感をまとめたレポートをローデリヒに渡し、城へ戻ったらジルヴェスターに届けてもらうように言づける。

いくつもの眷属から御加護を得て、命の属性が増えたハルトムート。戦い系の神を中心に御加護を得て、闇の属性が増えたコルネリウス。名捧げをしたことで薄い全属性がついたマティアス達。グレーティアは全属性に加えて、隠蔽の神フェアベルッケンの御加護を得た。

ミュリエラは名捧げをし直したことで全属性ではなくなり、エルヴィーラの属性の影響を受けることになった。それに加えて芽吹きの女神ブルーアンファの御加護である。

「うむ。なかなか興味深い儀式であった。私も祈りの言葉と神々の名前を覚えるとするか」

「えぇ、わたくしもお祈りを頑張る気になりました。芽吹きの女神ブルーアンファや言語を司る言葉の女神グラマラトゥーアの御加護を得たいですからね」

ダームエルの儀式を見学したボニファティウスも、ミュリエラという臣下を得たりコルネリウスに闇の属性が付いた報告を聞いたりしたエルヴィーラも、満足そうな顔をしている。神殿を忌避する年代の二人が儀式に対して前向きになってくれたことが嬉しい。これで少しは貴族の意識改革が進むだろう。

「属性が増えるとは、この目で見ても信じられぬ」

そう言ったボニファティウスの視線の先には肩を落としているダームエルがいる。儀式に同席したので、ダームエルが何の御加護を得たのかボニファティウスは知っている。わたしも結果を尋ねてまとめたので知っている。

……とてもダームエルらしいと思うよ。うん。

ダームエルは縁結びの女神リーベスクヒルフェの御加護を得て、新しく光の属性を得た。そして、それまで自分で持っていた風の属性から時の女神ドレッファングーアと別れの女神ユーゲライゼの御加護を得たのだ。リーベスクヒルフェにはブリギッテと結婚できるように必死に祈っていたらしい。特に祈っていなかったらしいユーゲライゼの御加護を得たということは、かなり気に入られているに違いない。

「……結婚は絶望的ですね」

遠い目をしたダームエルの呟きが重かった。

クラリッサの来襲

「うふふん、ふふん。……完璧じゃない？」

今日は下町の商人達との会合が行われる日である。予備を含めて準備したお守りの数々と話し合わなければならないことを羅列したメモ書きに加えて、フーゴのレシピを準備した。オトマール商会からの申し出で、イルゼとフーゴのレシピを交換することになっているのだ。イルゼのレシピはこの夏にイタリアンレストランで出すためのメニュー案で、出資者であるわたしに確認を取るという体裁《ていさい》である。

……新しいレシピ、ひゃっふぅ！

三の鐘が鳴ったら、ローデリヒとフィリーネがメルヒオールとその側近、ブリュンヒルデやグレッシェルの文官、それから、若手の文官達を連れて来る。貴族を待たせるわけにはいかないので、商人達は彼等より先にやって来る予定だ。わたしは案内役のザームが到着を知らせに来たら会議室へ移動することになっている。

「ローゼマイン様、神官長が入室許可を求めています」

フランに許可を出すと、部屋の扉が開かれる。いつも余裕のある笑みを浮かべているハルトムートが珍しく困惑した顔で入室してきた。

「どうかしたのですか？」

「今日は下町との大事な会議なので報告は後でも良いかと思ったのですが、嫌な感じに胸騒ぎがするので先に報告しておきます。……クラリッサがダンケルフェルガーを出発したそうです」

「はい？」

クラリッサはわたしの側近になるためにハルトムートを結婚相手に決めた。だが、ハルトムートはフェルディナンドの抜けた穴を支えるために神殿へ入り、神官長に就任した。神官や巫女は結婚を禁じられている。ハルトムートの結婚は、わたしが成人して神殿を出た後になる。

それらの事情を聞き、結婚が遅れることについて意見を求められたクラリッサは、「結婚の延期は構いませんが、婚約者としてエーレンフェストへの移動は認めてくださいませ。わたくしの側近入りが延期されることは許し難《がた》いです」と怒っていたらしい。

女性はただでさえ妊娠、出産、子育てで職から離れなければならない期間がある。だから、婚約者の立場で仕えることができれば、クラリッサは結婚が延期される期間ずっと仕えられる。ハルトムートの婚約者として早急にエーレンフェストへ向かいたいと主張したらしい。

本来はハルトムートが神官長になった時点で婚約解消されてもおかしくないのに、解消されなかった。それは「武を以て課題を得、勝ち取った婚約を解消させられるのは本人だけ」というダンケルフェルガー特有の謎の主張がアウブ・ダンケルフェルガーに通ったためである。

領地対抗戦で親族にアウブ・ダンケルフェルガーを加えて話し合いが行われた結果、「アウブ・エーレンフェストの許可が得られたら領主会議の時にクラリッサは移動する」ことになったとハルトムートから聞いた。

「養父様から許可が出たということですよね？」

「はい。フェルディナンド様がいなくてローゼマイン様が非常に大変なので、ダンケルフェルガーのような上位領地の側近が増えれば喜ぶだろう。クラリッサを歓迎するとアウブ・エーレンフェストがおっしゃったそうです」

それ自体は特に変だとは思わない。フェルディナンドがいなくて大変なのも、上位領地の文官であるクラリッサが来てくれて助かるのも事実だ。

「でも、何故今出発なのですか？　領主会議はまだですよ？　貴族院を通じて来るのですか？」

人がいない貴族院は転移陣を守る騎士が交代で番をしているだけで、基本的には封鎖《ふうさ》されている。クラリッサを迎えようと思えば、全てを開けて、人を配置しなければならない。大掛かりな予定変更が必要になるはずだ。

「ダンケルフェルガーからは何の連絡もいただいていませんよね？」

「私もアウブより伺ったのが昨夜でした。何でも、アウブ・ダンケルフェルガーはフェルディナンド様の現状に自領の行動が大きく関与していることを大変心苦しく思っていたそうです。少しでも早くクラリッサが向かうことでエーレンフェストが楽になるなら、それもまた良いことではないか、と零したそうです」

……アウブ・ダンケルフェルガー！

それをしっかりと聞いてしまったクラリッサは、エーレンフェストの負担にならないように貴族院を経由するのではなく陸路で、自分の護衛をしてくれる女性騎士を連れて意気揚々と出発したらしい。春を寿ぐ宴の次の日、それも朝早くの出発だったそうだ。

冬の社交を終え、娘の卒業と成人祝いを終えたクラリッサの両親は、休みを得てゆっくりと目覚めた爽やかな朝に娘がすでに出発してしまったことを知らされたそうだ。慌ててアウブのところへ駆け込んだらしい。「またダンケルフェルガーの暴走がエーレンフェストにご迷惑を……」と領主夫妻が青ざめ、緊急用の領主間の連絡手段を使って、お詫びと報告が来たらしい。

「非常に申し訳なさそうなアウブ・ダンケルフェルガーから、フレーベルタークの境界門に迎えを出してほしいという要望がアウブ・エーレンフェストに届いたそうです。クラリッサの両親が彼女達を追いかけているそうですし、母上は急いで部屋を整え、迎えを出す準備をしなければならないと昨夜から家に帰っています」

クラリッサの予定変更はある意味迷惑だけれど、人手がないのは本当だからある意味では助かる。非常に微妙なところだ。どちらにせよ、あちらから両親を含めてすでに出発してしまったならば仕方がない。境界門まで迎えに行くのは花婿側の礼儀である。

クラリッサは勝手な暴走をしているが、一応気を遣ってくれているようだ。ダンケルフェルガーから最も近いアーレンスバッハとの境界門ではなく、この街から一番近いフレーベルタークとの境界門まで来てくれるらしい。ダンケルフェルガーから旧ベルケシュトック領を通り、フレーベルタークを経由してエーレンフェストに来るには日数がかかる。迎えに行く準備はできるだろう。

「ハルトムートの出発や帰還はいつになりそうですか？　祈念式の調整も必要でしょう？」

ダンケルフェルガーの花嫁御一行が出発したところならば、フレーベルターク境界門に到着するのは祈念式に出発する頃になるはずだ。

「ひとまず両親と話し合って、準備が整ってからの話になります」

「ダンケルフェルガーの親切は、相手の迷惑になるという決まりでもあるのでしょうか。クラリッサにこちらの都合も確認するように、一言くらいは文句を言わなければなりませんね」

予定を変更するのは面倒なのだ。祈念式のように関わる人数が多ければ多いほど、変更の影響は広がる。ハァと溜息を吐いたところでザームが部屋に入ってきた。商人達が到着したらしい。

「クラリッサがやって来るのは、すぐのお話ではありません。もう少し詳しく決まればまた連絡します。会議室へ向かいましょう。平民向けのお守りを配るならば、文官達が来る前に配った方が良いでしょうから」

ハルトムートの言葉に頷きながら、わたしはお守りの入った箱を抱えたモニカと護衛騎士のコルネリウスを連れて会議室へ向かった。


ザームから報告のあった通り、オトマール商会からギルド長、フリーダ、コージモ。ギルベルタ商会からオットー、トゥーリ、テオ。プランタン商会からベンノ、ルッツ、マルクが来ている。

……懐かしい顔ぶれが揃ってると安心するね。

前に会ったのはフェルディナンドがアーレンスバッハへ向かう話をした時だった。成人を控えたトゥーリ達はまた大人っぽくなったような気がする。わたしも成長しているけれど、気が付いてくれているだろうか。

「ローゼマイン様」

代表のギルド長が胸の前で右の拳を左の手の平に当てた。商人の春の挨拶だと気付いて、わたしも同じように胸の前で右の拳を左の手の平に当てる。

「雪解けに祝福を。春の女神が大いなる恵みをもたらしますように」

挨拶をしている間にもフランやザームはお茶を淹れたり、お菓子を持ってきたりしている。わたしはモニカに指示を出してお守りの箱をテーブルに出してもらい、フェルディナンドから伝えられた懸念を皆に説明する。

「商人同士のことはわたくしよりも皆の方がよく知っているでしょう。けれど、何かあっては心配ですから、平民向けのお守りを作製しました。エーレンフェストの商人を束ねる貴方達に渡したいと思っています。受け取ってください」

「ありがたく頂戴《ちょうだい》いたします。確かにそろそろ慣れから不都合が起こる頃合いです。こちらも気を引き締めて夏を迎えたいと思います」

ベンノが貴重な忠告を噛み締めるようにそう言った。モニカが皆にお守りを配っていく。トゥーリの手にも、ルッツの手にも渡った。他の皆がお守りを大事そうに受け取る中、二人だけは「本当に大丈夫なのか?」と言いたそうな視線を一瞬だけわたしに向ける。二人の中でわたしは未だに何もできないマインの姿の方が色濃いのだろう。その視線が懐かしくもあり、悔しくもある。

……二人ともひどい。わたしだってちょっとは成長してるんだよ！　これでも貴族院では最優秀

なのに！　ちゃんと考えて作ったんだからね！

さすがにそんなことは口にできないので、わたしは余ったお守りを手に取って丁寧に使い方を説明する。ついでに、フェルディナンドの言うままではなく、自分で「ちゃんと考えた」部分の主張も忘れない。

「領主一族であるわたくし達が持つようなお守りでは、少し強めに肩がぶつかった程度の衝撃でも作動してしまいます。それでは日常生活に支障があるでしょうから、大怪我《おおけが》をするような衝撃の時に作動するようにしました」

フェルディナンドは貴族が基準なので、わたしは下町の生活基準をきちんと考えたのだ。きっと他の貴族にはできないはずだ。ちょっとだけトゥーリが感心した顔になっているのを見て、わたしは胸を張った。

……すごいでしょう？　うふふん。

「ご配慮いただけて大変嬉しく存じます」

「グーテンベルク達の分も作っているので、キルンベルガへ出発する前に渡しますね。多くの貴族達の目に触れる前に隠してください。平民には過分だと思う者がいるでしょうから」

貴族が到着する前にお守りを片付けさせると、わたしは貴族の文官がいなくても問題のない話題から話し合いを始めた。

「冬の初め、孤児院に子供達が増えました。これから工房へ出入りすることになります。その時、工房の手伝いを通じて、商人とのやり取りを仕込んでいただけませんか？　わたくしが神殿長の職を退いても下町の者と意思疎通できる文官として育てたいと思っています」

「ほぅ、それは重大な任務ではございませんか」

ベンノが面白がるように少しだけ眉を上げて「お任せください」と請け負ってくれる。孤児院に新しく入った子供達は貴族の血を引いていて、後に貴族となる者だと理解したに違いない。

「わたくしの代わりに商人達と話し合いができる文官を育てるため、今日は何人もの文官が同席します。どのようなやり取りをしているのか見せることが目的なので、基本的には見学です」

けれど、グレッシェルの話になった時だけはブリュンヒルデとその文官が発言するだろう、と説明しておく。

「それから、わたくし、次の冬まではほとんどの期間を神殿で過ごすことになっています。ですから、ギルベルタ商会も神殿へ来ていただけますか？　衣装や髪飾りが必要なのです」

「かしこまりました。ローゼマイン様は季節一つで成長されたように見受けられます。新しい衣装も必要でしょう」

オットーに成長したことを認めてもらって、わたしは嬉しくなった。洗礼式の後、祈念式の前くらいで一度神殿に来てほしいとお願いしているとザームが入ってくる。どうやら城からの文官達が到着したらしい。ギルド長、ベンノ、オットーは席を立つと、彼等の後ろに控えていた商人達と共に全員が跪いて貴族を迎え入れる態勢を取る。

皆の準備ができたことを確認すると、わたしは席を立って入室の許可を出した。メルヒオールを先頭にぞろぞろと貴族達が入ってくる。顔を知らない文官が何人かいた。

「まずは紹介させてくださいませ。こちらはアウブ・エーレンフェストの息子のメルヒオールです。わたくしの成人後、神殿長に就任することが決まりました。これから神殿業務やこのような話し合いの場についても引き継ぎを行っていく予定です」

商人達は一斉にメルヒオールに向かって挨拶をする。

「水の女神フリュートレーネの清らかな流れのお導きによる出会いに、祝福を賜らんことを」

平民に挨拶をされ、祝福を贈るのは初めてなのだろう。メルヒオールが少し緊張した面持ちで指輪を緑に光らせた。

「それから、こちらはわたくしの側近ですが、春を寿ぐ宴でアウブの第二夫人として婚約いたしました。ギーベ・グレッシェルの娘であるブリュンヒルデです」

「グレッシェルの改革で商人の方々には色々と協力してもらうことになるでしょうけれど、よろしくお願いしますね」

ブリュンヒルデとの挨拶を終えると、わたしは席を勧めた。貴族側で席に座るのはわたしとブリュンヒルデとメルヒオールだけで、それ以外の側近や文官達は後ろに立つ。商人達も立ち上がると、先程と同じようにギルド長、ベンノ、オットーが席に座り、トゥーリ達は後ろに立った。

「まず、商人達にとっても一番重要なグレッシェルの改革について話をしましょうか」

わたしは下町を美しく作り変えた時と同じように、グレッシェルも綺麗にして他領の商人を受け入れられる町にする計画を話し、ジルヴェスターに提案したようなことを述べていく。

「来年、グレッシェルで商人達を受け入れられるようにすることで、今年は交易枠を広げない方向で行きたいと思います」

「すでに街が飽和《ほうわ》状態なので、ありがたい限りです」

ギルド長は少し安心したようにそう言った。

「ですから、ギルド長はグレッシェルに二号店を出す商人を募集してください。オトマール商会からはイタリアンレストランの二号店を出してほしいと思っています。他領の商人からずいぶんと人気が高いでしょう？　グレッシェルにも同じような店が必要だと思うのです。もちろん、わたくしも出資いたします」

ギルド長がちらりとフリーダを振り返る。フリーダが発言の許可を求め、料理人や給仕の教育をどうするつもりなのか尋ねた。

「祈念式の後になりますが、神殿に青色神官見習いや青色巫女見習いが増える予定です。彼等の料理人を下町からの通いで雇い、練習を積ませるのはどうでしょう？　わたくしも料理人を補充したいと思っているので、フーゴに彼等の教育を任せるつもりです」

フリーダが少し視線を落とす。間違いなく、頭の中は様々な計算でいっぱいに違いない。

「イタリアンレストランが他領からもかなり評価を得ていることから、飲食店協会に属する料理人見習いに就職を希望する者が増えています。フーゴの教育が受けられるならば神殿に向かう者もいるでしょう。料理人見習いを探してみましょう」

教育は何人くらいまで引き受けられるのか、給料はどのくらいになるのか、仕事の時間や環境について質問がされる。わたしは青色巫女見習い時代のフーゴやエラの勤務形態を思い出しながら、一つ一つに答えていった。

「二号店は非常に魅力的なお話ですが、来年の夏に使うのは少し難しいかもしれません。秋に改革が行われるのであれば、内装や家具の注文が間に合わないでしょう」

高級食事処や小神殿を調えることに苦労したベンノは、自分の体験談とどのくらいの時間がかかるのか述べる。それにブリュンヒルデが接収した家具を使うことを説明し始めた。

「家具や調理道具はアウブの権限で貴族の館から移動できる物があります。そちらを使用すれば、家具の準備は問題ないでしょう？」

「グレッシェルには新しく宿泊施設も作るのですけれど、そちらも同じように家具を入れる予定です。宿泊所で働く者や給仕の教育は人を募《つの》ってもらっています。ねぇ、ブリュンヒルデ？」

わたしの言葉にブリュンヒルデが頷いた。

「こちらはローゼマイン様のご提案です。グレッシェル周辺から集めた者達をギーベ・グレッシェルが手配した馬車でエーレンフェストに連れて来ます。彼等にこの春から仕事内容を叩きこみ、夏の忙しい時がどのような状態になるのか教育してほしいのです」

「こちらの商人達は大変だとは思いますけれど、自分達の二号店を動かす人材を教育できる上に、今年の宿泊施設や給仕の手が増えるのです。ちょうど良いでしょう？」

わたしの言葉にベンノが「実にローゼマイン様らしい提案です」と唇の端を上げる。フフッと笑い合っていると、ブリュンヒルデが「あの、皆様。よろしいかしら？」と商人達に声をかけた。

「わたくしとアウブがお話をした結果、この夏の終わりまでならば二号店の設計を皆様自身できることになりました。ですから、内装の発注も容易になると思います」

「それは二号店を出そうと決める者が多くなるでしょう」

ギルド長が少し身を乗り出した。都市を一新するようなエントヴィッケルンは、滅多に行われることではない。商人達ははるか昔に作られた店を改装しつつ、そのまま使っている。自分の設計で作ってもらえるとなれば、改装費もかからない。

ブリュンヒルデの合図で背後に立っていた文官が一枚の紙を差し出した。できれば二号店がほしい商会のリストだそうだ。

「こちらの商会には商業ギルドからも二号店を出すように働きかけてほしいと思っています。他領の商人が目当てにしている有名店がなければ、グレッシェルは宿泊施設だけを整えた都市になってしまいます。それでは商人の分散という当初の目的が果たせません」

……下町にも行ったことがない上級貴族のお嬢様だったのに、すごく頑張ってるよ。

ブリュンヒルデが文官達を通すのではなく直接平民の商人と話をしている姿に、わたしは感動を覚えた。ほんの二年くらいで、驚きの変化ではないだろうか。

ブリュンヒルデはギーベ・グレッシェルやジルヴェスターと色々な話をしたようで、グレッシェルの計画でもわたしが知らないことに話題が移っていった。わたしは会話の主導をブリュンヒルデに任せ、会議室の中を見回す。彼女の後ろに並んで話を聞いている文官達は、驚きに目を見開いている者、これからの仕事のやり方だと食い入るように見ている者、少しばかり苦い顔をしている者、様々だ。メルヒオールが興味深そうに見ていることに安堵した。

グレッシェルに関する話が少し途切れたところで、わたしはルッツに声をかける。

「では、印刷業のお話に移らせていただきますね。プランタン商会のルッツ、今年はキルンベルガへの移動ですが、去年と同じで問題ないかしら？」

「変更を許可していただきたい点がいくつかございます」

ルッツが自分の書字板を取り出した。

「出発の時期と戻って来る時期は同じで問題ありません。けれど、今年はインク工房のハイディが妊娠中のため、本人が向かうことはできず、弟子に任せたいという要望がございました」

……なんと！　ハイディが妊娠⁉

暴走しがちな彼女を抑えるためには、ヨゼフも残すことになる。「新しい素材が、研究が……」とハイディはとても悔しがっているようだが、妊婦が長期間遠出するのは良くない。キルンベルガで出産することになってしまう。

「許可します。ギーベ・キルンベルガに願い出て、新しい素材をお土産にもらいましょう」

「助かります」

同じように大喜びするハイディの姿が思い浮かんだのだろう。ルッツが苦笑した。

「鍛冶《かじ》職人のザックからも今年は弟子を向かわせたいという要望が出ています。彼は今年の星祭りに新郎として出席するそうです」

……あぁ、そういうお年頃だよね。

下町の女性は貴族と同じように二十歳までに結婚することが多いけれど、男性は二十代前半で結婚する者が多い。貴族より少し遅めだ。家族を養える稼ぎを得られるようになるのが、その年頃だからだ。初めて会ったのが成人前後だったヨハンやザックは、今がちょうど適齢期と言える。

「ヨハンはどうなのかしら？」

キルンベルガに行けるのか、嫁の当てはあるのかという両方の意味で尋ねてみる。パトロンを得るにも苦労していた性格だ。心配はしてしまう。ルッツは軽く頷いて教えてくれた。

「ヨハンの星祭りは早くて二年後です。工房の親方の孫娘が成人するのを待ってから結婚する予定だと聞いています」

……相手がしっかりいるのか。まぁ、あれだけの技術だもん。親方が手放したがらないよね。

「ヨハンからは今年の移動に弟子のダニロを同行したいという申し出がありました。勝手が違う他の工房で仕事をするのに自分が苦労したため、引き継ぎ期間を確保したいそうです」

「ザックもヨハンも許可します。それから、インゴにも弟子を出すように伝えてください。インゴにはグレッシェルの宿泊施設の内装やわたくしの図書館の本棚を注文する予定なのです」

アウブが主導で行う改革なので、養女であるわたしの専属にも参戦してもらわなければならない。

「直轄地の祈念式が終わったらキルンベルガへ出発するので、新しく向かうことになる弟子の皆にも準備を怠らないように伝えてください。それから、今年も祈念式でハッセの孤児院と人員の交換をするので、例年通りに馬車と護衛の兵士の手配をお願いしますね」

「かしこまりました」

ルッツが頷いて書字板に書き込む。メルヒオールが不思議そうに「他にも孤児院があるのですか？」と尋ねてきた。

「えぇ、隣町のハッセにも孤児院があるのです。そちらはハッセの住民との交流が多いので、ここの孤児院とは少し違った雰囲気になります。お互いが良い影響を与えられるように毎年灰色神官達を四、五人ほど入れ替えているのです」

教育という点では新しい本がすぐに届き、元側仕えの神官や巫女が多いエーレンフェストの方が優《まさ》っている。けれど、貴族がほとんど訪れない環境で畑を耕《たがや》したり、住人との交流があったりするので情緒《じょうちょ》面ではハッセの方が良いかもしれない。

「一度行ってみたいですね」

「養父様の許可が得られたら、祈念式の時に連れて行っても良いですよ」

「え？　良いのですか？」

「ハッセで祈念式を見学し、小神殿で孤児院を見学して一泊し、側近の騎獣で戻るならば許可を得られるでしょう。祈念式がどのようなものなのか、どのような神事を行うのか、知っておくことは悪いことではありません。商人や職人達も親や親戚を通じて、どのような職場でどのような仕事をするのか見学するのですよね？」

わたしがルッツやトゥーリに視線を向けると、二人は揃って頷いた。

「実際に仕事をする前から仕事内容を知っておくと、仕事への意欲もわきますし、準備することもできます。とても大事なことだと思います」

トゥーリがニコリと笑うと、ルッツはちょうど良いとばかりに木札を取り出した。

「プランタン商会の見習いを志望している子供に工房の見学をさせたいと考えています。許可をいただけるでしょうか？」

「神殿内は建前として洗礼式前の子供を入れてはいけないことになっているのですけれど……」

わたしはそう答えながら木札に目を通した。志望者の名前にカミルと書かれている。

……うぇっ⁉　カミル⁉　見間違い⁉　見間違いじゃない！　同名の別人⁉

動揺を表に出さないように必死で自制しながらルッツを見上げる。ルッツの翡翠《ひすい》の目が得意そうだ。間違いない。本当にカミルなんだ。

……うわーっ！　もう見習い先を探す年になってるなんて！　わかっててもわからないよ！

わたしの記憶に残っているのはおむつでお尻をもこもこにしたカミルがよちよちと歩いている姿くらいだ。プランタン商会の見習いを目指していることも知らなかった。

……許可を出したい。ものすごく出したい。今すぐ出したい。

しかし、これは簡単に決められない。カミル一人のことではなく、これから先に同じように見学希望者が出た時に受け入れられるかどうかを確認しなければならないことだ。

「検討します」

「どうぞよろしくお願いします」

……カミルがプランタン商会の見習いになったら、ちょっとくらいは会う機会ができるかも⁉

やったー！　神に祈りを！

心の中が祝福の嵐《あらし》になっているところにオルドナンツが飛び込んで来た。オルドナンツに馴染みのない商人達がビクッとしたけれど、慣れているわたし達は腕を差し出して誰のところに止まるのか動きを見守る。オルドナンツはハルトムートの腕に止まり、口を開いた。

「クラリッサです」

……なんで⁉

オルドナンツは領地の境界を越えることができない。クラリッサがオルドナンツを送れるということは、今エーレンフェストにいるということだ。ダンケルフェルガーを出発したという情報をもらったのは今朝のはずなのに、何故エーレンフェストにいるのだろうか。

「今、エーレンフェストの西門に到着しました。アウブの許可証を持たない他領の貴族は入れられぬと門番に止められています。どうしたらいいかしら？」

……西門⁉　領地内どころか、この街まで来てるの⁉　え⁉　どうやって⁉　怖い！

わたしはハルトムートと顔を見合わせた。驚愕の事態に文官達も商人達もポカーンとしている。

カミルと会えるかもしれないという喜びは一瞬で吹き飛んだ。

……あぁ、もう！

フェルディナンドやわたしの周囲がわたしの暴走に頭を抱える心境がよくわかった。これは手綱《たづな》が必要で、きっちりと言い聞かせなければならない。

……そう、フェルディナンド様のように！

クッと顔を上げると、ハルトムートがさっとオルドナンツ用の魔石を差し出してきた。わたしはシュタープで軽く叩いて鳥の形にする。

「ローゼマインです。クラリッサ、兵士の言葉に従い、西門で待機なさい。それができなければ、即刻ダンケルフェルガーに送り返します」

シュタープを振ってオルドナンツを飛ばすと、自分の背後で護衛に立っているコルネリウスを振り返り、ダームエルとアンゲリカを呼んでもらう。速足で入室してきたダームエルとアンゲリカにわたしは命じる。

「クラリッサの相手を兵士達にさせるのは大変です。すぐに西門へ向かってください。そして、わたくしが到着するまでクラリッサを待機させておいてください。商談を終えたら行きます」

「はっ！」

クラリッサの取り扱い

オルドナンツも飛ばしたし、ダームエルとアンゲリカを西門に向かわせた。これで兵士や平民を相手にクラリッサが無茶なことを言ったり、大暴れしたりすることはないと思う。緊急事態に陥っている門への対応が終わったら、次は貴族側だ。ジルヴェスターへ連絡しなければならない。

「ハルトムートはアウブ・エーレンフェストに連絡をお願いします」

「かしこまりました」

ハルトムートが軽く頷いて退室して行く。ハルトムートはクラリッサの婚約者だし、ここ最近はジルヴェスターに情報を流しに行っていたため、目通りもしやすい。オルドナンツでどうにもならなければ、城へ向かうだろう。

やることを終えたら気を取り直して、商人達との話し合いの続きだ。こちらの予定を終わらせなければならない。わたしが姿勢を正すと、周囲の文官達の様子を窺いながら言葉を探して困った顔になっているギルド長と目が合った。

「ローゼマイン様、緊急事態のようですから、我々はお暇《いとま》いたしましょうか？」

その問いかけに頷きかけた文官もいるけれど、わたしはきっぱりと首を横に振った。

「いいえ。今日、話し合う予定だったことは全て終わらせましょう。夏にやって来る商人への対応、それから、来年にはグレッシェルに二号店を出すことを考えると、貴方達も忙しいでしょう？」

「お心遣いはありがたいです。しかし、ダンケルフェルガーの貴族と聞こえましたが……」

遠慮がちなギルド長の呟きに、文官の一人が同意した。

「その者の言う通りではありませんか、ローゼマイン様。ダンケルフェルガーの貴族が来ているならば、商人よりもそちらが優先でしょう。商人はまた集めれば良いのです」

「いいえ。グレッシェルの改革には準備期間が足りていません。成功させたければ、実際に準備をしなければならない者の貴重な時間を奪うわけにはいかないのです。グレッシェルの改革が失敗して困るのは、下町に店を構えている商人達ではなくアウブやギーベ・グレッシェルですよ」

ブリュンヒルデがハッとしたように顔を上げた。それでも納得できない顔をしている文官は何人もいる。平民よりも貴族を優先するべきだと強硬に思い込んでいるからだろう。わたしは一つ溜息を吐いて、ブリュンヒルデへ視線を向ける。ブリュンヒルデはコクリと頷いて口を開いた。

「皆様、ローゼマイン様は商人達に融通を利かせているのではございません。グレッシェルの改革はアウブが主導する事業で、話し合いにはわたくしやローゼマイン様の同席が必要です。エーレンフェストの現状ではわたくし達が予定を合わせられない、とおっしゃっているのです」

ブリュンヒルデはグレッシェルの改革でギーベとアウブの仲立ちをする形で立ち回り、フロレンツィアの執務をシャルロッテと共に手伝いながら、第二夫人として立つ準備や根回しもしなければならない。

「わたくしが知る限りでもローゼマイン様には神事が立て続けにございますし、領主会議でも王命で星結びの儀式を行うことになっています。それを終える頃には他領の商人達がやって来る時期になります。事前の連絡もなくやって来たのですから、待たせれば良いのです。領主候補生であるローゼマイン様が他領の上級貴族のために予定を変更する必要などございません。違いますか？」

ニコリと微笑みながらブリュンヒルデが文官達の同意を勝ち取る。見事だ。わたしの言い方では貴族の納得を勝ち取ることが難しい。貴族を納得させる言い回しをわたしも勉強しなければならない。けれど、商人達が動いてくれなければ、失敗するのはアウブやギーベ・グレッシェルだと文官達にも理解してほしいものである。

「ダンケルフェルガーの貴族の相手にはわたくしの側近を向かわせたので大丈夫でしょう。それに、アウブ・エーレンフェストに連絡も入れています。何らかの指示があると思われます」

クラリッサの対応をさせられる門の兵士達は可哀想だけれど、横柄《おうへい》な態度を取らずに平民とやり取りできる二人を門に向かわせたので、到着すれば対応は楽になるだろう。

「予定を変更するつもりはありませんけれど、早めに終えたいとは思っているのですよ。グスタフ、秋に挙げられていた反省点に対する具体的な改善案を教えてくださいませ」

秋には反省点が、春には商人達が考えた改善点が挙げられる。毎年、改善されているのがわかるところが素晴らしい。わたしは商人側の望みや去年の売り上げと今年の目標なども尋ねた。フリーダは毎年目標を達成しているのが嬉しいようで、夏にかける意気込みには微笑ましいものがある。

「あぁ。それから、プランタン商会へ連絡があります」

「何でしょう？」

言葉だけは丁寧に、ベンノが「今度は何だ？」というように少し身構えた。ちょっとした連絡事項なので別にそんなに警戒しなくても良いと思う。

「先日、エーレンフェスト貴族の総意として、アウブよりお言葉をいただきました。それを受け、これまでは領地内に限定していた子供向けの聖典絵本、カルタ、トランプなどの知育玩具を他領の商人に向けて発売することを許可します」

これ以上順位を上げたくない。そんな大人の総意と学生達のやる気を両立させるために、わたしは考えた。成績や順位的に他領に埋もれたいなら他領を引き上げれば良いじゃない、と。他の平均点が七十点のところで九十～百点を連発すれば目立つけど、皆が同じような点数をとれば目立たなくなる。そうすれば、エーレンフェストの子供達の努力は無駄にならない。

……こっちを下げるんじゃなくて、他を上げればいいんだよ。うふふん。

「売り方によっては莫大《ばくだい》な利益が見込めるはずです」

「それはローゼマイン様から権利を買い取った時より存じております」

稼いで稼いで稼ぎまくるぞという利益を見据えた肉食獣のような笑みを浮かべるベンノと一緒にわたしもニヤリと笑う。

様々な取り決めをして商人達との話し合いを終えると、ブリュンヒルデ達は城へ戻り、わたしは神殿長室へ戻った。

「ローゼマイン様、神官長より伝言がございます」

部屋で留守番をしていたモニカによると、ハルトムートは城へ向かったらしい。アウブに報告も必要だし、花嫁が境界門で待たずに西門までやって来た理由も知りたいし、両親ともクラリッサの扱いについて話し合わなければならないし、アウブの許可証を得なければ門へ行ってもクラリッサを入れることはできないのだ。

「では、ハルトムートが戻って来るのを待ちましょうか。クラリッサを引き取るための許可証を持っていないわたくしが門へ向かったところで、兵士達を混乱させるだけですから」

わたしはオルドナンツでハルトムートに話し合いが終わったことを告げ、門へクラリッサを迎えに行く前に神殿へ寄ってほしいと伝える。すぐにオルドナンツが戻って来た。

「これから両親と共に向かいます」

「ご迷惑をおかけいたします、ローゼマイン様」

ハルトムートの婚約者としてやって来るクラリッサの所業をハルトムートの両親が謝った。むしろ、わたしの側近を目指してやって来るのだから、わたしの方が彼等を巻き込んでいるのだと思う。

「ハルトムート、養父様は何とおっしゃって？」

「私がオルドナンツを飛ばした時、アウブはまだクラリッサの到着をご存じありませんでした。西門の兵士から魔術具のロートを受けた騎士団が様子を見に行き、報告に戻ったのが、それからすぐのようで、立て続けにオルドナンツが飛んできたようです」

クラリッサが境界門を通り抜けたことに関しては許可を出した文官を探すところから始まり、ダンケルフェルガーやフレーベルタークへの問い合わせで大変だったようだ。

「フレーベルタークの騎士によると、クラリッサは護衛騎士とたった二人でフレーベルタークと旧ベルケシュトックの境界門に現れたそうです」

アウブ・ダンケルフェルガーが発行した嫁入りの許可証を持っているけれど、嫁入りする上級貴族が護衛騎士と二人だけで境界門に現れることはあり得ない。普通は花嫁側が大量の嫁入り道具を持って、両親と馬車でやって来るのだ。不審に思ったフレーベルタークの騎士はダンケルフェルガーに問い合わせたらしい。クラリッサと名乗る上級貴族は本当にダンケルフェルガーに存在するのか、エーレンフェストの貴族と結婚の許可が出ているのか、と。

偽者《にせもの》に違いないと思っていたフレーベルタークの騎士達の問い合わせ方が悪かったのかもしれないし、クラリッサが出奔《しゅっぽん》したことを知らされていなかったダンケルフェルガーの文官が悪かったのかもしれない。返答は「確かにクラリッサという上級貴族は存在していて、エーレンフェストの上級貴族であるハルトムートとの結婚許可が出ている」というものだった。

ダンケルフェルガーに確認ができて、嫁入りの時に持参するメダルで本人確認もできた以上、他領へ嫁ぐために通り抜けるだけの花嫁を足止めしておく理由はない。フレーベルタークは境界門を通る許可を出したそうだ。ただ、あまりにも不審なのでフレーベルタークは護衛という名目の監視を付けたらしい。けれど、クラリッサとその護衛騎士は騎獣でフレーベルタークとエーレンフェストの境界門へ余所見《よそみ》もせずにすっ飛んでいく。振り切られるのを避けようと全力でついて行った騎士は境界門でダンケルフェルガーの確認が取れていることを伝えて崩れ落ちたそうだ。

確認が取れていると言われても不審であることに変わりはない。本来ならば境界門で待っているはずの花婿御一行がいないのだから。フレーベルタークだけでなく、エーレンフェストの騎士達にも魔力回復薬を飲んでいるクラリッサと護衛騎士の二人は不審人物にしか見えなかったようだ。

「城にも問い合わせがあったのです。ダンケルフェルガーのクラリッサは本当にエーレンフェストへ嫁入りする許可が出ているのか、迎えが来ていないが間違いないのか、と」

質問を受けた文官は領主同士の緊急連絡に付き合わされ、何度も対応に追われた名前だったのですぐに返事をした。「アウブ・ダンケルフェルガーから出発したという連絡は受けている」と。

よほど緊急でもない限り、連絡事項はまとめて報告される。ダンケルフェルガーのクラリッサが結婚許可を得ているかどうか、迎えが来ていないが、という問い合わせは、その文官にとって緊急ではなかった。前日の夜にハルトムートやその両親にクラリッサの出発が伝えられたことを知っている文官にとっては、迎えが到着していなくて当然だったからだ。

「アウブ同士での連絡ができているならば、と境界門の騎士達はクラリッサが通ることを許可したそうです。けれど、花婿側がアウブからの許可証を持って迎えに行かなければ、他領の貴族は街には入れません。そのため西門で止められたのです」

エーレンフェストではビンデバルト伯爵《はくしゃく》の一件以来、他領の貴族の出入りに警戒している。また、冬の粛清で厳戒態勢が敷かれていたため、許可がなければ上位領地の貴族であろうと入れない。それがなければ、クラリッサはもしかしたら直接神殿へ飛び込んできていたかもしれないのだ。

……皆が不審だと思っているのに、クラリッサは通過してきたんだ。ある意味すごいね。

変なところに感心していると、ハルトムートの父であるレーベレヒトが困った顔で息を吐いた。

「双方のアウブの許可を得て来てしまったものはどうしようもありません。追い返すのは婚約解消に等しいですし、誰にとっても不名誉《ふめいよ》なことになるでしょう。ローゼマイン様とハルトムートを心配し、慕うあまり駆け付け、エーレンフェストは受け入れたという形に収めるのが無難《ぶなん》です」

ここで追い返すと、結婚の許可を出した両方のアウブも、不審に思いつつ通してしまった境界門の騎士達も、問い合わせを受けた文官達も、娘の出奔を許してしまったクラリッサの両親も、迎えを出すことができなかったハルトムートの両親も不名誉なことになるらしい。

「もちろん、彼女の行動は思い切り叱りますし、ダンケルフェルガーにも苦情は言わせていただきます。けれど、追い返してフレーベルタークでクラリッサの奇行と婚約解消を面白おかしく噂されたり、少しでも婚約者の力になりたいと領主の許可を得て脇目《わきめ》も振らずに飛び込んだのに拒否されたと言われたりするよりは、美談にした方が後々《のちのち》のために良いでしょう」

レーベレヒトの意見はジルヴェスターやフロレンツィアも含めて色々と考えた結果らしいので、わたしはコクリと頷いて了承した。クラリッサを受け入れるかどうかを決めるのは一家の主であるレーベレヒトだ。

「受け入れると決めた以上は腹をくくるしかありません。これから先のクラリッサの扱いをどうするのかが重要です。城で先程話し合った結果、クラリッサは婚約者として扱い、住む場所は我が家で、オティーリエが毎日責任を持って連れ帰るということになりました」

婚約者であるハルトムートは神殿へ向かう方が多いので、確実に城へ行くオティーリエが同行することになったらしい。

「他領からいらっしゃったお嬢様を神殿に向かわせることはできません。それはローゼマイン様もご承知ください」

「わかっています。わたくしもクラリッサを神殿に入れるつもりはありませんし、城で文官として働かせるつもりです。領主夫妻には手が足りないのでしょう？　レーベレヒト、フィリーネとクラリッサの教育をお願いしても良いかしら？」

レーベレヒトはフロレンツィアの文官だ。側近が減っている大変な状態でクラリッサだけではなくフィリーネの教育まで頼まれた彼は、わずかに眉を寄せた。

「わたくしの文官が全員神殿にいたら、クラリッサだけが城で働くことを納得しないと思うのです。それに、クラリッサも一人くらいは顔見知りがいた方が気楽でしょう？　フィリーネとクラリッサは貴族院の共同研究で仲良しでした。同時に、事務仕事で二人は好敵手《ライバル》だったのですよ。フィリーネは下級貴族で魔力は低めですけれど、フェルディナンド様から教育を受けていて事務仕事は有能なのです」

フィリーネは基本的に神殿業務ばかりをしているので、少しは城の業務に携わるのも悪い経験ではないはずだ。城で色々な仕事をするついでに、やる気のありそうな若手の発掘をしてほしい。

「神殿にいらっしゃるローゼマイン様に会えないとクラリッサが暴れそうですが……」

ハルトムートの言葉にわたしは少し考える。クラリッサの様子を見るためにちょくちょく城に足を運んでしまっては、神殿へ引き籠もって次期領主を目指す気はないとアピールできなくなる。

「では、三日に一度くらいわたくしの図書館で報告を聞く日を作りましょう」

……わたしの読書時間も確保できるからね。

これから先のことについてハルトムート達と摺り合わせを終えると、わたしはオルドナンツで先触れを出してから騎獣で西門へ向かった。西門の上の見張り台というか、屋上というか、広くなっているところにはアンゲリカ、ダームエル、クラリッサとその護衛を始め、兵士達が何人も待っているのが見える。

……父さん⁉

その中に父さんの姿を見つけ、わたしは嬉しくなって緩み始める顔を引き締めながら騎獣を下ろした。片手を上げて駆け寄ろうとするクラリッサを押し止《とど》めると、胸を二回叩き、敬礼をして並ぶ兵士達を順番に見る。

「許可証を持たない他領の貴族をよく止めてくれました。素晴らしい職業意識です。領主一族としてわたくしは皆をとても誇らしく思います」

「この春の異動について中央で士長会議があったところに緊急の連絡が入ったため、全ての門の士長が集まる結果になっただけです。彼女の到着があと少し遅かったら、私の責任問題でした」

父さんがそう言いながら、他の門の士長に視線を向けた。貴族からの罰や不満がないことを示してやってほしいということに違いない。一見敬礼をしているように見えるけれど、胸ではなく胃の辺りを押さえているのが今の西門の士長だろう。

わたしはハルトムートからクラリッサの許可証を受け取ると、西門の士長に差し出した。

「こちらがアウブの許可証です」

「間違いございません。クラリッサ様の許可証です」

クラリッサが街に入ることを認められた。わたしは自分の革袋から大銀貨を二枚取り出し、西門の士長の手に握らせる。

「街を守るために頑張ってくれた兵士達の責任を問うことなどありません。むしろ、褒美が必要でしょう。多くはございませんけれど、これで頑張ってくれた兵士達を労ってくださいませ。皆の頑張りはアウブにも伝わっています」

士長を安心させて兵士達を労うと、存在するだけで緊張させる貴族の長居は不要だ。わたしは厳しく表情を引き締めてクラリッサを見た。背中で元気に跳ねていた三つ編みはなくなり、三つ編みがくるりと後頭部でまとめられている。姿は成人だが、その行動は成人のものではない。

「行きますよ、クラリッサ。これからのことについて話し合いが必要です」

わたしはクラリッサを神殿に入れるつもりがないので、図書館へ向かった。ラザファムが出迎えてくれ、お茶を淹れてくれる。ここはフェルディナンドの館だったので、わたしがフェルディナンドのようにクラリッサを叱るにはちょうど良いと思ったのだ。

「では、申し開きを聞きましょう。何故来たのですか？」

「わたくしがローゼマイン様のお役に立てると思ったからです」

明らかに歓迎されていない雰囲気にクラリッサの表情が硬くなる。彼女の後ろに控える護衛騎士は「だから言ったでしょう」という顔をしているので、何度止めてもクラリッサが止まらなかったけれど、護衛としては付いて来ざるを得なかったのだろう。

「予定では領主会議の時に移動するのではありませんでしたか？」

「そんなに待てませんでした。それに、アウブ・ダンケルフェルガーも早く向かった方がお役に立てると……」

「それで、こちらへの連絡もなく、馬車も側仕えも置き去りにし、ご両親と合流することもなく、最低限の荷物だけを抱えて騎獣で飛んで来たのですか？」

改めて並べてみると、ひどい有様である。勢いだけで暴走したクラリッサも自分のしたことを並べられると、そのひどさがわかったのか肩を落として項垂《うなだ》れた。

「申し訳ございませんでした。思い込むと周りが見えなくなると、いつも皆に言われていたのですが、今回も本当に見えていませんでした」

……うぐっ。思い当たることがありすぎる。

似たようなことを周囲から言われているわたしは、クラリッサを叱りにくくなって口籠もる。それを察したらしいオティーリエが口を開いた。

「勝手な予定変更は困ります。連絡は必ずしてください」

クラリッサがダンケルフェルガーを飛び出したことで、花婿側は境界門へ迎えに行かなければならなくなったこと。馬車で到着するにしても、ちょうどその頃が祈念式で直轄地を回らなければならない時期だったことをオティーリエが述べる。

「どのように調整しようかとハルトムートは頭を悩ませていました。神官長であるハルトムートが祈念式に行けなくなれば、神殿長であるローゼマイン様にご負担がかかったのです。貴女はお助けするのではなく、お邪魔をするところだったのですよ」

オティーリエの言葉にクラリッサが顔色を変えた。普通の貴族にとっては春を寿ぐ宴で春の洗礼式を終えると、大きな神事は星結びの儀式までない。神殿では神事が立て込むことに考えが向かわなかったのだろう。

「今日、西門に着いたという連絡をもらった時は領主一族が商人達を集めて話し合いをしている最中でした。クラリッサを門に待たせることで話し合いは続けられたけれど、私はアウブへの問い合わせや状況確認のために途中で席を立つことになりました。ローゼマイン様の文官としての仕事ができなかったのです。その辛さがわかりませんか？」

ハルトムートにそう言われ、クラリッサは血の気の引いた顔で「身に染みてわかります」と何度も頷く。レーベレヒトが「二人が何をわかり合っているのか、理解できないけれど」と前置きをした上で、クラリッサに向き合う。

「貴女がたくさんの方に迷惑をかけたことを自覚していますか？　道中のフレーベルタークの境門で騎士達を驚かせ、何度も連絡を取り合って真偽《しんぎ》を問わなければならない花嫁など普通はいません。騎士達の連絡に加えて、アウブの手まで煩《わずら》わせたのです」

「アウブに……？」

「クラリッサがダンケルフェルガーを出発したことはアウブ・ダンケルフェルガーによってアウブ間の緊急連絡を使って我々に知らされました。しばらくは方々へ謝罪が必要です」

「申し訳ございませんでした」

皆に叱られて小さくなったクラリッサに、レーベレヒトがダンケルフェルガーに追い返すことはせずにエーレンフェストで受け入れることを告げた。そして、事前に話し合っていた通り、ハルトムートの実家に婚約者として住み、オティーリエと一緒に城へ往復し、レーベレヒトの下でフィリーネと一緒に文官として仕事をすることが述べられる。

「わたくしは神殿入りを希望します。ローゼマイン様のお役に立ちたいのです」

「却下します。わたくしが必要としているのは、エーレンフェストの文官達の仕事を引き上げることができる上位領地の優秀な文官で、青色巫女ではありません」

わたしが即座に却下したことにクラリッサが驚愕の目で「神殿では手が足りないと伺っていまし

た」とハルトムートを見つめる。

「どれだけ手が足りなくても、他領の神殿観を考えればクラリッサを青色巫女にできません」

婚約者として出した娘が結婚を許されない青色巫女になるなんて、クラリッサの両親の心情を思えばできない。それに、他領から婚約者としてやって来た年頃の娘を神殿へ入れるなんてアウブ・エーレンフェストにまた悪い噂が立つだろう。

「貴女を青色巫女にすれば、ハルトムートのご両親は世間からどのように言われると思いますか？クラリッサの神殿入りは貴女以外の全員にとって良い面がないのです。それに……」

わたしはそこで言葉を一度切った。それから、クラリッサと護衛騎士の両方を交互に見る。

「婚約者としてアーレンスバッハに滞在しているはずのフェルディナンド様は、ディートリンデ様のご命令でアーレンスバッハの祈念式を行うことになりました。婚約者として滞在している他領の者にさせることではないでしょう？」

わたしの言葉に顔色を変えたのは護衛騎士だ。アーレンスバッハでフェルディナンドが婚約者らしい扱いをされていないことを知って、「まさか」と驚きの顔になっている。

「フェルディナンド様が神事に駆り出されることに憤《いきどお》り、アウブ・エーレンフェストは領主会議で抗議する準備を整えています。そんな時に他領の娘を神殿に入れるようなことはできません」

「わたくしはご命令ではなく、自分から志願するのですが……」

クラリッサはまだ諦めきれないように青い瞳でわたしを見つめるけれど、すげなく却下する。

「余所の方に細かい事情など通じません。命令でも志願でも神殿へ出入りすることに変わりはないのです。いくら否定したところで無駄ですもの。クラリッサがエーレンフェストからそのように言わされていると思われるだけです。わたくし、貴族院のお茶会で経験いたしましたから」

ジルヴェスターの悪い噂を否定しても徒労《とろう》に終わったことは記憶に新しい。クラリッサも貴族のお茶会やそこで流れる噂についてはよく知っている。唇を噛むようにして俯いた。

「わたくし、ローゼマイン様のお役に立ちたかったのです」

「その気持ちは本当に嬉しく思っています。クラリッサの研究内容はフェルディナンド様も認めていらっしゃいました。優秀な文官であることは間違いないでしょう。城でわたくしの文官としてフィリーネと共に働いてくださいませ」

クラリッサは少しの間わたしをじっと見つめ、立ち上がって移動すると、わたしの前に跪いた。

「仰せの通りにいたします。わたくしはローゼマイン様のお役に立ちたくてエーレンフェストへ参ったのですから」

「神殿への立ち入りは禁止しますが、クラリッサと会う機会は作ります。神事などで長期の不在でない限りは、三日に一度、ここで報告を聞きましょう。おいしいお菓子も準備しますね」

「はい！」

こうしてエーレンフェストに飛び込んで来たクラリッサは、ひとまずハルトムートとその一家が面倒を見ることになった。

「……ところで、クラリッサの荷物はいつ届くのでしょう？」

オティーリエの呟きに誰も答えは返せなかった。

メルヒオールと祈念式

　クラリッサとフィリーネが城でお仕事をするようになった。マティアスとラウレンツは騎士団の調査に再び協力するように要請があったし、ブリュンヒルデはベルティルデを連れてグレッシェルと貴族街を行ったり来たりしているらしい。側近達は忙しそうだ。

　もちろん、わたしも忙しい。今まで神殿長の執務の半分くらいはフェルディナンドがしてくれていた。それをそのままハルトムートに押し付けるわけにはいかない。本来の神殿長の執務は自分でするようにしているのだが、かなり時間がかかる。エルヴィーラと印刷関係の話をしたり、キルンベルガへ向かうための準備をしたりする中で、貴族側の調整という部分でフェルディナンドにどれだけ庇われていたのか、嫌になるほど実感する毎日を送っているのだ。

　……無理なのはわかってるけど、フェルディナンド様、カムバック！


　春の洗礼式を終えた次の日にはギルベルタ商会がやって来ることになった。衣装や髪飾りの注文をするのだが、そこに母さんを同席させたいという要望が届いた。成長に合わせて布を染める色や柄にも少し変化を付けた方が良いかもしれないというのがその理由だ。

　貴族の前に出る教育を受けていない職人を城に連れて行くことはできないけれど、神殿ならば平民が出入りできる部分もあるので受け入れてほしいというお願いにわたしは一も二もなく頷いた。

「平民の職人が入りやすいように孤児院長室を使う方が良いのではありませんか？　城への出入りを許されない平民に貴族区域は出入りしにくいでしょう」

ハルトムートの提案でギルベルタ商会への注文は孤児院長室で行われることになった。細かいことに気付くハルトムートの姿が頼もしく、わたしはフランやザームに「洗礼前の子供を神殿に入れることは禁止されていますか」と却下されたカミルの見学許可を出せないか、お願いしてみる。

「プランタン商会からの要望を受け入れたいと思っているのですけれど……」

わたしの言葉にハルトムートは少し目を伏せて考え込む。その後、言いにくそうな顔で「受け入れは難しいですね」と言った。フランとザームがホッとしたような顔になる。

「神殿には洗礼前の子供を入れることはできないからですか？」

わたしが食い下がると、ハルトムートは首を横に振った。

「いいえ。それはどうでも良いことです。これから青色神官見習い達が増え、メルヒオール様とその側近が出入りするようになります。見学者が理不尽な目に遭った時、ローゼマイン様はやみくもに平民を庇うのではなく、領主一族の立場を忘れない行動が取れますか？　プランタン商会が大事ならば、妙な危険を招きそうなことは避けた方がよろしいでしょう」

……それは無理！

カミルが理不尽な目に遭えば、取り乱さない自信がない。洗礼前の子供は数に数えられないとか、平民は全面的に従えとか、そんな貴族の論理が振りかざされる中で、カミルを庇い過ぎずに貴族として調整するなんて絶対に無理だ。

「よくわかりました。わたくしの力不足をプランタン商会に詫びておきましょう」

……ううぅ、カミル、きっとガッカリするだろうな。わたしだってしょんぼりへにょんだよ。

項垂れながら執務の続きに取り掛かると、やや遠慮がちに「ローゼマイン様」とハルトムートがわたしを呼ぶ声が聞こえた。

「貴族が増える祈念式まで……ならば、まだ比較的安全と言えるかもしれません」

「神官長！」

フランやザームが目を剥いたけれど、ハルトムートはそれに構わず妙に爽やかな笑顔を浮かべた。

「仕方がありません。ローゼマイン様のお望みを叶えるのが私の役目ですから」

……ハルトムートがカッコいい⁉……けど、何だろう。ちょっとだけ気持ち悪い。

ハルトムートの一言でフランとザームが渋々認めてくれて、カミルの見学許可は得られた。それは嬉しい。けれど、今までならばフェルディナンドが窘めて禁止されたはずのラインの上で、背中をグッと後押しされている感じがして少し怖い。自力で踏み止まらなければならないような感覚に首筋がぞくりとした。

「……や、やっぱり止めておきます。プランタン商会の危険はない方が良いですから」

「それは残念ですね」

「何故ハルトムートが残念がるのですか？」

実の弟であるカミルに会えないわたしは残念だが、ハルトムートが残念がるわけがわからない。

わたしが首を傾げると、橙色の瞳が輝く非常に胡散臭い笑顔になった。

「特に深い意味はございません」

……ハルトムートの目が何か怖い！　深い意味がありそう！　カミル、逃げて！

そんなやり取りの結果、カミルの工房見学は洗礼式が終わって、プランタン商会が見習いとして連れてきた時で良いという結果になった。カミルに会えることを期待していたので、ちょっと落ち込んだ。けれど、ハルトムートを始めとした貴族から大事な弟を守れたのだと思えば、少しだけ安心できた。


「雪解けに祝福を。春の女神が大いなる恵みをもたらしますように」

ギルベルタ商会に衣装の注文をする日、護衛騎士も側仕えも全て女性だけが孤児院長室に移動した。入って来て一番に商人の挨拶をしたのはコリンナで、後ろには何人かの針子とトゥーリと母さんの姿がある。母さんを間近で見るのは久し振りだ。

……おーい、母さん。久し振り。こっち見て。あ、目が合った。

ちょっと微笑みを見せただけで母さんは皆から少し下がってしまったけれど、久し振りに顔を見られただけで胸の奥が熱くなる。わたしは針子さん達にあちらこちらを採寸《さいすん》されながら母さんを見ていた。その間、ギルベルタ商会とのやり取りに慣れているリーゼレータがコリンナと必要な衣装についての話を始め、グレーティアはその仕事ぶりをじっと観察している。

「春の衣装も少しお直しが必要なのではございませんか？　スカートの裾にレースを付けるか、この部分を付け替えなければ、丈が少し足りないように思います」

「そうなのです。それから、こちらの背中の部分はボタンではなく、紐《ひも》で調節できるように直せませんか？」

採寸が終わると、わたしはトゥーリと髪飾りの話を始める。背後に立っているレオノーレとユーディットも興味があるようで、こちらの会話に注目しているのが背中に当たる視線でわかった。アンゲリカはいつも通り扉の前で待機しているので、ここにはいない。

「ローゼマイン様は少し顔立ちも変わったような気がいたします。夏の飾りはどのような形がよろしいですか？　どのような花を使いましょう？」

「好みは特に変わっていないので、今のわたくしに合う花を選んでくださいませ。できれば、布の染めと合わせてほしいと思っています」

夏の布はこれから染めるので、少し離れた場所に控えている母さんにも会話に交ざってほしくて言葉を向けた。けれど、トゥーリを介して言葉を伝えられただけで、母さんはこちらに近付いて来ない。貴族と接するための言葉遣いや態度に関する教育を受けていない母さんとわたしが、貴族の側近達の前で直接話をすることはできないようだ。母さんが無礼とか失礼という理由で遠ざけられるのを避けるためには仕方がないけれど、トゥーリを介して話をするのはもどかしい。

……カミルと違って姿を見られただけでもマシだけど。

髪飾りと夏の衣装の打ち合わせが終わると、モニカが進み出て、神殿長の服のお直しをコリンナに頼んだ。

「儀式用の衣装は祈念式までにお願いします。普段使いの衣装は祈念式の間に直していただきたいと思っています」

コリンナが書字板に予定を書きこんでいく。春の終わりには夏の衣装ができていなければならないのだから、結構忙しそうだ。

……儀式用の衣装は丈のお直しだけで仕立て直しじゃないから、それほど大変ではないと思うんだけどね。

「これはわたくしの専属に渡しているお守りです。わたくしの専属針子であるコリンナとルネッサンスに差し上げます。できるだけ身に着けておいてくださいね」

「恐れ入ります」

わたしは母さんとコリンナにお守りを渡し、衣装の注文を終えた。


祈念式が近付くと、神殿に家具をたくさん積んだ荷馬車の出入りが増え始めた。祈念式の後に神殿で住むことになる青色神官見習いや青色巫女見習い達の家具だ。もちろん、メルヒオールの家具も運び込まれ、側仕え達が慌ただしく部屋を整えている姿が見られるようになった。

「ローゼマイン姉上」

「いらっしゃい、メルヒオール」

部屋に不備がないか確認をするので神殿へ行きます、と連絡があったのは二日前のことだ。貴族側の側仕えと神殿側の側仕えが部屋について話し合っている間に、わたしはメルヒオールに小魔石二つ分の魔力を神具に奉納させた。最初は体に負担のない範囲からだ。

奉納を終えると「お腹が空いていると、倒れる可能性もありますからね」と理由を付けて一緒にお茶を飲む。何事も油断大敵なのである。

「オトマール商会から料理人が派遣されて来ました。今はわたくしの厨房で研修中ですが、基本を覚えたらメルヒオールの厨房で食事を作らせますね」

「はい。それから、ローゼマイン姉上の祈念式に同行しても良いのか、父上に尋ねたのですけれど、泊まるのはダメだと言われました」

神殿の側仕えを移動させるために馬車を準備し、食料や料理人なども運ばなければならない。神殿の部屋を整えるのにお金も時間もかかっているのに、祈念式の準備が必要になると側仕えの負担が大きすぎるらしい。

……未成年の側近がほとんどいないからね。

上に兄姉が三人もいれば、メルヒオールに当たる学生の側近は少ない。わたしよりも下の学年に二人いるだけだ。

「日帰りにすること、側近達の騎獣に同乗することでお許しが出るかと思ったのですが、儀式用の衣装もないのにどうするつもりだ、とも言われました。ヴィルフリート兄上はローゼマイン姉上が青の儀式服を持っているので借りれば良いとおっしゃったのですけれど……」

貸してくださいませんか？　とメルヒオールが尋ねてきた。

「貸すのは構いませんけれど、あの衣装はお花の柄が付いているのです。それが嫌でヴィルフリート兄様は自分の衣装を仕立てたそうですよ」

「お花……ですか」

メルヒオールが微妙な顔になった後、決意したように顔を上げた。

「貸してください。儀式に参加するようになると、皆で手分けして回るので、他の方がどのような儀式をしているのかを見る機会がないと姉上に言われたのです。ローゼマイン姉上の儀式はとても勉強になるのでよく見ておきなさい、と」

……え？　わたし、シャルロッテに褒められてる⁉　メルヒオールのお手本⁉

これはちょっと張り切らなくてはならないのではないだろうか。わたしはモニカに頼んで丁寧に保管してくれていた青色の儀式用の衣装を出してもらい、メルヒオールに貸し出した。

「これで神事の見学ができますね」

「えぇ。次の神殿長としてよく見ていてくださいませ」


メルヒオールの訪れがあった数日後はフリタークの引き取り日だ。わたしは騎士団のところへ引き取りに行って、騎獣で神殿へ連れ帰った。処罰を免れたフリタークよりも、フリタークがいなくなった穴を埋めて仕事を抱えることになっていたカンフェルが帰還を喜んでいたと思う。

フリタークは実家からの援助はなく、自力で稼がなくてはならない青色神官一号となった。けれど、アウブから与えられる補助金、収穫祭の収入、執務の手伝い、わたしが貴族院で借りてきた本の写本などをすることで、あまり贅沢《ぜいたく》をしなければ生活の目処《めど》が立ちそうだということがわかり、お仕事に励む決意を固めてくれたのである。

祈念式に関するあらゆる準備が足りないため、フリタークは今回の祈念式には参加せず、神殿で留守番し、執務を行うことになった。

「わたくしが出発した後で、ヴィルフリート兄様とシャルロッテが小聖杯を引き取りに来るので、手渡しをお願いしますね」

グーテンベルク達を連れて訪れるキルンベルガを除いて、ギーベのところへはヴィルフリートとシャルロッテの二人が回ってくれる。それぞれに小聖杯を託す役もフリタークである。伯爵には三つ、子爵には二つ、男爵には一つで計算して渡すので難しくはないのだが、領主一族と接することに非常に緊張するらしい。

ハルトムートがいれば話は早いが、彼はちょうどその頃に不在となる。クラリッサや家族と境門へ向かい、荷物の受け渡しとフレーベルタークへのお詫びをしなければならないのだ。

クラリッサもレーベレヒトもいなくなるので、「祈念式の間は神殿の業務が大変だから」と理由を付けてフィリーネは神殿勤務に戻してもらえるようにフロレンツィアに連絡してある。フィリーネは「久し振りの写本ですね」と喜んでいるらしい。

……わかるわ。普通のお仕事より、写本の方がよっぽど楽しいよね？

クラリッサとフィリーネからは図書館で報告を受けているけれど、二人共頑張ってお仕事をしているようだ。クラリッサは成人しているので領主会議にも同行するらしく、ダンケルフェルガーとの交渉ができるように資料を頭に叩き込んでいるらしい。「ローゼマイン様のためにも有利な展開ができるように精一杯努めます」と言っていた。

そんな鬼気《きき》迫る勢いで資料を漁《あさ》り、ここはどうなっているのかと質問をするクラリッサにつられて、周囲も領主会議の準備を必死に行っているらしい。「クラリッサは細かいところまでよく調べて準備する癖がついているようで、若手の文官達がかなり影響を受けているようです」とフィリーネが教えてくれた。

領主会議に同行できないフィリーネは、日常業務のお手伝いがメインのようだ。神殿と似たような事務仕事なので、大して苦ではないらしい。リヒャルダと話をする機会も多く、先日はジルヴェスターとヴィルフリートがかなり激しい言い合いをしていたと教えてくれた。リヒャルダは「あれくらいの年頃にはよくあることだけれど」と言いつつ、とても心配しているらしい。

……ヴィルフリート兄様も反抗期ってことかな？

あの年頃の男の子が面倒な感じになるのは、麗乃時代の幼馴染みを思い出すと何となくわかる。個人差はあるだろうが、急に尖ったナイフみたいになるのであまり近付きたくない気分だ。


祈念式の朝はいつも馬車の見送りから始まる。わたしの側仕え、灰色神官達、料理人達、食料や衣装などの荷物を載せた馬車と、護衛してくれる父さんを始めとした兵士達が小さくなっていくのを見送る。プランタン商会を通してメルヒオールの来訪をハッセの小神殿に伝えた。色々と出迎えの準備をしてくれるはずだ。その後は、直轄地の祈念式に出発するカンフェルが神殿長室へ挨拶に来たので、わたしの魔力が籠もった魔石と聖杯を託し、彼を見送った。

昼食後、メルヒオールと側近達がやって来たら、騎獣でハッセへ向かう。わたしはメルヒオールとその護衛騎士を一人、それから、薬箱を抱えたフランと護衛騎士のアンゲリカをレッサーバスに乗せて神殿を出発した。

祈念式の護衛騎士は今までと同じ、ダームエルとアンゲリカだ。同行したがったコルネリウスにはレオノーレと新居の準備をするように命じてある。粛清後なので護衛騎士を少しでも多く連れて行ってほしいと言われても、祈念式中は貴族の護衛騎士が滞在できる部屋がほとんどない。平民との距離感に口を出されても困る。「主の警戒を強化しなければならないのに、新居の準備をしている場合ではないだろう」と意地でも付いてきそうだったので、コルネリウスには一度実家へ帰ってアウレーリアと赤ちゃんの様子を見てもらい、ついでにランプレヒトを通してヴィルフリートの状況を探るようにお願いしておいた。

レッサー君で空を駆けると、それほど時間はかからない。すぐにハッセの町が見えてきた。

「あれがハッセの町ですか？　意外と近いですね」

「騎獣で行くとかなり近く感じますが、馬車ならば森があるので街道が少し回り道になっていて、それほど近くは感じないようですよ。徒歩ならば半日くらいかかるのですって」

わたしは側仕え達から聞いた話をしつつ、高度を下げていく。今日は天気が良かったので、広場に祈念式の準備ができていて、もう皆が集まっているのが見えた。広場の方へ直接騎獣を下ろしながら、歓迎してくれる人々に軽く手を振る。興奮気味に声を上げて手を振りながら歓迎してくれる人の多さと喧騒《けんそう》に驚いているメルヒオールを促して騎獣を降りると、わたし達は舞台へ上がった。

「ローゼマイン様、お待ちしておりました」

「リヒト、今日は見学だけですけれど、これから先の神事に参加することになるわたくしの弟、メルヒオールです」

ハッセの町長であるリヒトと挨拶を交わし、メルヒオールの紹介をした。メルヒオールに立ち位置を教えると、フランに視線を向けて一つ頷く。

「これより祈念式を始めます。各村長は舞台の上にお願いします」

フランの呼びかけと共に、蓋《ふた》のついた十リットルバケツくらいの大きさの桶《おけ》を持った五人が舞台へ上がってきた。今までならば、神具である大きな金色の聖杯が置かれているはずの大きな台の上には何もない。彼等は困惑したように舞台に設置された台とわたしを見比べ始めた。

わたしは台の上に立ち、シュタープを出すと「エールデグラール」と唱えて聖杯を出した。何もない空間から突然聖杯が出てきたことに驚きの声が上がる。それはハッセの民だけではなく、貴族院での奉納式に参加していない貴族の側近達も同じである。驚愕の声が上がる中、わたしは水の女神フリュートレーネに祈りを捧げる。

「癒しと変化をもたらす水の女神フリュートレーネよ　側に仕える眷属たる十二の女神よ」

聖杯にわたしの魔力が流れ込んでいき、カッと金色の光を放つ。それを見つめながら、わたしはどんどんと魔力を注いでいった。

「命の神エーヴィリーベより解放されし御身が妹　土の女神ゲドゥルリーヒに　新たな命を育《はぐく》む力

を与え給え　御身に捧ぐは命喜ぶ歓喜の歌　祈りと感謝を捧げて　清らかなる御加護を賜らん　広く浩浩たる大地に在る万物を　御身が貴色で満たし給え」

フランがそっと聖杯を傾けると、例年通りに緑に光る液体が流れ出し、順番に並んでいる村長の桶へと注がれていった。

「土の女神ゲドゥルリーヒと水の女神フリュートレーネに祈りと感謝を！」

……うん。自前の聖杯でも全く問題ないね。

よしよしと儀式の出来に満足していると、メルヒオールの不安そうな目がわたしを見ていた。

「ローゼマイン姉上。私は来年までに聖杯を作れるようになるでしょうか？」

「無理ですよ。貴族院でシュタープを得なければできません。ヴィルフリート兄様もシャルロッテも神殿にある神具を使って儀式を行っています。神具を自分で作る必要はないのです」

わたしは苦笑気味に説明しながら、レッサーバスを出して乗り込む。メルヒオールも自分の護衛騎士と一緒に乗り込んだ。祈念式の会場から小神殿まではすぐだ。

「先日、一緒に神具に魔力を奉納したでしょう？　何度も何度も魔力を奉納して、神々にお祈りを捧げていると、ある日、神具を使おうと思った時に魔法陣がスッと頭に浮かぶようになるのです。わたくしの側近には神具を作れるようになった者もいます」

わたしの言葉にアンゲリカが少しばかり得意そうに「わたくし、ライデンシャフトの槍を作れるようになりました」と言った。まだそれほど長持ちしないけれど、そのうち、祝福を得る儀式をライデンシャフトの槍で行いたいと思っているらしい。そして、ボニファティウスに勝つのだそうだ。

高い目標があるようで、何よりである。

「魔力圧縮も頑張らなければ、神事で扱えるほどにはなりません。けれど、まずは奉納とお祈りですよ」

「頑張ります！」

メルヒオールが張り切った顔でそう言った。素直で良い返事だ。


小神殿に到着すると、皆が出迎えてくれた。その場でメルヒオールを紹介し、中に入る。部屋を整えるのは側仕え達がしてくれているので、わたしは小神殿の中を案内していく。

「ここは子供がいないのですか？」

「一番年下の見習いも、成人が近いですからね」

エーレンフェストとハッセの異動は成人が多いし、元々ハッセの孤児だったマルテも成人に近くなっている。メルヒオールと同年代の子供はほとんどいない。

「わたくし達、領主候補生が直轄地を回るようになってから収穫量が増えて、子供を放り出さなければならない人達がいなくなったのでしょう。エーレンフェストの孤児院も、この冬の粛清がなければ、それほど幼い子供の数は多くないのですよ」

「そうなのですか……」

兵士達が寝泊まりの準備をしている男子棟を見て、工房の様子を見学し、おいしい野菜ができる自慢の畑を見て回る。

「メルヒオールは畑を見るのも初めてでしょう？　メルヒオールが食べている野菜はこのように作られるのですよ。ハッセの畑で作られた野菜はとてもおいしいです。それから、あの向こうの森で色々と採集をします。メルヒオールも貴族の森で採集をしてみると良い経験になりますよ」

ぐるりと一通り見学した後は、中でお茶を飲む。貴族席と兵士達の席は分かれているけれど、同じ食堂を使うというのがメルヒオールの側近達には驚きだったようだ。父さん達が座っているテーブルとわたし達のテーブルを見比べている。

「農民が集まる冬の館やギーベの夏の館では神官の居場所が分かれているのですけれど、ハッセはこうして同じ場所で食べることになっています」

「せめて、時間を分けるということは……」

メルヒオールの護衛騎士を見上げて、わたしはニコリと笑う。

「ここで下町の声を聞くことも大事なのですよ。下町のエントヴィッケルンが成功するように、わたくしが兵士達に協力のお願いをしたのは、ここでした」

わたしはメルヒオールに視線を移した。全てを聞いて、自分の糧にしようとする貪欲《どんよく》な光が藍色の目に輝いている。

「この小神殿を作ったのは養父様です。この小神殿や直轄地などでわたくしが聞いた皆の意見を、たかが平民の意見と切り捨てずに自分の治世に活かせる懐《ふところ》の広さは、養父様の美点でございます。メルヒオールには養父様の良いところを見習って、わたくしが神殿長を退いた後も平民達の意見を汲み取ることができる神殿長を目指してほしいと思います」

わたしの言葉にメルヒオールは神妙な顔で頷いた。

グーテンベルクの弟子達

わたしはメルヒオールを父さん達が座るテーブルへ連れていき、領主の息子で次代の神殿長であること、自分の後継者として兵士達と意見のやり取りをすることを述べた。

「ローゼマイン様が成人した後は、メルヒオール様が引き継いでくださるのですか。それは非常に心強いことです。我々はここでこうしてローゼマイン様と話をすることで、領主様や騎士団の方々と連携が取りやすくなりました。この冬もそうでしたし、先日、西門に他領の貴族がやって来た時にも助けられています」

そう言った後、父さんはわたしからわたしの背後に立つダームエルに視線を移した。

「直接お礼を申し上げられる機会が少ないので、この場でダームエル様にお礼を申し上げてもよいでしょうか？」

わたしが振り返って反応を確認してみたが、ダームエルは少し困った顔になっただけで拒否する言葉はない。わたしは「もちろん構いません」と言いながら視線を戻すと、ダームエルを見ているのは父さんだけではなかった。他の兵士達も同じように見ている。兵士達は全員、一度立ち上がってわたしとダームエルの前に跪いた。

「ローゼマイン様のご命令だとおっしゃいましたが、下町の兵士達は皆、ダームエル様に感謝しています。お礼申し上げます」

……一体何があったんだろう？

よくわからないお礼に困惑しながら、わたしはダームエルとアンゲリカを見比べる。アンゲリカに期待しても無駄だ。にっこりと微笑んでいるこの顔には「よくわかりません」と書いてある。

「ギュンター、ダームエルが何をしたのですか？」

「私は私の仕事をしただけです、ローゼマイン様」

「でも、何かあったから、こうしてお礼を言われているのでしょう？　ダームエルが活躍した話があるならば知りたいと思うのは、主として当然ではありませんか」

わたしは説明を求めて父さんに視線を向けた。父さんは黙っていてほしそうなダームエルの様子を気にしながら話し始める。

「冬に北門で貴族の逃亡を防ぐように、と命令がありました。騎士団からは兵士でも使える魔術具をいくつか与えられましたし、救援を呼ぶための魔術具は全員に配られるほどでした。しかし、門を封鎖したところで貴族は騎獣を使いますし、魔術具の救援信号を送っても貴族街の端にある北門まではすぐに救援が来ないのです」

粛清で騎士団の大半が動いている状態なのだ。北門には常に二人の騎士がいるけれど、二人だけで逃亡しようとする貴族を何人も止めるのは難しい。そんな状況の中、ダームエルはいの一番に駆けつけてくれたと言う。

「私は奉納式の準備で神殿にいたので北門まで近かっただけです」

ダームエルは謙遜《けんそん》するようにそう言ったけれど、二人の騎士と平民の兵士達が北門を必死で守っている時に、逃亡しようとする貴族達の背後から襲いかかったダームエルはとても心強い存在だったようだ。

「おかげで北門の兵士達は数人が軽傷を負っただけで済みました。それに、西門の時も事態の収拾のために一番に駆けつけてくださったのはダームエル様です。兵士達は感謝しているのです」

ダームエルがそこまで下町の兵士達から感謝と信頼を得ているとは思わなかった。わたしは感心しながら、兵士達に席に座り直すように言った。

その後、最近の下町の話を聞き、こちらもグレッシェルの改革が行われることと、それに伴って職人達に大きな仕事が舞い込むことを伝えていく。メルヒオールは興味深そうに聞いていた。

兵士達から話を聞いているうちにかなり時間が過ぎていたようだ。側近に耳打ちされたメルヒオールが「夕食に遅れると父上との約束を破ることになります」と立ち上がる。

「ローゼマイン姉上、今日はとても勉強になりました」

「メルヒオールが色々なことを吸収しようとする姿勢が見えて、わたくしも嬉しく思いました。頑張る弟にわたくしからこちらを贈ります。お守りの魔術具です」

ヴィルフリートとシャルロッテのお守りは祈念式に出発する前に渡してもらえるようにフィリーネに預けてきた。

「ありがたくいただきます。それと、私からも父上に兵士達のお話をしてみますね。きちんと報告を上げることができているか、ローゼマイン姉上が確認してください。では、失礼します」

メルヒオールは忙しなく自分の側近の騎獣に同乗して帰っていく。

……え？　報告の確認をしてほしいって……。メルヒオールはしっかりしすぎじゃない？　わたし、ちゃんと尊敬されそうなお姉様っぽいこと、できてた？

ちょっと不安になりながらわたしはメルヒオールを見送った。


次の朝、わたしは自分の側仕えや料理人達を乗せた馬車を送り出し、エーレンフェストへ戻る灰色神官達が乗った馬車を見送る。

「護衛をしてくれる兵士の皆には感謝しています。こちらは感謝の気持ちです」

わたしはそんな言葉をかけながら、父さんにお金とお守りが二つ入った小さな袋をこっそりと手に握らせた。父さんは銀貨以外の感触に気付いたようで、「恐れ入ります」と礼を言いながらスッと懐に隠す。すでに母さんとトゥーリが同じお守りを持っているのだ。二人に尋ねれば使い方もわかるだろうし、もう一つのお守りが誰の分なのかもわかるはずだ。

わたしは父さんの動きを視界の端に留めながら、兵士達にはいつも通りの出張手当を渡していく。父さんは「こら、気を抜くな！　まだ仕事は終わっていないぞ」と、出張手当に頬を緩める兵士達を叱咤《しった》しながら馬車の護衛についた。

「必ず神殿へ送り届けます」

「よろしくお願いします、ギュンター」

短いやり取りでも、こうして向かい合って話ができるのが嬉しい。わたしは父さんが馬車の護衛をしながら戻っていくのを見送り、次の冬の館へ向かった。

自分の受け持った担当分の祈念式を終えて神殿へ戻ると、すぐにプランタン商会に連絡を入れる。少し熱を出していたので体力回復のための休養日を三日間予定していたけれど、二日休めばほとんど回復した。わたしはとても丈夫になったと思う。移動だけでへろへろになっていたわたしとはもう違うのだ。

……今回の祈念式の道中で寝込んだのはたった三回だったもん。うふふん。

「ローゼマイン様、グーテンベルク達が到着しました。工房からの荷物の運び出しもほとんど終わっています。ご準備ください」

ギルから報告を受けて、わたしは会議室から正面玄関へ向かう。会議室にはキルンベルガへ同行するわたしの側近と印刷関係の文官が集まっていた。側仕えはリーゼレータとグレーティア、文官はハルトムートとローデリヒ、護衛騎士はコルネリウスとレオノーレとユーディットである。ユーディットは未成年だがキルンベルガの出身なので、里帰り扱いで同行することになっている。

ダームエルとアンゲリカは祈念式で直轄地を回ったから今回はお休みで、オティーリエとフィリーネはクラリッサを抑える係になっている。正直な気持ちを言えば、ハルトムートには神殿にいてほしかったのだが、気が付いたら丸め込まれていたのだ。

……上級文官もいた方が良いのはハルトムートの言う通りなんだけど、何だか釈然《しゃくぜん》としないな。

それに加えて、すでに顔馴染みとなってきた印刷関係の下級文官ヘンリック達と一緒にミュリエラもエルヴィーラの文官として同行する。貴族院で勉強した印刷関係の知識が役に立っているようで、何よりである。

「ローゼマイン様、わたくし、今回は頑張ったのですよ」

オレンジ色のポニーテールを揺らしながら、ユーディットがわたしに声をかけてくる。

「キルンベルガへグーテンベルクが移動することが決まってから、ずっとブリュンヒルデやレオノーレ達から情報を集めて、テオドールを通してギーベ・キルンベルガに環境を整えるようにお願いしていたのです」

ユーディットが得意そうに笑った。ライゼガングやグレッシェルで大変だったことや足りなかった準備に関する情報をキルンベルガに送っていたそうだ。

「平民の職人達の彼等が上手く働ける環境がなければ、失敗はギーベの責任になるのですよ、とブリュンヒルデに言われたことを伝えると、ギーベ・キルンベルガも協力してくれたようです」

すでにイルクナーやハルデンツェルで成功している以上、グーテンベルクの教え方や持ち込む道具が悪いわけではない。受け入れる側がどの程度の準備ができているかが大事になる、とブリュンヒルデに言われたらしい。グレッシェルに印刷業を持ち込もうとして苦労した経験は、ブリュンヒルデにずいぶんと大きな影響を与えたようだ。

「グーテンベルクがお仕事をするための環境は整えています」

「素晴らしいです、ユーディット。それはとても心強いですね」

胸を張るユーディットをわたしは手放しで褒めた。こうして平民との橋渡しをしてくれる貴族が増えれば、エーレンフェストはずっと良くなるだろう。


正面玄関へ出れば、たくさんの荷物が置かれていて、ベンノを先頭にグーテンベルク達がずらりと並んで跪いているのが見えた。ベンノが代表して挨拶をした後、ちらりと後ろへ視線を向ける。

「ローゼマイン様、今回初めて同行するグーテンベルクの弟子達を紹介させてくださいませ。そして、どうか水の女神フリュートレーネの清らかな流れのお導きによる出会いに、祝福を賜らんことを」

わたしは跪いている皆を見回す。グーテンベルク達の後ろに控えているのが弟子達だろう。成人前後の年頃の少年達で、初めて会った頃のヨハンやザックを彷彿《ほうふつ》とさせる。

「インゴ」

ベンノの呼びかけに木工職人のインゴとその弟子が立ち上がった。

「ローゼマイン様、弟子のディモです。印刷機の作製には最初から関わっていたので、作り方や構造はよくわかっています」

よくよくディモの顔を見てみると、面影があったのですぐにわかった。ローゼマイン工房やハッセの小神殿に印刷機を導入する時にインゴと一緒にいた工房の人達の一人だ。

「ディモというのですね。神殿の工房で初めての印刷機を作る時に、わたくしが触っても手や指に傷がつかないように、とても丁寧に板を磨いていた姿を覚えています。インゴが目をかけていたことは知っていたけれど、もう出張を任せられるようになっていたのですね」

わたしが顔を覚えているとは思わなかったようで、インゴもディモも驚いた顔になる。そこまで驚くことではないだろう。初めての印刷機を作ってくれた顔ぶれくらいは、感動と一緒に覚えているものだ。

「ディモに印刷機の設計図を渡しました。手順や新しい土地の工房との付き合い方も教えたので大丈夫だと思います。ローゼマイン様のご要望通り、俺はこっちでの仕事に注力します」

「えぇ。インゴに任せるのは、各地の木工工房の職人達が全力で取り掛かる仕事になるでしょう。わたくしの専属ですもの。インゴには期待していますわ」

図書館の本棚も作ってもらわなければならないけれど、いくつもの工房が参加するグレッシェルの高級宿泊所の内装競争にも参加してもらわなければならないのだ。秋に行われるグレッシェルのエントヴィッケルンのために、木工工房は大忙しなのだ。

「ディモ、よろしくお願いします」

「俺もグーテンベルクと認められるように頑張ります」

やる気に満ちているようで何よりである。わたしが軽く頷くと、ベンノが「ヨゼフ」と声をかけた。インゴとディモが跪き、代わりにヨゼフとその弟子が立ち上がる。

「ローゼマイン様、ホレスです。ハイディと俺の代わりに行ってもらいます」

ホレスは完全に初対面だ。ハイディのインク工房に行った時にも見たことがない顔である。ハイディと一緒に盛り上がって研究していた職人とは別人だ。

「今回は研究に没頭したり勝手な行動をしたりしない者という点に重きを置いて選びました。作り方を教える分には全く問題ありませんが、ハイディのように根《こん》を詰めて新しいインクの開発をする者ではありません。キルンベルガの素材をいただければ、エーレンフェストで研究をします」

ハイディのような研究者を一人で送るのは危険なので、今回はヨゼフがいなくても他のグーテンベルク達と足並みを揃えられる者を選んだらしい。相変わらずヨゼフは心労が絶えないようだ。

「ヨゼフ、ハイディのご懐妊おめでとう。少しはおとなしくしているかしら？」

「ありがとうございます。ハイディが妊娠したくらいでおとなしくしてくれる女だったら、ホレスに頼まず、俺がキルンベルガへ行っています」

ヨゼフはかなり疲れた顔になっている。妊娠中でもハイディは絶好調のようだ。今日も挨拶に来たがったらしいけれど、「神殿に妊婦は嫌がられる」とヨゼフとルッツが必死に止めたらしい。

「ホレス、ヨゼフのためにも寝食を忘れてインクの研究に没頭したり、ハイディのように暴走したりすることなく、キルンベルガの務めを終えてくださいね」

ホレスは新しいインク開発で成果を上げていないのに、グーテンベルクの同行者としてわたしから認められるとは思えないと身構えていたのだろう。わたしが小さく笑うと、緊張に強張った顔を少しだけ緩めてホレスは「わかりました」と頷いた。

ヨゼフとホレスの挨拶が終わると、ザックとその弟子セアドが立ち上がる。

「ローゼマイン様、セアドです。腕前はダニロから一段落ちますが、ヨハンとキルンベルガの職人の間を取り持てそうな性格のヤツを選びました」

人懐っこい雰囲気のセアドに課せられているのは、金属活字の作り方を教えるヨハンのサポートだ。頑固で無口な職人同士になると、衝突が多かったり意見の違いでとんでもない亀裂ができたりする。半年ほどの短い期間で少しでも円滑《えんかつ》に仕事をするためにサポート役が必須なのだそうだ。

「正直なところ、オレはエーレンフェストにいた方がローゼマイン様のお役に立てると思います」

発想や設計力が飛び抜けているザックは、ヨハンの人間関係のサポートよりも新しい設計や発明に力を注ぎたいらしい。グーテンベルクだから貴族への顔繋ぎのためにザックにも同行してもらっていたけれど、適材適所を考えるならばザックにはエーレンフェストで設計に力を入れてもらう方が効率は良いだろう。

「……では、ザックには何か新しい物を頼んだ方がいいかしら？　あぁ、ダメね。今年は結婚準備で忙しくて下町に残るのですもの。新しい発明は来年にしましょう。当日はたくさん祝福しますから、今年はしっかりと新生活の準備をしてくださいませ」

初めてグーテンベルクから結婚する者が出るのだ。心を込めてお祝いしなければならない。わたしの言葉にザックは「ローゼマイン様からの祝福だと仲間に自慢します」と笑った。

「セアド、普段は別の工房で働く職人の技術を見る機会は少ないでしょう？　とても良い機会になると思います。エーレンフェストの下町では学べないことをたくさん吸収してくださいね」

「はい」

最後に立ち上がったのは、ヨハンとダニロだ。ダニロは出張に同行するのは初めてだけれど、名前やその成長に関しては話題に出ていたので知っている。

「ローゼマイン様、ダニロです。引き継ぎのために弟子として連れていくことになりました」

「ダニロも金属活字が全て作れるようになったのですね」

なかなか合格が出せないと言っていたけれど、キルンベルガへ同行させるのであれば、金属活字作りに合格点が出たのだろう。わたしの言葉にヨハンが頷いた。

「今回はなるべくダニロにやらせて、オレは後ろでセアドの教育をしつつ、見守る形にしてみるつもりです」

自分の技術を活かし、技術を高めることだけに注力していたヨハンも、弟子を育てるために色々と考えていることが分かる。周囲の成長を感じながら、わたしは頷いた。

「高い技術を持つ鍛冶職人は何人いてもよいもの。ダニロとセアドの教育、頑張ってください。鍛冶職人の中ではヨハンが最年長ですから」

他との交渉をザックに任せきりだったヨハンは、うぐっと言葉に詰まった後でコクリと頷いた。

わたしはダニロへ視線を向ける。

「ダニロの成長はヨハン達から聞いています。わたくしの専属として腕を磨いてくださいね」

「グレッシェルの職人が来た時から、自分も別の場所へ行くことを希望していました。やっと成人して連れて行ってくれることになったので頑張ります！」

ハキハキとした声でそう答えたダニロは、朴訥《ぼくとつ》で言葉少ない職人だったヨハンとはずいぶんと雰囲気が違う。職人にも色々いることがわかって、何だか楽しい。

これで新しい顔ぶれの紹介は終わりだ。わたしはその場にいる下級文官を含めて、側近達やグーテンベルク達にお守りを配る。魔力のある貴族と平民向けのお守りは別物だ。

「頑張っている皆にお守りです。では、出発準備をしてくださいませ」

大きくしたレッサーバスを出し、荷物の積み込みを始めてもらう。慣れているグーテンベルクの指示に従い、初めての弟子達がレッサーバスへ荷物を運びこんでいく。一瞬の躊躇いが見えるけれど、大して大騒ぎしないのはやはり色々な話を聞いているからだろう。

荷物を運び込む時は静かだったけれど、飛び出す時にはちょっと騒ぎになった。ダニロが声にならない悲鳴を上げて暴れたのだ。レッサーバスが空へ駆け上がって初めて高いところが苦手だったことに気付いたらしい。シートベルトをしているし、ヨハンに「だったら、外を見るな」と頭を押さえ込まれていたので、本当に大した騒ぎではなかったのだけれど。

キルンベルガの国境門

「ユーディットです。そろそろ到着します」

レッサーバスの助手席にいるユーディットが、キルンベルガにいるテオドールにオルドナンツを飛ばす。「準備はもうできています」と返事が到着する頃にはキルンベルガの夏の館が見えてきた。

「あそこです。ギーベ達が神官の離れの方で待ってくれているようです」

夏の館に到着すると、ギーベ・キルンベルガと印刷担当の文官二人を先頭に、多くの人達が待ち構えていた。ギーベは見るからに騎士という雰囲気だった。がっちりしていて大柄で、ちょっと厳めしい顔をしている。前ギーベ・キルンベルガはボニファティウスがアウブになるべきだと最後まで言っていた人らしい。そんな父親の影響を受けて、彼もボニファティウスを最も尊敬していると聞いたことがある。

……ってことは、脳筋かな？

ギーベ・キルンベルガは挨拶を終えると、フラン、モニカ、料理人達を神官用の離れに案内するように指示を出し、グーテンベルク達を下町に案内するように傍らの文官達に言う。

「荷物が多いと聞いているので、先にグーテンベルク達を下町に向かわせ、その後で小聖杯のやり取りや印刷協会についての話し合いを行いたいと考えています。いかがでしょう？」

「自分の目でグーテンベルク達が過ごす環境を確認できるのは助かります。様々なご配慮、ありがとう存じます」

フラン達が離れに自分達の荷物を運び込むところを確認していると、リーゼレータがやって来た。

「ローゼマイン様、わたくしとグレーティアは下町へ同行せず、夕食までに夏の館のお部屋を整えたいのですけれど、よろしいでしょうか？」

側仕えには側仕えの仕事がある。わたしは二人に許可を出して、キルンベルガの下働き達に荷物を運んでもらう。二人は館の者に案内されていった。

「では、下町へまいりましょう」

レッサーバスで移動している時にはキルンベルガの下町はとても大きく、人口が多いように見えた。けれど、実際に住んでいる者はかなり少ないらしい。何だか町全体がガランとした印象だ。

「空き家はたくさんあるので、こちらが準備した場所に不都合があったり、別のところに住み替えたくなったりすればいつでもできます」

ギーベ・キルンベルガは笑ってそう言ったけれど、準備されている家に文句はない。グーテンベルク達は自分の住居や仕事場になる工房へ荷物を下ろしていく。ギルを始めとした灰色神官達も荷運びをしていた。彼等は神官服を脱いでも、動作が丁寧で綺麗なので少し下町では浮いている。

……迎えに来る頃には馴染んでいるんだけどね。

「大きな町なのに、これほど住人が少ないとは思いませんでした。何か理由があるのですか？」

わたしはグーテンベルク達が荷物を下ろしている間の時間潰しにギーベに尋ねた。彼はまるで孫を見るような目でわたしを見下ろし、教えてくれる。

「ずっと昔のツェントによって国境門が封じられたからです。国境門が閉められるまで、ここはとても大きく賑やかな町でした。他国との交易が盛んで、人の行き来が多く賑わっていたそうです。当時はエーレンフェストではなく、アイゼンライヒという名前の大領地でした」

「……わたくし、エーレンフェストの歴史は教えられましたけれど、アイゼンライヒという名前は初期の歴史でちらりと聞いただけで、大領地だったとは存じませんでした」

国境門が開いていた当時に領地の名前が違ったのならば、キルンベルガの国境門が閉ざされたのは二百年以上前のことになる。政変時にグルトリスハイトを失ったことで開けられなくなった他の国境門と事情が違うらしい。封じられた国境門という響きに壮大な物語を感じて、わたしは胸が弾むのを感じた。

……どうしよう。ちょっとわくわくしてきた。

「昔、どのようなことがあって国境門が閉ざされたのですか？」

わたしがわくわくしながら見上げるのと、「荷物の運び込みが終わりました」とルッツが報告に来るのは同時だった。ギーベ・キルンベルガはフッと笑って街の奥へ視線を向ける。

「ローゼマイン様は国境門に興味をお持ちだとユーディットより聞きました。印刷関係の話が終われば、国境門へご案内しましょう。そこで話をした方が、より興味深いでしょう」

……メモ帳、準備しなきゃ！

知らないお話が出てきそうな雰囲気に心を躍らせながら、わたしは笑顔で頷いた。

グーテンベルク達を下町に降ろした後、わたし達はギーベの夏の館にお邪魔した。そこでベンノ達プランタン商会はキルンベルガの担当文官と協会設立に関する話を始め、わたしはギーベ・キルンベルガへ小聖杯を渡して、祈念式を終えるのだ。すでに春の恒例《こうれい》行事となっているので、慣れたものである。

「では、国境門へご案内しましょう」

わたしは騎獣に乗り込んで、ギーベ・キルンベルガの後を追う。白の建物の上に木造の建築物がある風景は同じだけれど、外壁の門を抜けると下町があり、貴族街があり、最奥にアウブの城があるエーレンフェストとは完全に逆だ。キルンベルガでは門を抜けると、貴族街とギーベの夏の館があって、奥へ行けば行くほど平民の町になっている。

「イルクナーでもライゼガングでもグレッシェルでも奥にギーベの館があったのに、キルンベルガだけは配置が違うのですね」

「大昔は国境門から入ってくる他国の者が多かったので、国境門の近くに他国の商人が過ごす場所や彼等と商売をする下町の者達の住む場所があり、国境門から見て奥にギーベの館が作られたと聞いています。……あ、ほら、見えてきました。アウブの作られる白い境界門と壁の向こうに少し変わった色合いの壁と門が見えるでしょう？　あれが国境門です」

助手席に座っているユーディットが先を指差しながら教えてくれる。上空から近付けば、アーレンスバッハとの境界門と同じ白い門の奥に、同じくらいの高さの門が二つ並んでいるのが見えた。

「わぁ……。アウブが作る白の門も美しいと思いましたけれど、ツェントの作られる門や壁は格別ですね」

境界門とキルンベルガの外壁はエーレンフェストと同じ真っ白の物だが、その奥の壁と門はまるで螺鈿細工《らでんざいく》に使われる貝の真珠層《しんじゅ》のようなきらめきを持つ淡い虹色のものだった。ほんのりと光っているように見える国境の壁はキルンベルガの外にも長く、長くどこまでも続いている。何となく万里の長城を思い出した。ただし、地形に合わせて曲がりくねっているのではなく、誰かが線を引いたように真っ直ぐにずっと続いている。人工物だと一目でわかる。ひどく不思議な感じだ。

……誰が線を引いたって初代ツェントに決まってるんだけどね。

ツェントの結界が張られた部分がユルゲンシュミットで、大陸の一部を切り取ったような円形であることは地理で習って知っている。けれど、実際に国の境を見るのは初めてだ。領地と領地の境界線と同じで、国境線も肉眼では見えないと勝手に思っていたが、門と同じように淡く虹色に光る壁が続いている。

「国境門はとても美しいのですけれど、町の建物はエーレンフェストの下町と同じように白の建物の上に木造建築がありますから、こうして近付かないと見えにくいのです」

ユーディットが言う通り、門の高さは三、四階の建物と同じ高さなので、ギーベの館からは見えにくい。わたしは初めての祈念式でもキルンベルガを訪れたはずだけれど、その時は門さえ全く視界に入らなかった。あの時はギーベに挨拶をするのはフェルディナンドの役目で、わたしは馬車で回復薬を飲んで休憩しているか、「おとなしく隠れていろ」と言われて息を潜めていたかのどちらかだったので、そのせいかもしれないけれど。

境界門の白い扉が内側に全開しているのが見えた。その前には警戒しているらしい騎士の姿が見える。その奥にはきっちりと閉ざされた国境門が見えた。淡く光る虹色の門の扉には複雑な模様が刻まれている。恐らくシュバルツ達の衣装と同じように、魔法陣を隠すための模様がたくさん刻まれているに違いない。

「キルンベルガの境界門は常に開いているのですか？」

「いいえ、今日は特別です。ローゼマイン様が国境門を見られるように、ギーベ・キルンベルガがアウブにお願いして開門の許可をいただいたとテオドールから聞きました。こうして正面から国境門を見ることができると思わなかったので感激です」

ユーディットによると、普段は境界門もがっちりと閉まっていて、国境門を正面から見ることはできないらしい。

「キルンベルガの町にいても、幼い頃は閉ざされた境界門と外壁しか見えないのです。境界門と国境門の高さがほぼ同じで並んでいるので、角度や見る位置によってほんのりと国境門の上の方が見えるくらいで……」

幼いユーディットは国境門が見たくて仕方がなかったらしい。騎士を目指したのは国境門に近付く大義名分が欲しかったからだそうだ。

「貴族院に入って騎獣を得たことで、わたくしは初めて国境門を見ることができました。あの時は本当に感動しました。……あ、キルンベルガの騎士の志望理由は大体そんな感じなのですよ。わたくしだけではありませんから。テオドールもそうですから」

国境門に近付くために騎士を目指したという動機を喋ってしまったことが恥ずかしかったのか、ユーディットはオレンジ色のポニーテールを揺らしながら、自分だけではないと繰り返す。その様子が面白かったので、わたしは小さく笑った。

「テオドールは国境門を見るためではなく、お父様と同じようにギーベ・キルンベルガに仕えたいと言っていた覚えがありますけれど？」

「うっ、テオドールはカッコつけているだけなのです。志望理由は同じですよ」

あまりにもユーディットが必死なので、キルンベルガの騎士は国境門に近付くために騎士を目指しているということにしておいてあげる。

……今度テオドールに聞いてみようっと。

「ローゼマイン様、ギーベに続いて騎獣を下ろしてくださいませ」

ユーディットに誘導《ゆうどう》されるまま、わたしは境界門の屋上に騎獣を下ろす。キルンベルガの騎士達が数人並んで出迎えてくれているのだが、その中にテオドールの姿もあった。視線を交わして微笑むと、テオドールも笑い返してくれる。元気に見習い仕事をしているようで何よりだ。

「ローゼマイン様、こちらへどうぞ」

先に騎獣を片付けていたギーベにエスコートされて、わたしはゆっくりと歩を進める。高いところにいるせいだろうか、少し風が強くて肌寒い。視界には淡い虹色に光る国境門が映っている。

門の中に待合室や執務室がいくつもある境界門や町の門に比べると、国境門はほとんど奥行きがないように見える。三、四メートルくらいだ。何人もの騎士が騎獣で下りられるくらいに平らで広い屋上がある境界門と違って、国境門は騎獣による上空からの出入りは想定されていないようだ。傾斜《けいしゃ》のある三角屋根になっている。

「ここからの景色が見られるのは、キルンベルガの騎士だけなのです」

屋上の端まで歩けば、国境門の更に奥の光景が見えた。淡く光る国境門の向こうに広がるのは砂の海だった。さらさらとした魔力の全くない砂の状態が見渡す限り広がっている。

「わたくし、国境門の向こうには他の国があるのだと思っていました。その、お話で伺ったような交易をする相手の国が見えるものだと……。あちらの国はどうなってしまったのでしょう？　もしかして、魔力が尽きて、このような状況になったのでしょうか？」

魔力が不足して荒れ始めたアーレンスバッハの状況を考えると、国境門が閉ざされたことで隣国が砂地になってしまったのではないだろうか。わたしが恐る恐る尋ねると、ギーベ・キルンベルガは「そのような話は聞いたことがございません」と笑いながら首を横に振った。

「国境門は国と国を繋ぐ巨大な転移陣で、ツェントの許可がない者は魔力の有無に関係なく通れません。私も話でしか存じませんが、国境門が開かれると、そこには巨大な魔法陣が浮かび上がっているそうです」

他国の者達は国境門で転移してきた後、境界門を通ってキルンベルガに入ってきていたそうだ。つまり、ツェントとアウブの両方の許可がなければキルンベルガへ入れないということである。

「ツェントの許可が出ているのにアウブの許可が出ていなくて、国境門と境界門の間に挟まれて動けなくなった者はいないのですか？」

わたしの質問が予想外だったのか、門に挟まれて右往左往する商人を思い浮かべたのか、ギーベ・キルンベルガが小さく笑った。

「もしかすると、そういう間抜けな商人もいたかもしれません。ですが、国境門を通る許可はあるのですから帰ればよいだけです。残念ながらそのような面白話は残っていないようです。私は存じません」

「では、どのようなお話が残っているのですか？」

わたしは書字板を取り出すと、わくわくしながらギーベ・キルンベルガを見上げた。

「ツェントの訪れを歓迎していた春と秋の祭りの話はいくつも残っています。国境門は春から秋の間に開かれ、冬の間は閉ざされていたようで、ツェントが直々に訪れて開閉していたそうです」

交易が始まる春については、町の人達の話は多く残っているそうだ。開門した瞬間から他国の商人達が雪崩《なだ》れ込んでくるため、受け入れ態勢を整えながらツェントの開門を待っていたらしい。逆に、秋は慌てて帰る商人達の話が多いそうだ。ツェントが閉門する前に自国へ戻らなければ、冬支度もできてないままにキルンベルガの厳しい冬を過ごさなければならなくなる。せっかくの稼ぎを冬の間に使い切った商人の話は悲哀《ひあい》と笑いに満ちているらしい。

「商人達の忘れ物は毎年の風物詩だったようです」

「それにしても、国境門はユルゲンシュミットの端々にあるのですから、すべての門の開閉をしなければならないツェントは大変ですね。神事で領地内を回るだけでも寝込むことになるのに、ユルゲンシュミット内を移動しなければならないなんて……。わたくし、ツェントに同情いたします」

毎年毎年あちらこちらの国境門を開けたり閉めたりしなければならないなんて、ツェントは予想外に大変な仕事のようだ。騎獣で移動するにしても、護衛や側近が多くて大変だろう。そんなわたしの感想にギーベはカラカラと笑った。

「移動の心配はご無用です。国境門の中にはグルトリスハイトを持つツェントにしか使えない転移陣があるそうですから」

そういえば領地間を跨《また》ぐ転移陣もツェントならば作れるし、国境門はアウブが作る境界門の外にあるので、転移陣を敷くのにアウブの許可など必要ないに違いない。

……うわぁ、グルトリスハイトの有無ってマジで大きくない？

わたしはツェントの仕事を正確に知らないし、今のところグルトリスハイトがないことで不利益を被《こうむ》ったことがない。だから、グルトリスハイトのないトラオクヴァールをツェントとして認められない者達の言い分が理解できなかったけれど、ユルゲンシュミットを統治する上で何より大事な物のようだ。

「それにしても、どうしてエーレン……ではなく、アイゼンライヒの国境門が閉ざされることになったのですか？　交易のことを考えると国境門はとても重要なのですよね？」

今、唯一開門したままの国境門を有するアーレンスバッハが交易で順位を維持していることから考えても、国境門は大事なものだ。それが何故封じられて閉ざされることになったのだろうか。わたしの質問にギーベ・キルンベルガは国境門を指差した。

「国境門の転移陣の先にはボースガイツという国があったそうです。当時、ここはエーレンフェストではなく、アイゼンライヒという大領地でした。今のフレーベルタークの大半もアイゼンライヒで、ハルデンツェルの更に北まで領地が広がっていたそうです。そこに大きな鉱山があったようで、それがアイゼンライヒの特産品でした」

鉱石やその加工品がボースガイツに売られていたらしい。また、良質の鉱石から作られた武器はハルデンツェルの平民達が魔獣を倒すための大事な武器だったそうだ。

「それから、もう一つ。ユルゲンシュミットと交易する国々が何よりも欲しがる物は魔石です。他国ではどうも魔石があまり存在しない珍しい物のようで、この辺りの平民でも狩れるような弱い魔獣の小さい魔石でも高価で取り引きできたようです」

そういう他国の話を聞くのは初めてだ。あまり魔石が存在しない国では一体どのように魔石が扱われているのだろうかとか、アーレンスバッハと繋がりがあるランツェナーヴェでも同じだろうかとか、いくつかの疑問が浮かんでくる。それを書字板に書き留めていると、ギーベ・キルンベルガは低い声で静かに語り始めた。

「ボースガイツに唆され、アウブ・アイゼンライヒがツェントを狙ったことがこの地の凋落《ちょうらく》の始まりでした」

わたしが驚きに顔を上げると、ギーベは少し自分の顎を撫でた後、また話を続ける。

「当時のアウブ・アイゼンライヒは、ツェントを狙えるだけの力を持っていたそうです。アウブは唆されてボースガイツの者を招き入れ、グルトリスハイトを狙って中央へ押し入ろうとしました」

グルトリスハイトを持たない今の王ではない。グルトリスハイトを持つ本物のツェントを退けようとしたらしい。ボースガイツからは食料などの支援物資が次々と送られてきて、アウブ・アイゼンライヒは貴族院へ向かう転移陣を使い、少しずつ寮に物資や騎士を移動させるようになった。

「そのように大それた計画を止める者はアウブの側にいなかったのですか？」

「いました。けれど、聞き入れられなかったようですな。止められないことを悟ったアウブの娘が単身で騎獣を駆って中央へ向かい、ツェントに内情を伝えたそうです」

父親が貴族院へ物資を移動させている間に、娘は自分の騎獣を駆って中央へ駆け込んだそうだ。

「娘の知らせに激怒したツェントはすぐさま国境門を閉ざして中央に戻り、中央騎士団と共に寮に奇襲をかけ、アウブ・アイゼンライヒを打ち倒しました」

当然のことながら、反逆を目論《もくろ》んだアイゼンライヒの領主一族や共に中央へ攻め込んだ主要貴族は処刑されたとギーベは続ける。

「情報を伝えたアウブの娘はどうなったのですか？　彼女もやはり連座だったのでしょうか？」

「彼女だけは辛《かろ》うじて連座での処刑にはなりませんでした。ツェントに対する忠誠と事前に反逆を止めようとした功績を認められ、彼女は新たなアウブ・アイゼンライヒとなったのです」

ギーベ・キルンベルガの言葉に、わたしはホッと胸を撫でおろした。ここで連座になっていたと言われたら、とても後味の悪い気分になっていただろう。しかし、話はここで終わらなかった。

「ただし、それは全く栄誉ではありません。大領地アイゼンライヒはツェントによってフレーベルタークと分割されて中領地となり、今のハルデンツェルより更に北にあった豊富な鉱山の数々はクラッセンブルクに与えられました。娘には王族の婚約者がいたようですが、その婚約は解消させられ、中領地に相応しい領主候補生と婚約し直すことになったようです」

命は助かったものの、土地を分割され、国境門と鉱山を失ったことで主要産業のなくなった領地のアウブになったのだ。彼女一人だけが連座を免れたのであれば、領地を支えてくれる領主一族はいないだろう。そのうえ、王族の婚約者とは婚約を解消させられた。アイゼンライヒがいくら困ったとしてもツェントが手を差し伸べるとは思えない。かなり重い罰ではないだろうか。

「周囲からは反逆を起こした領地という目で見られ、かつての大領地は見る見るうちに衰えていったようです。主産業だった鉱山を失ったことで、それまでひたすら農業に打ち込んできたライゼガングが貴族の中で一気に力を持つようになりました。もちろん、それを不満に思うアイゼンライヒの貴族もいたようです」

領主一族と主要な貴族達が処刑されたけれど、アイゼンライヒの貴族全員が処刑されたわけではない。残った貴族の大半はかつての栄光を懐かしみ、現状に不満を漏らしていたそうだ。

「不満を漏らしていたのは貴族達だけではありません。何の予告もなく、突然国境門が閉ざされたことでアイゼンライヒに取り残されたボースガイツの者達も同じです。故郷へ帰りたいと望む者達は国境門に最も近いキルンベルガに集まっていました」

大きな事件があると、当事者から話を聞いて歌を作る吟遊詩人《ぎんゆうしじん》も集まる。ボースガイツの者達の嘆きやアウブ・アイゼンライヒの愚かな選択が流行《はや》り歌となって広がっていったらしい。

「アイゼンライヒの次代や次々代の領主候補生達は年寄りの栄光話に加えて、吟遊詩人の歌を聞いて育ちました。次期領主を決める時期に領主候補生達の主張が真っ二つに分かれたのです」

「真っ二つ、ですか？」

わたしが首を傾げるとギーベ・キルンベルガはゆっくりと頷いた。

「争いに巻き込まれただけのボースガイツの者達を故郷へ帰すために国境門を開けてほしいとツェントに願い出ようとする者、それから、前アウブを唆したボースガイツの者達が一緒に罰を受けるのは当然と考える者の二つです」

それぞれの領主候補生に過去の栄光を取り戻したいと考える貴族と、このままの罰を受けるのが当然だとする貴族が味方に付き、領地を二分する争いに発展していったそうだ。

「アウブとなった娘は自分の力不足を嘆きました。ツェントに反逆を起こした父親も、衰えゆく領地を二分する争いを起こす子供や孫も抑えきれないのですから。娘はツェントにアウブの位の返上とこの地を治めてくれる新たなアウブの任命を願い出ました」

中央騎士団を引き連れたツェントと共にやってきたのが、初代のアウブ・エーレンフェストだそうだ。国境門の開門を望むアイゼンライヒの貴族達を蹴散らし、ツェントは二度とアイゼンライヒが過去の栄光を求めることがないようにグルトリスハイトを用いて礎の場所を改め、エーレンフェストと領地の名も改めたらしい。

「今のグレッシェルの辺りにアイゼンライヒの城があったそうです。そう考えれば、大領地アーレンスバッハからやって来た姫君に与えるのにちょうど良い場所だったのかもしれません」

わたしはギーベの話をメモしながら自分の習った歴史と照らし合わせてみる。

「わたくしが習った歴史とは少し違いますね。初代エーレンフェストはアイゼンライヒに攻め入って、自ら礎を奪ったと学びました」

「ツェントや中央騎士団と共にやって来て、当時のアウブから礎を奪ったということに変わりはないのですが……確かに少し受ける印象が違いますな」

ギーベ・キルンベルガは軽く頷きながら同意してくれる。わたしはパタリと書字板を閉じながらギーベを見上げた。

「それに、わたくし、アイゼンライヒのお話を知っていたようです。いくつも集めたお話の中にありました。ツェントに逆らった愚かなアウブのお話として……。領地の名前が違ったので、わからなかったようです」

貴族院で集めたお話の中に似たような話があった。昔あったことを基にした教訓話だと思っていたけれど、まさか大昔のエーレンフェストの話だとは思わなかった。できれば他領に伝わっている話と比べてみたい。

「キルンベルガにこのお話の文献は残っているのですか？」

「基本的には親から子へ、ギーベから仕えてくれる貴族達へという形で口伝えです。文献も残っていますが、少し文が古くて読みにくいのです」

……あったー！

実際に事があった場所で保管されている当時の文献はぜひとも読んでみたい。

「ギーベ・キルンベルガ、それを読ませていただくことはできませんか？　わたくし、古い言葉も読めます。それに、口語で伝えられるものと書き残されたものの差、キルンベルガに残された話と領主一族に伝わっている話、それから、王族に残されている話の違いを調べてみたいです」

わたしが熱意をアピールすると、ギーベ・キルンベルガは「ま、まぁ、お見せするのは構いませんが……」と一歩後ろに引いた。引かれても構わない。見せても良いという言質《げんち》は取った。

「ありがとう存じます、ギーベ・キルンベルガ」

短い滞在中に書き写さなければ、と張り切るわたしを見下ろしながら、ギーベ・キルンベルガは静かに問いかけた。

「このお話をローゼマイン様はどのように考えますか？」

「そうですね。……グルトリスハイトがなければユルゲンシュミットを治めるのは本当に難しいのだと思いました。国境門の開閉も、領地の線引きや礎を改めることもできないのでしょう？　各地のアウブが何かしようとしても強権を発動することさえできないのですもの。今のツェントはユルゲンシュミットの統治にどれほど苦労しているのでしょう」

ツェントの権力はグルトリスハイトあってのものだと実感した。今の王が軽んじられた発言をされたり、大領地相手に強く出られなかったりするのは、グルトリスハイトがないせいだろう。そんなふうにトラオクヴァールの立場の難しさを考えていると、ギーベ・キルンベルガは予想外のことを言われたような表情になった。

「この話でローゼマイン様はトラオクヴァール王の治世に意識が向かうのですか……」

「何かおかしいですか？」

わたしが首を傾げると、ギーベはゆっくりと息を吐いた。それから、じっとわたしを見つめる。

「では、質問を変えます。ツェントからの罰によって閉ざされた国境門を抱えるエーレンフェストのアウブに求められる資質は一体どのようなものだとお考えですか？」

「……アウブ・エーレンフェストに求められる資質ですか？」

わたしはギーベの言葉を反芻《はんすう》しながら必死に考える。もしかすると、これはかなり失敗できない質問ではないだろうか。

「国境門による交易はないものと考えて、領地の向上に力を尽くさなければならないということでしょうか？」

わたしの答えを聞いたギーベ・キルンベルガは国境門の外ではなく、内側に広がるキルンベルガの町へ視線を向ける。

「他者の意見に左右されず、グルトリスハイトを持つツェントに仕えることだと、キルンベルガを治める私は考えています。だからこそ、領内貴族でしかないライゼガングの意見に惑わされているヴィルフリート様が次期アウブとなることはどうにも不安なのです」

ライゼガングの支持を得るために動いているヴィルフリートに対して、ギーベ・キルンベルガは逆に不安感を募らせているらしい。そういえば、ギーベ・キルンベルガの息子の一人がヴィルフリートの側近だったはずだ。

「ご子息から何か情報がございましたの？」

「ローゼマイン様がご存じの程度しか入ってきませんが……」

ギーベ・キルンベルガはそれ以上言おうとせずに口を閉ざした。情報提供者がはっきりしている以上、詳しいことは話せないだろう。必要な情報は自分で掻き集めるしかないのだ。

……後でコルネリウス兄様の報告を聞かなきゃ。

「息子はヴィルフリート様にお仕えしていますが、それがそのまま親の支持に繋がるわけではありません」

ギーベの声が低くて厳しいものになったことに気付いて、わたしはぐっと背筋を伸ばす。ここでヴィルフリートを援護するのが婚約者の役目というものだろう。しかし、わたしが口を開くより先にギーベが言葉を発した。

「呆れるほど頑《かたく》なに第二夫人を娶ろうとしなかったアウブにギーベ・グレッシェルの娘を娶らせる

ように働きかけ、領主夫妻の穴を埋められるように自分の側近を配したうえで余計な争いを厭って神殿に籠もることを選べるローゼマイン様にアウブを目指してほしいと私は思っています」

……え？　違うよ。

ジルヴェスターが第二夫人を娶る気になったのは、ブリュンヒルデの独走とプレゼンテーションのおかげだし、リヒャルダは自分からジルヴェスターのところへ戻りたいって言ったし、クラリッサを神殿へ入れるわけにいかなかったからフィリーネと一緒にレーベレヒトへ預けただけだ。

「ギーベ・キルンベルガは少し勘違いされているように思われます。養父様が第二夫人を娶るのは、エーレンフェストの現状を考え、ご自分で決意したからです。わたくしが意見したわけではございません。むしろ、わたくしは養母様しか見えていない養父様のところへ嫁ぐ決意をしたブリュンヒルデを引き留めたくらいですよ」

ギーベ・キルンベルガが意外そうな顔になった。リヒャルダやフィリーネが領主夫妻の側で働いていることについても、その理由を述べる。わたしは事実を言っているのだが、納得できないような表情だ。

「ですが、ローゼマイン様は領主候補生の中で最も王族の信頼が……」

「ギーベ・キルンベルガ」

わたしはギーベの言葉を遮《さえぎ》って笑みを深めた。何と言われようとも、元平民のわたしはアウブを目指す気なんてない。

「次期領主を目指すヴィルフリート兄様が、ライゼガングの支持を得ようと考えるのは当たり前のことではありませんか。……それに、ここでわたくしがギーベのお願いに頷けば、その時点でわたくしが他者の言葉に左右される領主候補生になると思うのですけれど、ギーベはどのようなお返事をお望みなのですか？」

軽く目を見張った一瞬の沈黙の後、ギーベはフッと笑った。

「ローゼマイン様のお考えはよくわかりました。ここは少し風が強いので、そろそろ館に戻った方が良さそうですな。文献をお出ししましょう」

ここでいくら言い募ってもわたしが意見を変えることはないとわかってもらえたようである。わたしは安堵しながら騎獣を出して乗り込んだ。

ギーベの館に戻ると、わたしはさっそく文献を出してもらった。古い木札ばかりだ。それに軽く目を通し、ローデリヒとハルトムートにも手伝ってもらいながらせっせと書き写していく。

キルンベルガに滞在するのは、ベンノと文官との話し合いや取り決めが終わり、グーテンベルク達が仕事の環境を整えるまでの短い期間である。印刷業を担う文官達も仕事に慣れて、ギーベのところに滞在する期間は年を経るごとに短くなっている。大急ぎで写さなければならない。

残っている文献はお話が記載されている物ではなく、年表のようにいつ何が起こったのかが簡潔に書かれた物や、ボースガイツからやって来て取り残された者達や元アイゼンライヒの貴族達がどのような生活を送ったのかなどがまとめられている物だった。どうやらツェントへ送る報告書の写しらしい。

……やっぱり言葉で伝わるのと、書き残されている資料では違った感じになるね。

感情が一切入っていない事実の羅列は言葉で語られるよりも、ずいぶんとあっさりとした事件に見える。けれど、わたしが教えられた歴史でも、ギーベが語った歴史でもほとんど出てこなかったボースガイツの者達の動きがよくわかった。

アウブ・アイゼンライヒが反逆を起こす寸前の数年間は商人達の出入りが頻繁になり、同じ商人が春から秋の間に何度も出入りしたり、食料関係の取り引きがぐっと増えたりしている。また、取り残されたボースガイツの商人達は、よほどのお金持ちでなければ市民権を得ることができなかったため、生きる糧を得るために旅商人となって各地へ散った者がほとんどのようだった。

……市民権がないと、家も店も借りられないし、就職も結婚もできないもんね。

もう何年前になるのだろうか。オットーから聞いた旅商人の生活についての話が蘇る。もしかしたら、オットーはボースガイツの子孫なのだろうか。そんなことを考えながら、わたしは文献を書き写していった。


滞在期間中に文献を無事に写し終わり、わたしは例年通りにベンノを連れてエーレンフェストの神殿へ戻った。キルンベルガ周辺特有の素材をハイディのインク工房へお土産として届けてもらえるようにお願いし、グレッシェルから来た人達の研修について話をしてベンノを見送る。

「これでわたくしの祈念式は終わりですね。少しは余裕ができるでしょうか」

わたしは神殿長室へ戻りながらザームやフランに話しかける。

「これから青色見習い達を受け入れるのですから、祈念式が終わってからの方が忙しいかもしれませんよ、ローゼマイン様」

「あら、ザームやフリッツが中心になって、新しく側仕えになる灰色神官達に指示を出してくれていたのですもの。受け入れ準備はできているでしょう？」

わたしの言葉にザームが苦笑混じりに頷いた。フリーダを通じて派遣されてきた料理人や、料理の助手をする灰色巫女の研修はすでに始まっていて、孤児院の食事は増えているらしい。食料の仕入れは青色見習い達の実家が贔屓にしている店と契約という形を取っているため、神殿へ新しい業者が出入りするようになっていると言う。

「彼等の部屋に家具や勉強道具も揃いました。神殿に慣れるまでは皆でなるべく行動できるように一日の予定も組んでいます。貴族の子としての教育にどのようなことが必要なのか、フィリーネ様にも意見をいただきました」

ザームによると、わたしが祈念式で留守にしている間、フィリーネは神殿の側仕え達に色々と教えてくれていたらしい。

「準備が整っているなら、子供達を移動させてもらいましょうか。明日からは神殿が賑やかになるでしょうね」

自分の目が届く時に青色見習い達を迎え入れたかったので、祈念式が終わるまで子供部屋で待機してもらっていたのである。城へオルドナンツを送って、馬車で子供達を移動してもらえるように頼んだ。

……子供達はこれでよし。あとは……。

「さて、コルネリウス兄様。ヴィルフリート兄様はどうされているのでしょう？」

どこで誰が聞いているのかわからないギーベの館では質問できなかったヴィルフリートのことを尋ねると、その場にいた側近達にほんの一瞬ピリッとした感じの緊張が走った。表情を変えなくても空気が変わった感じに、わたしの方が身構えてしまう。

「ギーベ・キルンベルガがおっしゃったようにライゼガングに惑わされているのですか？」

コルネリウスはわたしの不安を消すように少し笑って首を横に振ると、軽い口調で答えをくれた。

「ライゼガングに惑わされているというよりは、自尊心と義務の板挟みに悩んでいるようだよ」

……自尊心と義務の板挟みって何？　つまり、どういう状態？

「その答えでは抽象的すぎると思うのですけれど、わたくしにできることはあるのですか？　ランプレヒト兄様は手助けが欲しいとおっしゃったのでしょう？　神殿業務に差し支えない範囲で手助けをするのは構いませんが、どうすればヴィルフリート兄様が助かるのか全くわからないではありませんか」

眉を寄せたわたしの言葉にコルネリウスは軽く肩を竦めた。

「簡潔に言うならば、ヴィルフリート様が自分で折り合いをつけるしかないので、ローゼマインは放っておくのが一番だと思う」

「放っておく？　それで本当に良いのですか？……ランプレヒト兄様がそう言ったのですか？」

何かを隠されているような気がして、わたしはちょっと疑いの目でコルネリウスを見た後、一緒にいたはずのレオノーレに視線を向ける。レオノーレはニコリと微笑んだ。

「ライゼガングの課題についてアウブから意見があったようですし、アウブがブリュンヒルデを第二夫人として娶ることについてもヴィルフリート様には様々な不満があったそうです」

養父様には直接言っていないが、側近達にはポロポロと漏らしている不満があるそうだ。

「そのうえ、最初から予想されていた通りなのですけれど、ヴィルフリート様は祈念式でライゼガング系のギーベのところへ向かった時に色々と言われたようですよ。ローゼマイン様を次期アウブにすることについて……」

貴族言葉で遠回しに嫌味ばかり言われたことは容易に想像ができる。旧ヴェローニカ派の主要な貴族達が罰されたり、遠ざけられたりしているのだ。領主候補生の中で唯一ヴェローニカに育てられたヴィルフリートは何かと当たりがきつかっただろうと思う。

「日程的には難しかったけれど、ギーベに挨拶をする時にわたくしも同行すればよかったかもしれませんね。少しは庇うこともできたのではないかしら？」

回復薬や休憩場所を工夫すれば何とかできたかもしれない。わたしがそう言うと、コルネリウスは嫌そうに顔を顰めて首を横に振った。

「ヴィルフリート様が次期アウブになろうと思えば、ライゼガングを従えなければならないのだ。ローゼマインが出張って庇ったところで意味がない。ヴィルフリート様の自尊心にも傷が付くだろうし、それでライゼガングからの評価が上がることはないよ。そう思わないかい？」

「それはそうでしょうけれど、わたくしが一緒にいればあからさまな嫌味は減ると思うのです」

信頼を勝ち取るのはヴィルフリートの役目でも、同行することで悪意を減らすことができるかもしれない。わたしの言葉にコルネリウスは少し眉を上げた。

「青色神官達が減って人手不足だったし、体力的にも日程的にもギリギリまで動いていたローゼマインが思い悩むことではないよ。祈念式では領主候補生が直轄地を回って、後から挨拶に回るということもできたのに、ギーベと顔を合わせる回数を増やすためにギーベのところを回ると言い出したのはヴィルフリート様だからね。ローゼマインが気に病むことではないよ」

慰めてくれていることはわかるし、言っていることは正論だと思うけれど、コルネリウスはどうもヴィルフリートに厳しい気がする。

「では、ライゼガングからの評価を今すぐに上げる必要はないと助言してあげた方が良いかしら？粛清でガタガタになっている領内を急いでまとめなければならない養父様と違って、ヴィルフリート兄様はアウブになる時までに支持を得ていればそれで良いと思うのですけれど……」

焦る必要はないと言葉をかけてあげれば少しは気楽になるだろうか。わたしがそう言うと、レオノーレが困った顔になった。

「わたくしも今すぐに支持を得る必要はないと思います。けれど、ローゼマイン様がヴィルフリート様と不用意に接触されるのは控えた方がよろしいのではないでしょうか。リヒャルダによると難しい年頃のようですから、どちらも傷つく結果になるのではないか、わたくしは心配です」

レオノーレの心配がよく理解できなくて首を傾げていると、補足するようにハルトムートが口を開いた。

「ライゼガングから次期アウブを望まれていらっしゃるローゼマイン様が、ライゼガングの支持を得たいと行動して上手くいかずに傷ついているヴィルフリート様に助言しても、それを素直に助言として受け入れてくださるかどうかわからないとレオノーレは心配しているのですよ」

……あぁ、わたしが言っちゃうと、必要な助言でも神経に障《さわ》る一言になるってことか。

側近達が口を揃えて心配するのだ。きっとヴィルフリートは今ライゼガングの支持が得られずに投げやりな気分になっているのだろう。あまり不機嫌を長引かせずに、立ち直ってほしいものである。わたしは脳内のヴィルフリートに「不必要に触らない」という注意書きをペタッと貼《は》った。

エピローグ

キルンベルガへ向かう騎獣が一騎、空を駆けていく。エーレンフェストを出た時は明るい青空しか視界に見えなかったが、キルンベルガに近付くにつれて暗い雲が増え始めた。

空の変化を睨んでいたアレクシスは、片手で腰の薬入れを探って回復薬を手にすると一気に呷《あお》った。雨が降り出す前にキルンベルガへ着きたい。彼は手綱に魔力を込めて騎獣の速度を上げていく。

……さて、私の話を聞いた父上は何とおっしゃるか。

アレクシスはギーベ・キルンベルガの第二夫人の息子で、ヴィルフリートの護衛騎士である。主から命じられた今回の任務は「祈念式でローゼマインと会ったギーベ・キルンベルガの様子を窺う。可能ならば、ギーベの協力を取り付けてくる」というものだ。

父親は息子の主だからという理由で次期領主に推すことはないと言い切っていた。アレクシスが口添えしたところで、とても協力を得られる気がしない。最近機嫌が良くない主のためにも、せめて、ローゼマインに対する印象がそれほど良くないことを彼は願ってしまう。けれど、その願いは何とも卑怯《ひきょう》で消極的なものだ。

これほど重い気分で帰郷することになると、アレクシスは思わなかった。キルンベルガへの到着を少しでも遅らせたいが、空にはどんどん暗い雲が増えていく。気持ちとは裏腹に、アレクシスは騎獣の速度を上げるしかなかった。

「あぁ、アレクシス様。ひどくなる前に到着できたようで安心いたしました」

土砂降《どしゃぶ》りになる前にたどり着いたアレクシスを迎えたのは、ギーベ・キルンベルガに仕える騎士達だった。ヴィルフリートの護衛騎士になるまで彼等の指南を受けていた彼にとっては、馴染みの深い者達だ。アレクシスは手渡されたタオルで赤みの強いオレンジ色の髪に付いた水滴を軽く拭《ぬぐ》う。

「アレクシス様がとうとう成人ですか。早いものですね。今回は任務ですか？」

「あぁ、そうだ。さすがに主の命令もなく貴族街を離れられぬ」

未成年者は任務であっても貴族街から出てはならない。最近は未成年の領主候補生達が印刷業関係や神事などで貴族街から出なければならない任務が増えているため、「帰省を兼ねるならば同行可」のように多少の融通が利くようになった。それでも、例外的な扱いだ。

アレクシスは冬の終わりに貴族院を卒業したばかりの新成人だ。祈念式の終わったこの時期に、彼がキルンベルガへ帰ってくるのは初めてである。こうして、馴染みの者達に歓迎されると、一人で任務をこなせる成人になった誇らしさが胸にこみ上げてくる。何だか気の重かった任務が少しだけ軽くなったような気がした。

「アレクシス様、ユーディットの様子はご存じですか？　先日、ローゼマイン様に同行して神事で戻っていましたが、主のことばかりで自分のことはあまり話してなかったので……」

騎士の一人がそわそわした様子で声をかけてきた。彼はアレクシスが護衛騎士になると決まった時に特別に指南してくれた手練《てだ》れだ。彼のことは知っていても、彼の娘のユーディットをアレクシスはよく知らない。ギーベに仕える騎士の娘であっても、洗礼式前にギーベの館へ出入りすることはないからだ。同郷とはいえ、アレクシスがユーディットを初めて見たのは城の子供部屋だった。今も領主候補生の護衛騎士という意味では同じ立場だが、年齢も性別も仕える主も違うので接点は少ない。

……ユーディットが騎士見習いで助かったな。

もし彼女が側仕え見習いや文官見習いだったら、本当に接点がなくてアレクシスは何も言えなかっただろう。護衛騎士同士なので騎士団の訓練場で見かけるし、ユーディットの命中率の高さは有名だ。ボニファティウスにも目をかけられているため、話題もある。

「神殿へ籠もることが多いローゼマイン様の側近と、城にいる私が顔を合わせることは比較的少ないのだ。ユーディットを見かけるのは訓練中くらいだが、いつもボニファティウス様に褒められるくらい真剣に打ち込んでいる。私も彼女の命中率と集中力は素晴らしいと思う」

「そうですか。本当にボニファティウス様が……」

娘を褒められて嬉しそうな彼を見て、アレクシスは「息子は私と一緒にギーベを守る騎士になるそうです」という息子自慢を何度も聞かされたことを思い出す。貴族院の期間だけローゼマインに仕える、変わった騎士見習いのテオドールが彼の息子である。相変わらず家族仲が良いようだ。小さく笑いながら、アレクシスはギーベ・キルンベルガの所在を尋ねる。

「父上は執務室かい？　一応連絡は入れたのだが……」

「はい。執務室でお待ちです。ご案内いたしましょう」

「いや、別にいらぬ。其方等は訓練に戻って良いぞ」

最近はなかなか帰還できないが、元々自分が住んでいた館だ。案内されなくても執務室の場所は知っている。だが、「客人を案内せずに済ませてはギーベに叱られる」と側仕えや騎士達が口々に言うので、仕方なくアレクシスは彼等の後ろを歩いた。


「失礼いたします、ギーベ・キルンベルガ」

ギーベ・キルンベルガは土地に異常がないか確認するために騎獣で駆け回っていることが多いので、たまに館にいる時は執務室へ出入りする者が多い。けれど、今日は前もって連絡を入れていたせいか、執務室はお茶の支度をする側仕えとギーベの背後に控える文官以外に人の気配がなかった。

「こちらへどうぞ」

父親がいつも通りに執務をしている姿をアレクシスは予想していたが、今までと対応が違う。どうやら息子の帰還を待つ父親ではなく、領主一族の命を受けた護衛騎士にギーベとして対応するつもりで準備しているようだ。アレクシスは任務を帯びた護衛騎士として扱われていることを感じ取り、今更ながら任務を重く感じた。その重さを撥ね除けるように、背筋を伸ばす。

「ギーベ・キルンベルガ、ヴィルフリート様から祈念式のローゼマイン様について情報を得てくるように、と命じられました」

アレクシスが姿勢を正した様子を見て、ギーベ・キルンベルガは軽く眉を上げた。そのまま満足そうに一つ頷く。アレクシスの態度はどうやら及第点《きゅうだいてん》だったようで、ギーベは席を勧めてくれた。

「それにしても、ローゼマイン様の情報とは？　祈念式の報告に何か問題があったと？」

探るように見つめられたアレクシスは体を硬くした。父親の顔をしていないギーベ・キルンベルガと向かい合うのは初めてだ。アレクシスがヴィルフリートの護衛騎士となってからも、城における貴族の対応は文官や側仕えの仕事だったし、貴族院では皆が子供だった。自分が当事者として貴族同士の腹の探り合いをした経験は少ない。張り詰めた緊張感の中で年を経た貴族の老獪《ろうかい》さを目の当たりにし、彼の喉がゴクリと鳴る。

「祈念式の報告に不備があったというわけではございません。ヴィルフリート様が情報を欲していて……」

「ふむ。冬の間に何人も領主一族の側近が解任されたと言っていたが、成人直後の護衛騎士を貴族街から出して情報収集を命じなければならないほどの事態なのか？」

外での情報収集は文官の役目だ。もちろん護衛騎士も外へ出て気付いたことがあれば、主に報告する。だが、情報収集自体を任務として与えられることは少ない。護衛騎士に情報収集を命じなければならないほどの事態なのかと睨まれ、アレクシスはゆっくりと頷いた。

「粛清の影響は非常に大きいです。領主一族は今までのままでいられないでしょう」

「其方から領主候補生達の関係が変わっていると報告を受けたが、祈念式でのローゼマイン様はそれを微塵も感じさせなかったぞ。ヴィルフリート様を次期領主に推し、自分はその立場を求めていないとおっしゃった」

その言葉にアレクシスは全身から力が抜けるような安堵を感じた。ここ最近は「ライゼガング系貴族だけではなく、ローゼマインもその気になっている」とか「領主の養女になったのは次期領主になるためだった」という言葉がヴィルフリートの口から出ている。それを否定するのは、彼の周囲でランプレヒトとローゼマインの側近だけになっていた。

粛清によって派閥の勢力が塗り替えられた今、城にいる旧ヴェローニカ派は少なく、中立派やライゼガング系貴族が多くを占めている。そのため、次期領主であるはずのヴィルフリートは、ひどく肩身の狭い思いをしていた。今の意見を知れば、少しは主の不安が落ち着くかもしれない。

「ギーベの目から見て、ローゼマイン様はいかがでしたか？　その、次期領主として……」

彼が恐る恐る尋ねると、ギーベはゆっくりと顎を撫でながら「ローゼマイン様か……」と満足そうな笑みを浮かべた。

「アウブとしての素質は予想以上だった。親族ではない初対面のギーベが相手でも臆《おく》することなく自分の意見を述べられる。それも、他者の意見を聞き入れつつ流されずに。さすがボニファティウス様の孫娘だ。派閥を利用することがあっても、派閥に操られにくい領主になれるだろう」

ギーベがローゼマインを褒める中で、アレクシスは自分がギーベとしての父親に怯んでいた内心を見抜かれていたことに気付いて息を呑んだ。

「それから、貴族院での行いや印刷事業の発展のさせ方について報告を受けた限りだが、ローゼマイン様の言動からは将来の展望を感じられる。本を増やしたい。貴族院の成績を上げたい、貴族達の魔力を増やしたい、神事や神殿の在り方を見直してほしい、平民の立場を向上させたい……のように。やりたいことが明確であれば、下の者は付いていきやすい。何も意思表示をせず側近に操られているように見える領主より、地方にいるギーベとしては安心できる」

アレクシスの想定以上の褒め方だった。だが、ギーベ・キルンベルガは一度会っただけだ。ローゼマインに詳しくない。外からは良いように見えるかもしれないが、近付けば粗《あら》も見えるものだ。実態を知っても、ギーベは意見を翻《ひるがえ》さないのだろうか。

「確かにローゼマイン様の思いつきや成績は素晴らしいと思います。ですが、あの方は独創的すぎます。言動や要求はあまりにも突拍子もなくて、周囲をいつも困惑させています。領主になられると、とても付いていけないでしょう」

だが、それに全く動じず、ギーベ・キルンベルガはフンと鼻で笑った。

「主の意見や展望を現実可能なように調整する緩衝《かんしょう》材や手綱役が側近や配偶者の役目だ。そのために領主一族には有能な側近が付けられるのではないか。実際、ローゼマイン様は上手くやっている。だからこそ、個人ではなくエーレンフェスト全体の成績が上がったし、王族や上位領地との繋がりもできた。肝心《かんじん》の側近からは否定的な意見もない。ユーディットやテオドールは誇らしそうにローゼマイン様のことを語っていた。特に問題があるようには見えぬ」

ただの嫉妬《しっと》だろうと言われたアレクシスは、「側近からもライゼガング系貴族からも否定的な意見は出ています」と頭を横に振った。それから、濃い青の目で挑戦的にギーベ・キルンベルガを見つめる。

「トラウゴット様はとても付いていけないと側近を辞任しました。それに、ご自身の後ろ盾であるライゼガング系貴族にも成績を落としてほしいと言われるような進め方ですよ。とてもアウブに向いているとは思えません」

「む？　トラウゴット様自身に問題があったとボニファティウス様が激怒していらっしゃったし、ライゼガング系貴族はローゼマイン様が次期領主になるならば、その方針に従うという報告があったぞ。……それは誰の言葉だ？　其方自身の意見ではなかろう？」

キルンベルガという片田舎に引き籠もっているにもかかわらず、様々な情報を得ている父親にアレクシスは舌を巻く。少々の反論では意見を翻すこともない。どっしりと構えた姿を頼もしく思いながら、彼は苦笑気味に頷いた。

「ヴィルフリート様の筆頭側仕えだったオズヴァルトです。ローゼマイン様と違って周囲を困らせるような思いつきや言動をしないヴィルフリート様は、非常に優秀な領主候補生だと」

「馬鹿馬鹿しい。それは側近にとって都合が良いだけで、領地のためになる素質ではなかろう」

ヴィルフリートの側近達の中では常識のように言われているが、外では通用しない。側近仲間とそれ以外で意見の乖離《かいり》が大きいと確認できたことで、アレクシスは何だかようやく息継ぎができたような心地になった。側近仲間達の言い分は旧ヴェローニカ派に偏っていて、今は反論も許されない空気に満ちている。どうにも窮屈《きゅうくつ》で息苦しい。

「領主に必要なのは、目標を決めて進む意思と重要な場面で選択してその責任を負う覚悟だ。貴族院で優秀者になるのだから、ヴィルフリート様でも無難な領主にはなれるだろう。だが、側近の言いなりでは上位領地と肩を並べるための革新的な政策を打ち出す領主にはなれぬ。私はそういう意味で、ローゼマイン様を第一夫人より領主向きだと考えている」

ギーベ・キルンベルガの断言に、アレクシスは小さく溜息を吐いた。

「やはりヴィルフリート様が望む回答を持ち帰ることはできませんか。……父上、もしこの回答を持ち帰ったことで主に責められたら、私はキルンベルガに戻っても構いませんか？」

「どういう意味だ？　私の選択で其方を責めるとは？」

「ライゼガング系のギーベを回って思い通りにならなかった責任はランプレヒトにあると責めていたので、キルンベルガでの失敗は私の責任になるだろうと……」

ヴィルフリートは祈念式を機にライゼガング系貴族を取り込むのだと張り切っていた。ローゼマインと婚約したことで次期領主の座に就いたため、ライゼガング系貴族もある程度はヴィルフリートを受け入れてくれていると思っていたらしい。実際、今まで印刷業などで訪れた土地では次期領主として尊重されていた。

ランプレヒトもローゼマインの側近も「今は止めておけ」と忠告したが、ヴィルフリートは以前の経験を元に「話せばわかってくれる」と強行した。アレクシスは止めなかった。奮起するのは別に構わないと思っていたからだ。自分達が護衛任務に力を入れれば良いだけだし、ヴィルフリート自身も最初から全てが上手くいくとは思っていないだろうと考えていた。

だが、違った。そこでライゼガング系のギーベ達から冷たい目で見られ、慇懃《いんぎん》無礼な対応を受けたヴィルフリートは、「酷い仕打ちを受けた」と落ち込んだのだ。ライゼガング系貴族は自分の後ろ盾にならない。彼等が戴《いただ》いているのは、あくまでローゼマイン。彼女を次期領主にできる機会が

あるならば、婚約者であってもヴィルフリートは排除対象になる。その現実を目の当たりにした彼は、「失敗の原因は根回しを怠ったランプレヒトと、婚約者なのに非協力的なローゼマインにある」と怒りと責任を転嫁《てんか》した。

「今のライゼガング系貴族がそう簡単にヴィルフリート様を受け入れるわけがない。いきなり成功すると考えていたのであれば、楽観的にも程があるだろう。ヴィルフリート様はご自分の祖母がライゼガング系貴族にしたことを認識していないのか？」

「……知識として知っているけれど、それがどれだけ恨まれているか、怒りを買っているか理解していないのだと思います。私もヴェローニカ様から母上が受けた仕打ちを知っていますが、自分が直接何かをされたわけでもないので、それほど深く考えたことがありませんでしたから」

アレクシスの母親はライゼガング系貴族だ。ヴェローニカの嫌がらせを受けたくないので、ボニファティウスの第一夫人に直談判し、ボニファティウスの口添えでキルンベルガへ嫁いできた。彼女はヴェローニカのやり方には閉口していたが、時間と心の無駄遣いなのでわざわざ嫌いな者のことを考えたり口にしたり視界に入れたりしない人だった。

そのため、アレクシスは母親が受けた過去の嫌がらせについて、お披露目で初めて城へ行く時に注意された程度しか知らない。「貴方のためにならないから、城ではわたくしに近付かないで」と接近を禁止されたことの方がよほど記憶に残っている。

城でのアレクシスはギーベ・キルンベルガの息子として紹介されるし、母親に近付けないせいで父親とその第一夫人の近くにいた。そのため、彼はライゼガング系貴族との繋がりが見えにくい存在だった。今ではヴェローニカに目を付けられないように、両親や父の第一夫人が色々と考えて守っていてくれたのだとわかる。

両親の対策は正解だった。当時のヴェローニカにとっては、中立派ギーベの息子よりライゼガング系貴族の中枢を潰す方がよほど重要だったのだろう。アレクシスはヴェローニカと最初の挨拶くらいしか言葉を交わしたことがない。可愛い孫の側近候補という意味でも、言うことを聞かせにくいギーベ・キルンベルガの息子は彼女の視界に入っていなかった。

アレクシスにとってヴェローニカは遠い人だ。「何だか領主のジルヴェスター様より偉そうな人だな」と思っていたら、いつの間にか失脚していた。そのくらいしか記憶がない。だから、失脚した時も彼は「そうか」としか思わなかった。ライゼガング系貴族にもヴェローニカ派貴族にも共感できなかったから、自分の祖母の行いに無頓着《むとんちゃく》なヴィルフリートにも嫌悪感は特になく、「まぁ、そういうものだろう」と納得できた。

「ヴィルフリート様が自分の関わっていない昔の出来事に無頓着で、楽観的であることは否定しません。ただ、貴族院から戻って粛清の影響を目の当たりにするまでは、本当に理想的な主だったのですよ」

「何がどのように変わったのだ？」

「一番大きな変化は、ヴィルフリート様が妙にローゼマイン様を目の敵《かたき》にするようになったことですね。それに、他の領主候補生達に対して、急に次期領主である自分へ功績を譲れとか、自分の補佐をしろと言うようになりました」

それまでオズヴァルトが根回ししていたことは何となく知っているが、ヴィルフリートが成果の献上を強要することはなかった。むしろ、「妹に譲られるのは嫌だ」と言っていた。少なくとも、貴族院の表彰式でローゼマインに対してそう言ったことをアレクシスは知っている。それなのに、突然「婚約者や同母の弟妹ならば次期領主に成果を献上するべきだ」と言うようになったのだ。

「ヴィルフリート様は大領地のやり方に合わせればそうなるし、昔からエーレンフェストでもそうしてきたと、自信たっぷりにおっしゃるのですが……」

「大領地のやり方か……。確かに、異母兄弟と次期領主を争っていて、評価を競っている場合は同母の兄弟で成果を譲ることもある。だが、今のエーレンフェストでは婚約によってヴィルフリート様が次期領主と決まっているではないか。他人の成果を奪う必要などない」

ギーベ・キルンベルガはそう言った後、何か思案するように遠くを見つめ、深く溜息を吐いた。

「ジルヴェスター様のためにヴェローニカ様が側近達の成果を奪っていた話は有名だ。ならば、エーレンフェストの領主一族は昔からしていたと言えよう」

アレクシスは呻《うめ》きながら頭を抱えたくなった。ヴィルフリートの言葉自体は間違っていなかった。根拠としている「昔」が「ヴェローニカの全盛期」だっただけだ。旧ヴェローニカ派の側近達は昔からしている当然の行動だと思っていても、現在ではヴィルフリートが今でもヴェローニカ派だと印象付ける最悪の行動になる。ライゼガング系貴族からの心証は悪くなる一方だろう。

「私がヴェローニカ様の昔の行いに興味を持っていれば、少しは防げたでしょうか？」

「其方一人が何か言ったところで難しいだろう。……だが、ヴィルフリート様の変化が急激すぎるな。原因に何か思い当たることはないのか？　領主の側近が解任されたくらいだ。ヴィルフリート様の環境も相当変化しただろう？」

変化の原因を明確にして、原因を取り除けという指摘に、アレクシスは改めて考え込む。確かに主を取り巻く環境は大きく変わった。

「生活上での大きな変化は、筆頭側仕えのオズヴァルトが辞任に見せかけた解任になったことでしょうか」

オズヴァルトは「派閥の累《るい》が及ぶことを懸念した解任です。ヴィルフリート様がアウブに反発を覚えないように辞任に見せかけろと命じられました」と側近達に伝えた後、主には「自分がいてはヴィルフリート様のためにならない」と涙ながらに辞任の許可を求めた。彼が家族の累が及ぶ者にも辞任を勧めた結果、四名の成人側近が辞めたのである。

「最も長く仕えてくれた忠臣を失ったヴィルフリート様は、ご自分の無力さを責めていらっしゃいました。そのせいか、春を寿ぐ宴でその悔しさや哀しさに婚約者が共感してくれなかったことに憤《ふん》慨《がい》していたように思います」

後で名捧げ側近のバルトルトに「ライゼガングの姫にとっては喜ばしいことなのでしょう。ヴェローニカ様に恨みを抱いている派閥ですから」と慰められている姿をアレクシスは見た。

「洗礼式前から側近だった者が突然抜けたことで、精神的に不安定になったのではないかと考えています。ヴェローニカ様に育てられたヴィルフリート様にとっては、領主夫妻よりよほどオズヴァルトの方が近しかったでしょうから」

「ふむ……。もしかすると、宥《なだ》めたり叱ったりする筆頭側仕えがいなくなったことで、それまで抑えられていた我儘《わがまま》が表面化したのかもしれぬ。もしくは、彼等を側近に戻せというアウブに対する無意識の抗議行動か？」

父親の推測にアレクシスは腕を組んだ。彼は主の突然の変化に戸惑って眉をひそめていたが、そういうことは考えたことがなかった。新鮮な意見だ。第三者からの意見は貴重である。せっかくの機会なので、父親の意見が欲しくてアレクシスは他にも思いついたことを述べていく。

「執務の環境が変わったことも大きいと思います。以前と違って、城の中では中立派やライゼガング系貴族が目立つようになっています。そのため、ヴィルフリート様の周囲を旧ヴェローニカ派の貴族で固めていられた時とは、執務の環境も変わりました」

「おだてて褒める者ばかりではなくなったということか」

父親の辛辣《しんらつ》な物言いに苦笑しつつ、アレクシスは頷く。

「基本的にヴィルフリート様の側近達は褒めて伸ばす主義ですが、今はボニファティウス様の叱責が飛ぶ環境になっています」

「ボニファティウス様の？」

「はい。フェルディナンド様が神殿でこなしていた仕事をローゼマイン様が、城でこなしていた仕事をボニファティウス様とヴィルフリート様が分担することになったからです」

主の執務の時間は大幅に増えて自由時間が減った。また、執務の度にボニファティウスと顔を合わせなければならない。ヴィルフリートは孫娘への愛情たっぷりな大伯父《おおおじ》と執務をするのは気詰まりらしい。

その気持ちはアレクシスにもわかるが、「城の執務をローゼマインに代わってほしい」とか、「神殿に籠もっていられるローゼマインは気楽で良い」とか「次期領主の第一夫人としての仕事をまともにしない」という文句は理解できない。

フェルディナンドが城で過ごしていた時間はそれほど長くなかった。おそらく神殿の方が仕事量は多いと思う。それに、ローゼマインには成人している文官がハルトムートしかいない。文官見習いを含めても執務のできる者は非常に少ないのだ。

「ヴィルフリート様には文官が三人、文官見習いが三人いるのですから、ボニファティウス様と仕事をしたくないならば、自分の文官達だけで行けば良いと思いませんか？」

「そのように提案しなかったのか？」

「文官達に却下されました。まだ責任を取れるほど執務に精通していないので無理だと」

神殿でメルヒオールの側近達が引き継ぎ期間を取るように、ヴィルフリートとその側近にも引き継ぎが必要だと言われた。エーレンフェストは領主一族が少なく、今は側近を解任して大変なことになっている領主夫妻にヴィルフリートの教育を頼むことはできない。ボニファティウスに次期領主の教育を頼むしかないのだ。

「執務の環境を改善したいならば、ヴィルフリート様が早急に引き継ぎを終えるしかあるまい。変化はそれだけか？」

アレクシスはここ最近ヴィルフリートが口にする文句を思い返し、手を打った。

「ヴィルフリート様はアウブが第二夫人を娶ることにとても忌避感があるようです」

「頑なに第二夫人を娶ろうとしなかったアウブ・エーレンフェストにしてはよく決断したものだと思ったが……一体何が不満なのだ？」

食堂で知らされた時は何も言わなかったが、ヴィルフリートは自室に戻ると、「ライゼガングからの嫁はローゼマインがいるではないか」とか、「ブリュンヒルデを娶るくらいならば、ローゼマインを父上の第二夫人にすればよかった」とか、「ローゼマインがライゼガングの姫として彼等を抑えられないから悪い」と文句を言っていた。考え直すようにアウブを説得しようとしてシャルロッテに協力を要請したり、ブリュンヒルデに辞退するように言ったりしたことを思い出し、アレクシスは何とも言えないくらい重い気持ちになる。両方から拒否されて荒れたヴィルフリートを宥めるのは大変だった。

「ブリュンヒルデ様の年齢が自分達とさほど違わないことと、ローゼマイン様の側近から領主一族が増えるという点が気に入らないように思えました」

「だが、第二夫人を迎えて派閥の調整をしたり、執務の分担をしたりすることは、領主ならば当然だ。それに、ヴィルフリート様ご自身もいずれ第二夫人を迎える身の上ではないか」

エーレンフェストはただでさえ領主一族が少ないのだ。次代のアウブが第二夫人を娶らずに済ませられるとは思えない。

「はい。私としてはライゼガング系貴族を抑えるための最善の縁組だと思いますが、今以上にライゼガング系貴族の勢いが増すし、自分の側近を差し出したローゼマイン様が次期領主に近付くと、側近仲間の間では不評です」

アレクシスはここで口に出して初めてわかった。ブリュンヒルデが第二夫人になることを忌避しているのは、ヴィルフリートとその側近達だけだ。旧ヴェローニカ派の貴族達の多くが捕らえられた今、ライゼガング系貴族を抑える手段を領主が選んだことにギーベ達は納得している。

「第二夫人を厭うのはヴェローニカ様の教育の賜物《たまもの》かもしれぬ。あの方はご自身の夫にも第二夫人を許さなかったし、ジルヴェスター様が第二夫人を厭う発言をしても咎《とが》めなかったくらいだ」

「幼い頃の教育がそういう部分にも影響するのであれば、ヴィルフリート様がヴェローニカ様の影から離れることは難しいですね。最近の態度の急変で、ヴィルフリート様は間違いなくヴェローニカ派だと明確になりました。……ローゼマイン様の実兄であるランプレヒトなんて、目の敵にされて大変なことになっていますよ」

アレクシスは足元に視線を落とす。ヴィルフリートが祈念式でライゼガング系貴族のギーベの土地を巡る提案をした時、ランプレヒトは止めるように注意した。それ以来、彼は何かにつけ、側近仲間から忠誠を疑われている。思わずアレクシスが止めに入った時、バルトルトから「キルンベルガもローゼマイン様の味方ですか？」と言われ、ランプレヒトには「自分は慣れているから離れているように」と言われた。それからはなるべく口を出さないようにしている。

そんな中でヴィルフリートはギーベ達との面会を強行し、アレクシスの予想通り、失敗に終わった。城へ帰還して落ち込んでいるヴィルフリートは、恨めしそうな顔をランプレヒトに向けた。

「今回の失敗の原因はヴィルフリート様が周囲の注意を聞かなかったことと、ライゼガング系貴族の長年の怒りを甘く見ていたことです。長年の怒りがたった一回の面会で解けるわけがありません。気長に理解を得ていきましょう」

ランプレヒトの言葉は至極まっとうだとアレクシスは思った。反省して次回に活かせば良いだけだ。だが、ランプレヒトの言葉は「冷たい」「思いやりがない」と撥ね除けられた。

「私は口を開かなくて正解でした」

「アレクシスは何と言うつもりだったのだ？」

「ランプレヒトにもローゼマイン様の側近達にも止められたのに強行したのは誰ですか？　思ったような結果が出なくて拗ねるにしても限度があります、と」

「ふむ。キルンベルガが目の敵にされる危険性が高いな。其方は黙っていろ」

ランプレヒトの言葉で更に拗ねてしまったヴィルフリートに駆け寄ったのは、名捧げ側近のバルトルトだった。「こんなに努力しているのにお可哀想に……」「ローゼマイン様やランプレヒトが事前に根回しをしてもっと協力してくだされば……」と、ヴィルフリートの責任ではないことを強調しながら慰める。それで主の機嫌が直ってくると、他の側近達も追従《ついじゅう》してランプレヒトの根回しが足りなかったと言うようになった。アレクシスは一体何の小芝居かと思ったくらいだ。失敗の原因として責められるランプレヒトの方がよほど可哀想だと思う。

「其方の母親もライゼガング系貴族だが、其方は何も言われないのか？」

「ヴィルフリート様はどうやらヴェローニカ様と同じように、私をギーベ・キルンベルガの息子としか見ていないようです。中立派で派閥など関係ないと言い切るキルンベルガの貴族だと思われています」

実際、護衛騎士は主を守れればそれで良いとアレクシスは思っている。余計なことは考えたくもない。ただ、アレクシスがヴィルフリートの護衛騎士になったのは、ランプレヒトに誘われたからだ。ヴェローニカ失脚後、側近の派閥関係をヴェローニカ派から中立やライゼガングに寄せたいと言われ、彼は応じた。

だから、ランプレヒトがいわれのない反感を買っている状況が、アレクシスは気に食わない。けれど、当の本人は「領主夫妻が側近の再編成を終え、処罰を受けた旧ヴェローニカ派の貴族達が執務に復帰できるようになる頃には、ヴィルフリート様もライゼガング系貴族も落ち着くだろう。一過性の癇癪《かんしゃく》だ」と言うだけだ。少しの辛抱《しんぼう》だ、と。

「色々と言いましたが、今までのヴィルフリート様の努力は認めているのですよ」

白の塔の一件で汚点が付いても腐らずに努力を続けられた。ローゼマインと比べられる同学年という大変な立場でも、優秀者に選ばれる成績を収め続けている。寮の取りまとめも上手くやっているし、弟妹との関係もこれまでは良好だった。粛清で自派閥である旧ヴェローニカ派の学生達に責められても領主候補生としての務めを果たしていたし、ダンケルフェルガーに理不尽なディッターを吹っかけられても騎士達を率いて勝利した。

「だからこそ、急変した主の姿が哀しく、情けなくて堪りません。悔しいのです。ダンケルフェルガーとのディッターでローゼマイン様を守ると奮闘していた姿は何だったのですか。ヴィルフリート様と共に私はローゼマイン様とエーレンフェストをダンケルフェルガーから守りきりました。あの時は本当に誇らしい気持ちだったのです。護衛騎士として、この戦いに参加できて、勝利できてよかったと……」

あの頃は粛清があっても、自分達は大丈夫だと思っていた。何があっても次期領主であるヴィルフリートを中心にまとまって、明るい未来へ進んでいくのだと根拠もなく信じていた。だが、今はもうそんな未来を夢に見ることさえできない。

「派閥は本当に厄介だと言っていた父上の言葉が身に染みました。ヴィルフリート様が自分からヴェローニカ様の負の遺産へ突っ込んでいくような言動を取るのは何故なのか、私には理解できません し、今は城の空気が息苦しい。側近を辞任してキルンベルガへ帰りたくなっています」

アレクシスの吐き出す言葉を静かに聞いていた父親は、ゆっくりと息を吐いた後、眉間に深い皺を刻んで腕を組んだ。新しい課題を課す時に見せる仕草に、アレクシスは姿勢を正す。

「……今の其方は主が自分の理想から外れたことが気に食わなくて、側近としての役目を放り出そうとしているだけだ。自分の思い通りに事が進まなくて苛立《いらだ》っているヴィルフリート様と、其方の行動は何ら変わらぬ」

低い声で指摘された言葉に、アレクシスは息を呑んだ。「違う」と反論できればよかったが、すぐに反論する言葉が出てこない。

「いなくなった側近は誰だ。その者が本当に今までヴィルフリート様の我儘を抑えていたのか？ それとも、未だに彼等と秘密裏に連絡を取っていて、逆に何か吹き込まれているのではないか？ 親の連座から逃れるために名捧げをして側近に入った者がいると言っていたが、その者は本当に信用できるのか？」

「名捧げをした者はヴィルフリート様に逆らえないのですよね？」

主のために命を懸けるのが名捧げ側近だ。疑うということさえ、アレクシスは考えたことがなかった。

「今回の名捧げは助命と引き換えの強制だ。忠誠心の足りない言動をした者を知っている。命令を裏切れぬだけで、心の中で何を考えているのかわかったものではない。その複雑さと危険性は胸に留めておけ」

ヴィルフリートに擦り寄っていたバルトルトの姿が脳裏に蘇った。そういえば、名を捧げたことでずいぶんと信用しているようで、新入りにもかかわらずヴィルフリートはバルトルトを重用している。

「主の仕事の環境を注視しろ。次期領主でありながら、領主を補佐する仕事の量が多すぎて追いつかないならば、領主になっても満足な仕事ができるとは思えぬ。だが、そこに妨害《ぼうがい》がある可能性はないか？　仕事中にライゼガング系貴族から細かい嫌がらせを受けていないか確認せよ」

書面と睨み合い、主の仕事を補佐するのが文官。彼等の目が届かない部分を見るのが護衛騎士だとギーベ・キルンベルガは言った。執務室で突っ立っていれば良いわけではないと言われ、攻撃などの警戒はともかく、執務の妨害については考えたことがなかったアレクシスは反省する。

「逆に、其方等の言動がライゼガング系貴族達の感情を逆なでしていないか省《かえり》みることも大事だ。ヴェローニカ様がライゼガングに対して行った非道を忘れたような言動をしていないか？」

それはかなり可能性が高いとアレクシスは思った。詳しいことを知らないので、注意できない。

だが、それは知る努力さえ放棄しているということだ。

「よく見ろ、主の行動を。よく聞け、周囲の声を。護衛騎士として守れ、主の名声を。主が道を外しているならば引きずり戻せ。それが側近の役目だ。周囲の変化に振り回され、嫌な仕事から目を逸らして引き下がるような腑抜《ふぬ》けに、キルンベルガへ戻られても困る」

父親からの叱責に、アレクシスはゴクリと息を呑んだ。

「私が側近としてできる限りの努力をして、それでもどうにもならなかった場合は……？」

「簡単なことだ。領主候補生失格の証拠を揃えた上でアウブに廃嫡《はいちゃく》を進言し、側近自体を解散させよ。その上で帰ってくるならば、喜んで迎えよう。自分の仕事に責任を持て」

アレクシスが辞任するのは簡単だが、ヴィルフリートが主として相応しくないことを証明するのは簡単ではない。本当に主の様子を注意深く見て、その周囲を細かく調べなければならない。今日、指摘を受けた分だけ反省してもアレクシスの仕事は中途半端だ。ヴィルフリートを領主候補生失格とするより先にアレクシス自身が護衛騎士失格の烙印《らくいん》を押されるだろう。

「不甲斐《ふがい》ないことを申しました。全力を尽くしてヴィルフリート様にお仕えします」

自分の仕え方がいかに中途半端なのか指摘されて叱られたことは、正直なところ悔しい。だが、自分のやるべきことや進むべき方向が見えた。キルンベルガへ戻ってきた時のどんよりと息苦しい気分とは違って、自分の視界が明るくなったようにも思える。

まずは、ヴィルフリートの周囲を細かく調べたい。ランプレヒトと協力し、様々な角度から変化の原因を検証したい。やるべきことを胸に、アレクシスは挑戦的な笑顔で立ち上がった。

反省と羨望

夕食の席でブリュンヒルデを第二夫人にするという話を聞かされ、わたくしは血の気が引くのを感じました。何とか微笑みを浮かべてお祝いの言葉を述べ、その場をやり過ごしましたが、自室へ戻るととても平静ではいられませんでした。

「ヴァネッサ、どうしましょう。わたくしのせいで、ブリュンヒルデがお父様の第二夫人にされてしまいます」

わたくしは領主一族の会議中にお父様やお母様へ不満を爆発させてしまい、「第二夫人を娶って貴族達の安定を優先するべきだった」と非難しました。そのせいで、お母様の妊娠や出産に影響がなく、婚約者の決まっていないライゼガング系貴族としてブリュンヒルデに白羽の矢が立ったに違いありません。

「落ち着いてくださいませ、シャルロッテ姫様。仮に、姫様のお言葉が発端《ほったん》だったとしても、第二夫人にすると決めたのはアウブです。それに、ライゼガング系貴族をまとめられる第二夫人が必要であることは間違いありません。あれほど逃げ回っていたアウブが姫様の意見を受け入れたというのに、姫様が動揺してどうします?」

そう、わたくしが言ったのです。ライゼガング系貴族を第二夫人に迎えるのが最善だと。そのせいで、お姉様の大事な側近が大変な立場に置かれることになりました。

今回の婚約は領主一族にばかり利があって、ブリュンヒルデに対する利があまりにも少ないのです。ライゼガング系貴族をまとめるための第二夫人として歓迎されていますが、お母様くらいの年齢ならばまだしも、未成年の彼女が年上の親族をまとめることは容易ではないでしょう。わたくしも親族だからという理由で、ボニファティウス様や叔父様の意見をまとめろと言われたら途方に暮れるに違いありません。

また、アウブがグレッシェルの改革で大っぴらに助力することが可能になるという利点を説明されましたが、そもそもお父様とお母様が予定を狂わせたのです。その穴埋めをブリュンヒルデに頼るのは間違っているでしょう。どのように言い繕っても、お母様の妊娠の穴埋めをするためです。

ブリュンヒルデは次期ギーベとしてグレッシェルに印刷を取り入れたり改革を推し進めたりしていたと聞いています。いくらグレッシェルのためになるとはいえ、お父様からの突然の申し出によって次期ギーベの立場を失ったなんて、どれほど落胆したでしょうか。わたくしはお兄様達の婚約によって自分が突然次期領主候補から下ろされたことを思い出しました。

……お父様は人の気持ちに疎いところがあるのです。お兄様ばかりが優先されて、わたくしがどのような思いをしてきたか……。

次期領主が決まっているため、ブリュンヒルデは第二夫人になり、仮に子供ができたとしても次期領主の母を目指すことはできません。普通の第二夫人が望む未来を最初から手にできないのです。

おまけに、お父様はお母様を寵愛していて、第二夫人はいらないと長年言っていました。どれほどブリュンヒルデが若くて可愛くてもお父様の寵愛が移ることはないと思われます。娘のわたくしが言うのも何ですが、お父様の寵愛は偏りすぎていますから。

ブリュンヒルデは中央を含めて他領からも引く手数多《あまた》の才女です。それなのに、夫の寵愛も将来の希望も得られない第二夫人として、親子ほど年の離れた殿方に嫁がなければならないなんて……。

わたくしがそのような立場に置かれたらと考えるとゾッとします。

「未成年のブリュンヒルデではなく、子供を望まない年嵩の未亡人を探せばよかったでしょう」

「今更何を言ったところでギーベが了承した以上、婚約は止められませんよ。ブリュンヒルデ様に悪いことをしたと感じるならば、今後の対処を考えましょう。シャルロッテ姫様は彼女が望む形で力になってあげてくださいませ」


お父様とブリュンヒルデの婚約に驚きの声が上がった春を寿ぐ宴が終わり、貴族達がそれぞれの土地へ戻っていくと、城の中は少し静かになります。そんな中、わたくしは西の離れの下見に城へやってきたブリュンヒルデを自室へ呼び出しました。

「婚約して忙しい時にお呼び立てしてごめんなさいね」

「いいえ。お招きいただけて嬉しかったです。わたくしもシャルロッテ様とお話をしたいと思っていましたから」

ブリュンヒルデはにこやかに微笑んで、席に着きました。わたくしは自分の側仕えにお茶を淹れてもらいます。ブリュンヒルデの胸元を飾るネックレスは、お父様が送った婚約魔石です。それを身につけた彼女は、領主一族に準じる立場になりました。

「最初に謝らせてください。ブリュンヒルデに第二夫人の申し込みがあったのは、おそらくわたくしのせいなのです。まさか貴女にこのような重責を担わせてしまうとは思いませんでした。わたくし、本当に浅はかなことを……」

「シャルロッテ様が気に病むことではございません。アウブが決めたことですもの」

ブリュンヒルデはわたくしを気遣ってくれますが、わたくしは首を横に振りました。

「お母様の妊娠に影響しないライゼガング系貴族ならば、もっと年嵩で社交に慣れた未亡人でもよかったはずです。少なくとも未成年のブリュンヒルデより親族の把握は容易でしょう？」

わたくしもボニファティウス様や叔父様を相手にすることは無理ですが、お兄様やメルヒオール、その子供に対応するならば難しいとは感じません。それに、お母様より年上の未亡人ならば、アウブの寵愛がなくても問題視されないでしょう。

「……シャルロッテ様はわたくしの社交能力に不安があるとお考えですか？」

「いいえ。貴族院で協力してお茶会の采配などを行ってきたので、ブリュンヒルデの能力はよく知っています」

一年生の時にわたくしが上位領地との社交を恙《つつが》なくこなせたのは、ブリュンヒルデのおかげです。今までのエーレンフェストのやり方は下位領地の社交なので、対応を変えていかなければならないと助言してくれました。お姉様の側近達が上位領地とのお茶会に慣れていたり、招待客の好みに精通していたりしたことに何度助けられたでしょうか。

「貴女がライゼガング系貴族をまとめられたら、領地は助かるでしょう。……それでも、わたくしにはお父様達に都合が良くて、ブリュンヒルデに利が少ない縁組にしか見えないのです。親族をまとめるなど、本来ならば成人もしていない貴女に課せられる責務ではありませんもの」

わたくしの意見にブリュンヒルデはお茶を飲みながら困ったように微笑みました。

「シャルロッテ様がわたくしの心配をしてくださるのはありがたいのですけれど、年嵩の未亡人ではダメなのですよ。それに、ライゼガング系貴族をまとめてはなりません」

全く予想もしていなかった意見に、わたくしは面食らいました。意味が理解できなくて、少し首を傾げます。

「ヴェローニカ様による冷遇の期間が長すぎました。年嵩の者ほど恨みや怒りが強いので、領主一族の思惑と足並みを揃えられません。悪い意味で第二夫人を中心にライゼガング系貴族が一丸となった場合、今の領主一族をできるだけ排除してボニファティウス様を後ろ盾に、ローゼマイン様を次期領主にしようと動くでしょう」

第二夫人となって権力を持つ者の考え方によっては、今よりもずっと厄介なことになるとブリュンヒルデは言います。わたくしはその言葉に衝撃を受けました。

「おばあ様の被害者だったお母様やわたくしも排除の対象になるのですか？」

「フロレンツィア様やシャルロッテ様はともかく、メルヒオール様は殿方なので危険視されると思います」

お母様やわたくし達はおばあ様の被害者で、派閥にはライゼガング系貴族が多いからでしょうか。お兄様ならばともかく、わたくしやメルヒオールまで領主一族という括《くく》りでまとめられて深い恨みを向けられると思っていませんでした。

「ヴェローニカ様の存在を昔のことだと思える若い世代で、次期領主に就きたくないというローゼマイン様の希望を汲むことができ、自分の親族ではなく領主一族と足並みを揃えて世代交代を推し進められるライゼガング系貴族でなければ、今のエーレンフェストの第二夫人は務まりません」

キッパリと言われて、わたくしは感嘆の息を吐きました。領主一族として渦中にいるわたくしよりブリュンヒルデの方がよほどライゼガング系貴族の危うさを感じているようです。

「わたくしの婚約が発表され、アウブがグレッシェルの改革に積極的になったことが周知されました。その結果、どうしてもローゼマイン様を次期領主に望む勢力と、領主に意見が通りやすくなったのだから現状維持で構わないという勢力に割れました。わたくしの役目はライゼガング系貴族の意見をまとめるのではなく、領主一族の脅威にならない程度まで分裂させることなのです」

ブリュンヒルデが自分の一族の動きをよく見て考えていることはわかりますが、そこまで領主一族に尽くす理由がわかりません。

「貴女は次期ギーベ・グレッシェルで、本来ならば、婿を取る立場だったではありませんか。お父様の第二夫人なんて……本意ではないでしょう?」

わたくしにはグレッシェル出身の護衛騎士レングルトがいます。そのため、グレッシェルの内情を多少は知っているつもりです。ブリュンヒルデはギーベ・グレッシェルの第一夫人の娘で、息子に恵まれないギーベは彼女を次期ギーベとして育てていたと聞いています。上に立つための教育と、他家に嫁ぐための教育は違います。次期領主候補から他領へ嫁ぐ立場になったわたくしは、立場の変化による困惑を理解できます。

また、ギーベ・グレッシェルもブリュンヒルデをアウブの第二夫人にする予定ではなかったはずです。突然跡取り娘を奪われたグレッシェルはどう考えているのでしょうか。様々な点で不安ばかりが募っていますが、ブリュンヒルデは微笑んで首を横に振りました。

「シャルロッテ様がお気になさることではありません。……この婚約はわたくしの希望でもあるのですから」

思いがけない言葉に目を瞬かせるわたくしに、ブリュンヒルデは少し考えた後で盗聴防止の魔術具を差し出しました。わたくしがそれを握ると、彼女は貴族らしいにこやかな笑顔のままで口を開きました。

「まだレングルトにも内密にすると約束してくださいませ。……お父様の第二夫人が男児を産みました」

わたくしは動揺して息を呑みました。つまり、今回の婚約ではなく、男児が生まれたことでブリュンヒルデは次期ギーベから下ろされたということでしょう。それまでの努力が何の意味もなさず、大きく立ちはだかっている性別の壁に打ちのめされた経験は、わたくしにもあります。あの時は何を言われても慰めになりませんでした。かけるべき言葉が見つからず、わたくしは何度か口を開け閉めします。

「あの……それは何と言えば良いのか……。ただ、わたくしも少しは気持ちがわかるつもりです。殿方であれば、と思った経験がありますから」

「あぁ、シャルロッテ様は辛いお立場でしたよね。わたくしもその無力感はよくわかります」

お互いに多くを語らなくても伝わります。似たような経験をした者同士の親近感を抱きながら、二人でぎこちない笑みを浮かべました。

「息子の誕生を喜んだお父様は、跡継ぎの指名を保留にするとおっしゃいました。保留だからといって、わたくしが婿を取れば将来的に諍《いさか》いの元になるでしょう。妹が婿を取るか、男児の成長を待つか……いずれにせよ、わたくしは跡継ぎから外れたのも同然です。お母様は取り乱しました」

その男児がギーベになれば、将来的にはその実母である第二夫人が重用されるようになります。娘達が嫁いだ後の第一夫人は少しずつ蔑ろにされるようになるでしょう。

……そういえば、お父様がお兄様とお姉様を婚約させた理由の一つが、お母様の立場を守るためでしたね。

わたくしはそっと溜息を吐きました。次期ギーベを下ろされた途端、母親の将来も心配していたならば、ブリュンヒルデは悲嘆に暮れる余裕もなかったに違いありません。

「領主の第二夫人ならば、ギーベが代替わりした後も尊重せざるを得ない嫁ぎ先でしょう？　お母様はとても喜んでくださいました」

普通は領主の第二夫人になっても安泰《あんたい》ではなく、領主の代替わりによる勢力の変化を心配しなければなりません。けれど、ブリュンヒルデは次代の第一夫人であるお姉様の元側近です。よほどのことがない限り、代替わりしても上手く付き合っていけるでしょう。

「ですから、わたくしはこの婚約を歓迎しています。よく考えてみてくださいませ。次代のギーベにも意見のできる領主の第二夫人という立場はとても良いと思いませんか？　それに、今までわたくしを振り回してきたお父様の上に立つこともできるのですよ」

ブリュンヒルデは飴色の目を少し細めて悪戯っぽく笑いました。その笑顔に第二夫人を押しつけられた悲愴感《ひそうかん》はありません。それまでの立場を失ったという意味では、わたくしと同じなのに、どうしてこれほど違いがあるのでしょうか。へこたれることなく自分の将来を考えられる彼女がひどく眩しく見えます。

「……わたくしが心配なのは、グレッシェルよりフロレンツィア様やシャルロッテ様の心情です。突然の第二夫人決定がご不快ではございませんか？」

「まぁ、この難しい状況で貴重な助力となる婚約を、何故わたくし達が不快に思うのでしょう？反対するなんてあり得ません」

そう言ったところでわたくしは軽く口元を押さえました。ブリュンヒルデの第二夫人に反対していた領主一族に心当たりがあったからです。

「……もしかして、お兄様が何かおっしゃいましたか？」

ブリュンヒルデは少しだけ笑みを深めました。何も言わなくても肯定だとわかります。わたくしもお兄様から「父上に反対するぞ。一緒に来い」と言われましたが、まさかブリュンヒルデのところへ直接文句を言いに行っていたとは思いませんでした。結婚は親が決めることです。文句を言われても、ブリュンヒルデから婚約を断れるわけがありません。

「領地のためにアウブが決めた婚約に対して、次期アウブのお兄様が文句を言うなんて……。申し訳ございません。おばあ様の教育のせいか、お父様もお兄様も第二夫人という存在に対してあまり良い感情を抱いていないようなのです」

お兄様に「兄妹揃って第二夫人に反対しよう」と言われたことを思い出しながら、わたくしはブリュンヒルデに謝罪します。お兄様は「第二夫人は良くない存在だ」とか「反対するのは母上のためだ」とか「其方は母上のことが心配ではないのか。冷たいぞ」とか「ライゼガング系貴族をまとめるなんてローゼマインに任せれば良い」とずいぶん感情的に言っていました。政治的な判断より感情を優先させるところには不安しかありません。

……「同母妹なのだから其方は私に従うものだろう？」と言われた時には呆れましたけれど……。

粛清で旧ヴェローニカ派が減り、ライゼガング系貴族の暗躍が不安視されている今、彼等を抑えられるようにお父様やお母様は動いています。それはお兄様を次期領主とするためですが、それを当人が一番理解していない言動のように思えました。

「ヴェローニカ様の教育ですか……。ハンネローレ様を第二夫人にするという条件を呑んでディッターに臨んでいらっしゃったので、ヴィルフリート様がそのようにお考えとは存じませんでした」

驚いて口元に手を当てるブリュンヒルデに、わたくしは同意します。お兄様の言動には一貫性がないことが結構多いのです。

「今までお兄様の言動に違和感がある時は、オズヴァルトの暗躍がありました。今以上にライゼガング系貴族の勢力が強まることを懸念していたので、おそらく旧ヴェローニカ派の側近の意見を聞き入れたのでしょう。オズヴァルトが解任されたので、これからは少しずつ偏った考え方が是正されると思いますけれど……」

「解任？　オズヴァルトは辞任したと伺いましたが？」

ブリュンヒルデの飴色の瞳が丸くなりました。

「辞任に見せかけた解任です。婚約によってお兄様が次期領主に決まってからというもの、オズヴァルトがあまりにもおばあ様のやり方を踏襲しようとするので、わたくしがお母様に訴えました。ただし、粛清の前に解任すると、旧ヴェローニカ派の貴族達に粛清関係の情報を流される危険性があったでしょう？　すぐには解任せず、お母様はオズヴァルトを筆頭側仕えとして貴族院へ隔離しました。卒業式で貴族院を訪れた時に辞任か解任か選択を迫り、オズヴァルトは辞任を選んだと聞いています。……秘密ですよ」

ブリュンヒルデは「ありがとう存じます」と微笑みました。お互いに内密にする事柄を交換することで、わたくしは彼女の信頼を得られたようです。

「オズヴァルトがいなくなったというのに、何だか最近のヴィルフリート様は今までよりずっと感情の抑えが利かない状態になっているように見えます。シャルロッテ様は何かご存じですか？」

お兄様はわたくしのところへ「同母妹なのだから協力しろ」と直接言いにくるようになりましたが、お姉様の側近にも似たようなことを言っているのでしょうか。

「もしかすると、オズヴァルトの後継である新しい筆頭側仕えに問題があるのかもしれません。オズヴァルトはよくわたくしに成果を譲るように言っていましたが、お兄様はそれに全く気付いていない様子でした。でも、今は……」

「主に気付かせないように側近が暗躍するのではなく、ヴィルフリート様を唆して動かしているということでしょうか？」

ブリュンヒルデとの会話によって、腹立たしく感じていたお兄様の言動の裏が見えてきたような気がしました。全く根拠のない予測なので、裏を取る必要があります。

「わたくしも詳しくはわかりませんが、その可能性は高いと思います。これほど不自然さが目に見えるのですから、さすがにお兄様も側近に不信感を持つでしょう。少し様子を見てみますね」

……次期領主が一番の不安要素だなんて本当に困ったこと。

わたくしはゆっくりと息を吐いて、お茶を手に取りました。お茶を飲んで少し間を空けることでお兄様の話題を終わらせます。

「ブリュンヒルデ、安心なさって。わたくしもお母様も貴女が第二夫人になることを不快に思うことはありません。未成年への重責と、お姉様から大事な側仕えを取り上げることについては思うところもございますけれど……」

第二夫人としてブリュンヒルデが去り、リヒャルダまでお父様の元へ戻りました。ただでさえ側近が少ないというのに、お姉様の側仕えは非常に心許《こころもと》ない人数になっていると思います。

「わたくしは卒業まで貴族院ではローゼマイン様にお仕えするつもりですし、リヒャルダはアウブの希望ではなく、彼女の一存で異動しました。ローゼマイン様は城にいる時間が短いので、側仕えが減っても不都合は少ないとおっしゃって……」

ブリュンヒルデがわたくしを宥めるように微笑みます。どうやらわたくしは少しお父様に対する目が厳しくなりすぎていたようです。

「……本当にフロレンツィア様もわたくしを歓迎してくださっているのでしょうか？」

「えぇ、以前からお母様は領主一族が少なくて魔力が乏しいのだから、第二夫人を娶ってほしいとお父様に訴えていました。その第二夫人がライゼガング系貴族に対応できる者で、同派閥でしょう？　とても歓迎していますよ」

第一夫人と対立しない第二夫人なんて、なかなか得られるものではありません。ブリュンヒルデは同派閥で、お母様の補佐もお姉様の補佐もできます。それに、神殿育ちで従来のエーレンフェストの社交に疎いお姉様と違って、女の社交を教える必要がありません。彼女が未成年であるため、お母様の妊娠にも影響がありません。これ以上を望むことなどできないでしょう。

「そう言っていただけて安心いたしました。では、わたくしが領主一族に入るためのご指導をお願いしてもよろしいでしょうか？　本来ならば、わたくしの主にお願いするべきですけれど、ローゼマイン様は城にいないので頼めませんし、これ以上の負担をかけられませんから……」

「もちろん全力で補佐いたします。わたくしにできることであれば、遠慮なく相談してくださいませ。わたくし、お姉様の負担を少しでも減らしたいと思っていますから」

ブリュンヒルデのお願いに、わたくしは一も二もなく頷きました。お姉様は本当にお忙しいのです。神殿では叔父様の穴埋めに加えて、メルヒオールの教育もしなければなりません。子供部屋の子供達も神殿で引き受けたいとおっしゃいました。

それに、印刷業と他領の商人の受け入れに関しても、まだまだお姉様の担う部分が大きすぎます。特に、今年はお父様とお母様が領地内の貴族関係に力を入れる分、平民達に指示を出す実務的な部分はほとんどお姉様へ向かうことになるでしょう。

「本当はわたくしも神殿でお手伝いができれば良いのですけれど、粛清による貴族の減少で城の執務も増えましたし、右も左も分からないところへ行っても足を引っ張るだけでしょうから……」

「ローゼマイン様はそれぞれの得意なところを伸ばし、苦手なところは他者に補ってもらえば良いと考える方です。フィリーネやダームエルが側近として重用されていることからもわかるでしょう。正直なところ、妹のためにと言えばローゼマイン様が奮起するので、側近にとってシャルロッテ様は非常にありがたい存在ですよ」

ブリュンヒルデは茶目っ気のある笑顔でクスクスと笑いました。わたくしはお姉様のお役に立てているようです。何だかとても嬉しくなりました。

「わたくしも主の苦手を補いたいと思っています。ローゼマイン様にライゼガング系貴族との社交はできません。……正確には、領主一族やライゼガング系貴族が望む形にならないでしょう」

「望む形にならないというのは？」

わたくしには意味がわかりませんでした。お姉様は突飛な行動をすることが多いですが、よくよく聞いてみるとお姉様なりの理論や理由があります。そして、最終的にはそれなりに良い形で終わるのです。

「ご存じの通り、ローゼマイン様は神殿育ちです。親族との交流がなく、洗礼式後も大人の都合で親族との面会や交流を制限されてきました。わたくし、親族との交流の場でローゼマイン様とお目にかかったことがございません」

次期領主に担ぎ上げられないように距離を取っていると聞いていましたが、まさか全く親交がなかったとは思いませんでした。

「そのため、ローゼマイン様は一族の者が感じているヴェローニカ様との確執や怒りに共感できず、一族の望みを本当の意味で理解できないのです。社交の時間を取ったところでライゼガング系貴族が失望する可能性も高いでしょう。かつてのわたくしがそうでしたから」

ブリュンヒルデはずっとお姉様の忠臣だと思っていました。失望した時期があったなんて初めて知りました。

「一族の望みを理解できないだけではなく、ローゼマイン様は二年間のユレーヴェで社交の経験を積めないまま、貴族院でいきなり実践していたせいか、従来の社交が通用しません」

「お姉様は独自のやり方で上位領地や王族と繋がりを持っていますものね。あのような社交、わたくしにはとても真似できませんもの。貴族院で間近に見ていてもわかりませんもの」

お姉様と違ってブリュンヒルデはライゼガング系貴族として幼い頃から親族と普通に交流がありますす。また、次期ギーベとして教育を受けてきたため、従来の貴族との付き合い方をよく心得ています。神殿育ちで何をするのか理解できず、面会も簡単ではないお姉様と、自分達のやり方によく馴染んでいるブリュンヒルデ。領主一族に自分達の意見を通したいライゼガング系貴族にとって、どちらが扱いやすいのか擦り寄りやすいのか、考えなくてもわかるでしょう。

「お姉様にライゼガング系貴族の望む従来の社交が難しいことはよくわかりました」

碌に経験を積まないまま、その場その場で対応していった結果、お姉様の社交は下位領地の外交と全く違うものになっています。

「先程も申し上げた通り、ライゼガング系貴族の意見を割りたいのですが、そういう小細工はローゼマイン様に向いていません。他領との交渉をお任せするべきだと思っています」

それは貴族院でわたくしも感じたことです。唯々諾々《いいだくだく》と上位領地の言い分を受け入れるのではなく、自分の意見を押し通せる強さが、今後のエーレンフェストには必要になってきます。

「わたくし、お姉様に下位領地の社交を教える意味はあまりないと思います。今後王族や上位領地と対面する時に混乱させるだけでしょう？　できることならば世代交代を推し進め、お姉様の行っている社交をわたくし達が取り込んでエーレンフェストを発展させなければなりませんもの」

わたくしの言葉にブリュンヒルデが力強く頷きました。同じ目標を見据えられたように感じられます。同時に、その強さが羨ましくなりました。

「……ブリュンヒルデは次期ギーベを下ろされ、ライゼガング系貴族を抑える役目を押しつけられたことを不満に思わなかったのですか？　その、わたくしが次期領主への道を断たれた時は、立ち直るのに時間がかかりましたから、どのように立ち直ったのか参考までに教えてくださいませ」

少し考えながら、ブリュンヒルデが口を開きました。

「わたくしも全く気落ちしなかったわけではございません。他領の商人を受け入れる街としてグレッシェルを自分の手で発展させていきたいと今でも思っています。でも、わたくしは次期ギーベでなくなってもローゼマイン様の側仕えですから、やるべき仕事も、進むべき道も残っていました」

貴族院ではお姉様について回るのが忙しく、気落ちしている暇がなかったとブリュンヒルデは苦笑します。

「でしたら、第二夫人となり、お姉様の側近でなくなるのは寂しいでしょう？」

「いいえ。あまり時間がないことに少し焦りを感じますが、寂しいとは思っていません」

「時間がないのですか？」

「えぇ。ローゼマイン様が成人して神殿長職を辞し、次期領主の第一夫人として城で過ごすようになるまでに三、四年くらいでしょう？　それまでにわたくしは主に代わってライゼガング系貴族の手綱を握り、領主一族として女性の社交を掌握しなければなりません。ローゼマイン様の苦手を補い、憂いなく生活していただくために……。わたくしはローゼマイン様の側近ですから」

ブリュンヒルデはお姉様の側近として領主の第二夫人になり、将来的にお姉様が動きやすいように立ち回るつもりのようです。思いも寄らなかった彼女の決意や誇らしそうな笑顔と未来を見つめる強い光を帯びた瞳にわたくしは何とも言えない羨望《せんぼう》と敗北感を覚えました。

「ご協力いただけますか、シャルロッテ様？」

「えぇ。もちろんです。一緒にお姉様を支えていきましょう」

笑顔でブリュンヒルデに頷いているものの、わたくしの胸の内には何だかもやもやとした重い気分が広がっていきました。

ブリュンヒルデが第二夫人になることを望んでいたこと、領主一族に協力的な理由もわかりました。最初に思い悩んでいたことは解決できたというのに、話し合いが終わった後もわたくしの気分は晴れません。

「まだ憂い顔ですが、一体どのようなお話をされたのですか？　途中から盗聴防止の魔術具を使用していらっしゃったでしょう？」

　筆頭側仕えのヴァネッサが心配そうに尋ねてきますが、伝えられる話は何でしょうか。お互いに交わした秘密を口にしないように気を付けながら、わたくしは口を開きます。

「レングルトが懸念していた通り、ブリュンヒルデは次期ギーベではなくなりましたが、それほど気落ちしていませんでした。次期ギーベではなくなってもお姉様の側仕えだから、仕事も進むべき道も残っていると言うのですよ。わたくし、驚いてしまって……」

　わたくしが次期領主候補から下ろされた時の姿を知っているヴァネッサは、「ブリュンヒルデ様が芯の強い女性だということは存じていましたけれど……」と驚きの表情を浮かべました。

「成人後に神殿を出るお姉様のために第二夫人となって、女性の社交を補佐したいのですって。わたくし、協力する約束もしたのです」

「では、話し合いの成果はあったのですよね？」

　わたくしの様子を窺いながら確認するヴァネッサに頷きます。今回の話し合いで当初の心配や不安は消えました。

「わたくしの心配は必要ありませんでした。ブリュンヒルデは強くて、真っ直ぐに前を見ていて、自分にできることを精一杯やろうとしています。安心したのに、わたくし、どうしてこんなに重い気分なのでしょうね？　何だか負けたような気分ですし、羨ましくて堪らないのです」

　わたくしの言葉を吟味するようにヴァネッサが少し目を伏せました。

「姫様は何か勝負をしていたのですか？」

「勝負はしていませんけれど……。わたくし、お姉様のお役に立ちたいと思っていたのに、ブリュンヒルデの決意や実行力に全く敵《かな》いませんし、お姉様の恩返しに覚悟が足りないような気分になったのです」

ヴァネッサは「側近と姉妹ではできることも違うでしょう」と笑いますが、それだけではないのです。

「ブリュンヒルデと協力してお姉様を支えることは、わたくしの望みとも合致します。それなのに、何故か仲間外れのような気分になって、ブリュンヒルデを羨ましく思うのです」

「羨ましいというのは憧れに近い感情ですか？　それとも、嫉妬でしょうか？」

自分の感情を静かに見つめ直すように言われ、わたくしは羨ましいと思った瞬間を思い返します。

「憧れに近い感情だと思います。お姉様のために先の先まで考えている真っ直ぐな目がとても眩しく見えました。わたくし、あのように強く未来を見つめられないのです」

「姫様は他領へ嫁ぐのですから、嫁ぎ先も決まっていない今の状態で未来のことなど考えられなくても当然ではありませんか。思い悩むことではございませんよ」

「……あ……」

わたくしは領地のために他領へ嫁ぐ予定です。つまり、ブリュンヒルデやお姉様が協力し合う未来のエーレンフェストに、わたくしの姿はありません。

「わたくし、お姉様やブリュンヒルデ達と……貴族院で協力し合っていた時のようにずっと一緒にいたいと思っていたのですね」

領地と領地の結びつきのために、女性の領主一族は他領へ嫁ぐことが役目のようなものです。領主一族が少なければ、婿を取って領主一族として補佐をする道もあります。けれど、メルヒオールがいて、ブリュンヒルデのように優秀な者が領主一族となってお姉様を支えるのであれば、わたくしの補佐は不要です。他領との縁が重視されます。

他領へ嫁ぐことは領主一族の義務だと理解していても、根底ではそれが嫌だったのでしょう。隠れていた本心を見つけてしまい、わたくしは困ってしまいました。

「ブリュンヒルデが素晴らしい側近だからこそ、寂しくて羨ましくなったみたいです。わたくしはいずれ領地を離れなければなりませんし、ずっとお姉様の妹でいることはできませんもの」

「姫様、そのように思い詰めるものではございませんよ」

ヴァネッサの慰めに、わたくしはニコリと笑ってみせます。けれど、それが強がりだとわかったのでしょう。ヴァネッサは痛々しいというように眉を寄せました。その表情は、わたくしが次期領主候補を下ろされた時と同じものです。

……このままではまた側近達に心配をかけてしまうでしょう。何とか早く立ち直らなければ……。

そう考えた途端、ブリュンヒルデの「次期ギーベでなくなってもローゼマイン様の側仕えですから、やるべき仕事も、進むべき道も残っていました」という声が脳裏に蘇りました。

「ねぇ、ヴァネッサ。他領へ嫁いでエーレンフェストの領主一族でなくなっても、わたくしはお姉様の妹かしら？」

「え？　えぇ。当然ではありませんか。姫様方の様子を見ていると、将来的に領地が分かれたとしても姉妹の絆《きずな》が切れることはないと思えますよ」

ヴァネッサの言葉に胸の内に希望の光が差し込んだような気分になりました。

「他領からお姉様を支えることはできますか？」

「もちろんです。エーレンフェストと他領を結ぶための婚姻ですもの。輿入《こしい》れ先に寄《よ》りますが、第一夫人となるローゼマイン様と協力し合うことはできるでしょう」

「お父様は輿入れ先を決める際、できるだけわたくしの希望を聞き入れてくださるとおっしゃいました。わたくし、お姉様と協力し合える領地を選びたいです」

エーレンフェストを離れて他領へ嫁いでもお姉様の妹という立場がわたくしにも残るのであれば、ブリュンヒルデに負けていられません。先代の第二夫人より他領の第一夫人の方が助けになれることもあるでしょう。新しい目標を見つけたわたくしの胸には、もう敗北感もブリュンヒルデへの羨望もありませんでした。

西門での攻防

「東門からの報告は以上だ」

今日は士長会議の日だ。季節に一度くらいの頻度で中央広場の近くにある兵士の会議室へ招集される。例年ならば、お貴族様が参加する領主会議の後にある夏の招集が一番緊張して大変だが、今回は春なのに議題が多くて大変だ。冬の厳戒態勢の報告に加えて、三年に一度の士長の交代が行われるせいだろう。

「じゃあ、次は北門か。ギュンター、北の様子を教えてくれ」

報告を終えた東門の士長に促され、俺は立ち上がった。北門は貴族街と接する門なので、騎士様も交代で詰めている。そのため、一番お貴族様の情報が入りやすいし、騎士様から下町への伝言も多い。こっそりとお貴族様の様子を探るのは、北門の兵士の役目だ。ここで使われる「北の様子」というのは、北門の様子ではなく、更に北にある貴族街やお貴族様を指す隠語である。

「……ということで、詳細は教えてもらえなかったが、重罪を犯した者は捕まって処分を受けたらしい。お貴族様の方はまだゴタゴタしてるみたいだが、ひとまず俺達が警戒しなきゃいけない時期は過ぎたそうだ。救援の魔術具の回収も終わったので、厳戒態勢を解いても構わないと言われた。危険だから、と冬の間は遠ざけられていたローゼマイン様も神殿へ戻ったと聞いている」

俺が北門の騎士様だけではなく、神殿の門番から仕入れた情報も交えると、「お前、相変わらずローゼマイン様の情報は早いな」とか「神殿の門番に迷惑をかけてないか？」というツッコミと笑いが起こる。

……うるさい。ルッツもトゥーリもダプラ見習いになって店で生活するようになったから、マインの情報があまり入ってこなくなったんだ。

仕方がないので、俺は見回りついでに神殿へ自分で聞きに行っている。別に神殿へ迷惑をかけているわけではない。マインの情報を融通してもらう代わりに、冬の間に増えた貴族出身の孤児を連れて森へ行く時に、南門での口利きや面通しもしている。お互い様だ。

「なぁ、厳戒態勢を解いてもいいいってことは、つまり、士長の交代をしても問題ないのか？」

「別にいいんじゃないか？」

南門の士長の質問に、俺は軽く手を振った。異動したばかりで慣れない奴等ばかりになると、いざという時の命令の伝達や動きに支障が出る可能性もある。そのため、厳戒態勢中に士長が異動するのは止めておこうという話になっていた。

「いやいや、いっそ来年にしないか？　俺、ゴタゴタしている時に北門の士長になってお貴族様と関わるの、嫌だぞ」

「そんなの誰だって嫌だろう。北門はお貴族様がいて大変だもんな。俺は西から南だから気楽なもんだ。ハハッ」

嫌そうな顔をして異動を延期しようと提案する東門の士長を、西門の士長が他人事だからと笑っているところへ兵士が息を切らせながら駆け込んできた。

「大変です、士長！」

ここにいるのは士長ばかりだ。「どこの門だ」と俺が問うより先に、西門の士長が立ち上がる。

「何があった⁉」

「許可証を持たない他領の貴族が！」

「何だと⁉」

さっきまで東門の士長を笑っていた西門の士長は真っ青だ。

「入れていないだろうな⁉」

「はい！　必死で止めています。領主様の結界もあるせいか、その前で止まってくれました」

思わぬところから貴族関係の厄介事が飛び込んできた。俺の胸の内に過ぎるのは、マインが青色巫女見習いだった時のこと。許可証についての連絡が徹底していなかったせいで、娘を失うことになった苦い記憶が蘇る。半年くらい前には貴族の紋章をちらつかせて無理に門を抜けた馬車で灰色神官達がさらわれた。許可証を持っていない貴族なんて後ろ暗いことがあるに決まっている。

「神官長ハルトムート様の婚約者でローゼマイン様の側近だと言っていますが、余所の貴族が側近なんてあるんですか？　勝手に止めて叱られませんか？」

兵士は早口でそう言うが、そんな貴族が来るなんて、俺はマインからもルッツからもトゥーリからも神殿の門番からも聞いていない。

「貴族の事情なんぞ知るか！　領主の許可証がない奴は入れるな！　それだけだ！」

俺の剣幕《けんまく》に兵士も士長も驚愕の顔を浮かべた。直後、昔の士長の失態を思い出したのだろう。納得の表情になった。

「お前、魔術具を使って緊急事態を騎士団に知らせたか⁉」

「そのために士長を呼びに来ました！　外に見習いが待機しています」

冬の間、一人一人の兵士に配られていた救援の魔術具が回収された今、門にある緊急事態を騎士団へ知らせるための魔術具は士長の許可がなければ使えない。その許可を取るために見習い達と走ってきたのだと言う。

西門の士長は兵士が指差した窓へ飛びつくようにして開けると、「許可する！」と叫んで大きく腕を振った。

外で待機していた見習いが「許可する！」と叫びながら同じように腕を振る。おそらく西門から兵士達が駆けていく様子を見て、道行く大人達も緊急事態だと身構えていたのだろう。見習い達と一緒になって「許可する！」と声を張り上げながら腕を振ってくれた。彼等の声と動きがうねるようにして西門へ向かって大通りを駆け抜けていく。

俺は見習いが声を張り上げたことを確認すると、すぐさま会議室を飛び出して階段を駆け下りた。外に飛び出すと、周辺の者達が西門へ視線を向けている。同じように西門を見た瞬間、赤い光が立ち上がった。西門の魔術具が作動したのだ。

「よしっ！」

声を上げて次は北門の方向へ視線を向けた。魔術具より細い赤い光が北門から上がる。北門の騎士様による了承を知らせる光だ。これで騎士団へ知らせがいくはずだ。それを確認した見習いが、会議室の窓からこちらを見下ろしている険しい顔の士長達に向かって笑顔で赤い布を上げて左右に振る。北門の見えない会議室に向けて、光が上がったことを知らせる合図だ。

「すぐに西門へ走るぞ！　その貴族、絶対に入れるな！」

……何が何でも止めてやる！

俺は窓から見下ろしている士長達に向かって叫ぶと、返事も聞かずに西門へ駆け出した。心得たように見習い兵士も走り出す。

「他領の貴族が押し入ろうとしている！　警戒しろ！」

住民達に呼びかけながら大通りを直走《ひた》る俺達の頭上を、騎士様の騎獣二匹が追い抜いていった。

俺達が西門へたどり着いた時には、北門の騎士様達と余所の貴族が問答していた。許可証もなく街へ入り込もうとした余所者は、二人の若い娘だった。髪を上げているので成人しているようだが、まだ幼さの残る顔立ちの娘と、二十歳になっていないくらいの若い娘達である。

……珍しいな。

俺はそう思った。普通の貴族女性は平民に姿を見せることを厭って馬車から降りてこないものだ。馬車の中から従者に要求を告げ、従者が騎士様や兵士と話をする。だが、二人は堂々と馬車から降りてきて騎士様と話をしている。旅装なのか、二人とも貴族にしてはずいぶんと簡素な恰好《かっこう》をしているのも何だか普通の貴族らしくない。どうにも怪しい。

二人とも青いマントを身につけていた。確か貴族のマントは領地によって色が違ったはずだ。青いマントがどこの貴族か俺は知らないが、騎士様は知っているに違いない。

……もしかすると、お偉い領地なのか？　普段と違ってずいぶんと丁寧な態度じゃないか。

北門の騎士様に対応しているのは年上の方の女だが、時折若い娘に確認しているところを見ると、主は若い方のようだ。俺は小神殿でマインとその周囲の護衛騎士や神殿の側仕え達の言動を見ているので、多少は言動による貴族内の上下関係がわかる。だが、それだけだ。全く情報が足りない。

……待てよ、今なら馬車の中を探れるんじゃないか？

騎士様と二人が話している様子を横目で見ながら、俺は西門の兵士の一人を軽く突いて小声で問いかけた。

「おい、あの二人の馬車はどこだ？」

馬車の格や家紋を見れば、それで多少なりともわかることがあるだろう。もし、荷物にトゥーリが作った髪飾りみたいな物があれば、マインやその周辺と関係があるかもしれないと考えられる。だが、西門の兵士達から返ってきたのは「馬車はありません」という答えだった。

「馬車がないってどういうことだよ!?」

「騎獣でしたっけ？　二人ともお貴族様の乗り物でビューンと飛んできたんです」

「……何だ、そりゃ。怪しすぎるだろう」

本当に貴族女性なのか？　と疑うところから始めなければならないくらいに普通ではない。

「わたくし、ローゼマイン様の側近になることを許されたのですよ。ご存じないのですか？」

「申し訳ございません、クラリッサ様。お持ちのメダルで証明できるのは、貴女がダンケルフェルガーの上級貴族であるということだけです。ローゼマイン様の側近だと証明する物が何もなく、アウブの許可証もない状態で街へ入れることはできません。アウブに報告し、許可証を得られるまでこちらで待機してください」

騎士様達は二人にそう言うと、俺達に向き直った。

「我々は報告と許可証を得るために戻る。貴族用の待機室へ案内するように。いいな？」

余所の貴族対応という面倒臭い仕事を押しつけるようにして、騎士様は去って行く。許可証をもらうまでは西門で待機させなければならないようだ。西門の士長が必死に笑顔を取り繕って彼女達の前へ進み出た。

「では、こちらへ」

「わたくしはローゼマイン様の側近であるというのに、それが知られていないなんてハルトムートは何をしているのかしら。すぐにでもお仕えしたいと伝えていたはずなのに……」

貴族用待機室へ入っても膨れっ面をしているクラリッサ様の物言いに俺は思わず顔を顰めた。

「エーレンフェストでは領主様の許可がなければ上位領地の貴族であろうと入れません。そんなことも知らない方がローゼマイン様の側近？　ハルトムート様の婚約者？　適当なことを言わないでいただけませんか」

「おい、ギュンター！　止めろ！」

「その発言を撤回して謝罪なさい」

少し年長の娘は騎士のようだ。一瞬で武器を手にして俺に向けた。西門の士長が慌てて止めている様子が見えるが、俺は止めるつもりなどない。

「許可証も持たずにやってきた不審人物なのに、そんな武器を門番に向けるくらいだ。どうせローゼマイン様が平民を重用していることも知らないんでしょう？　街を守る俺達に攻撃してここを無理に押し通ればどう思うか、どう言うか、ご存じですか？　仮にもローゼマイン様の側近を名乗るならば、主の評価を下げるような真似をしないでいただきたい」

側近の行動で主の評価が下がる。そんなことにも気付けない馬鹿がマインの周囲にいると迷惑だ。それに、平民を馬鹿にする側近もいらない。小神殿で話をすることさえできなくなる可能性もある。ダームエル様達のような側近がいればそれでいい。

「お止めなさい、グリゼルダ」

「ですが、クラリッサ様……」

「ローゼマイン様が平民を大事にしていることは知っています。懇意にしている商人達がいることも、平民達に慕われていることも……。おそらく、その兵士が言っていることは事実でしょう。平民とは思えないほど無礼ですけれど」

クラリッサ様は騎士に武器を下ろすように命じ、俺を見て勝ち誇るように笑う。

「ですが、わたくしがハルトムートの婚約者で、ローゼマイン様にお仕えすることを許されたことも事実なのですよ。ローゼマイン様は側近への無礼を許す方でもありません。言動には気を付けた方が良くてよ。貴族院で交わしたお約束や貴族の事情について、平民の兵士が情報を得られる立場だとも思えませんから、信じられないのも無理はありませんけれど」

挑発的な笑みにムッとする。図星をつかれたせいもあるだろう。俺はただの兵士だから、貴族社会のことに詳しくない。娘がいる世界について知りたくても、知る手段がないのが現状だ。それでも、兵士の仕事をする中で知ったこともある。

「ハルトムート様の婚約者というのは信じ難い。婚約者として移動してきたならば、普通は嫁入りの荷物も一緒だし、花婿の一族が領主様の許可証を持って領地の境界門まで迎えに行くことになっているはずです。俺は門番として今まで他領から嫁入りしてきた貴族女性を何人も見てきたが、花婿も親族もいない花嫁など見たことがない。怪しまれて当然ではないですか」

俺の指摘が痛いところを突いたのか、クラリッサ様の青い目に怒りが浮かび上がった。

「何ですって⁉　失礼な！」

「許可証もなく押し入ろうとする方がよほど失礼じゃないか！」

ぐぬぬぬ……と二人で睨み合っていると、グリゼルダ様が呆れたように頭を左右に振った。

「クラリッサ様、今のやり取りに関してはそちらの兵士の方が正しいですよ」

「まぁ！　グリゼルダはその無礼な兵士の味方をするの⁉」

「味方も何も……。暴走してきたのは事実ではありませんか」

今度は主従二人でやいのやいのと言い始めた。変だが、悪い奴ではなさそうだ。俺は毒気を抜かれて、軽く息を吐く。

「信用してほしいなら、婚約者のハルトムート様に連絡を取ってみろ。お貴族様には声を飛ばせる鳥があるだろう？　本物の婚約者なら返事があるはずだ。ただし、俺は神官長の声を知っている。誤魔化せないからな」

「こんなところにいる平民が、本当にハルトムートの声を知っているのかしら？」

「知っているさ。神殿で話をするからな」

祈念式や収穫祭でマインが俺達の見送りに来る時やハッセから灰色神官達を連れ戻ってきた時、ハルトムート様は神殿にいれば顔を出してくる。そして、隙を見ては兵士達からマインの情報を得ようとするのだ。最初は何のための情報収集かわからなくて警戒していたが、ルッツやギルから話を聞いたことで、今は忠臣だと理解している。

……胡散臭くて変人っぽい印象は強化されたが。

クラリッサ様はお貴族様が持っている棒を出して白い鳥を作ると、「エーレンフェストの西門に到着しました」と声をかけた。

「アウブの許可証を持たない他領の貴族は入れられぬと門番に止められています。どうしたらいいかしら？」

ブンと棒を振れば白い鳥は壁を突き抜けて消えていく。それほど待つこともなく、壁をすり抜けて白い鳥は戻ってきた。

「ローゼマインです」

何故かハルトムート様に送ったオルドナンツにマインからの返事が来た。俺が娘の声を聞き間違えるはずがない。クラリッサ様に対する呼びかけがある以上、一応この女は知り合いで間違いないようだ。驚いている俺を見て、クラリッサ様が得意そうな顔になった。

「ほら、ご覧なさい。わたくしはローゼマイン様の側近なのです」

直後。

「クラリッサ、兵士の言葉に従い、西門で待機なさい。それができなければ、即刻ダンケルフェルガーに送り返します」

オルドナンツから響くマインの声には怒りが満ちている。クラリッサ様は「え？」と困惑し始めた。叱られることを全く考えていなかったようだ。俺はフンと軽く鼻を鳴らした。

「俺達に従ってここで待機だ。いいな？」

「貴方達に従えですって!?　いくら何でも無礼が過ぎるのではございません!?」

「あの鳥の言葉を聞いただろ!?」

「ローゼマイン様には従いますが、貴方達に従うと思われては困ります！」

俺達が睨み合っているところへ、ダームエル様とアンゲリカ様が到着した。

「ギュンター、そこまでにしてください。平民の兵士に上位領地の貴族の対応は重荷だろうと考えたローゼマイン様の命令により参りました。後は私が引き受けます」

俺達へ向けたダームエル様の言葉に、兵士達から歓声が上がる。

「さすがローゼマイン様だ。よくわかっていらっしゃる」

「ダームエル様、ありがとうございます！」

「おい、もう大丈夫だって住民達に知らせてこい！」

下町に用がある時にローゼマイン様はいつもダームエル様を遣わしてくれる。人当たりが良く、貴族特有の傲慢《ごうまん》さがなく、マインの事情を知っているため、俺にとっては一番安心できる騎士だ。

それは他の兵士達にとっても同じである。神事へ同行するのがダームエル様とアンゲリカ様なので、顔を見知っている者は多い。

俺達にローゼマイン様の言葉を伝えた後、ダームエル様はクラリッサ様達の前に跪いた。

「下級護衛騎士のダームエルと申します。水の女神フリュートレーネの清らかなる流れに導かれし良き出会いに、祝福を祈ることをお許しください」

「許します」

「水の女神フリュートレーネよ　新たな出会いに祝福を」

指輪から緑の光がふわりと出てくる。お貴族様の挨拶のようだ。騎獣も騎士らしくてカッコいいが、こうして跪いて光を出しながら挨拶をするのもカッコいい。

……求婚の魔石みたいに、何か真似できねぇかな？

何かそれっぽいことができないか考えている俺の前で、ダームエル様はクラリッサ様にこれからの予定について話をしている。どうやら許可証を得られるまでに結構時間がかかるようだ。

「現在、ローゼマイン様とハルトムートは会合中のため、こちらで待機してくださいとのこと。会合が終了し、許可証を得られ次第、ローゼマイン様がいらっしゃいます」

「まぁ、ローゼマイン様が？　わかりました。ローゼマイン様がわたくしを迎えに来てくださるまでおとなしく待ちましょう」

西門の兵士達にも、北門からやって来た騎士様にも「早く入れろ」と訴えていたクラリッサ様はあっさりとダームエル様の言葉に頷いた。そして、少し肩の力を抜いたダームエル様にニッコリと微笑む。笑ってはいるが、その青い目は獲物《えもの》を見つけた肉食獣のような輝きに満ちていた。

「その間、エーレンフェストにおけるローゼマイン様について、ぜひお話を聞かせてください。わたくしがローゼマイン様の側近として知っておいた方が良いことを教えてほしいのです」

怯んだように顔を引きつらせたダームエル様には悪いが、俺はこっそりグッと拳を握る。

……それはいい考えだ！　俺も聞きたい！

貴族として過ごしているマインの話が聞ける貴重な機会になる。最近は商人達との会合が減っているらしいし、その会合に貴族達が同席するので以前のように話をすることが難しいらしい上に、ルッツもトゥーリもダプラ見習いになって家へ戻ってくることが少ないのでマインの情報に飢えているのだ。

「ダームエル様はこちらへ。ぜひアンゲリカ様も……」

「わたくしはこちらで警戒に当たります。クラリッサの話し相手はダームエルに任せましょう」

アンゲリカ様はそう言うと、貴族用待機室の扉の前に立った。武器に手をかけた状態で、室内を見回している。いつもマインの護衛としてそのように過ごしているのだとわかる慣れた動きだ。せっかくの機会なのでアンゲリカ様からも話を聞きたかったが仕方ない。

「ギュンター、其方は……」

「許可証が届くまでよろしくお願いします。もちろん、ここで警護しますので」

俺が右手の拳で二回左胸を叩いて敬意を示すと、ダームエル様は「ハァ、時間潰しにはちょうど良いか」と苦笑してクラリッサ様に向き直る。

「……ただ、話せと言われても困るので、貴女の質問に答える形で良いでしょうか？　申し訳ないが、領地の事業内容の詳細など、今ここで回答できないこともあります。それに関しては予めご了承くださいませ。

「もちろんですわ。まず、ローゼマイン様の一日の予定について教えてくださいませ。貴族院での貴族院での生活の流れは知っていますが、エーレンフェストではどのような感じでしょう？　城と神殿で生活の流れに違いはございまして？　ローゼマイン様はどのくらいの頻度で神殿へ通っていますの？」

立て板に水の勢いで質問を並べていくクラリッサ様に、ダームエル様が「一つずつでお願いします」と力なく要請し、答え始める。

「城の生活は貴族院とさほど変わりません。二の鐘で側近が集合するので、それがローゼマイン様の起床時間になっています」

「あら、二の鐘だなんてずいぶんとゆっくりですね。朝の訓練はございませんの？」

グリゼルダ様が不思議そうな顔で首を傾げると、クラリッサ様が「貴族院でもエーレンフェストにはないのですよ」と訳知り顔で答えた。だが、朝の訓練とは何だろうか。兵士や騎士でもない貴族の女性がすることではないだろう。

……そういえば、体力を付けるためにマインも騎士の訓練場で歩く練習をしていたと聞いたことがあるな。余所のお嬢様も歩く練習をするってことか？

「起床は二の鐘になっていますが、ローゼマイン様は早起きなので寝台へ本を持ち込んで読書をしていることも多いようです。起床時の文官の仕事は本の片付けだとフィリーネが言っていました」

「あら。では、わたくしも仕事があるのですね」

クラリッサ様が華やいだ声を上げた。どうやら普通の貴族女性は毎日のように寝台で本を読んだりしないので、朝の支度の時間帯に文官の仕事はないらしい。目を輝かせてマインの話を聞きたがるクラリッサ様とはちょっと仲良くなれる気がする。

「朝の支度を終えたら、朝食です。朝食時になると、男性側近もお部屋へ出入りできるようになります」

監視という名目で彼等の近くにいた俺は、ダームエル様のところへ白い鳥が飛んでくるまでマインの他愛ない話が続く至福の時間を過ごしていた。


許可証が出たのでこれから騎獣で西門へ行くという知らせに、俺達は貴族用の待機室を出ると、騎獣で降り立つことができる塔の上へ出た。兵士達や西門の士長もやって来る。

皆が整列したところへマインとハルトムート様と貴族達が降り立った。マインは片手を上げて駆け寄ろうとするクラリッサ様を押し止めると、胸を二回叩き、敬礼をして並ぶ兵士達を順番に見る。

……あぁ、大きくなったな。

本来ならば、小神殿でなければこれほど間近で姿を見たり話をしたりできない。俺の中の一番強い記憶が別れた時だからだろうか。いつ見てもマインが成長しているように見える。それに、貴族らしさが身についた。

俺は成長している娘の姿に胸が熱くなるのを感じながら、西門の士長とマインの仲立ちをする。マインは安心させるように微笑んで、許可証とお金を西門の士長に渡した。

「街を守るために頑張ってくれた兵士達の責任を問うことなどありません。これで頑張ってくれた兵士達を労ってくださいませ」

マインは士長や兵士達を労うと、クラリッサ様達を連行するようにさっさと立ち去った。俺としては娘の姿をもっと見ていたいが、他の兵士達のためには長居されても困る。難しいところだ。

「士長、士長。ローゼマイン様からいくらもらったんですか？」

「交代が終わったら行きましょう。独り占めは駄目ですよ」

「士長の交代式のために、また中央の会議室へ戻るのも面倒だな。飲み屋でするか？」

貴族達が去った西門に気の抜けた兵士達の声が飛び交う。今夜は西門の士長がマインにもらった大銀貨で乾杯だ。

「……というわけで、ローゼマイン様の周りに今度は他領の貴族が増えるみたいだ」

「そうなの。ローゼマイン様も大変そうね。でも、落ち着かないからギュンターは早く着替えて座ってくれない？　乾杯だけで切り上げてきたなら、飲むでしょ？」

乾杯だけで切り上げて帰宅した俺は、エーファに宥められて着替えることにした。ダームエル様から聞いたマインの日常もまだ話していないので、今日の話は長くなる。

「ローゼマイン様は冬の間にずいぶん成長していたぞ。年頃に見えた。それに、今日はずいぶんと厳めしい顔をしていたぞ。西門へクラリッサ様を迎えに来た時は、こーんな顔で……」

「今度トゥーリにも教えてあげなくちゃ。それとも、トゥーリがいつも見ている顔がそういう顔かもしれないわね」

最近はマインの話が入ってこないので、エーファも楽しいのだろう。嬉しそうに聞きながら酒を注いでくれる。だが、向かいで夕食を摂っているカミルはつまらなそうに唇を尖らせた。

「父さんも母さんも……。ウチの家族はローゼマイン様のことになったら急に変になるんだから」

マインの思い出がないカミルにとっては、別に楽しい話題ではないようだ。だが、プランタン商会へ見習いとして入ることが決まったのだから、すぐに話題に入れるようになるだろう。

「お前もすぐにわかるようになるさ。楽しみだな、カミル」

「オレはプランタン商会へ入っても、父さんや母さんみたいにはならないからな!」

カミルの突っ張った言い方に、俺はエーファと顔を見合わせて笑う。それならそれでいい。プランタン商会に入れば、カミルがマインを姉だと認識していなくても、いつか二人が顔を合わせられる日が来るだろう。そんな未来を想像しながら、俺は杯《さかずき》を手に取った。

「ヴァントールに感謝を」

あとがき

お久しぶりですね、香月美夜です。
この度は『本好きの下剋上　～司書になるためには手段を選んでいられません～　第五部　女神の化身Ⅳ』をお手に取っていただき、ありがとうございます。

プロローグは久し振りのランプレヒト視点。ヴィルフリートの護衛騎士なのでローゼマインと関わることが少ない兄です。子供が生まれてお父さんになりました。彼の視点でローゼマインやその側近達がどのように見られているのか、エルヴィーラに釘を刺された様子や妻子との関わりを書いてみました。彼にとっては一番幸せだった時期です。

本編は領主候補生達の帰還から。今まではまとまっていられた領主一族が、ライゼガング系貴族の意向と課題によって分断されていきます。それぞれの望みや目指す先がすれ違う中、小さな不信の芽が大きく育っていきます。

それから、キルンベルガの閉ざされた国境門。他の国境門が政変によってグルトリスハイトが失われて開閉ができなくなったのと違い、キルンベルガは昔のツェントによって封鎖されました。エーレンフェストになる前、アイゼンライヒのお話です。

今回のテーマは世代交代でしょうか。粛清によって派閥としての旧ヴェローニカ派が完全に消えてライゼガング系貴族の天下になり、アウブの第二夫人としてブリュンヒルデが領主一族に入ることが決まりました。ライゼガング系貴族でも古老と若い世代では目指す先に大きな違いがあります。神殿でもメルヒオールが引き継ぎのために出入りするようになったことで、ローゼマインも自身が神殿長を退く日を意識するようになりました。グーテンベルクも出張を弟子達に任せられるくらいに成長しています。流れていく時間に抗ってしがみつこうとする者、更に流れを加速させたいと望む者……。

エピローグはヴィルフリートの護衛騎士のアレクシス視点です。中立派であるギーベ・キルンベルガの息子の視点からギーベの考え方と、変わってしまった自分の主に対する思いを書いてみました。ユーディットと同郷だけあって派閥に対する興味が薄いため、ヴィルフリートがヴェローニカを懐かしんでも何も思わなかったし、ライゼガング系貴族のように団結する必要も感じていませんでした。父親の叱責で彼がどう変わるのか……。

今回の書き下ろし短編は、シャルロッテ視点とギュンター視点です。

シャルロッテ視点では自分で言い出したライゼガング系貴族の第二夫人にブリュンヒルデが就くことについて。ブリュンヒルデが自分から第二夫人になりたいと言い出したことを知らないシャルロッテの苦悩と共感と憧憬《しょうけい》です。

ギュンター視点は西門に現れて街へ入ろうするクラリッサとの攻防や下町の様子を書いてみました。こちらはシリアスさがなく、コミカルと勢い重視です。ギュンターは娘大好きな親馬鹿で全くブレないので非常に書きやすくて楽しかったです。

この巻で椎名様に新しくキャラデザしていただいたのは、レーベレヒト、ベルトラム、アレクシス、ギーベ・キルンベルガの四人です。男ばっかりですね（笑）。

レーベレヒトはハルトムートの父親で有能だけれど、油断ならない文官です。私のイメージはローゼマインに会わなかったハルトムート。ベルトラムは粛清によって孤児院へ連れてこられたラウレンツの異母弟です。貴族らしい自尊心を持っていますが、それが今は危うさに繋がっている少年。アレクシスは成人したてのヴィルフリートの護衛騎士です。めちゃくちゃカッコよくなったと思います。ギーベ・キルンベルガは威厳があって、自分で動いてしまうタイプ。アレクシスと並べた時の親子感が良いですね。

お知らせです。

・『このライトノベルがすごい！２０２１』（宝島社刊）

こちらで、単行本・ノベルズ部門第2位！　女性部門ランキング第1位！　をいただきました。応援してくださった皆様、ありがとうございます。

・第四部のコミカライズの連載スタート

ありがたいことに、第四部の貴族院を早く漫画で読みたいという読者様からの声が多く、勝木光先生にコミカライズしていただけることになりました。貴族院という舞台、一気に増える側近達、シュバルツ&ヴァイスを漫画で楽しむことができるのです。

コミックス第三部4巻、第二部5巻も春には発売できるように準備中です。第二部、第三部、第四部が並行連載になると、混乱する読者様もいらっしゃるでしょうが、ぜひそれぞれのコミカライズをお楽しみください。


今回の表紙は、閉塞感のある重い雰囲気で、それぞれ向いている方向が違う領主一族です。この巻の内容がとても良く表れていると思います。

カラー口絵はギーベ・キルンベルガに案内されたキルンベルガの国境門。本来ならば、境界門とセットですが、今回は国境門をドーンと描いていただきました。

椎名優様、ありがとうございます。

最後に、この本をお手に取ってくださった皆様に最上級の感謝を捧げます。

第五部Ⅴは春頃の予定です。そちらでまたお会いいたしましょう。

二〇二〇年十月　香月美夜

毎度おなじみ
巻末おまけ
やるっとふわっと日常家族
作：いなゆう
やばいやばいこの貴族様マジ、ローゼマイン様の知り合いじゃん！これって降格？いやクビ？もしくはもっとやばい？
キリキリ…
クラリッサへの対応でどんな処分を下されるか怯える門兵
ごめん うちの側近が 本当《マジ》ごめん
神殿孤児院
みんな変わりはありませんか？
ローゼマイン様
洗脳の成果
みなさん偉いですね これからも頑張ってくださいね
は・い 聖・女・様!!
冬の支度も滞りなく出来ました 工房の仕事も皆で励みました
カルタや計算もいっぱいやりました
はーい
はーい
わたしも
……ハルトムート あとで個人的に話があります
え？ 本当ですか？ 楽しみです!!
つつつ…

視力8.0

おじい様はとても目が良いのですね
うむ 遠くからの敵襲をいち早く見つけるのも騎士の資質だからな
例えばあの大きな木が見える建物の
奥にある三つ連なったうちの右の窓から見えるテーブルにラッフェルが2つ置いてある

厳しい現実

うう…神殿長の業務って分かっちゃいたけど
いっぱいありすぎて大変だよぉぉ～
みぃ～～～
今一番欲しいものは？って聞かれたら
フェルディナンド様機能搭載の魔術具がいっぱい欲しいかも
ローゼマイン ここが間違っている
これとこれは一つにまとめなさい
早く本を読む時間が欲しいのならば業務の効率化を覚えなさい
1号
2号
3号
ダメだ ダメ出しもいっぱいになっちゃう
ぱたり～
少し休憩しましょう ローゼマイン様

女神様の本……
一体どんなのだろう？
読んでみたいな。
「祠巡り」
貴族院に浮かぶ「巨大な魔法陣」
真のツェントになるのはわたくしですもの！
ィナンドを
か…？
迫る「次期ツェント候補」

「地下書庫」での作業
「英知の女神
メスティオノーラの書」とは?
フェルデ
救える
冷静になれ…
本好きの下剋上
司書になるためには
手段を選んでいられません
第五部 女神の化身V
香月美夜
miya kazuki
イラスト: 椎名 優
you shiina
2021年
春
発売予定!

本好きの下剋上×Noritake
お茶会セット
〜ローゼマイン&フェルディナンド〜
の下剋上」
グッズ続々発売！

ふぁんぶっく1～5
ドラマCD 1～5
本好きの下剋上
ふぁんぶっく
ふぁんぶっく2
ふぁんぶっく3
ふぁんぶっく4
ふぁんぶっく5
香月美夜
「本好き
TOブックス
オンラインストア限定
Illustrated by You Shiina
原作公式HP
http://www.tobooks.jp/booklove
またはTOブックスオンラインストア
https://tobooks.shop-pro.jp

第一部
本がないなら作ればいい!
漫画:鈴華
①～⑦巻
第三部
領地に本を広げよう!
漫画:波野涼
①～③巻(以下続刊)
本のためなら巫女になる!
漫画:鈴華
第二部
①～④巻
(以下続刊)

コミカライズ続々！
「第四部 貴族院の自称図書委員」
コミカライズ！
本好きの下剋上
司書になるためには
手段を選んでいられません
第四部 貴族院の
図書館を救いたい！
漫画：勝木光
hikaru katsuki
原作：香月美夜
miya kazuki
イラスト原案：椎名 優
you shiina
ニコニコ
静画にて
2020年
12/24より
連載開始！
コミックス
第1巻
2021年
3月15日
緊急発売
決定！
COMIC
コロナ
CORONA
TOcomics
TOブックスが贈る
WEBコミック
ニコニコ静画、pixivコミック
にて好評連載中！
ニコニコ静画 seiga.nicovideo.jp/manga/official/tocomics/
pixivコミック comic.pixiv.net/magazines/198
※2020年12月現在の情報です。
①～⑥巻
(以下続刊)
公式コミック・
アンソロジー

（通巻第25巻）
本好きの下剋上
～司書になるためには手段を選んでいられません～
第五部　女神の化身Ⅳ

2021年1月　1日　第1刷発行
2023年1月16日　第5刷発行

著　者　香月美夜

発行者　本田武市

発行所　TOブックス
〒150-0002
東京都渋谷区渋谷三丁目1番1号　PMO渋谷Ⅱ　11階
TEL 0120-933-772（営業フリーダイヤル）
FAX 050-3156-0508

印刷・製本　中央精版印刷株式会社

ISBN978-4-86699-089-7